Luisa Valentin

Jede letzte Nacht mit dir

Buch

Die junge Schauspielerin Marla Patry erhält über ihren Agenten ein ungewöhnliches Jobangebot. Sie soll auf einer mehrtägigen Familienfeier in der Nähe von London die Verlobte des attraktiven Unternehmers Daniel Lester spielen. Marla steckt in einem finanziellen Engpass und nimmt den lukrativen Auftrag an, obwohl ihr Freund Mika wenig begeistert ist. Schon bei ihrer ersten Begegnung spüren Marla und Daniel eine ungewöhnliche Anziehungskraft. Dabei hat Daniel nach dem tragischen Unfalltod seiner geliebten Ehefrau geschworen, sich nie wieder auf eine Liebesbeziehung einzulassen. Obwohl sich beide dagegen zu wehren versuchen, erliegen sie dem Zauber des Verlangens und schenken sich eine gemeinsame Nacht. Danach wollen sie sich nie mehr wiedersehen. Doch keiner kann den anderen vergessen. Als sie erneut aufeinandertreffen, beginnt Marla ein gewagtes Spiel …

Autorin

Luisa Valentin lebt, liebt und arbeitet in der Nähe von München. Über die Irrungen und Wirrungen der Liebe veröffentlichte sie unter anderem Namen bereits erfolgreich mehrere Romane und schreibt Theaterstücke. Sie ist der festen Überzeugung, dass das Leben viele unglaubliche Überraschungen bereithält, wenn man offen und mutig durch die Welt geht.

Von Luisa Valentin ebenfalls bei Blanvalet erschienen:

Ich liebe dich … und dich (38294)

Luisa Valentin

Jede letzte Nacht mit dir

Roman

blanvalet

MIX
Papier aus verantwortungsvollen Quellen
FSC® C014496
www.fsc.org

Verlagsgruppe Random House FSC® N001967
Das FSC®-zertifizierte Papier *Holmen Book Cream* für dieses Buch
liefert Holmen Paper, Hallstavik, Schweden.

1. Auflage
Originalausgabe September 2015 bei Blanvalet Verlag,
einem Unternehmen der
Verlagsgruppe Random House GmbH, München

Dieses Werk wurde vermittelt durch die Literarische Agentur
Thomas Schlück GmbH, 30827 Garbsen.
Umschlaggestaltung: © Johannes Wiebel | punchdesign,
unter Verwendung von Motiven von Shutterstock.com
Redaktion: Alexandra Baisch
LH · Herstellung: sam
Satz: Uhl + Massopust, Aalen
Druck und Bindung: GGP Media GmbH, Pößneck
Printed in Germany
ISBN: 978-3-7341-0137-3

www.blanvalet.de

Für Christina und Franka
in großer Dankbarkeit

»Durch die Leidenschaft lebt der Mensch,
durch die Vernunft existiert er bloß.«

(Nicolas Chamfort, französischer Schriftsteller
1741–1794)

1

Die Nacht war von einer drückenden Schwüle, und kaum ein Lüftchen regte sich. Aufgestützt auf den schwarzen Gehstock in seiner linken Hand stand Daniel im Halbdunkel auf der steinernen Terrasse seiner Villa. Mit starrem Blick verfolgte er das Fahrzeug, das eben durch die kleine Auffahrt davonfuhr. So lange, bis es hinter einer Kurve verschwunden war. Er schloss für einen Moment die Augen und versuchte, den Sturm, der in ihm tobte und ihn umzuwerfen drohte, zu unterdrücken.

»Bitte …«, flüsterte er so leise, dass das einzige Wort gegen das sanfte Rauschen des Meeres nicht zu hören war. Dabei war ihm nicht einmal klar, worum er bat. Dass sie umdrehte und wieder zurückkam? Darauf konnte er lange warten. Dafür hatte er sie zu sehr verletzt. Sie würde nicht wiederkommen. Und genau das war es doch, was er wollte, oder?

Er drehte den Kopf zur Seite und starrte auf die sanft kräuselnden Wellen des Meeres, in denen sich das Licht des Mondes spiegelte.

Erschöpft strich er mit den Fingern durch sein dunkelbraunes, leicht gelocktes Haar, das nach der Dusche, die er kurz vor ihrem Aufbruch genommen hatte, noch immer feucht war. Ein Wassertropfen löste sich von der Spitze einer Haarsträhne. Er landete auf seiner linken Schulter und zog langsam eine durchsichtige Spur über den gebräunten Rücken nach unten bis zu dem weißen Handtuch, das um seine Hüften geschlungen war.

Er hätte es nicht so weit kommen lassen dürfen. Dann wäre ihnen beiden die heutige Nacht erspart geblieben. Warum hatte er es nicht früher gestoppt?

Weil ich nicht konnte, gestand er sich ein.

Daniel griff nach dem Kristallglas, das auf der steinernen Balustrade stand. Er nahm einen tiefen Schluck des französischen Wodkas, den er seit Kurzem für sich entdeckt hatte. Auch sie hatte ihn gemocht, mit gesüßtem Himbeermark und Eis. Verdammt! Er musste sie vergessen. Doch er bezweifelte, dass ihm das gelingen würde. Daniel starrte auf das Glas in seiner Hand. Dann holte er aus und warf es hinaus in die Nacht.

2

6 Monate vorher

Mit einem strahlenden Lächeln und etwas atemlos verbeugten sich Marla und ihre sieben Schauspielerkollegen Hand in Hand vor dem begeistert applaudierenden Publikum. Dann kam der Regisseur auf die Bühne, und das Klatschen wurde noch lauter. Auch die ausverkaufte Dernière der Tragikomödie *Siebentod* im geschichtsträchtigen fürstbischöflichen Opernhaus in Passau, in der das Schauspielerensemble aus München seit letzter Woche gastierte, war ein voller Erfolg gewesen. Marla spürte, wie ihre linke Hand leicht gedrückt wurde, und warf dem Hauptdarsteller einen raschen Blick zu. Mika war ein Jahr jünger als Marla, und obwohl sie selbst erst sechsundzwanzig war, hatten die beiden schon seit fast vier Jahren eine Beziehung. *Siebentod* war das erste Stück, in dem sie gemeinsam auf der Bühne standen. Zunächst war Marla etwas skeptisch gewesen, ob das funktionieren konnte, denn normalerweise trennte sie Beruf und Privatleben strikt. Aber diese Chance war einmalig gewesen. Mika und sie waren äußerst professionell an die Herausforderung herangegangen, und für Marla stellte es auch kein Problem dar, dass sie selbst nur eine kleine Rolle im Stück spielte. Zumindest kein großes Problem.

Wie jedes Mal am Ende einer Vorstellung war Marla einerseits erleichtert und glücklich, es überstanden zu haben, und gleichzeitig voller Wehmut, dass es vorbei war. Und heute fiel es ihr ganz besonders schwer, die Bühne zu verlassen, auch wenn sie froh war, das enganliegende Schlangenkostüm möglichst bald loszuwerden. Denn während ihre Kollegen und auch Mika bereits wieder Engagements und Verpflichtungen an Theaterhäusern oder im Fernsehen hatten, wusste Marla nicht, wie es weitergehen sollte. Dabei hatte sie bis letzte Woche noch die Hoffnung gehabt, ein Engagement in einer neuen Familienserie zu ergattern. Sie hatte für die Rolle als Nanny in einem Akademikerhaushalt mit drei Zwillingspaaren vorgesprochen. Das Casting war gut gelaufen, und der Produzent hatte ihr große Hoffnungen gemacht. Umso härter hatte sie die Absage getroffen. Die Begründung war ebenso simpel wie deprimierend gewesen: Der Redakteur wollte die Rolle am Ende doch mit einer älteren Schauspielerin besetzen.

»Wenn eine Tür zufällt, dann öffnet sich eine andere«, hatte Mika sie halbherzig zu trösten versucht. Mika sah alles von der positiven Seite. Allerdings erst, seitdem es bei ihm selbst besser lief. Nach Abschluss seiner Schauspielerausbildung hatte es eine Weile gedauert, bis er seine erste kleine Rolle bekam. Damals war es an Marla gewesen, ihm Mut zuzusprechen und ihn davon abzuhalten, seinen Traum von der Schauspielerei hinzuwerfen. Doch inzwischen waren diese Zeiten für Mika vergessen. Marla tat so, als ob es ihr nichts ausmachen würde, dass sie gewissermaßen in seinem Schatten stand. Sie war viel zu stolz, um sich ihre Enttäuschung anmerken zu lassen oder ihn gar darauf anzusprechen, dass sie sich mehr Unterstützung von ihm wünschte. Doch insgeheim fiel es ihr von Mal zu Mal schwerer, Absagen zu verkraften, während es bei Mika immer besser lief.

»Ihr Typ ist sehr speziell«, bekam sie oft zu hören. Anfangs hatte sie sich noch über das vermeintliche Kompliment gefreut. Wer genoss es nicht, speziell zu sein? Bis ihr langsam dämmerte, dass es eher von Nachteil war, wie die jüngere blonde Schwester von Sandra Bullock auszusehen.

Das Ensemble verbeugte sich ein letztes Mal und verschwand dann endgültig hinter der Bühne.

»Ihr wart wieder großartig! Einfach grandios«, lobte der Regisseur Oliver Jilz seine Truppe überschwänglich und umarmte sie nacheinander.

Marla fiel auf, dass er sich bei ihrem Freund besonders viel Zeit ließ. Das lag weniger daran, dass Mika seine Rolle brillant gespielt hatte, sondern mehr an der sexuellen Vorliebe des fülligen Regisseurs, der auf Männer stand, die gerade mal halb so alt sein durften, wie er es war. Dass Mika mit Marla zusammen war, interessierte Oliver dabei nicht. Zwischen Marla und Mika hatte es deswegen schon einige Diskussionen gegeben.

»Ach lass ihn doch. Der merkt schon noch, dass er bei mir nicht landen kann.« Mika nahm das alles ziemlich gelassen.

»Der tut so, als ob es mich gar nicht geben würde«, schimpfte Marla dann und nahm es Mika ein wenig übel, dass er die Tätscheleien über sich ergehen ließ, ohne Oliver in seine Schranken zu verweisen.

»Er ist ein ziemlich guter Regisseur. Und er kann mich weiterbringen. Das allein zählt für mich.« Mehr hatte Mika nicht dazu zu sagen.

»Wir treffen uns gleich noch alle im ›Scharfrichterhaus‹«, kam Olivers Ansage.

»Hey! M&M, ihr kommt doch auch?«, fragte Veronika, die Regieassistentin, an Mika und Marla gewandt. M&M, das war der Spitzname, mit dem Mika und Marla als Paar schon seit ihrer Zeit in der Schauspielschule betitelt wurden.

Marla wäre gern noch geblieben, um mit dem ganzen Team in der kultigen Passauer Kneipe zu feiern, in der regelmäßig einer der wichtigsten deutschen Kabarettpreise vergeben wurde. Für sie gehörte das einfach zum Abschluss eines Stückes dazu. Aber Mika hatte am nächsten Tag einen Termin im Tonstudio in München, um ein Hörbuch einzulesen.

»Geht nicht. Wir fahren gleich zurück«, sagte Mika.

»Ach komm. Eine Stunde«, drängte Oliver. »Ich möchte gerne was mit dir bereden.«

»Oliver, wir müssen wirklich los.« Mika war immer sehr konsequent, wenn es darum ging, für seinen Job ausgeschlafen zu sein.

»Na gut. Dann nur ganz kurz jetzt: Ich werde im Frühjahr ›Was ihr wollt‹ inszenieren und hätte dich gerne als Orsino. Interessiert?«

Mikas fast schwarze Augen begannen zu funkeln.

»Ja. Klar doch. Lass uns in den nächsten Tagen telefonieren«, schlug er vor.

Olivers bedauernder Blick war nicht zu übersehen. Er hatte für den letzten Abend wohl etwas anderes von seinem Lieblingsdarsteller erwartet, als die Aussicht auf ein Telefonat.

»Okay. Ich rufe dich an.« Damit drehte sich der Regisseur um und rauschte wie eine beleidigte Diva hinaus.

»Jetzt ist er sauer«, stellte Marla fest.

»Das bügle ich schon wieder aus … Aber jetzt komm.«

Marla und Mika zogen sich rasch um, packten ihre Sachen und machten sich auf den Weg ins Parkhaus zu dem alten Renault Clio, der Mikas Bruder Tim gehörte. Ein eigenes Auto konnten sie sich nicht leisten, dafür waren ihre Einnahmen zu gering und vor allem zu unregelmäßig, auch wenn Mika inzwischen mehr spielte.

Während der Fahrt sprach Mika nur das Nötigste, um seine Stimme nach dem anstrengenden Theaterabend für den kommenden Tag im Aufnahmestudio zu schonen. Er saß auf dem Beifahrersitz und döste vor sich hin. Marla machte das nichts aus. Sie fuhr gern und hörte dabei leise Musik. Die Nacht war ziemlich dunkel, und Wind blies die letzten Blätter von den Bäumen und trieb sie auf die Straße. Es war Mitte November, und Marla konnte es kaum mehr erwarten, dass bald der erste Schnee fiel und das düstere Grau und Braun überdeckte.

Als sie nach zwei Stunden Fahrt ihre winzige Zweizimmerwohnung im Münchner Stadtteil Westend betraten, ließ Mika sich sofort müde ins Bett fallen, während Marla noch seltsam aufgekratzt war. Sie setzte sich auf die Kante des Bettes und schob ihre Hand unter das ausgewaschene T-Shirt, das Mika zum Schlafen trug. Sanft streichelte sie über seinen schlanken, fast mageren Körper. Sie spürte Verlangen in sich aufsteigen.

Wann haben wir das letzte Mal miteinander geschlafen?, fragte Marla sich plötzlich, und als sie darüber nachdachte, fiel ihr auf, dass es schon fast vier Wochen her war. Es war nach der Geburtstagsfeier ihrer Freundin Betty gewesen, die praktischerweise seit einem Jahr mit Mikas Bruder Tim verheiratet war. Seitdem war nichts mehr zwischen ihr und Mika gelaufen, wenn man von ein paar Küssen und gelegentlichen Kuscheleien absah. Was sicherlich auch an der anstrengenden Probezeit für das Stück und den Auftritten lag, die viel Kraft kosteten. Aber auch an einer gewissen Routine, die sich in ihre

Beziehung eingeschlichen hatte. Dabei hatte es mal eine Zeit gegeben, in der sie die Hände nicht voneinander lassen konnten. Doch je bekannter Mika wurde, desto seltener schliefen sie miteinander. Was Marla schon seit einiger Zeit etwas beunruhigte. Sie hatte fast den Eindruck, dass der Erfolg für Mika inzwischen befriedigender war als ihr gemeinsamer Sex.

»Hmm … das tut gut«, murmelte Mika zwischen den Kopfkissen hervor, als sie mit den Fingern seine Wirbelsäule entlang nach unten streichelte. »Aber jetzt komm schlafen, Marla. Ich muss morgen echt fit sein.«

Schade, dachte Marla und seufzte leise. Sie zog sich aus, schlüpfte in ein Nachthemd, legte sich ins Bett und drehte ihm den Rücken zu.

Mika rückte an sie heran und zog sie an sich.

»Nacht«, flüsterte er, und gleich darauf war er eingeschlafen. Sie lauschte seinem gleichmäßigen Atem.

Marla schloss die Augen und spürte erst jetzt, wie müde sie selbst war. Trotzdem konnte sie nicht einschlafen. Tausend Gedanken gingen ihr durch den Kopf und ließen sie nicht zur Ruhe kommen. Bis sie schließlich aufstand und in das kleine Wohnzimmer ging. Sie schenkte sich ein Glas Wasser ein und trank es in langsamen Schlucken leer. Da sie ohnehin nicht schlafen konnte, setzte sie sich an den Schreibtisch und schaltete den Computer an. Es dauerte eine gefühlte Ewigkeit, bis der alte Rechner hochgefahren war. Sie wählte sich auf die Seite ihrer Bank ein und warf einen ängstlichen Blick auf ihr Konto. Sie hatte um knapp tausend Euro überzogen, und ihr magerer Kreditrahmen war damit so gut wie ausgereizt. Hoffentlich bekam sie ihre Theatergage bald überwiesen. In ein paar Tagen war die Miete fällig, und wenn das Geld bis dahin nicht auf dem Konto war, müsste sie Mika bitten, ihren Anteil vorerst für sie zu übernehmen. Und diese Vorstellung behagte ihr absolut nicht. Sie wollte finanziell nicht von einem Mann abhängig sein. So wie ihre Mutter Paula es war.

Marla war gerade in den Kindergarten gekommen, als ihr Vater, der Saxophonist in einer Jazzband war, auf dem Weg nach Hamburg zu einem Engagement auf einem Luxusdampfer mit dem Auto verunglückte. Die wenigen Erinnerungen, die sie an den großgewachsenen Mann hatte, waren voller Musik und Lachen.

Ihr damaliger Nachbar Edgar war ein kinderloser Witwer im gehobenen Beamtendienst und fast doppelt so alt wie Paula gewesen. Ein Dreivierteljahr nach dem Unfall hatte er um Paulas Hand angehalten, und sie hatte den Antrag angenommen, da Edgar es ihr finanziell ermöglichte, bei Marla zu Hause zu bleiben. Es war ihm sehr recht, dass seine zweite Frau sich ausschließlich um den Haushalt, um ihn und um das Kind kümmerte. Für Marla war er niemals wie ein Vater gewesen, sondern eher wie ein netter Onkel, der es auf eine fürsorgliche Art gut mit ihr und ihrer Mutter meinte. Doch Marla vermutete, dass ihre Mutter ihn zwar mochte, ihn jedoch nie richtig geliebt hatte, sondern sich nur auf diese Verbindung eingelassen hatte, weil sie ansonsten als Witwe mit einem kleinen Kind und ohne Arbeit ein Sozialfall geworden wäre.

Eine solche Abhängigkeit wollte Marla niemals erleben. Sie brauchte dringend einen Job. Von ihrem Agenten hatte sie nach der Absage vom Casting nichts mehr gehört. Sie musste Richard Fischer unbedingt in den nächsten Tagen anrufen, um mit ihm zu besprechen, wie es weitergehen sollte.

Ohne sich viel davon zu versprechen, suchte sie auf

verschiedenen Seiten von Produktionsfirmen nach Jobangeboten. Aber die Auswahl an Schauspielrollen war mager, da die meisten Produzenten das Casting über Agenturen laufen ließen. Hier kam sie nicht weiter.

Bis sie wieder ein Engagement hatte, würde ihr nichts anderes übrig bleiben, als ihren alten Kumpel Dennis zu fragen, ob er sie wieder für eine Weile in seiner Kneipe als Aushilfsbedienung brauchen konnte. Doch auf Dauer war das auch keine Lösung.

Erschöpft und frustriert schaltete sie den Computer ab und ging ins Bett.

3

Eine Woche später saß Marla an einem kleinen runden Tisch im Schaufenster des *Marais*, nicht weit von ihrer Wohnung entfernt. Sie liebte das ungewöhnliche Ambiente im ehemaligen Waren- und Textilgeschäft, das zu einem Ladencafé umfunktioniert worden war, in dem man sogar Teile des Inventars kaufen konnte. In den hohen Holzregalen befanden sich Artikel wie Knöpfe, Garnrollen, Mützen, Geschirr und Schmuck.

Sie nippte an einem Milchkaffee und las das Drehbuch für einen Kurzfilm. Ein befreundeter Student der Filmhochschule wollte die skurrile Geschichte um eine vegane Metzgerstochter inszenieren und hatte Marla für die Hauptrolle angefragt. Die Dreharbeiten sollten in zwei Wochen stattfinden. Natürlich gab es keine Gage dafür, allerdings fanden Abschlussfilme nicht selten Beachtung in der Branche und bei Filmfestivals. Und sie konnte den Film später auf ihrer Schauspielerhomepage als Referenz vorweisen. Insgesamt waren für den Film drei Drehtage angesetzt, und da sie ohnehin keinen Job hatte, würde sie zusagen. Inzwischen war ihre Theatergage eingetroffen, und so hatte sie einen kleinen finanziellen Spielraum.

Mika war vor vier Tagen für zwei Wochen nach Köln gefahren, um dort einen Werbefilm für einen Mobilfunkanbieter zu drehen. Er war in Köln aufgewachsen und nutzte die Gelegenheit, um Freunde zu besuchen und Zeit mit seiner Familie zu verbringen. Außerdem sollte er bei einem Casting vorsprechen. Offenbar ging es ihm gut, denn seit er weg war, hatte er sich nur zweimal kurz bei Marla gemeldet. Das war für Mika allerdings ganz normal. Er war kein Freund von unnötigen Telefonaten oder Kurznachrichten. Eigenartigerweise machte es ihm aber nichts aus, bei Twitter oder Facebook fleißig zu posten. Rein beruflich, wie er immer wieder betonte. Wenn sie also etwas von ihm wissen wollte, dann musste sie dort nachsehen. Da sie ihr Smartphone nach ihrer Rückkehr aus Passau beim Joggen verloren hatte und sich noch kein neues Gerät leisten konnte, benutzte sie momentan ihr altes Handy, mit dem man telefonieren und Kurznachrichten verschicken, aber nicht ins Internet gehen konnte. Sie seufzte. Mika fehlte ihr, und sie fühlte sich ein wenig einsam ohne ihn. Vielleicht sollte sie später Betty und Tim anrufen und fragen, ob sie etwas mit ihr unternehmen wollten.

Plötzlich bekam sie große Lust auf etwas Süßes. Doch sie verkniff es sich, einen Kuchen aus dem leckeren Angebot im *Marais* zu bestellen. Sie hatte in letzter Zeit ohnehin ein wenig zugenommen. Für normale Verhältnisse war sie zwar noch immer schlank, aber die Kameras zeigten jedes zusätzliche Pfund gnadenlos. Als Pummelchen würde es ihr noch schwerer fallen, eine Rolle zu bekommen.

Marla hob den Kopf und sah nach draußen. Es hatte zu regnen begonnen. Alles war grau und duster, und nur die bunten Regenschirme der wenigen Passanten brachten etwas Farbe in die Umgebung.

Ein wenig mehr Farbe könnte ich momentan auch in meinem Leben gebrauchen, dachte Marla und wandte sich wieder dem Drehbuch zu. Kaum hatte sie eine Seite gelesen, klingelte das Handy.

»Ja hallo, Richard?«, meldete sie sich, nachdem sie die Nummer ihres Agenten erkannt hatte.

»Marla, meine Liebe, es gibt Neuigkeiten. Gute Neuigkeiten.«

Marla spürte, wie ihr Herz schneller zu schlagen begann.

»Was denn?«

»Ich habe hier ein lukratives Angebot für dich. Und wenn ich sage, ein lukratives Angebot, dann meine ich ein äußerst lukratives Angebot.« Richard hatte die Angewohnheit, wichtige Details immer doppelt oder dreifach zu betonen. »Das erzähle ich dir aber besser persönlich. Kannst du in die Agentur kommen? Also, ich meine jetzt gleich?«

»Klar.«

Eine halbe Stunde später saß Marla Richard an seinem alten, mit Manuskripten und Büchern überladenen Schreibtisch gegenüber und schaute ihn völlig verblüfft an.

»Ich soll was spielen?«, fragte sie noch einmal, um sicherzugehen, dass sie sich nicht doch verhört hatte.

Richard rückte seine Nickelbrille zurecht. Sie sah aus, als hätte er sie John Lennon zu dessen Lebzeiten persönlich von der Nase gezogen. Dann streifte er seine schulterlangen graumelierten Haare aus dem rundlichen Gesicht.

»Die Verlobte eines Unternehmers«, wiederholte der Agent und lächelte.

»Damit ich alles richtig verstehe, es geht hier nicht um eine Rolle im Theater oder für einen Film?«

»Ganz genau. Du sollst für ein verlängertes Wochenende die Verlobte spielen.«

»Warum?«, fragte Marla und spürte, wie sich eine große Enttäuschung in ihr breitmachte. Sie hatte sich so hoffnungsvoll auf den Weg in die Agentur gemacht – dabei ging es gar nicht um eine echte Rolle.

»Der Auftraggeber muss zu einer Familienfeier. Offenbar hat er seine Angehörigen über seinen aktuellen Beziehungsstatus etwas irregeführt. Nun braucht er eine Frau an seiner Seite, die diese Rolle übernehmen kann. Also, die seine Verlobte spielt.«

Marlas Gesicht lief bei seinen Worten rot an.

»Ich arbeite doch nicht bei einem Begleitservice!«, protestierte sie. »Und ich verstehe nicht, wie du so ein Angebot überhaupt für mich in Betracht ziehen kannst.« All die angestaute Frustration und Enttäuschung der letzten Tage und Wochen machten sich nun Luft. Für so einen Job brauchte sie wirklich keinen Agenten.

Wütend stand sie auf. Doch Richard beugte sich über den Schreibtisch und hielt sie am Arm fest.

»Marla, jetzt hör dir doch erst mal alles an«, versuchte er, sie zu beschwichtigen. »Ich war zunächst auch skeptisch, als diese Anfrage reinkam. Aber so einen gut bezahlten Job bekommt man wirklich nicht alle Tage angeboten. Du weißt, wie schwer es ist, überhaupt einen anständigen Job als Jungschauspieler zu bekommen.« Oh ja, davon konnte sie ein Lied singen.

Er ließ ihren Arm wieder los, und Marla setzte sich zögerlich. In ihrer Lage sollte sie sich wenigstens einmal anhören, was er zu sagen hatte.

»Wie gut bezahlt?«, fragte sie.

Richards hellgraue Augen leuchteten vergnügt.

»Vier Tage die Verlobte spielen bringt dir zehntausend Euro ein. Zehntausend!«

Marla verschlug es die Sprache. Das wäre ja eine

Tagesgage von zweieinhalbtausend! Mit diesem Geld auf dem Konto könnte sie eine Weile über die Runden kommen.

»Die Spesen sind natürlich nicht inbegriffen«, setzte Richard hinzu, »die bekommst du extra erstattet. Und natürlich auch den Flug.«

»Den Flug?«

»Ja. Nach London.«

»London? Mein Auftraggeber ist Engländer?«, fragte sie überrascht.

»Nein. Aber dort findet wohl diese Feier statt.«

»Und was genau muss ich dafür tun?«, wollte Marla wissen. Sie war inzwischen nicht mehr ganz so abgeneigt.

»Natürlich habe ich genau nachgefragt, ich bin ja schließlich dein Agent und nicht dein Zuhälter.« Richard lachte kurz und sprach dann weiter: »Wie gesagt, du sollst dich als Verlobte ausgeben und die Familie unseres Auftraggebers davon überzeugen, dass ihr ein glückliches Paar seid. Daniel Lester, dein *Verlobter*« – das letzte Wort unterstrich er mit angedeuteten Anführungszeichen – »hat für diese Frau eine Vita zusammengestellt. Und in diese Rolle sollst du schlüpfen.«

Er schob ihr eine Mappe über den Tisch zu.

In Marlas Magen machte sich ein eigenartiges Ziehen bemerkbar. Warum so ein Spiel?, fragte sie sich irritiert.

»Und wo ist der Haken bei diesem Lester? Ist er in illegale Machenschaften verwickelt?«

Richard lachte wieder.

»Aber nein. Er ist Unternehmer. Ziemlich erfolgreich.«

»Nun, das eine schließt das andere ja nicht aus«, gab Marla zu bedenken.

»Marla. Warum genau der Typ eine Verlobte erfunden hat, das weiß ich nicht.«

»Was hattest du denn für einen Eindruck von ihm?«

»Wir haben ja nur telefoniert. Und in den Unterlagen ist leider kein Foto dabei. Vielleicht sieht er so grottig aus, dass er deswegen keine Frau abbekommt. Womöglich ist er aber auch heimlich schwul und braucht eine Frau als Alibi. Ich weiß es nicht. Ich weiß nur eines: Lester zahlt gut. Und zwar sehr gut! Er hat bereits einen Vertragsentwurf geschickt. Darin steht ausdrücklich, dass keine sexuellen Gefälligkeiten zu diesem Job gehören. Er will Marla Patry, die professionelle Schauspielerin, die diese Rolle überzeugend spielen kann und – jetzt kommt noch ein wichtiger Teil – am letzten Tag die Beziehung glaubhaft beendet. Also kurz gesagt, du musst mit ihm Schluss machen.«

»Schluss machen?« Die Sache wurde ja immer rätselhafter. Und so langsam fing sie an, Marla zu interessieren. Rätsel hatten sie schon immer fasziniert. Genau deshalb entschied Marla sich plötzlich, den Job anzunehmen. Vielleicht war diese Rolle der Farbtupfer, der ihr in letzter Zeit fehlte? Außerdem brauchte sie Geld, und vier Tage waren kein großer Zeitaufwand für diese Summe. Sie müsste sich als Bedienung in Dennis' Bar viele Nächte um die Ohren schlagen, bis sie so viel verdient hatte. Und echte Rollenangebote gab es momentan offensichtlich ohnehin nicht für sie.

Bevor sie zusagte, wollte sie jedoch noch etwas wissen.

»War das eine allgemeine Anfrage an die Agentur?«

»Nein. Er will speziell dich, Marla.«

Aus irgendeinem Grund schmeichelte ihr das.

»Und wie ist dieser Daniel Lester ausgerechnet auf mich gekommen?«

Richard zuckte mit den Schultern.

»Keine Ahnung. Dazu hat er nichts gesagt. Kein Wort ...

Ach ja, und das Ganze soll bereits am kommenden Wochenende stattfinden. Also diesen Freitag.«

»Was? Schon in drei Tagen?« Marla fühlte sich ein wenig überrumpelt. Allerdings würde Mika erst Ende nächster Woche zurückkommen, und sie hatte sowieso nichts Besseres vor.

»Okay.« Marla nahm einen Kugelschreiber aus dem alten Wasserglas, das vollgestopft mit Stiften war. »Wo muss ich unterschreiben?«

4

Was würde Mika dazu sagen? Diese Frage beschäftigte Marla, seitdem sie die Agentur verlassen hatte. Würde er den Kopf darüber schütteln, dass sie sich auf diese Art Job eingelassen hatte? Oder würde er sich für sie freuen, dass sie für wenige Tage Arbeit so viel verdiente. Oder wäre er am Ende sogar sauer, dass sie die Verlobte eines völlig fremden Mannes spielte? Marla konnte seine Reaktion darauf nicht einschätzen, musste sie sich eingestehen, und diese Tatsache beunruhigte sie ein wenig. Sollte sie nach so langer Zeit nicht wissen, wie ihr Freund reagieren würde? Oder war sie selbst einfach nur unsicher und übertrug dieses Gefühl auf ihre Gedanken an Mika? Sie würde ihn am Abend anrufen und ihm alles erzählen. Spätestens dann würde sie wissen, was er davon hielt.

Inzwischen war sie wieder zurück in der Wohnung. Sie schaltete den Wasserkocher ein und nahm ein großes Schraubglas vom Regal über dem Kühlschrank. Als sie den Deckel öffnete, stieg ihr der aromatische Duft getrockneter Apfelschalen von Früchten aus dem Garten ihrer Mutter in die Nase. Er erinnerte sie an gemütliche Herbst- und Wintertage in ihrer Kindheit, die sie mit ihrer Mutter Paula auf der Eckbank neben dem Kachelofen im Esszimmer verbracht hatte. Sie hatten Kastanienmännchen gebastelt und Steine bemalt oder stundenlang Uno gespielt. Und in der Adventszeit hatten sie Plätzchen gebacken und nebenbei Pumucklgeschichten auf Kassetten angehört. So wenig Marla es verstand, weshalb ihre Mutter sich trotz abgeschlossener kaufmännischer Ausbildung beruflich nie auf eigene Beine gestellt hatte, so sehr hatte sie es als Kind genossen, dass sie immer für sie da gewesen war.

Marla gab einige Esslöffel des Apfeltees in eine bauchige Teekanne, deren Glasur am Griff und am Deckel etwas angeschlagen war. Sie hatte die himbeerrote Kanne gekauft, kurz nachdem sie mit Mika zusammengezogen war. Mika fand die Kanne scheußlich, aber Marla liebte sie.

Nachdem das Wasser aufgekocht war, ließ sie es noch einige Minuten abkühlen und goss es dann über den Apfeltee. Dann gab sie eine Prise Zimt dazu. Sie stellte die Kanne auf ein Tablett neben eine Tasse und eine Packung Schokokekse und nahm alles mit ins Wohnzimmer. Dort lagen die Unterlagen bereit, die Richard ihr mitgegeben hatte. Sie machte es sich auf dem Sofa bequem und schenkte sich Tee ein. Dann griff sie nach dem hellgrauen Pappschnellhefter, schlug ihn auf und begann zu lesen.

Während der bevorstehenden vier Tage in London würde sie die Philosophiestudentin Lisa Brenner spielen. Marla hob überrascht den Kopf. Nach dem Abitur hatte sie tatsächlich zwei Semester Philosophie studiert, bevor sie mit ihrer Schauspielerausbildung begonnen hatte. Hatte ihr Auftraggeber diese Informationen aus ihrer Vita auf der Agenturhomepage, oder gab es einen anderen Grund dafür, dass seine Verlobte ausgerechnet diesen Studiengang belegt haben sollte? Jedenfalls war Marla erleichtert, dass sie sich in der kurzen Zeit nicht auch noch in ein völlig fremdes Fachgebiet einlesen musste.

Im Lebenslauf der fiktiven Verlobten stand neben dem

Geburtsdatum außerdem, dass Lisa in einer gutbürgerlichen Familie im Münchner Umland mit zwei älteren Brüdern aufgewachsen war. Sie trieb regelmäßig Sport und reiste viel und gern. Ihr Kleidungsstil war lässig feminin und die Haare dunkelbraun. Was bedeutete, dass Marla entweder eine Perücke aufsetzen oder ihre blonden Haare tönen musste. Da beim Tragen von Perücken immer die Gefahr bestand, dass es jemandem auffiel, entschied Marla sich, zum Friseur zu gehen. Natürlich könnte sie sich die Haare auch selbst zu Hause tönen und Geld sparen, aber sie hatte das noch nie gemacht und wusste deswegen nicht, wie das Ergebnis hinterher ausfallen würde. Auf keinen Fall wollte sie ein Risiko eingehen. Sie griff nach dem Handy, rief den Friseurladen um die Ecke an und vereinbarte einen Termin für den kommenden Tag. Dann schnappte sie sich einen Keks und las weiter.

Lisa Brenner würde der Familie ihres »Verlobten« am kommenden Wochenende zum ersten Mal begegnen, und Daniel Lester hatte es deswegen auch gar nicht für nötig befunden, Fotos beizufügen. Er würde ihr seine Familie ganz einfach vorstellen. In den Unterlagen waren Stichpunkte zu den Gästen auf der Geburtstagsfeier sowie zum Verwandtschaftsgrad und den Berufen der offenbar wichtigsten Personen, denen sie begegnen würde. Anders sah es mit Informationen über Daniel Lester selbst aus. Sie erfuhr nun zum ersten Mal etwas über den Mann, dessen Verlobte sie spielen sollte. Lester hatte einen ausführlichen tabellarischen Lebenslauf über zwei Seiten erstellt, der Informationen enthielt, die sie als seine Verlobte wissen musste. Er war am 3. Oktober dreiunddreißig Jahre alt geworden und hatte nach dem Abitur sowohl einen Abschluss im Bereich Sportmanagement als auch in

Wirtschaftspsychologie gemacht. Er war Leiter der Marketingabteilung im Familienunternehmen Lester SP, ein weltweit agierender Sportartikel- und Sportbekleidungshersteller. Es folgte eine Aufstellung über seine Vorlieben und Abneigungen beim Essen, diverser Schriftsteller, die er bevorzugt las, Lieblingsfilme und die Musik, die er gerne hörte. Marla war überrascht, wie vielseitig sein Geschmack war. Das machte ihn ihr sympathisch.

Der letzte Teil der Unterlagen beschrieb, wie sie sich vor einem halben Jahr kennengelernt, aber die Beziehung anfangs noch nicht öffentlich gemacht hatten. Verlobt hatten sie sich vor einem Monat, ganz klassisch, in einem kleinen italienischen Restaurant. Marla kannte das *La Stanza* im Münchner Stadtteil Lehel und liebte die traditionelle hausgemachte Küche.

Außerdem gab es Aufnahmen seiner Wohnung in München, in der Lisa Brenner mehrmals in der Woche übernachtete. Die Wohnung hatte vier Zimmer und sah sehr geräumig aus. Und der geschmackvollen Einrichtung konnte sogar Marla sofort ansehen, dass sie nicht gerade wie bei ihr selbst von Ikea oder einem anderen Möbeldiscounter stammte.

Als sie schließlich zur letzten Seite blätterte, las sie einen Vermerk, dass sie weitere relevante Informationen rechtzeitig erhalten würde. Sie schlug die Mappe zu und griff nach ihrer Tasse. Der Tee war inzwischen kalt geworden, doch das machte ihr nichts aus.

»Was ist das nur für ein seltsames Spielchen?«, murmelte sie. Und warum hatte Lester den Unterlagen kein Foto von sich beigelegt? Sah er womöglich tatsächlich so schlimm aus? Das musste doch herauszufinden sein. Plötzlich sprang sie auf und ging zum Schreibtisch. Sicher würde man im Internet Informationen zu Daniel

Lester finden. Als der Computer Minuten später endlich hochgefahren war und sie seinen Namen bei Google eingab, kamen tatsächlich einige Einträge, allerdings alle ohne Fotos. Es dauerte ewig, bis sich die Seite seiner Firmenhomepage endlich lud.

»Blödes Mistding!«, schimpfte sie laut und schwor sich, von ihrer Gage einen neuen PC zu kaufen.

Auch auf der Firmenseite war kein Foto von Lester zu finden. Als sie einen weiteren Link aufrufen wollte, blieb der PC hängen, und die Seite fror ein. Sie versuchte, ihn wieder zum Laufen zu bringen, aber sie konnte ihn noch nicht einmal anständig herunterfahren.

»Dann halt nicht!«

Ärgerlich zog sie den Stecker heraus.

Inzwischen war es draußen dunkel geworden. Zum Licht der Stehlampe neben dem Sofa zündete sie ein paar Teelichter an und widmete sich wieder den Unterlagen. Was für ein Aufwand!, dachte sie, nur damit sie vier Tage lang seine Verlobte spielen konnte.

Marla versuchte, sich die Namen der Familie und die Informationen dazu einzuprägen. Da klingelte das Handy. Mika! Ihr Herz klopfte plötzlich schneller. Es fühlte sich fast ein wenig wie schlechtes Gewissen an. Was natürlich totaler Quatsch war.

»Hi, Mika!«, begrüßte sie ihn.

»Hey, Marla. Na? Alles klar bei dir?«

»Ja. Und bei dir? Ist der Werbefilm schon im Kasten?«

»Morgen früh gibt's noch ein paar Takes. Aber bisher ist es echt cool gelaufen.«

»Das freut mich. Bist du bei deinen Eltern?«

»Nö. Ich bin mit ein paar Kumpels unterwegs. Wir gehen gleich was essen, und dann machen wir Köln unsicher.«

»Okay …« Sie schluckte. »Du, stell dir vor. Ich hab am Wochenende einen Job. In London«, sagte sie.

»In London?« Er wirkte überrascht.

»Ja. Vier Tage. Ziemlich gut bezahlt.«

»Eine Filmproduktion?«

Sie spielte nervös mit den Kekskrümeln auf dem Tisch und schob sie hin und her.

»Äh … Nein … Also … es ist total verrückt eigentlich«, sie lachte kurz auf. »Weißt du, ich soll die Verlobte eines Unternehmers spielen.«

»In einem Theaterstück?«

»Eher so eine Art Impro-Theater oder Realityshow ohne Kameras«, versuchte sie, ihren Job zu umschreiben.

»Kannst du mir das mal etwas genauer erklären?«, forderte er sie auf, und seine Stimme klang etwas ungeduldig.

»Klar … Also, Richard hat eine Anfrage von einem Unternehmer bekommen. Ich soll ihn auf eine Geburtstagsfeier begleiten und mich dabei als seine Verlobte ausgeben.«

»Hä? Will Richard jetzt einen Begleitservice aufmachen, weil er keine Jobs für seine Schauspieler an Land ziehen kann, oder wie?«

Obwohl auch ihre ersten Gedanken in diese Richtung gegangen waren, als Richard ihr davon erzählt hatte, war sie doch etwas sauer über Mikas Bemerkung. Früher war er selbst in der Agentur Fischer gewesen, und Richard hatte ihm einige anständige Jobs vermitteln können. Als Mika in einer kleinen, aber wichtigen Nebenrolle in einer Kinokomödie überzeugen konnte, hatte das Interesse an dem Schauspieler Mika Nowak schlagartig zugenommen. Tine Schonau, eine der Schauspielerkolleginnen aus diesem Film, hatte ihn mit ihrer Agentin bekannt gemacht. Kurz darauf hatte er eine Anfrage dieser Agentur bekommen, in der einige Schauspieler vertreten waren, die ziemlich dick im Geschäft waren. Mika hatte nicht lange überlegt, sondern sofort bei Richard gekündigt und die neuen Verträge unterschrieben. Das war jetzt gerade mal drei Monate her. Seither galt ihr Agent bei ihm nicht mehr sonderlich viel.

»Richard hat alles genau geprüft. Ich bekomme zehntausend Euro Gage«, sagte sie etwas trotzig.

»Zehntausend? Du machst Witze!«

»Mache ich nicht.«

Für einige Sekunden herrschte Stille in der Leitung.

»Und was gehört zu diesem Job dazu?«

»Wichtig ist doch, was nicht dazugehört! Im Vertrag steht ausdrücklich, dass keine sexuellen Handlungen erwartet werden.«

»Das ist ja wohl das Mindeste! Trotzdem ... du hättest vorher mit mir drüber reden können.«

»Und? Was hättest du mir geraten?«

»Ach, weiß nicht ... Sollst du diese Verlobte nun öfter spielen?«

»Nein. Zur Rolle gehört, dass ich am letzten Tag mit ihm Schluss mache. Ich hab auch keine Ahnung, was das alles soll, Mika, aber ich kann das Geld wirklich gut gebrauchen.«

»Hmm ...«

»Was hmm?«

»Na ja. Ich würde mich auf so was sicher nicht einlassen, aber da du ja momentan nichts anderes zu tun hast ...« Er sprach nicht weiter, aber Marla ärgerte sich über seine herablassende Art, die sicher nicht beabsichtigt war, ihr aber trotzdem wehtat. Und doch konnte sie ihn auch ein klein wenig verstehen. Sie wäre auch nicht begeistert, wenn umgekehrt er die Rolle eines Verlobten spielen würde.

»Mika. Es ist nur ein Job. Außerdem freue ich mich auf London. Du weißt, dass ich schon immer mal dorthin wollte.«

»Schon gut. Ich muss jetzt aufhören. Die Jungs warten schon. Meld dich mal, wie es läuft.«

»Mach ich.«

»Viel Erfolg. Und hey! Lass ja die Finger von dem Typen.«

Nun klang er wieder versöhnlicher.

»Was denkst du denn von mir? Ein Mann, der sich eine Verlobte kaufen muss, interessiert mich nun wirklich nicht.«

5

Die beiden Flugbegleiterinnen der Lufthansa nickten Marla drei Tage später freundlich zu, als sie als eine der letzten Passagiere durch die Fluggastbrücke die Maschine betrat. Lester hatte einen Fensterplatz in der Businessklasse für sie reservieren lassen. Sie hatte die ganze Reihe für sich allein. Großzügig war er, das musste man ihm lassen. Oder besser gesagt, verschwenderisch. Für die kurze Strecke wäre ein Platz in der Economy völlig ausreichend gewesen.

Marla verstaute ihren grauen Mantel und die Handtasche im Gepäckfach und setzte sich. Der Platz war definitiv bequemer als die normalen Sitze, die sie von ihren zwei bisherigen Flugreisen in Erinnerung hatte. Viel Bewegungsfreiheit hatte sie damals nämlich nicht gehabt. Sie sollte es einfach genießen, Business Class zu fliegen. Womöglich würde das nicht allzu oft in ihrem Leben der Fall sein.

Kurz vor dem Start begannen die Flugbegleiterinnen routinemäßig mit den vorgeschriebenen Sicherheitsunterweisungen. Ob es wirklich relevant war, den Fluchtweg zu kennen, wenn ein Flugzeug aus über zehntausend Metern Höhe abstürzte?, fragte Marla sich beklommen.

Als das Flugzeug die letzten Meter auf die Startbahn rollte, war sie nervös. Es war das erste Mal, dass sie ohne Begleitung flog, also gab es niemanden, der sie ablenken konnte. Marla beneidete die anderen Fluggäste, von denen die meisten völlig entspannt in ihre Zeitungen vertieft waren. Zumindest sah es so aus, als ob Fliegen für sie einfach Routine wäre. Sie schloss die Augen, als das Flugzeug unter lautem Dröhnen der Triebwerke beschleunigte und die Startbahn entlangraste. Und als es vom Boden abhob, wurde ihr für einen Moment ganz flau im Magen. Vielleicht hätte sie doch etwas essen sollen. Aber bis auf eine halbe Tasse Tee am Morgen hatte sie vor Aufregung nichts hinunterbekommen.

»Es ist nur ein Job«, hatte sie sich immer wieder gesagt. Und doch fühlte es sich anders an.

Während das Flugzeug die Reisehöhe erreichte und in ein dichtes Wolkenfeld eintauchte, schaute sie gedankenverloren aus dem kleinen Fenster. Nach einer Weile wurde sie müde und schloss die Augen.

»Hallo, Lisa«, hörte sie plötzlich eine wohltönende männliche Stimme. Es dauerte einige Sekunden, bis sie realisierte, dass sie damit gemeint war. Noch während sie ihren Kopf auf die andere Seite drehte, überzog eine Gänsehaut ihren Rücken. Auf dem Sitz am Gang hatte ein Mann Platz genommen. Sein linkes Bein war lässig ausgestreckt, und er lächelte sie höflich an. Sie wusste sofort, dass es sich bei dem Mann um ihren Auftraggeber handelte. Er musste auf einem der Plätze hinter ihr gesessen haben, von einer Zeitung verborgen, als sie das Flugzeug betreten hatte. Jedenfalls hatte sie ihn bisher nicht bemerkt. Und dieser Mann wäre ihr ganz bestimmt aufgefallen! Zu einer schwarzen Jeans trug er einen dunkelgrauen Rollkragenpullover, der sein markantes Kinn vorteilhaft betonte. Dunkle Locken fielen ihm in die Stirn bis zu seinen schwarzen dichten Augenbrauen. Er musterte sie aus türkisfarbenen Augen, die an die Farbe des Meeres an einem weißen Traumstrand erinnerten.

Er sieht gut aus! Viel zu gut!, schoss es ihr durch den Kopf.

Daniel Lester war tatsächlich alles andere als hässlich. Es dürfte ihm ganz bestimmt keine Schwierigkeiten bereiten, eine Frau zu finden. Warum also hatte er eine Schauspielerin engagiert, ihn zu einem Familienfest zu begleiten? War er doch schwul, wie Richard vermutet hatte, und brauchte sie als seine Alibiverlobte? Vermutlich war es so.

Dieser Gedanke war gleichzeitig enttäuschend, vor allem aber sehr beruhigend. Und jetzt erinnerte sie sich auch wieder daran, dass sie einen Job zu erfüllen hatte. Sie war Lisa Brenner, seine Verlobte. Eine Rolle, auf die sie sich die letzten Tage intensiv vorbereitet hatte, und genau diese Rolle würde sie spielen.

Sie räusperte sich und lächelte.

»Hallo, Liebling«, begrüßte sie ihn.

Daniel zog eine Braue hoch. Offensichtlich hatte er nicht damit gerechnet, dass sie von Anfang an in ihre Rolle schlüpfen würde. Nun, er würde bald merken, wie professionell sie arbeitete.

»Du siehst phantastisch aus – wie immer«, stieg er sofort in ihr Spiel ein, doch sein Tonfall klang etwas distanziert.

»Danke.«

»Darf ich Ihnen einen kleinen Imbiss servieren?«, unterbrach sie eine der Flugbegleiterinnen.

»Gerne«, sagte Lester.

»Nein, danke«, lehnte Marla höflich ab. Sie würde jetzt vor Aufregung keinen Bissen herunterbekommen, egal wie hungrig sie war.

»Einen Kaffee vielleicht?«

Marla schüttelte den Kopf.

»Nur ein Wasser bitte.«

Gleich darauf bekam Daniel Lester einen Salat mit gebratener Hühnerbrust und ein Schälchen mit Melonenstücken auf Porzellangeschirr serviert. Den angebotenen Wein lehnte er höflich ab und trank ebenfalls nur Wasser.

Marla betrachtete ihn verstohlen beim Essen. Er war wirklich sehr attraktiv. Seine Hände waren kräftig und wohlgeformt. Am rechten Ringfinger steckte ein mattsilberfarbener Ring, der ihr durch seine geschmackvolle Schlichtheit besonders ins Auge fiel. Sie ging davon aus, dass es der Verlobungsring war. Und nachdem er alles so gut geplant hatte, würde sie das Gegenstück dazu bestimmt noch vor ihrer Ankunft in London erhalten. Ob er mehrere Ringe in verschiedenen Größen dabeihatte?

Der Duft seines dezenten Rasierwassers stieg ihr in die Nase und verursachte ein wohliges Kribbeln im Bauch. Die Nähe zu ihm verunsicherte sie, und sie musste sich zusammenreißen, um sich an ihre Aufgabe zu erinnern. Was ein schlechtes Zeichen war. Sie war noch nicht richtig in ihrer Rolle drin.

Er spießte ein Stück Melone auf und hielt es ihr hin.

»Hier. Versuch mal.«

Sie war erstaunt, dass er ihr Essen von seinem Teller anbot. Mika würde das nie tun. Er mochte es noch nicht einmal, wenn sie auch nur ein Pommes von ihm stibitzte. Marla wollte eigentlich ablehnen, doch wie von selbst öffneten sich ihre Lippen, und er schob ihr das Stück Melone in den Mund. Es schmeckte fruchtig und war erfrischend saftig.

»Gut, nicht wahr? Noch ein Stück?«

Marla nickte leicht verwirrt. Es war ein ungewöhnlich intimes Gefühl, sich von ihm füttern zu lassen.

6

Nachdem er ihr das nächste Stück Melone in den Mund geschoben hatte, betrachtete Daniel sie zum ersten Mal ganz bewusst aus der Nähe. Sie trug ein dunkelgraues Wollkleid, das ihre kurvige Figur vorteilhaft betonte. Der Ausschnitt war mit einem bunten Tuch bedeckt, doch man konnte erahnen, dass Marla nicht gerade flachbrüstig war. Eine blickdichte schwarze Strumpfhose und schwarze flache Stiefel vervollständigten ihre Garderobe. Ein wenig spektakuläres, aber passendes Outfit für eine Philosophiestudentin, dachte er amüsiert.

Als er sie im Sommer auf der Bühne im *Lustspielhaus* gesehen hatte, hatte ihn ihre Ähnlichkeit zu Sandra Bullock sehr verblüfft. Jetzt fiel ihm diese Ähnlichkeit trotz der dunkel getönten Haare weniger auf. Sie hatte auch nicht die dunkelbraunen Augen der weltbekannten Hollywoodschauspielerin. Marlas Augen waren von einem hellen Blau, das mit einigen grauen Flecken gesprenkelt war, die aussahen wie winzige Sterne.

Sie hatte nur eine kleine Rolle gespielt, doch Daniel fand sie überzeugender als die nur wenige Jahre ältere Hauptdarstellerin. Er hatte sich damals gewundert, warum der Regisseur die Hauptrolle nicht mit Marla besetzt hatte. Und er verstand auch nicht, weshalb sie nur so wenige Engagements hatte. Allerdings kam es ihm sehr gelegen, dass Marla als Schauspielerin kaum bekannt war und sich das vermutlich auch nicht so schnell ändern würde, wie er aus dem Gespräch mit ihrem Agenten herausgehört hatte. Ihr Typ war derzeit scheinbar weder beim Film noch am Theater gefragt. So lief er kaum Gefahr, dass jemand aus seiner Familie den Schwindel bemerken würde. Doch es gab noch einen weiteren Grund, warum er sich ausgerechnet für Marla entschieden hatte. Sie war in einer stabilen langjährigen Beziehung. So konnte er sicher sein, dass es zu keinen Komplikationen kommen würde, was häufig der Fall war, wenn eine Frau sich zu ihm hingezogen fühlte, er aber nicht mehr als Sex von ihr wollte. Und wenn er momentan etwas gar nicht in seinem Leben brauchen konnte, so waren das Schwierigkeiten.

»Was hast du eigentlich für ein Geburtstagsgeschenk für Onkel Peter besorgt«, fragte sie, nachdem sie die Melone gegessen hatte. Sie sagte es in einem Tonfall, als ob sie tatsächlich schon längst ein Paar wären.

»Einen sechzig Jahre alten schottischen Single Malt Whiskey«, antwortete Daniel und war noch immer etwas überrascht darüber, dass sie sofort in die Rolle der Verlobten Lisa geschlüpft war, ohne vorher als Marla Patry mit ihm über den Auftrag zu sprechen. Er hatte erwartet, dass sie noch Fragen an ihn hatte. Aber offenbar verließ sie sich tatsächlich darauf, dass er ihr alle wichtigen Informationen rechtzeitig mitteilen würde.

»Ich bin schon sehr neugierig auf deine Familie«, sagte sie.

»Bestimmt nicht annähernd so neugierig, wie meine Familie darauf ist, dich endlich kennenzulernen.« Vor allem seine Mutter hatte es kaum glauben können, dass er mit einer Frau zur Feier erscheinen würde. »Und sie werden dich mit tausend Fragen löchern«, fügte er hinzu, »wir müssen also beide sehr überzeugend sein.«

»Ich bin die perfekte Verlobte«, sagte sie, griff nach ihrem Glas und nahm einen Schluck Wasser.

Daniel war inzwischen fertig mit dem Essen, und die aufmerksame Flugbegleiterin nahm ihm das Tablett ab.

»Noch Kaffee? Oder Tee?«, fragte sie, doch Daniel winkte ab.

Als sie weg war, griff Daniel in seine Hosentasche und zog eine silberne Kette heraus. Daran hing ein Ring, der genauso aussah wie seiner, jedoch einen kleineren Durchmesser hatte. Da er ihre Ringgröße nur hatte raten können, hatte er sich für diese Alternative mit der Kette entschieden. Im Notfall musste sie ihn eben um den Hals tragen.

»Dein Verlobungsring.«

Marla lächelte und nahm die Kette mit dem Ring in die Hand.

»Wo habe ich ihn denn diesmal liegen lassen? Auf der Ablage im Badezimmer?« Sie öffnete den Verschluss und zog den Ring von der Kette. Dann schob sie ihn sich auf den Ringfinger der linken Hand. Er passte wie angegossen.

Sie ist unglaublich flexibel und schlagfertig, dachte Daniel, und die Anspannung, unter der er schon seit Tagen stand, ließ deutlich nach. Alles würde gutgehen.

»Er war unter dem Kopfkissen. Hilda hat ihn gefunden.«

»Äh, Hilda?« Lisa schien irritiert zu sein. Da wurde ihm bewusst, dass er vergessen hatte, sie über seine Putzfrau zu informieren. Ein grober Fehler, der zu Problemen geführt hätte, wenn er erst im Kreise seiner Familie aufgefallen wäre. Die ewig mürrisch dreinblickende Reinigungskraft veranlasste alle, die ihr je begegnet waren, immer wieder zu spöttischen Kommentaren.

»Hilda kommt zweimal in der Woche für vier Stunden

zum Putzen«, erklärte er sachlich. Er verzichtete in diesem Moment auf ihr Spiel, denn es war wichtig, dass Lisa genau informiert war. »Hilda ist achtundfünfzig, klein und ziemlich mager. Sie ist seit zehn Jahren Witwe und etwa so redselig wie eine Auster. Und wenn sie doch mal etwas sagt, dann klingt das alles andere als höflich. Vor allem wenn sie wütend ist – und das ist sie meistens –, hat sie eine gewisse Ähnlichkeit mit der Hexe aus ›The Wizard of Oz‹.«

Überrascht schaute Marla ihn an.

»Die mit dem grünen Gesicht?«

»Nun, sie ist natürlich nicht grün, und die Nase ist auch nicht ganz so lang, aber das schmale Gesicht mit dem Kinn kommt schon irgendwie hin.«

Marla schmunzelte. Sie schien ihm die Beschreibung nicht so ganz abzunehmen.

»Es gibt nicht zufällig ein Bild von ihr?«, fragte sie.

»Bisher hatte ich noch nie das Bedürfnis, sie zu fotografieren.«

»Schade.«

Marla lachte leise, und dabei funkelten ihre Augen vergnügt. Sie strich sich eine Haarsträhne hinter das Ohr.

Sie hat ein bildhübsches Gesicht, schoss es Daniel durch den Kopf. Und wie aus heiterem Himmel bekam er auf einmal Lust, ihre sinnlichen vollen Lippen ausgiebig zu küssen. Dabei war sie eigentlich gar nicht sein Typ. Er stand eher auf große, selbstbewusste Frauen, die genau wussten, was sie wollten. Obwohl er Marla nicht kannte, hatte er bei ihr den Eindruck, dass sie eher etwas unkonventionell war und womöglich auch ein wenig chaotisch. Das alles war mithin ein Grund gewesen, sich ausgerechnet für sie zu entscheiden – weil sie eben so gar nicht in sein Schema passte.

Umso mehr irritierte ihn die Tatsache, dass ihre Nähe ihn schon nach so kurzer Zeit sexuell erregte.

Doch ihm war klar, dass es keinen Sex zwischen ihm und der Schauspielerin geben würde. Nicht nur, weil er Probleme vermeiden wollte, sondern auch, weil es in weiser Voraussicht vertraglich so geregelt war. Das hier war eine rein geschäftliche Angelegenheit. Er hatte gute Gründe gehabt, Marla zu engagieren. Sie verhielt sich professionell. Und genau das würde er auch tun.

Er räusperte sich und konzentrierte sich wieder auf das, was hier wichtig war.

»Hilda macht ihre Arbeit gut und bevorzugt es, alleine in der Wohnung zu sein, wenn sie putzt oder bügelt. Deswegen ist es auch glaubhaft, dass du ihr nicht oft begegnet bist.«

»Verstehe. Gibt es sonst noch etwas, das ich wissen sollte?«

»Ja. Aber dazu kommen wir später.«

»Okay.«

Danach sagten sie eine Weile nichts mehr. Daniel holte sein iPad aus dem Aktenkoffer und las einige Unterlagen. Das war die beste Art, um sich von Gedanken abzulenken, die nicht ganz jugendfrei waren und die er eigentlich gar nicht haben sollte.

Als es nur noch wenige Minuten bis zur Landung waren, bemerkte er, dass Marla nervös an ihrem Schal zupfte.

»Hast du Angst?«, fragt er überrascht.

»Aber nein«, sagte sie, doch es klang nicht völlig überzeugend. Es war ihr offensichtlich peinlich, es zuzugeben.

Er griff nach ihrer Hand und drückte sie leicht.

»Es wird nichts passieren«, sagte er und lächelte ihr aufmunternd zu. Dabei widerstand er nur schwer der

Versuchung, mit dem Daumen sanft über ihre Handinnenfläche zu streicheln.

»Danke«, sagte sie leise und drehte dann den Kopf wieder zum Fenster.

Er ließ ihre Hand nicht los, bis das Flugzeug mit einem leichten Holpern auf englischem Boden aufgesetzt hatte.

»Danke«, wiederholte sie und ließ seine Hand los. Er empfand ein Gefühl des Bedauerns. Marla Patry in der Rolle seiner Verlobten Lisa Brenner übte eine starke erotische Anziehungskraft auf ihn aus. Und damit hatte er absolut nicht gerechnet. In diesem Moment wurde ihm bewusst, dass die kommenden vier Tage womöglich nicht einfach werden würden.

Noch bevor das Flugzeug zu seiner Parkposition gerollt war, öffnete Lester seinen Sicherheitsgurt. Eine Flugbegleiterin trat zu ihm und reichte ihm einen schwarzen Gehstock.

»Bitte sehr, Herr Lester.«

»Danke!«

Lester griff nach dem Stock.

Marla stand die Überraschung ins Gesicht geschrieben. Mit einem gehbehinderten Verlobten hatte sie nun wirklich nicht gerechnet.

»Daniel…?«, mehr sagte sie nicht.

Daniel stützte sich mit einer Hand auf seinen Stock, stand auf und holte mit der anderen Hand einen schwarzen ledernen Rucksack aus dem Gepäckfach gegenüber. Dann drehte er sich zu ihr um.

»Vor drei Jahren kam es zu einem Bootsunfall, bei dem meine Frau ums Leben kam.«

7

Eine halbe Stunde später saßen sie in einem der typischen Londoner Taxis, wie Marla sie nur aus dem Fernsehen kannte. Daniel hatte dem steinalten Fahrer den Ort Danbury in der Grafschaft Essex angegeben, der im Nordosten von London lag.

Marla starrte aus dem Fenster und nahm die kleinen Reihenhäuser kaum wahr, an denen sie vorbeifuhren. Sie war noch immer damit beschäftigt, über die knappe Erklärung nachzudenken, die Daniel ihr gegeben hatte, nachdem sie das Gepäck abgeholt hatten.

Der Unfall hatte sich vor der Westküste Mallorcas ereignet. Seine Frau war bei einem plötzlich aufkommenden Unwetter über Bord gestürzt und ertrunken. Daniel hatte sich schwere Verletzungen zugezogen und musste mehrfach operiert werden. Seither konnte er sein linkes Bein nur noch eingeschränkt bewegen und war beim Gehen auf einen Stock angewiesen.

»Mehr brauchst du darüber nicht zu wissen«, hatte er gesagt, und sie hatte wortlos genickt.

Der Tod seiner Frau und sein verletztes Bein waren natürlich tragisch, und doch wühlte sie etwas anderes noch mehr auf. Etwas, das ihr eigentlich egal sein müsste. Es war die Tatsache, dass Daniel Lester nicht schwul war. Er stand also auf Frauen, und sie würde die nächsten Tage sehr viel Zeit mit ihm verbringen. Bei diesen Gedanken spürte sie ein seltsames Ziehen in ihrem Bauch.

Dieser Mann ist dein Auftraggeber! Und vor allem hast du einen Freund!, mahnte sie eine innere Stimme.

Allerdings konzentrierte sich ihr Freund schon seit einiger Zeit hauptsächlich auf seine Karriere, und ihr Zusammenleben glich immer mehr dem von Geschwistern. Manchmal hatte sie das Gefühl, als würde Mika sie als Frau kaum noch wahrnehmen.

Als ob Mika gespürt hätte, dass sie an ihn dachte, klingelte plötzlich ihr Handy und zeigte einen Anruf von ihm an.

Als sie das Gespräch annahm, schaute Lester sie missbilligend an.

»Hallo, Mika, du es passt jetzt gerade ganz schlecht«, sagte sie sofort.

»Ich möchte doch nur …«

»Tut mir leid, ich ruf dich später an«, unterbrach sie ihn und legte auf. Sie sollte vielleicht ein schlechtes Gewissen haben, weil sie ihn so rasch abgewürgt hatte. Aber das hatte sie nicht. Mika wollte auch nicht, dass sie ihn anrief, wenn er am Set bei Dreharbeiten oder bei Theaterproben war. Zu diesen Zeiten musste sie darauf warten, dass er sich bei ihr meldete. Auch sie war jetzt mitten in ihrer Arbeit und hatte deswegen keine Zeit für Privatgespräche. Dass sie überhaupt drangegangen war, war ihr vor ihrem Auftraggeber peinlich.

»Entschuldige, Daniel.«

»Das sollte die nächsten Tage nicht mehr vorkommen.«

»Bestimmt nicht.«

Er öffnete seinen ledernen Rucksack und holte ein iPhone heraus.

»Hier. Auf diesem Gerät sind alle für dich derzeit relevanten Nummern gespeichert.«

Marla schaute verblüfft auf das iPhone. Er überließ

wohl gar nichts dem Zufall. Als sie das Gerät nahm, berührten sich ihre Finger kurz. Und schon wieder spürte sie ein warmes Kribbeln. Wie vorhin, als er bei der Landung ihre Hand gehalten hatte. Dieser Mann hatte definitiv etwas an sich, das sie durcheinanderbrachte.

»Du kannst es übrigens behalten. Dein altes Handy … nun, das macht es wohl nicht mehr lange«, stellte er nüchtern fest. Damit hatte er vermutlich recht, doch sie wollte keine Almosen. Er zahlte ihr genug für den Job.

»Nein, also, das ist wirklich nicht nötig.« Marla winkte ab.

»Geschenke vom Verlobten schlägt man doch nicht aus.« Er lächelte ein Lächeln, das sich nicht in seinen Augen widerspiegelte. »Übrigens ist das iPhone ein Werbegeschenk. Ich habe noch einige davon. Also stürze ich mich nicht in den Ruin, wenn ich es dir schenke.«

Marla überlegte kurz, was sie tun sollte. Einerseits ärgerte seine Art sie ein wenig, aber sie musste auch ihre Rolle spielen. Was jedoch nicht heißen sollte, dass sie als seine Verlobte alles hinnahm, was er sagte. Sie wollte ja schließlich kein Mauerblümchen ohne eigene Meinung darstellen. Trotzdem wollte sie ihm nicht schon zu Anfang widersprechen.

»Danke. Als deine Verlobte werde ich es natürlich behalten.«

Sie lächelte und erkannte an seinem Blick, dass er die Doppeldeutigkeit ihrer Worte durchaus verstanden hatte. Bis sie mit ihm am Montag Schluss machen würde, war sie seine Verlobte. Was danach mit dem Handy geschah, war eine andere Sache.

»Na gut«, sagte er. »Das Gerät hat einen Zahlencode. Es sind die Zahlen deines echten Geburtstages.«

»Woher …?« Sie sprach den Satz nicht aus.

»Es war keine Kunst, das herauszufinden. Du solltest mit deinen Daten im Netz etwas zurückhaltender sein, Lisa.«

Damit hatte er natürlich recht, aber sie konnte sich nicht erinnern, irgendwo offen ihr Geburtsdatum angegeben zu haben. Sie erwiderte nichts darauf und steckte die beiden Handys in ihre Handtasche.

»Wie ist eigentlich der genaue Ablauf des Wochenendes?«, fragte sie nach einer Weile.

»Heute werden nach und nach die Familie und engsten Freunde anreisen. Was morgen auf dem Programm steht, weiß ich nicht. Aber Onkel Peter ist da recht locker. Es wird vermutlich nicht allzu förmlich zugehen. Am Sonntag ist der Geburtstag mit einem Familienessen am Mittag und der großen Party am Abend. Und am Montagmittag geht dein Flug zurück nach München.«

Marla fand es schade, dass das Haus des Onkels nicht direkt in London war. So würde sie leider nichts von der Stadt mitbekommen, auf die sie so neugierig war.

Auch jetzt sah sie nicht allzu viel von der Umgebung. Es regnete in Strömen, und draußen war es duster, obwohl es erst früher Nachmittag war. Vielleicht war das auch gut so, denn für Marla war es noch sehr gewöhnungsbedürftig, dass das Auto auf der linken Seite fuhr.

»Gibt es noch irgendwas, das ich von dir wissen sollte? Bist du gegen etwas allergisch?«, fragte Daniel.

Marla zuckte mit den Schultern.

»Nein, ich habe keine Allergien und bin generell sehr pflegeleicht. Ich probiere normalerweise alles, was mir aufgetischt wird, nur bei Innereien muss ich passen.«

»Da geht es dir so wie mir.«

Daniel lächelte.

»Erzähl mir bitte mehr von dem Unfall«, platzte es plötzlich aus ihr heraus.

Das Lächeln verschwand aus seinem Gesicht.

»Ich habe dir gesagt, dass ich nicht mehr dazu sagen werde.«

Sein Ton war kühl.

Es sollte ihr eigentlich auch egal sein, aber sie hätte gern mehr darüber erfahren. Sollte sie das nicht auch als seine Verlobte? Oder hatte dieser Unfall von damals womöglich etwas damit zu tun, dass er sie jetzt als seine Verlobte ausgab? Das Ganze war jedenfalls sehr rätselhaft. Insgeheim hoffte sie, dass sie während ihres Aufenthalts von seiner Familie mehr erfahren würde. Daniel wollte sie vorerst nicht erneut darauf ansprechen.

»Es tut mir leid«, entschuldigte sie sich. »Ich wollte nicht taktlos sein.«

»Schon okay«, antwortete Daniel und nickte ihr versöhnlich zu.

»Wir sind in wenigen Minuten da.« Es war das erste Mal, dass der Taxifahrer etwas sagte, seit sie am Flughafen losgefahren waren.

Und tatsächlich – schon kurz darauf bogen sie in eine kleine Seitenstraße ein, die nach wenigen Kilometern durch einen Wald zu einem riesigen Grundstück führte, das von einer dichten hohen Hecke umgeben war. Das große schmiedeeiserne Tor stand offen.

»Sie können bis zum Eingang fahren«, wies Daniel den Fahrer an.

Marla blieb der Mund offen stehen, als sie am Ende der langen Auffahrt ein dreigeschossiges Gebäude aus grauem Stein erblickte, das wie die Kulisse zu einer Jane-Austin-Verfilmung aussah.

»Wow!«, sagte sie ehrfürchtig. »Das ist ja ein richtiges Herrenhaus. Und das gehört deinem Onkel?«

Daniel schüttelte den Kopf.

»Leider nicht. Damon Hall gehört einem Geschäftspartner, der um diese Jahreszeit auf den Kanaren lebt und es währenddessen vermietet. Onkel Peter wollte seinen Geburtstag unbedingt in einem außergewöhnlichen Ambiente feiern. Und wenn schon in der tristen Jahreszeit, dann wenigstens geschichtsträchtig.«

»Das ist allerdings mehr als außergewöhnlich«, stimmte Marla zu und fand es nun nicht mehr ganz so schade, dass sie nicht in London waren. Der Auftrag wurde mit jeder Minute interessanter.

8

Während sie unter dem riesigen Regenschirm des Taxifahrers das Gepäck aus dem Wagen holten, wurde die große Eingangstür aufgerissen, und ein schlaksiges rothaariges Mädchen flog die Treppe nach unten auf Daniel zu.

»Bruderherz!«, rief sie und fiel ihm um den Hals. Damit war Marla klar, dass es sich bei ihr um Daniels dreizehnjährige Halbschwester Kim handeln musste.

»Hey, du verrückte kleine Hexe! Wirf mich nicht um!«, rief Daniel und stützte sich auf seinem Stock ab.

»Stell dich nicht so an!«, gackerte sie vergnügt und warf Marla dabei einen neugierigen Blick aus funkelnden hellgrünen Augen zu.

Dem Mädchen folgte ein etwa dreißigjähriger dicklicher Mann mit einem Regenschirm.

»Gehen Sie doch bitte schon hinein, ich erledige das mit dem Gepäck«, sagte er auf Englisch zu Daniel.

»Danke, äh …«

»Patrick«, ergänzte der Mann. Marla nahm an, dass es sich um einen Hausangestellten handelte. Ansonsten hätte Daniel ihn bestimmt nicht nach dem Namen fragen müssen.

»Okay, danke, Patrick.«

Marla und der kleine Wirbelwind eilten die steinernen Treppen nach oben ins Haus, um nicht noch mehr Regen abzubekommen. Daniel folgte ihnen langsamer, und das Klacken seines Gehstocks war auf den Stufen zu hören.

Die Eingangshalle war imposant. Die Möbel sahen nach kostbaren Antiquitäten aus, und an den Wänden hingen Gemälde und Wandteppiche, die vermutlich vor einigen Jahrhunderten entstanden waren. Eine dezente weihnachtliche Dekoration erinnerte daran, dass der erste Advent vor der Tür stand. Zur rechten Seite brannte Feuer in einem offenen Kamin, und es war überraschend warm in der großen Halle. Eine breite steinerne Treppe teilte sich in der Mitte und führte an zwei Seiten zu den oberen Stockwerken. Fasziniert schaute Marla sich um. Sie war noch nie in einem so alten Gebäude gewesen, das tatsächlich noch bewohnt wurde.

»Jetzt kann ich dir endlich meine kleine Schwester Kim vorstellen. Und du wirst bald merken, dass ich sie nicht umsonst kleine Hexe nenne … Kim, das ist Lisa, meine Verlobte.«

Marla streckte Kim die Hand entgegen und lächelte ihr freundlich zu.

»Schön, dich endlich kennenzulernen, Kim.«

Kim zögerte etwas, aber nach einem scharfen Blick von Daniel reichte auch sie ihr die Hand.

»Hi, Verlobte … Aber wieso eigentlich verlobt? Das ist doch total uncool.«

Insgeheim musste Marla ihr recht geben. Auch sie fand es etwas altmodisch, sich in der heutigen Zeit noch zu verloben. Aber Daniel hatte sich offenbar etwas dabei gedacht, und deswegen hatte sie das für ihre Rolle natürlich nicht in Frage gestellt.

»Es hat einen ganz besonderen Zauber, sich zu verloben. Vielleicht wirst du das auch irgendwann mal feststellen«, sagte sie deshalb nur. Doch Kim reagierte nicht darauf.

»Das macht man doch nur, wenn man heiraten will.« Kim schaute Daniel kopfschüttelnd an. »Du wirst doch nicht so blöd sein und noch einmal heiraten?«

»Jetzt sei mal nicht so frech«, sagte Daniel und packte sie spielerisch am Kragen. »Das musst du schon mir überlassen.«

»Ey! Lass das!«, quietschte sie und duckte sich unter seiner Hand davon.

»Wo sind denn eigentlich alle?«, fragte Daniel und schaute sich um. Patrick hatte das Gepäck inzwischen reingebracht und ging damit nach oben.

»Keine Ahnung. Mama und *mein* Papa sind jedenfalls vorhin nach London gefahren.«

Kim betonte das Possessivpronomen überdeutlich. Marla wusste aus den Unterlagen, dass die Geschwister keinen gemeinsamen Vater hatten. Daniels Vater Karl war vor fünfzehn Jahren an den Folgen eines Schlaganfalls gestorben. Bereits ein Jahr später war Daniels Mutter Valerie vom acht Jahre jüngeren Berliner Autohändler Ronald Lambert schwanger geworden. Die beiden hatten seither eine Beziehung, lebten aber in getrennten Wohnungen in Berlin, die nicht weit entfernt voneinander lagen. Kim hatte bei beiden ein Zimmer und pendelte hin und her.

»Und wo ist Onkel Peter?«

Kim zuckte mit den Schultern.

»Weiß nicht. Irgendwo hier in diesem riesigen Kasten. In dem es nicht mal Internet gibt. Und wenn ich simsen will, dann muss ich das Handy im obersten Stock aus dem Fenster halten.«

Marla musste sich bei dieser Vorstellung ein Lachen verkneifen.

»Ein wenig Frischluft schadet nicht«, rutschte ihr

heraus, und sie erntete dafür einen giftigen Blick von Kim. Na toll. Sie hatte es schon in den ersten Minuten geschafft, sich den Unmut von Daniels kleiner Halbschwester zuzuziehen.

»Kann ich mich in deinen Wireless Hotspot Router einklinken?«, wandte Kim sich an Daniel.

»Nein!«

»Ach bitteee!«

»Nein.«

»Aber ich bin völlig isoliert von meinen Freundinnen!«

»Du wirst es überleben.«

»Blödmann.« Kim warf ihre beneidenswert dichten, hüftlangen Haare in den Nacken und drehte sich beleidigt weg. Marla beobachtete die beiden amüsiert und auch ein klein wenig neidisch. Als Einzelkind kannte sie solche Kabbeleien unter Geschwistern nicht. Dabei hätte sie auch immer gern einen großen Bruder gehabt.

»Weißt du zufällig, wo unser Zimmer ist?«, rief Daniel ihr hinterher.

»Irgendwo oben. Da hängen überall Schilder an den Türen. Ihr müsst einfach suchen …« Sie blieb stehen und drehte sich noch mal um.

»Und du, Verlobte? Hast du einen mobilen Router, in den ich mich reinhängen kann?«

»Sie heißt Lisa!«, warf Daniel ein.

»Okay. Lisa, hast du?«

»Leider nicht, Kim«, sagte Marla.

»Dachte ich mir.«

Genervt verdrehte Kim die Augen und rauschte endgültig davon.

»Deine Schwester hat ganz schön viel Temperament«, stellte Marla fest. »Müsste sie nicht eigentlich in der Schule sein?«

»Sie hat eine Befreiung wegen der Geburtstagsfeier. Aber das ist bei ihrem Notenschnitt kein Problem. Kim ist ziemlich schlau. Und sie hat ein sehr gutes Gespür für Menschen.«

Marla hörte aus seinen Worten eine Art Hinweis heraus, im Umgang mit Kim besonders achtsam zu sein, damit ihre Tarnung nicht aufflog.

»Ich verstehe«, sagte sie und nickte.

Daniel und Marla waren einige Minuten unterwegs, bis sie im zweiten Stock die Tür mit ihrem Namensschild fanden.

»Da ist es!«, rief Marla.

Daniel öffnete die Tür, und beide waren überrascht, als sie vor einem engen Treppenaufgang standen, der zu einer weiteren Tür führte. Nachdem sie die sieben Stufen hochgestiegen waren, waren sie endgültig in ihrem Zimmer.

»Das ist total schön«, rief Marla begeistert aus und fühlte sich mit einem Schlag in die Vergangenheit versetzt.

»Nicht übel«, bestätigte Daniel.

Das Erkerzimmer war nicht sonderlich groß, hatte aber eine hohe Decke, von der an einer langen Kette ein eiserner Leuchter mit echten brennenden Kerzen hing. Es gab jedoch auch Wandlampen mit elektrischem Licht, die zusätzlich für Helligkeit an diesem dusteren Tag sorgten.

Auf dem mit Steinplatten ausgelegten Boden lag ein Teppich, der einen Großteil des Raumes bedeckte.

Feuer brannte im offenen Kamin und sorgte für wohlige Wärme. Vor dem schmalen, aber mannshohen Fenster stand ein kleiner quadratischer Tisch zwischen zwei mit rotem Samt bezogenen Sesseln. Ein massiver dunkler Holzschrank und eine dazu passende Kommode befanden sich daneben.

Ihr Gepäck stand neben dem imposanten Bett. Es war ebenfalls aus dunklem Holz geschreinert und hatte einen Baldachin aus weißem Leinen. Ein Sofa gab es nicht. Das bedeutete, dass sie beide in diesem Bett schlafen mussten. Was Marla erneut ein seltsames Kribbeln im Bauch bescherte. Hier würde sie also die nächsten drei Nächte mit Daniel Lester verbringen.

»Schau, hier geht's zum Badezimmer«, sagte Daniel, der eine kleine Schiebetür geöffnet und den Lichtschalter betätigt hatte. Marla folgte ihm und warf einen Blick in den fensterlosen Raum. Eine gelungene Kombination von moderner Ausstattung zwischen steinernen alten Mauern. Der Blickfang war zweifellos die runde Badewanne in der Mitte.

»Groß genug für zwei«, sagte Daniel und schaute sie mit einem unergründlichen Lächeln aus seinen türkisblauen Augen an.

Marla spürte, wie ihr Gesicht heiß wurde.

Sie war verlegen und wollte sich von Daniel wegdrehen. Doch dann wurde ihr bewusst, dass sie die Rolle seiner Verlobten zu spielen hatte. Sex war vertraglich ausgeschlossen, aber das bedeutete noch lange nicht, dass sie sich bei ihren Gesprächen wie ein schüchterner Teenager benehmen sollte. Sie war eine Schauspielerin. Und ihre Rolle war Lisa Brenner – seine Verlobte!

Plötzlich fiel es ihr leicht, ein freches Lächeln aufzusetzen.

»Darin werden wir heiße Stunden verbringen«, sagte sie und schaute ihm in die Augen. Schon wieder begann ihr Herz, schneller zu schlagen. Aber diesmal ließ sie es zu, baute es in ihre Rolle ein. Das Herz einer Verlobten durfte schließlich beim Anblick ihres attraktiven zukünftigen Mannes schneller schlagen. »Und ich kann es kaum mehr erwarten«, setzte sie noch hinzu.

Sie konnte den Blick, den er ihr daraufhin zuwarf, nicht deuten. Da er nichts erwiderte, ging sie zurück ins Schlafzimmer und begann, ihre Reisetasche auszuräumen. Daniel kam hinter ihr her.

»Hast du Hunger?«, fragte er, und sie spürte, dass er ganz nah hinter ihr stand.

Und tatsächlich war ihr schon etwas flau im Magen. Und das lag nicht nur daran, dass seine Anwesenheit sie nervös machte. Sie drehte sich zu ihm um. Er war fast einen Kopf größer als sie, und sie musste den Kopf in den Nacken legen, um ihm in die Augen zu schauen.

»Inzwischen könnte ich tatsächlich etwas zu essen vertragen«, gab sie zu.

»Meine Sachen kann ich später einräumen. Ich mache mich jetzt auf die Suche nach Onkel Peter und Tante Maria. Und vor allem nach etwas Essbarem. Und dann hole ich dich.«

9

Daniel hatte das Gefühl, nicht schnell genug aus dem Zimmer – und damit von ihr – wegzukommen. Auf seinen Stock gestützt, humpelte er die sieben Stufen bis zur zweiten Tür nach unten. Erst als er in den großen Flur trat und die Tür hinter sich geschlossen hatte, atmete er auf.

Er ging ein paar Meter zu einem der großen Fenster, das auf den Park hinausging, und öffnete es, um frische Luft zu schnappen. Der Regen hatte inzwischen aufgehört, aber die Wolken standen so tief, dass sie die Wipfel der Bäume zu berühren schienen.

Nur wenige Minuten mit ihr allein in diesem Zimmer hatten gereicht, und ein drängendes Verlangen nach ihr hatte ihn überkommen. Daniel konnte sich nicht erklären, warum er so auf sie reagierte. Obwohl sie durchaus attraktiv war, war sie weder sein Typ, noch war er je an Frauen interessiert gewesen, die in einer festen Beziehung waren. Doch Marla hatte etwas an sich, das ihn reizte, wie es schon lange nicht mehr der Fall war.

Nach dem tragischen Tod seiner Frau vor drei Jahren hatte er einige Wochen schwer verletzt in der Klinik gelegen und musste nicht nur mit dem Verlust seiner Frau fertig werden, sondern auch mit der Tatsache, dass er sich körperlich nie wieder ganz erholen würde. Die Bewegungsfreiheit in seinem linken Bein würde für immer beeinträchtigt sein, auch wenn er inzwischen durch Physiotherapie und konsequentes Muskeltraining eine deutliche Verbesserung erreicht hatte.

Nach dem Unfall waren Frauen für ihn lange Zeit tabu gewesen. Doch er war kein Mönch, und irgendwann hatte er sich wieder auf Frauen eingelassen, um seine körperlichen Bedürfnisse zu befriedigen. Aber für ihn bedeutete dies immer nur eine kurze Ablenkung. Mehr als eine Nacht verbrachte er mit keiner Frau. Das stellte er auch jedes Mal unmissverständlich vorher klar, damit sich keine irgendwelche Hoffnungen machte.

Anfangs hatten seine Familie und Freunde Verständnis dafür gehabt, dass er trauerte, und ihn in Ruhe gelassen. Doch inzwischen versuchten sie bei jeder Gelegenheit, ihm irgendwelche Frauen vorzustellen. Was ihn zunehmend nervte.

»Es werden auch einige hübsche Damen da sein, die dir gefallen könnten. Vor allem eine ganz bestimmte, die sich sehr freuen wird, dich zu sehen.« Mit diesen Worten hatte Peter ihn zur Geburtstagsfeier eingeladen. Damit war das Maß für Daniel voll gewesen. Er hatte keine Lust, verkuppelt zu werden. Und schon gar nicht mit dieser einen, ganz bestimmten Frau. Doch seine Familie würde das nicht verstehen und ihm keine Ruhe lassen. Sie glaubten, sie würden ihm damit einen Gefallen tun, denn dann wäre er nicht mehr allein. Sie verstanden nicht, dass er keine Beziehung wollte.

Um endlich Ruhe zu haben, und ohne über die Folgen nachzudenken, hatte er seinem Onkel erklärt, er habe eine Freundin und sei sogar mit ihr verlobt.

Onkel Peter war zunächst sprachlos über diese unerwartete Neuigkeit gewesen. Und dann hatte er darauf bestanden, dass Daniel diese Frau zur Feier mitbrachte. Eine Ausrede ließ er nicht gelten.

Und auch die restliche Familie wollte die geheimnisvolle Neue unbedingt kennenlernen, nachdem Peter allen davon erzählt hatte.

Daniel war in eine Zwickmühle geraten. Jetzt musste er natürlich eine Verlobte präsentieren. Er hatte überlegt, eine Escortfrau zu engagieren. Doch er bezweifelte, dass sie ihre Rolle vier Tage lang spielen könnte, ohne die ganze Sache auffliegen zu lassen. Er war schon drauf und dran gewesen, seinem Onkel die Lüge zu beichten, als er sich wieder an die Schauspielerin erinnerte, die er im Theater gesehen hatte: Marla Patry. Ob sie so einen Auftrag übernehmen würde?, hatte er sich gefragt. Er machte sie im Internet ausfinding und sprach dann ihren Agenten an. Mit dem großzügigen Honorar und dem Vertrag wollte er sichergehen, dass die Schauspielerin das Ganze nicht nur vertraulich behandelte, sondern dass sie auch professionell an diese Rolle heranging. Und Marla tat das bis jetzt auch.

Alles könnte also gut laufen, doch er hatte nicht mit dieser seltsamen Anziehungskraft gerechnet, die ihn in ihren Bann zog, seit er in Marlas ungewöhnliche Augen geblickt hatte.

Stimmen rissen ihn aus den Gedanken, als er langsam die Treppe nach unten ging. Und dann sah er, wie Tante Maria und Onkel Peter aus einem Zimmer kamen und die Eingangshalle betraten. Maria entdeckte ihn zuerst.

»Daniel! Da bist du ja!«, rief sie.

Als er unten angelangt war, kamen ihm die beiden lächelnd entgegen. Er umarmte Maria.

»Hallo, Tante Maria … Onkel Peter …«

Der jüngere Bruder seines Vaters schlug ihm herzlich auf die Schulter.

»Schön, dass du da bist. Hattet ihr einen guten Flug?

Hier war es ja ziemlich windig am Vormittag. Ich hasse es, wenn es da oben so ein Gewackle gibt.« Peters Stimme klang tief und etwas rauchig und passte so gar nicht zu dem schlanken und nicht allzu groß geratenen Mann mit dem graumelierten Haar. Seine zwei Jahre jüngere Frau überragte ihn fast um einen halben Kopf. Sie trug wie üblich in der Gegenwart ihres Mannes flache Schuhe. Wie Daniel wusste, trug sie nur dann Schuhe mit Absätzen, wenn sie ohne Peter unterwegs war. Sie war in ein elegantes Designerkostüm gekleidet, und ihre Frisur saß perfekt. Maria Lester war neben ihrem Mann in der Geschäftsleitung des Unternehmens für die Finanzen zuständig.

»Der Flug war ganz okay«, beantwortete Daniel die Frage seines Onkels.

»Schön … Und? Was sagst du zu dem hier?« Peter breitete die Arme aus und drehte sich lächelnd einmal um sich selbst.

»Das, was ich bisher gesehen habe, ist großartig«, sagte Daniel.

»Nicht wahr? Wenn das Wetter in England nicht so beschissen wäre, dann würde ich mir hier glatt so ein Häuschen als Altersruhesitz kaufen.«

»Peter!«, ermahnte ihn seine Frau wegen seiner derben Wortwahl.

»Ist ja schon gut … Ich würde ja sowieso niemals aus München wegziehen.«

»Aber für eine Geburtstagsparty ist das hier schon ein tolles Ambiente«, sagte Daniel.

»Allerdings! Genau die richtige Partylokation. Übrigens, euer Zimmer ist so eine Art Hochzeitssuite. Da lagen schon zahlreiche adelige Pärchen vor euch im Himmelbett.«

»Lisa wird sich bestimmt freuen, das zu hören.«

»Wo hast du denn deine Verlobte?« Maria versuchte noch nicht einmal, ihre Neugierde zu verbergen.

»Sie ist oben und räumt ihre Sachen aus. Ich habe ihr gesagt, ich würde inzwischen etwas …«

»Daniel!«, unterbrach ihn eine Stimme, und Schritte kamen auf sie zu. Noch bevor er sich umdrehte, wusste er, um wen es sich handelte.

»Kathrin!«

Kathrin Bauer war die Tochter des Firmenanwalts und arbeitete seit Jahren in der Kanzlei ihres Vaters.

»Schön, dich endlich wieder einmal zu sehen«, sagte sie.

Er umarmte sie und gab ihr links und rechts einen angedeuteten Kuss auf die Wange.

»Ich freue mich auch«, antwortete Daniel, obwohl er sich gleichzeitig ein wenig vor dieser Begegnung gefürchtet hatte. Kathrin war die Frau, mit der Onkel Peter ihn schon hatte zusammensehen wollen, bevor er Silvia kennengelernt hatte. Nach dem Tod der Frau seines Neffen hatte Peter sie wohl wieder für die erste Wahl gehalten. Und auch die hübsche Anwältin machte keinen Hehl daraus, dass sie auf ihn stand. Daniel fand sie sehr attraktiv, und er mochte sie auch, doch Kathrin würde eine feste Beziehung haben wollen. Und genau das konnte Daniel ihr nicht bieten.

Kathrin war fast so groß wie er und trug einen modischen dunkelblauen Hosenanzug zu einer beigen Bluse. Sie war immer schon sehr schlank gewesen, aber jetzt wirkte sie fast schon etwas zu mager. Trotzdem sah sie wieder einmal phantastisch aus.

Ihre dunkelblonden Naturlocken waren mit einer Spange locker hochgesteckt, und diese Frisur unterstrich ihren schlanken Hals. An ihren Ohrläppchen hingen sanft schimmernde Perlohrringe. Ihr Make-up bestand wie üblich ausschließlich aus einem dunkelroten Lippenstift und schwarzer Wimperntusche, womit sie ihre geheimnisvollen rauchgrauen Augen hervorhob. Warum diese Frau seit vielen Jahren immer noch Single war, konnte Daniel kaum nachvollziehen.

»Wie lange bist du denn schon hier?«, erkundigte er sich.

»Seit heute früh. Ich war für einen Monat in unserer Partnerkanzlei in Denver und bin direkt von dort aus hierhergeflogen.«

»Dann wirst du jetzt vermutlich sehr erschöpft sein.«

Sie lächelte.

»Überhaupt nicht. Ich wollte eben ein Taxi rufen und nach London fahren. Und nachdem du schon da bist, kannst du doch mitkommen. Wir bummeln ein wenig, und danach gehen wir schick essen.«

Daniel bemerkte die Blicke, die Peter und Maria sich zuwarfen. Offenbar hatte Kathrin keine Ahnung, dass er eine Frau mitgebracht hatte.

»Kathrin, ich fürchte, das wird nicht gehen …«

»Unsinn! Ich lasse nicht schon wieder eine Ausrede gelten, Daniel. Es wird dir guttun, mal auf andere Gedanken zu kommen. Und deine Familie hat sicherlich nichts dagegen, wenn wir uns für ein paar Stunden abseilen.«

10

Währenddessen hatte Marla die wenigen Sachen, die sie dabeihatte, rasch ausgeräumt und im Schrank verstaut. Dabei hatte sie kurz überlegt, ob sie sich umziehen sollte, aber für eine erste Begegnung mit der Familie fand sie ihr Kleid passend, also behielt sie es an. Abgesehen davon hatte sie auch gar nicht so viele schicke Sachen zum Wechseln dabei, denn ihr Kleiderschrank daheim gab nicht so viel her und war eher mit bequemen Klamotten wie Jeans, Pullis und T-Shirts bestückt. Das einzige besondere Teil war ein schwarzes Etuikleid von Wolfgang Joop, das sie sich von ihrer Mutter und Edgar zum 25. Geburtstag gewünscht hatte. Sie wollte es am Sonntagabend auf der Party tragen.

Hoffentlich treibt Daniel bald was zu essen auf und holt mich, dachte sie, da ihr Magen schon vernehmlich knurrte. Doch dazu musste er mit seinem verletzten Bein die beiden Stockwerke wieder nach oben kommen. Sie könnte doch gleich nach unten gehen, um ihm die Mühe zu ersparen, dachte sie. Außerdem würde sie dadurch schneller etwas zu essen bekommen.

Sie verließ das Zimmer und betrat kurz darauf die Treppe, die zum Erdgeschoss führte. Daniel stand in der Eingangshalle neben einem älteren Ehepaar und einer gutaussehenden Frau, die ihn ziemlich perplex anschaute. Als Marla sah, wie elegant die Frauen gekleidet waren, fühlte sie sich in ihrem einfachen grauen Wollkleid plötzlich nicht mehr ganz so wohl. Vielleicht hätte sie sich doch umziehen sollen? Aber was hätte sie denn anziehen sollen? Das Abendkleid brauchte sie schließlich für die Geburtstagsfeier. Und die anderen Sachen, die sie dabeihatte, waren noch weniger elegant als das Wollkleid. Sie schluckte kurz. Doch dann fiel ihr ein, dass Daniel offenbar nichts gegen ihr Outfit einzuwenden hatte, sonst hätte er sie bestimmt darauf angesprochen. Die Familie musste sich eben damit abfinden, dass Lisa Brenner vom Typ her eher leger war.

»Du bist was?«, fragte die hochgewachsene Blondine, und ihre Stimme klang ziemlich ungläubig. »Verlobt?« Marla erkannte sofort, dass diese Frau über diese Information nicht sonderlich glücklich war.

»Ja.« Daniel nickte.

Marla nahm einen tiefen Atemzug und schloss für einen kurzen Moment die Augen. Ab jetzt bist du nur noch Lisa Brenner, sagte sie sich. Vorhang auf! Nun würde das Stück richtig beginnen.

»Verlobt – das ist mein Stichwort!«, rief sie fröhlich und kam die Treppe nach unten. Vier Augenpaare schauten ihr entgegen.

»Das ist Lisa«, stellte Daniel sie vor, als sie unten angekommen war.

»Ich freue mich sehr, Sie kennenzulernen«, sagte Lisa und ging als Erstes auf die ältere Dame zu. Ob das seine Mutter war?, fragte sie sich. Doch sie wurde gleich eines Besseren belehrt.

»Lisa, das ist meine Tante Maria … und das ist Onkel Peter.«

Lisa schüttelte beiden die Hände.

»Guten Tag, meine Liebe«, sagte Maria, »und am besten halten wir uns alle gar nicht lange mit einer förmlichen Anrede auf. Schließlich bist du die Verlobte unseres Neffen. Da ist man per Du.«

»Gerne. Und vielen Dank für die Einladung!«

»Lisa… Daniel hat ja ein ziemliches Geheimnis um dich gemacht. Wir waren alle schon ziemlich neugierig auf dich. Willkommen in unserer Familie«, sagte Onkel Peter herzlich und drehte sich dann zu Daniel um, »und ich muss schon sagen, ich bin sehr überrascht, mein Junge. Lisa ist ganz …«

»Peter!«, unterbrach ihn seine Frau, »du solltest Lisa und Kathrin miteinander bekanntmachen.«

»Ja, klar. Lisa, das ist Kathrin Bauer, die Tochter eines meiner ältesten Freunde, der gleichzeitig unser Firmenanwalt ist. Kathrin ist ebenfalls eine brillante Rechtsanwältin in seiner Kanzlei.«

Eine Anwältin, die Kathrin hieß, hatte Daniel nicht in seinen Unterlagen erwähnt. Marla wurde es etwas mulmig zumute. Ob die brillante Anwältin ihr Spiel durchschauen würde?

Die beiden Frauen schüttelten sich die Hände.

»Hallo«, sagte Kathrin und lächelte kühl.

Marla fühlte sich in ihrer Gegenwart nicht wohl und kam sich neben der großen, mageren Frau wie ein kleines Pummelchen vor. Doch sie wollte sich nicht davon einschüchtern lassen.

»Hallo, Kathrin.« Sie drehte sich zu Daniel und warf ihm einen Blick zu, von dem sie hoffte, dass die anderen ihn als sehr verliebt interpretieren würden. »Schön, dass ich endlich deine Familie und Freunde kennenlernen darf.«

Daniel legte ihr einen Arm um die Schultern und zog sie an sich.

Seine Berührung fühlte sich für sie eigenartig vertraut an, als ob sie tatsächlich schon eine Weile zusammen wären. »Hoffentlich denkst du auch noch in ein paar Tagen so, mein Liebling«, scherzte er.

Marla bemerkte, wie Kathrins gekünsteltes Lächeln bei seinem Kosewort einzufrieren schien.

»Nun mach ihr mal keine Angst, Junge! So schlimm sind wir jetzt auch wieder nicht«, sagte Peter.

»Hey! Da seid ihr ja alle!«, rief Kim von oben und hüpfte die letzten vier Stufen der Treppe in einem Satz hinunter. »Und die neue Verlobte ist auch dabei!«

»Kim! Was hast du denn für ein Benehmen?« Maria schüttelte tadelnd den Kopf. Doch Kim zuckte nur mit den Schultern.

»Ihr entschuldigt mich.« Kathrin lächelte bemüht. »Ich möchte gerne noch nach London.« Sie zog ein Handy aus ihrer Tasche.

»Hier hast du kein Netz«, flötete Kim und hob den Zeigefinger. »Du musst ganz nach oben!«

»Nach oben? Ich möchte nur ein Taxi bestellen.«

»Ich rufe vom Festnetz aus an«, bot Peter an.

»Das wäre nett … bis später dann.« Sie nickte allen zu und folgte Peter in den angrenzenden Raum.

Marla schaute ihr hinterher und fühlte sich sofort besser, nachdem Kathrin verschwunden war.

»Ich habe im Wintergarten eine Kleinigkeit zu Essen vorbereitet«, sagte Maria. »Möchtet ihr etwas?«

»Sehr gern!«, antwortete Marla erleichtert.

11

Mit der »Kleinigkeit« hatte die Gastgeberin glücklicherweise ordentlich untertrieben. In dem zauberhaften, ausladenden Wintergarten, mit herrlichem Blick auf den weitläufigen, parkähnlichen Garten, war auf einem riesigen altertümlichen Holztisch ein kaltes Buffet aufgebaut. Es gab verschiedene Sandwiches, Roastbeef, Cheddar Käse, Salate und Apfel- und Schokoladenkuchen. Dazu versorgte Patrick, der sich als eine Art Butler herausstellte, sie mit köstlichem Tee.

Peter war zurückgekommen, nachdem das Taxi Kathrin abgeholt hatte.

Bald darauf erschienen auch noch Marias und Peters Kinder Ivonne und Thomas. Ivonne war eine stämmige, energiegeladene Frau, die als Modedesignerin für die Bekleidungssparte der Firma Lester beschäftigt war. Aus den Unterlagen wusste Marla, dass Ivonne in London mit ihrer Freundin Jill zusammenwohnte und dort auch ihr Modeatelier betrieb.

Thomas war der einzige Lester, der nicht in dem großen Familienunternehmen arbeitete. Der Dreiundzwanzigjährige studierte in Heidelberg Medizin.

»Noch etwas Apfelkuchen?«, fragte Maria in die Runde.

Marla ließ sich von ihr noch ein zweites Stück aufdrängen, danach hatte sie das Gefühl, bald zu platzen.

»Lisa, du erinnerst mich an jemanden«, sagte Ivonne und schaute Marla grübelnd an.

»Ihr habt recht. Ich überlege auch schon die ganze Zeit, wem sie ähnlich sieht«, sagte Maria.

Marla lachte. »Ja, das sagen viele Leute.«

»Sandra Bullock«, stellte Thomas fest. Er war ein eher blasser, auf den ersten Blick unscheinbarer Typ, der bisher nicht viel gesagt hatte. Doch seine Augen hatten die gleiche intensive Farbe wie die seines Cousins Daniel.

»Genau!«, rief Ivonne.

»Die beiden sind aber weder verwandt noch verschwägert«, stellte Daniel klar und griff nach Marlas Hand.

»Du solltest Schauspielerin werden. Mit deinem Aussehen bekommst du bestimmt viele Rollen«, sagte Peter amüsiert.

Wenn sie nur wüssten, dass diese Ähnlichkeit eher ein Hinderungsgrund ist, dachte Marla, sagte jedoch: »Gute Idee. Vielleicht mach ich das.« Und alle lachten.

Während sie sich weiter unterhielten und Marla und Daniel erzählen mussten, wo und wie sie sich kennengelernt hatten, spürte Marla, wie Daniel sie sanft mit dem Daumen streichelte. Natürlich tat er das nur, um den anderen ein glückliches Paar vorzuspielen, trotzdem löste diese eigentlich harmlose Berührung eine prickelnde Erregung in ihr aus, und sie hatte Mühe, sich auf das Gespräch zu konzentrieren.

Kim saß währenddessen die ganze Zeit mit angezogenen Beinen in einem riesigen Ohrensessel und knabberte lustlos an einem Apfel. Sie beteiligte sich kaum an dem Gespräch. Marla hatte jedoch das Gefühl, dass das rothaarige Mädchen alle genau beobachtete und vor allem ihr immer wieder kritische Blicke zuwarf.

»Was kann man denn eigentlich mit einem Philosophiestudium anfangen?«, fragte Kim plötzlich.

»Ich studiere nicht nur Philosophie, sondern auch Germanistik«, antwortete Marla und war froh, dass sie genau diese Kombinationen tatsächlich angefangen hatte zu studieren, bevor sie das alles für die Schauspielausbildung aufgegeben hatte. »Vielleicht bewerbe ich mich später als Lektorin in einem Verlag.«

»Willst du mal Kinder?«, kam sofort die nächste Frage.

»Also wirklich Kim, so etwas fragt man doch nicht«, tadelte Maria sie ungewöhnlich scharf.

Marla war für einen Moment unsicher. Sie hatte keine Informationen darüber, wie Daniels Einstellung zu diesem Thema war.

»Nein! Will sie nicht!«, antwortete der für sie und ließ ihre Hand los. Er sprach ruhig, aber mit einem deutlichen Unterton, den Marla nicht interpretieren konnte.

Im Raum herrschte betretenes Schweigen. Die vorher so lockere Stimmung war plötzlich umgeschlagen.

Marla hatte das Gefühl, dass sie irgendetwas sagen musste.

»Zumindest jetzt noch nicht, aber wer weiß, wie ich in ein paar Jahren darüber denke«, versuchte sie, seine Aussage zu relativieren. Doch damit schien sie es nicht besser zu machen.

Tante Maria stand auf.

»Entschuldigt mich bitte. Ich sollte noch ein paar Vorbereitungen für die Feier treffen. Bedient euch und gebt Patrick Bescheid, wenn ihr etwas braucht.«

»Ich muss auch noch ein paar Telefonate führen. Aber ihr kommt sicher ohne uns zurecht«, sagte Peter.

Doch auch Ivonne und Thomas hatten noch etwas vor, und kurz darauf saßen nur noch Marla, Daniel und Kim im Wintergarten.

Marla wäre jetzt gerne allein mit Daniel gewesen, um ihn zu fragen, ob sie etwas falsch gemacht hatte. Das

Thema Kinder schien in der Familie irgendwie ein wunder Punkt zu sein, auch wenn sie es selbst nicht zum Thema gemacht hatte.

»Was hältst du von einem kleinen Spaziergang?«, fragte Daniel.

Marla hätte ihn für diesen Vorschlag am liebsten küssen mögen. Sie sehnte sich nach ein wenig frischer Luft. Marla war ein Mensch, der bei jedem Wetter gerne draußen war. Und das viele Sitzen heute tat ihr nicht sonderlich gut.

»Gute Idee, Schatz«, sagte sie.

»Kann ich mitkommen?«, fragte Kim.

»Nein! Wir möchten jetzt mal eine Weile allein sein!«, antwortete Daniel.

Kim zog einen Schmollmund, sagte jedoch nichts mehr.

»Du weißt schon. Verlobtengedöns«, setzte Marla hinzu und zwinkerte ihrer vermeintlich zukünftigen Schwägerin zu.

12

Eine Viertelstunde später gingen die beiden durch das schmiedeeiserne Tor hinaus auf die Straße. Sie verzichteten darauf, den Feldweg zu einem kleinen Wäldchen einzuschlagen, da er durch den starken Regen völlig aufgeweicht und matschig war. Dafür hatten beide nicht das passende Schuhwerk an. Es würde auch nicht mehr lange dauern, bis es dunkel wurde. Vielleicht noch eine halbe Stunde. Bis dahin sollten sie dann auch wieder zurück sein, da es auf der Nebenstraße keine Straßenlaternen gab.

»Geh ich zu schnell?«, fragte Marla und drehte sich zu Daniel um, der etwas zurück geblieben war.

»Vielleicht ein wenig«, gestand Daniel widerstrebend. Er hasste es, so sehr in seiner Bewegungsfreiheit eingeschränkt zu sein. Doch insgesamt konnte er von Glück sagen, dass die Ärzte sein zerschmettertes Bein nach dem Unfall überhaupt hatten retten können.

Marla wurde sofort langsamer.

»Entschuldige«, sagte sie.

»Kein Problem.« Er war eigentlich froh darüber, dass sie ihn nicht wie einen Invaliden behandelte. Daniel sah ihr an, dass sie etwas sagen wollte, es dann jedoch ließ.

»Ist dir wirklich nicht kalt?« Daniel beäugte zweifelnd ihren dünnen Mantel. »Nicht dass du dich erkältest.«

»Noch ist mir warm«, versicherte Marla ihm. »Es tut gut, ein wenig draußen zu sein.«

»Wir sollten dir eine dickere Jacke besorgen«.

»Ach, für die paar Tage lohnt sich das doch gar nicht«, winkte sie ab.

»Hör mal, Marla, wir können unser Spiel für eine Weile unterbrechen. Solange keiner meiner Verwandten in der Nähe ist, laufen wir nicht Gefahr, dass jemand unser Gespräch hier draußen belauschen könnte.«

»Okay … Dann sehe ich unseren Spaziergang jetzt als Arbeitspause an.« Marla lächelte ihm zu, und ihre Augen strahlten vergnügt. Offenbar schien ihr die frische Luft tatsächlich gut zu tun.

»Vorsicht, Pfütze!«, rief Daniel und griff nach ihrem Arm, um sie zur Seite zu ziehen. Sie konnte gerade noch rechtzeitig ausweichen.

»Danke! Ich sollte ein wenig mehr auf den Weg achten«, sagte Marla.

Rasch ließ Daniel sie wieder los. Für kurze Zeit war er erleichtert gewesen, seiner Familie für eine Weile entkommen zu sein. Doch nun stellte sich wieder dieses Gefühl ein, wie schon nach ihrer Ankunft, als er mit Marla allein im Zimmer war. Am liebsten würde er ihr den Arm um die Hüften legen und eng umschlungen mit ihr spazieren gehen. Sie übte einen sehr eigenartigen Reiz auf ihn aus, und er konnte sich noch immer nicht erklären, warum das so war.

»Und, wie mache ich mich so?«, riss sie ihn aus seinen Gedanken.

Daniel warf ihr einen Blick von der Seite zu.

»Bis jetzt schlägst du dich ziemlich gut. Ich glaube nicht, dass jemand Verdacht schöpft, wir könnten nicht wirklich ein Paar sein.«

»Das ist gut … Weißt du, nur das Thema mit den Kindern, ich wusste nicht …«

Sie sprach nicht weiter, und Daniel lächelte bemüht.

»Das lief genau richtig. Mach dir keine Gedanken. Denk daran, nicht nur du schauspielerst, auch ich spiele meiner Familie was vor.«

»Entschuldige, wenn ich das frage, aber …«

»Du willst den Grund wissen, warum wir beide das hier veranstalten«, unterbrach Daniel sie.

Sie nickte.

»Es wundert mich, dass du mich das jetzt erst fragst. Damit hatte ich schon im Flugzeug gerechnet.«

»Ich dachte, mein Job als Lisa beginnt mit unserer Begegnung, und ich wollte keinen Fehler machen.«

»Du bist tatsächlich eine gute Schauspielerin, und bislang läuft alles bestens.«

»Danke.«

»Also, du sollst dich als meine Verlobte ausgeben, weil meine Familie denkt, ich wäre nach dem Unfall nicht mehr in der Lage, eine passende Partnerin zu finden. Du würdest nicht glauben, wie viele Frauen sie mir in den letzten Monaten vorgestellt haben, und als mein Onkel mich zur Geburtstagsfeier einlud, prophezeite er, extra für mich einige Kandidatinnen einzuladen.«

»Gehört diese Anwältin auch zu besagten Frauen?«

»Ja. Sie vor allem … Ich stand also vor der Entscheidung, entweder die Einladung meines Onkels abzulehnen, oder mir etwas einfallen zu lassen, damit diese Verkuppelungsversuche endlich aufhören. Und dann kam ich auf die Idee mit einer Verlobten. Im Nachhinein gesehen war das etwas unbedacht, ich weiß. Aber wenn du meine Familie erst einmal näher kennenlernst, dann wirst du mich vielleicht verstehen. Mein Vater war Peters ältester Bruder und wurde von allen sehr geschätzt und bewundert. Und ich bin sein einziger Sohn. Da Thomas beruflich eigene Wege geht und Ivonne sich in Zukunft mit ihren Kollektionen nicht nur auf Lester SP beschränken will, soll ich einmal die Firma übernehmen. Und weil ich seit dem Unfall keine feste Beziehung mehr hatte, zweifelt meine Familie wohl daran, dass es mir tatsächlich gut geht … nun ja, sie wollen einfach nicht, dass ich alleine bin. Und bis auf Onkel Peter machen das alle so subtil, dass sie wohl denken, ich merke es nicht.«

»Ich kann mir nicht vorstellen, dass ein Mann wie du Probleme damit hat, eine Frau zu finden«, stellte Marla fest und errötete bei ihren Worten.

»Danke für die Blumen«, sagte er trocken, »die Sache ist jedoch die – ich will gar keine Frau!« Es fiel ihm nicht leicht, über dieses Thema mit ihr zu sprechen, ohne an Silvia und den Unfall zu denken.

»Und das akzeptieren sie nicht?«, hakte Marla nach.

»Nein. Kim ist die Einzige, die verstehen kann, dass ich auch ohne Partnerin gut klarkomme. Was die anderen betrifft … Ich muss zugeben, ich habe ein schlechtes Gewissen, sie anzulügen. Doch sie lassen mir einfach keine Wahl.«

»Aber nach diesem Wochenende sind wir kein Paar mehr, dann werden sie vermutlich wieder versuchen, dich zu verkuppeln, oder etwa nicht?« Marlas Einwurf war mehr als berechtigt. Daniel hatte die ganze Sache allerdings gut durchdacht.

»Wir beide werden am Montag einen großen Streit haben. Und es wird zunächst für alle so aussehen, als ob wir uns trennen. Das verschafft mir zumindest eine vorübergehende Schonfrist, denn noch nicht einmal meine Familie würde von mir erwarten, nach einer Trennung sofort wieder eine neue Beziehung einzugehen. Nach einer Weile werde ich dann sagen, dass wir dabei sind, uns wieder anzunähern. Das kann ich eine Zeitlang als Ausrede benutzen, bis es schließlich endgültig zwischen uns beiden vorbei sein wird.«

»Bedeutet das, dass ich auch später noch deine Verlobte spielen soll?«

Täuschte er sich, oder schwang in ihren Worten ein Anflug von Vorfreude mit?

»Nein. Oder vielleicht doch. Aber nur im Notfall. Ich denke jedenfalls, dass es auch so gehen wird.«

»Wenn deine Familie tatsächlich so tickt, dann wird das Spielchen unweigerlich bald wieder losgehen. Was machst du dann? Eine neue falsche Verlobte suchen?«

Daniel zuckte mit den Schultern.

»Ich hab keine Ahnung.«

»Wäre es nicht besser, wenn du klar und deutlich sagen würdest, dass sie dich in Ruhe lassen sollen?«

»Ich bezweifle, dass das etwas nützen würde.«

»Okay … Aber vielleicht hast du ja bis dahin doch eine Frau kennengelernt, mit der du zusammen sein möchtest. Dann hätte sich dieses Thema von selbst erledigt.«

»Nein. Das werde ich ganz bestimmt nicht. Ich habe dir doch eben gesagt, dass ich keine Beziehung mehr haben möchte.«

Daniel war klar, dass sich so eine Aussage für einen Außenstehenden seltsam anhören musste. Schließlich war er erst dreiunddreißig Jahre alt. Aber er hatte gute Gründe, warum er nie wieder eine Liebesbeziehung mit einer Frau eingehen wollte. Diese Gründe hatte er noch niemandem erläutert, und er hatte auch nicht vor, das jemals zu tun.

»Du willst wirklich den Rest deines Lebens enthaltsam leben?«, fragte Marla, und ihre Stimme schwankte zwischen Ungläubigkeit und Mitleid.

»Aber nein! Natürlich habe ich noch Sex«, entgegnete

er. Jäh sah er sich zusammen mit Marla nackt in dem großen Bett in Damon Hall liegen. Ein Gedanke, der ihn erregte und den er deswegen sofort verscheuchte. »Aber ich verbringe mit keiner Frau jemals mehr als eine Nacht«, fügte er sehr betont hinzu.

Marla sagte nichts mehr dazu, und Daniel war froh darüber. Für ihn war alles gesagt.

Schweigend gingen sie nebeneinander her. Ein älterer Mann in einem grünen Parka und mit einem Hut kam aus einem kleinen Weg heraus und nickte ihnen wortlos zu. Neben ihm lief ein Deutscher Schäferhund an der Leine.

»Wie findest du eigentlich meine Familie?«, fragte Daniel nach einer Weile. »Also, zumindest den Teil, den du bis jetzt kennengelernt hast.«

»Dein Onkel und deine Tante sind sehr herzlich. Ivonne und Thomas kann ich noch nicht so richtig einschätzen, aber sie scheinen mir beide auch sehr nett zu sein. Allerdings sind sie ziemlich verschieden, was ich wiederum sehr interessant finde … Und deine kleine Schwester ist … nun ja, sie ist sehr spannend. Ich habe irgendwie das Gefühl, dass sie mich ziemlich unter die Lupe nimmt.«

»Das stimmt. Sie will ganz genau wissen, wer du bist.«

»Sie scheint ihren großen Bruder sehr zu bewundern.«

Daniel lächelte.

»Das kommt vermutlich daher, dass ich der Einzige bin, der ihr auch mal einen Wunsch abschlägt.«

»Kim nimmt dir das offenbar nicht übel.«

»Ich glaube, im Grunde genommen ist sie froh darüber, nicht alles von mir zu bekommen, was sie will.«

»Natürlich ist sie das! Damit tust du ihr einen großen Gefallen, Daniel. Wenn man Kindern jeden Wunsch sofort erfüllt, erleben sie kaum noch Vorfreude oder fiebern auf etwas hin. Wer will das schon auf Dauer? Ich finde, du machst das Leben für Kim deutlich reizvoller, indem du ihr Grenzen setzt.«

»Schön gesagt!«, sagte Daniel und blieb plötzlich stehen. »Grenzen machen alles reizvoller!«

Natürlich! Fast hätte er gelacht. Warum war er da nicht selbst drauf gekommen? Was sie gerade gesagt hatte, galt nicht nur für Kinder. Es galt auch für ihn. Es war der Reiz des Verbotenen, der ihn in ihrer Gegenwart durcheinanderbrachte! Vertraglich und moralisch hatte er es ausgeschlossen, sich sexuell auf diese Frau einzulassen, und genau das machte sie so interessant für ihn. Er spürte eine große Erleichterung. Er musste sich nur bewusst machen, dass er gar nicht wirklich auf sie stand. Wie gut, dass ausgerechnet Marla selbst ihm zu dieser Erkenntnis verholfen hatte.

Von Weitem waren plötzlich Scheinwerferlichter zu sehen, die immer näher kamen.

»Langsam wird es doch ein wenig ungemütlich hier draußen«, sagte Marla, »können wir vielleicht umkehren?«

»Natürlich«, sagte Daniel, »gehen wir zurück.«

Sie drehten um. Nachdem sie wenige Meter gegangen waren, fuhr der Wagen an ihnen vorbei und blieb dann mit laufendem Motor vor ihnen stehen.

Das Fenster an der Beifahrertür wurde geöffnet.

»Daniel!«

»Mutter!«

»Was macht ihr denn hier draußen?«

»Einen kleinen Spaziergang«, erklärte Daniel.

»Es ist fast Nacht! Kommt! Steigt ein.«

Daniel öffnete die hintere Tür des Rovers und ließ Marla einsteigen. Dann setzte er sich neben sie auf die Rückbank und schlug die Wagentür zu.

13

»Lisa, darf ich dir vorstellen: Meine Mutter Valerie und Ronald, ihr Lebensgefährte und Kims Vater... und das hier ist Lisa.«

Er legte ihr den Arm um die Schultern und zog sie an sich.

Valerie drehte sich zu Marla um und schaute sie neugierig an. Den Altersunterschied zu ihrem um acht Jahre jüngeren Partner sah Marla der Sechsundfünfzigjährigen nicht an. Valerie Lester war eine sehr jugendlich wirkende schlanke Frau mit blond gefärbtem Kurzhaarschnitt. Ihr Look war sehr modern, und Marla hätte sie eher für Daniels Schwester gehalten, als für seine Mutter.

»Endlich bekommen wir dich zu Gesicht, Lisa.« Valerie hielt sich nicht mit unnötigen Formalitäten auf.

»Ich freue mich, Sie kennenzulernen, Frau Lester.«

»Also bitte. Wenn du Sie zu mir sagst, komme ich mir vor wie eine alte Oma. Ich bin Valerie.«

»Und ich Ronald!«, sagte der blonde Hüne, der den Wagen lenkte. »Bruderschaft können wir ja später trinken«, fügte er hinzu und lachte.

»Das kannst du dir schön abschminken«, protestierte Daniel, doch Marla bemerkte an seiner Stimme, dass er das nicht allzu ernst meinte.

»Als deine Verlobte muss sie da durch.« Ronald lachte wieder. Er war offenbar ein sehr humorvoller Mann.

»Solange du ihr nicht diese teuflischen Eigenkreationen mixt…«

»Höchstens eine.«

Inzwischen waren sie am Eingangstor angekommen, und Ronald fuhr die Auffahrt entlang zum Haus. Er parkte den Wagen, und sie stiegen alle aus. Als sie auf die Treppen zur Eingangstür zugingen, hielt Valerie Marla am Arm fest und bat sie stehenzubleiben.

»Geht ihr schon mal vor!«, sagte sie zu den Männern.

Daniel zögerte kurz, folgte dann aber Ronald ins Haus.

Marla war gespannt, was Daniels Mutter von ihr wollte. Inzwischen war es dunkel geworden, und für ein Gespräch von Frau zu Frau war das definitiv nicht die passende Umgebung.

Valerie schien das ebenso zu sehen, denn sie schaute sie aus eisblauen Augen ernst an und kam sofort zur Sache.

»Ich war sehr überrascht, als ich gehört habe, dass mein Sohn sich wieder verlobt hat. Wir hatten alle gehofft, dass er irgendwann wieder eine Frau kennenlernt, die ihm etwas bedeutet. Aber eine Verlobung – damit hätte niemand von uns so schnell gerechnet. Du musst etwas ganz Besonderes für ihn sein, sonst hätte Daniel sich nach Silvia nicht auf eine Bindung mit dir eingelassen. Ich bin froh, dass es ihm wieder gut zu gehen scheint.«

Marla musste ihre ganze Konzentration aufbringen, um sich völlig auf ihre Rolle zu besinnen.

»Ich liebe Daniel«, sagte sie schlicht.

Valerie schien sie mit ihrem Blick zu durchdringen.

»Dann versprich mir, dass du ihn glücklich machst!«

Ohne eine Antwort abzuwarten, ging Valerie die Treppen nach oben ins Haus.

Marla atmete ein paarmal tief ein und aus und folgte ihr dann. Worauf hatte sie sich da nur eingelassen?

14

Es war fast elf Uhr nachts, als Daniel und Marla die Tür zu ihrem Zimmer öffneten. Marla fühlte sich einerseits ziemlich erschöpft von den für sie anstrengenden Gesprächen mit Daniels Familie. Andererseits war sie auch seltsam aufgekratzt. Gleich würde sie mit Daniel allein sein und die Nacht mit ihm in einem Bett verbringen.

Die Kerzen am Leuchter waren aus, aber das Feuer im Kamin brannte immer noch. Offensichtlich hatte sich einer der Hausangestellten darum gekümmert, die extra für das Wochenende von Maria engagiert worden waren. Im Laufe des Abends hatte Marla neben Patrick noch eine junge Haushaltshilfe und den Koch kennengelernt. Letzterer hatte es sich nicht nehmen lassen, den köstlichen Hauptgang, bestehend aus Wildschweinbraten mit Preiselbeersoße, Rosmarinkartoffeln und grünen Bohnen persönlich zu servieren.

Nach dem Essen hatte Marla von Daniel nicht mehr viel mitbekommen, da er in längere Gespräche mit seiner Mutter, Peter und Ivonne vertieft gewesen war.

Sie selbst war von Maria, Thomas und vor allem von Ronald in Beschlag genommen worden, der wie angekündigt darauf bestanden hatte, mit ihr Bruderschaft zu trinken. Marla hatte den Whiskey ausgeschlagen, aber einem Glas Champagner zugestimmt. Sie wollte unbedingt nüchtern bleiben, um keinen Fehler zu machen.

Es war schon spät gewesen, als Kathrin aus London

zurückgekommen und gleich darauf in ihrem Zimmer verschwunden war. Was Marla nicht sonderlich betrübte, denn sie spürte, dass Kathrin mehr für Daniel empfand und nicht gut auf sie zu sprechen war.

Irgendwann war auch Marla müde geworden. Offenbar hatte Daniel bemerkt, dass sie immer wieder hinter vorgehaltener Hand gähnte, denn plötzlich war er auf sie zugekommen, hatte einen Arm um sie gelegt und ihr vorgeschlagen, ins Bett zu gehen.

»Möchtest du zuerst ins Bad?«, fragte Daniel.

»Wenn es dir nichts ausmacht«, antwortete Marla.

»Nein. Ich muss sowieso noch meine Sachen einräumen … übrigens, du warst wirklich gut heute.«

»Danke …«

Marla schnappte sich ihren Waschbeutel, Nachthemd und einen frischen Slip und ging damit ins Badezimmer. Sie freute sich über Daniels Lob, allerdings war ihr nach diesem ersten Abend inzwischen gar nicht mehr so wohl bei der Sache. Die Familie schien sie zu akzeptieren, und Marla empfand durchaus Sympathien für sie. Sogar Valerie hatte sich ihrer vermeintlich zukünftigen Schwiegertochter nach ihren deutlichen Worten später fast schon herzlich gegenüber verhalten. Marla musste unbedingt im Kopf behalten, dass sie von Daniel angestellt war und er viel Geld dafür bezahlte, damit sie ihren Job gut machte. Dass sie diese Menschen vermutlich bald vor den Kopf stoßen würde, musste sie einfach verdrängen.

Als sie in den Spiegel schaute, entdeckte sie kleine rote Flecken in ihrem Gesicht. Ein deutliches Zeichen dafür, dass sie nervös war. Obwohl eigentlich kein Grund dafür bestand.

Sie schlüpfte aus ihren Sachen und legte sie über einen Stuhl. Dann steckte sie die Haare hoch und ging unter die Dusche. Verschiedene Shampoos und Duschgels standen bereit. Sie griff nach einem wohlduftenden Duschbad mit Mandelblüten und rieb ihren Körper sorgfältig damit ein. Dann brauste sie sich ab und wickelte sich in ein flauschiges Badetuch.

Nachdem sie sich die Zähne geputzt und mit Zahnseide gereinigt hatte, schlüpfte sie in ihren Slip und zog das Nachthemd an. Ohne dass sie es verhindern konnte, schlug ihr Herz immer schneller. Sie schaute nochmals in den Spiegel und warf sich selbst eine Grimasse zu.

»Es gibt keinen Grund zur Panik«, flüsterte sie. Dann verließ das Bad.

Daniel hatte inzwischen seine Sachen eingeräumt und tippte etwas in sein Handy.

»Du kannst jetzt rein«, sagte sie.

»Danke.« Er tippte noch kurz weiter, dann legte er sein Handy weg und ging ebenfalls ins Bad.

Als Marla hörte, dass er unter der Dusche stand, holte sie ihr altes Handy aus der Tasche und schaltete es an. Sie hatte Mika versprochen, sich später noch zu melden. Außerdem hatte sie selbst das dringende Bedürfnis, jetzt seine Stimme zu hören. Doch der Empfang war genauso schlecht, wie Kim es gesagt hatte. Marla ging zum Fenster und öffnete es. Als sie das Gerät hinaushielt, kam sie sich zwar etwas verrückt vor, aber es klappte. Ein leiser Signalton ertönte und zeigte einen verpassten Anruf mit einer Nachricht von Mika auf der Mailbox an: »Hey. Wie läuft's denn in London? Melde dich doch mal, wenn du kannst. Kuss.« Er war nur sehr schwer zu verstehen, da im Hintergrund Musik lief und Leute durcheinanderredeten. Vermutlich war er in irgendeiner Kneipe.

Marla zog ihren Arm mit dem Handy nach innen und

hoffte, dass die Netzverbindung nicht gleich wieder abbrechen würde. Sie drückte auf Rückruf und hörte es am anderen Ende der Leitung klingeln. Doch Mika hob nicht ab. Es sprang nur seine Mobilbox an. Sie wartete bis zum Piepton nach dem Ansagetext.

»Hi, Mika, schade, dass ich dich nicht erreiche. Vielleicht klappt es ja morgen. Schlaf gut. Kuss zurück… und Mika – ich vermisse dich!«

Dann schaltete sie das Handy aus, schloss das Fenster und ging zum Bett. Offenbar hatte Daniel sich bereits die linke Seite ausgesucht, denn auf dem Nachttisch lag seine Armbanduhr. So schlüpfte sie auf der rechten Seite unter die Bettdecke. Marla versuchte, sich auf Mika zu konzentrieren, um nur ja nicht daran zu denken, dass sie gleich zum ersten Mal eine Nacht neben einem Mann im Bett verbringen würde, der nicht Mika war. Mika war ihr erster richtiger Freund. Vor ihm hatte es zwar ein paar Jungs gegeben, mit denen sie herumgeschmust und geknutscht hatte, aber geschlafen hatte sie bisher nur mit ihm.

Und du wirst auch weiterhin nur mit Mika Sex haben, sagte sie sich energisch. Obwohl sie erschöpft war, fühlte sie sich noch lange nicht bereit, einschlafen zu können. Vor allem das Gespräch mit Daniel während ihres Spaziergangs ging ihr nicht aus dem Kopf. Seine Aussage, dass er keine feste Beziehung mehr haben wollte, nahm sie nicht allzu ernst. Sicherlich hing diese Einstellung immer noch mit dem Tod seiner Frau zusammen. Manche Menschen brauchten eben länger, bis sie den Prozess der Trauer abgeschlossen hatten. Doch irgendwann würde er bestimmt wieder anders darüber denken.

Die Vorstellung, dass er immer nur eine Nacht mit einer Frau verbrachte, erregte sie gleichzeitig jedoch auf seltsame Weise. Auch wenn so etwas für sie selbst nicht in Frage kam. Für sie war immer klar gewesen, dass der Mann, mit dem sie schlief, eine Rolle in ihrem Leben spielen musste und nicht nach einer Nacht wieder verschwunden sein durfte.

Denk doch jetzt nicht über Sex nach, das ist absolut nicht hilfreich!, sagte sie sich. Aber sie hätte sich genauso gut verbieten können, an den berühmten blauen Elefanten auf dem rosafarbenen Sofa zu denken. Es funktionierte nicht.

Sie musste sich ablenken. Unbedingt. Wenn sie vor Auftritten besonders nervös war, zog sie sich nach Möglichkeit zurück und rezitierte den Monolog der *Iphigenie auf Tauris* von Goethe, um sich zu sammeln. Vielleicht würde ihr das jetzt auch helfen?

»Heraus in eure Schatten, rege Wipfel«, begann sie leise zu murmeln, »Des alten, heil'gen, dichtbelaubten Haines, wie in der Göttin stilles Heiligtum …«

Sie verstummte, denn schneller als erwartet öffnete sich die Tür, und Daniel kam mit feuchten Haaren aus dem Bad. Er trug ein weißes T-Shirt und eine graue Pyjamahose, was sie etwas verwunderte. Sie hätte ihn eher für einen Typ gehalten, der in Boxershorts schlafen ging. Doch als er ans Bett trat und seinen Gehstock neben dem Nachttisch anlehnte, ahnte sie, dass er unter der langen Schlafanzughose vermutlich die Narben an seinem Bein verbergen wollte. Ob er immer noch Schmerzen hatte? Sie traute sich nicht, ihn danach zu fragen.

Unter dem anliegenden T-Shirt zeichnete sich ein Oberkörper ab, der auf sehr attraktive und nicht zu übertriebene Weise muskulös war. Er schien trotz seiner Verletzung sportlich zu sein. Das gefiel ihr.

Mika war immer schon sehr schlank gewesen und hielt

nicht allzu viel von Sport. Ihm war nur wichtig, dass er auf dem Bildschirm gut rüberkam. Und der große muskulöse Typ war in ihrem Beruf meist nicht sonderlich gefragt. Zumindest nicht für die Rollen, die Mika spielen wollte.

Daniel setzte sich auf die Bettkante und drehte sich zu Marla.

»Sag mal, warst du vorher eigentlich schon mal in London?«

Sie schüttelte den Kopf.

»Leider noch nicht.«

»Würdest du dir die Stadt gerne anschauen?«

»Ja. Sehr gern sogar!«

»Okay. Dann machen wir morgen einen Ausflug nach London«, schlug er vor. »Wenn du schon mal hier bist.«

»Danke. Das ist lieb von dir.«

Das würde ihr die Gelegenheit geben, sich vielleicht auch noch irgendein hübsches Kleid zu kaufen. Und Schuhe, denen man nicht ansah, dass sie günstig bei Deichmann gekauft waren.

Daniel schwang sein gesundes Bein ins Bett, dann zog er das andere nach. Er legte sich hin und schaltete die Lampe mit dem Lichtschalter am Kopfende des Bettes aus. Ein paar letzte glühende Holzscheite im Kamin verhinderten, dass es völlig dunkel im Raum war.

»Gute Nacht, Lisa«, sagte er leise.

Mit diesen Worten brachte er ihre mühsam erlangte Ruhe wieder aus der Fassung. Er hatte nicht Marla zu ihr gesagt, sondern Lisa! Bedeutete das, dass er sie noch immer als seine Verlobte sah?

Unsinn! Vermutlich hatte er einfach nicht nachgedacht.

»Schlaf gut, Daniel«, sagte sie und drehte sich zur Seite.

»Du auch.«

Das war jedoch leichter gesagt als getan. Marla war kein bisschen müde. Sie schloss die Augen und versuchte einzuschlafen. Doch seine Nähe ließ sie nicht zur Ruhe kommen. Nach einer Weile drehte sie sich auf den Rücken und starrte in die Dunkelheit.

»Kannst du auch nicht schlafen?«, fragte Daniel leise.

»Nein. Es ist irgendwie eine seltsame Situation für mich«, gab sie zu.

»Für mich auch.«

Sie war erleichtert, dass es ihm ähnlich wie ihr erging.

»Es wäre einfacher, wenn es ein Sofa im Zimmer gäbe«, sagte sie.

»Ja. Das stimmt …« Eine Weile sagte er nichts mehr, dann murmelte er: »Ich hab noch nie die Nacht mit einer Frau in einem Bett verbracht, ohne mit ihr zu schlafen. Oder sie zumindest zu küssen.«

Wie bitte? Hatte sie das jetzt richtig verstanden?

Er drehte sich zur Seite und schaute sie an. Seine Augen funkelten in der Dunkelheit, und sie meinte, ein Lächeln in seinem Gesicht zu erkennen.

Marla schluckte, sagte jedoch nichts.

»Das liegt an den Grenzen«, flüsterte er.

»Wie?« Marla wusste nicht, was er damit meinte.

»Du hast es heute selbst gesagt. Wenn Grenzen gezogen werden, dann nimmt der Reiz zu.«

Es dauerte einen Moment, bis sie sich an ihr Gespräch über Kim erinnerte. Und dann verstand sie, was er meinte. Sie war also reizvoll für ihn. Eine schöne Vorstellung. Nun lächelte auch sie.

»Du wirst es überleben«, sagte sie mit fester Stimme.

Daniel lachte leise.

»Was ist mit dir? Spürst du ihn nicht, den Reiz des Verbotenen?«

»Nein!«, sagte sie ein wenig zu schnell. »Ich lebe in einer sehr tollen Beziehung.«

»Natürlich!«, sagte er. »Ich wollte dir auch nicht zu nahe treten. Tut mir leid.« Sein Lächeln verschwand.

»Schon gut – und überhaupt haben wir ja den Vertrag.«

»Du hast recht. Wir haben einen Vertrag. Gute Nacht!« Er drehte sich auf die andere Seite.

»Gute Nacht!« Sie drehte sich ebenfalls um und schloss die Augen.

Irgendwann musste sie doch eingeschlafen sein. Als sie aufwachte, war das Feuer erloschen, und es war dunkel im Zimmer. Etwas hatte sie geweckt. Eine Berührung. Erschrocken drehte sie den Kopf zur Seite. Daniel lag nur eine Handbreit von ihr entfernt. An seinem regelmäßigen Atem erkannte sie, dass er tief und fest schlief. Offenbar hatte er sich im Schlaf umgedreht, und seine Hand war auf ihrem Bauch gelandet.

In einem ersten Impuls wollte sie die Hand wegschieben. Doch dann würde sie ihn womöglich wecken, und das wollte sie auf jeden Fall vermeiden.

Es gab jedoch noch einen weiteren Grund, warum sie seine Hand ließ, wo sie war. Obwohl sie ein schlechtes Gewissen dabei hatte, genoss sie das Gefühl, das diese unabsichtliche Berührung in ihr auslöste. Ihr ganzer Körper kribbelte erregt, und ihr Atem wurde schneller.

Mit einem Schlag wurde ihr schmerzlich bewusst, dass sie so ein aufregendes Prickeln in der Beziehung mit Mika schon seit Längerem nicht mehr gespürt hatte. Und dass sie es vermisste.

Vielleicht war es an der Zeit, nach ihrer Rückkehr mit ihm darüber zu sprechen, um gemeinsam einen Weg zu finden, wieder mehr Feuer in ihr Liebesleben zu bringen.

Eine Reise würde ihnen bestimmt guttun. Irgendwohin in die Sonne. Nur sie beide. Sie könnte einen Teil des Geldes von Lester dafür nehmen. Es wäre sicher eine gute Investition in ihre Beziehung.

Doch als sie versuchte, sich zusammen mit Mika an einem einsamen Strand vorzustellen, verdrängte Daniel den Platz ihres Freundes. Diese Hand machte sie noch ganz verrückt!

Sie schloss die Augen und ließ sich dazu hinreißen, sich diesem Gedankenspiel hinzugeben, und es war erregender als alles, was in den letzten Monaten tatsächlich mit Mika gelaufen war. Galt es bereits als Betrug, wenn sie sich in ihrer Phantasie auf einen anderen Mann einließ? Zumindest konnte doch irgendetwas nicht mehr stimmen, wenn so etwas passierte. Diese Erkenntnis machte sie traurig und war wie eine kalte Dusche.

Sie bewegte sich langsam zur anderen Seite, und dabei rutschte Daniels Hand von ihrem Bauch. Kurz hielt sie die Luft an, doch er war nicht aufgewacht. Langsam atmete sie aus. Irgendwie würde sie die Tage hier überstehen. Und dann würde sie alles tun, damit aus Mika und ihr wieder M&M werden würde – das tolle Paar, das sie in den ersten Jahren ihrer Beziehung gewesen waren.

15

Als Marla das nächste Mal aufwachte, war es draußen bereits hell. Das Bett neben ihr war leer. Die Tür zum Bad stand halb offen, doch von Daniel war nichts zu hören. Sie war allein.

Sie stand auf und verschwand kurz im Bad. Als sie zurückkam, holte sie ihr Handy aus der Tasche. Es war kurz nach acht Uhr. Sie versuchte, ein Netz zu bekommen, musste dazu jedoch wieder das Fenster öffnen und das Handy hinaushalten. Gut, dass mich niemand sieht, dachte sie amüsiert. Auch dieses Mal funktionierte es wieder.

Mika hatte weder angerufen noch eine SMS geschickt. Sie hatte nur eine Nachricht von ihrem Agenten bekommen, der sich erkundigte, ob bei ihr alles gut lief. Offenbar war ihm doch nicht so ganz geheuer, dass er Marla diesen Job vermittelt hatte. Sie schrieb Richard eine kurze SMS, dass es ihr gut ging, und tippte auch noch eine Nachricht an ihre Mutter und wünschte ihr ein schönes Wochenende. Ihr hatte sie nichts von ihrem Job in England erzählt, da sie wusste, dass Paula ihr bestimmt heftig davon abgeraten hätte.

Sie überlegte, ob sie Mika eine Nachricht schicken sollte, ließ es dann jedoch bleiben. Sie würde später versuchen, ihn anzurufen.

In ihrem dünnen Nachthemd begann sie zu frieren. Rasch schloss sie das Fenster und ging wieder ins Bad, um ausgiebig zu duschen.

Eine Dreiviertelstunde später machte sie sich auf die Suche nach Daniel – und nach einem Frühstück.

Im Wintergarten wurde sie fündig. Zumindest was das Frühstück betraf. Wieder stand ein kleines Buffet bereit, an dem jeder sich selbst bedienen konnte.

Thomas und Kim saßen am Tisch.

»Guten Morgen«, begrüßte Marla sie. »Darf ich mich zu euch setzen?«

»Aber natürlich, Lisa. Guten Morgen«, sagte Thomas, und Marla sah, dass er dabei leicht errötete. Er schien wirklich ein schüchterner Mann zu sein.

»Wirf dich her, Verlobte!« Kim schien sich einen Spaß daraus zu machen, sie weiterhin mit dieser Bezeichnung anzusprechen. Doch Marla nahm es gelassen. Einem pubertierenden Teenager so etwas übel zu nehmen, war genauso wenig angebracht, wie sich bei einer Frau in den Wechseljahren über Hitzewallungen zu wundern.

Marla holte sich vom Buffet Toast, Butter und Orangenmarmelade und setzte sich zu den beiden.

Auf dem Tisch standen zwei große Porzellankannen, eine mit Kaffee, die andere mit Tee. Marla griff zur Teekanne und schenkte sich ein.

»Wisst ihr vielleicht, wo Daniel ist?«, fragte Marla und kam sich dabei etwas komisch vor.

Thomas schüttelte den Kopf. »Tut mir leid, ich habe ihn heute noch nicht gesehen.«

»Du weißt nicht, wo dein Verlobter steckt?«, fragte Kim mit stichelndem Unterton.

»Nein. Ich habe noch geschlafen, als er aufstand«, antwortete Marla ruhig. Sie wollte sich von dem Mädchen nicht provozieren lassen und fragte deswegen nicht weiter nach. Daniel würde schon irgendwann wieder auftauchen.

Kim lächelte nur und holte sich eine Schale mit Obstsalat.

Marla strich Butter und Marmelade auf ihren Toast und biss dann genussvoll hinein. Es schmeckte herrlich.

Während sie frühstückten, ließ sich Kim über ihre TV-Lieblingsserien aus, von denen der eindeutige Favorit eine moderne Adaption der Sherlock-Holmes-Geschichten war. Thomas hatte noch keine der Folgen gesehen, doch Marla war ebenfalls ein großer Fan von Benedict Cumberbatch und Martin Freeman in den Rollen von Sherlock Holmes und Doktor Watson. Völlig überraschend fanden Marla und Kim durch diese gemeinsame Begeisterung zusammen, und Kim vergaß sogar, sie mit *Verlobte* anzusprechen.

»Benedict ist soooo süß, findet du nicht auch, Lisa?«, schwärmte sie.

»Ja. Unbedingt«, stimmte Marla ihr lächelnd zu. »Aber ich mag auch Martin Freeman total gern.« Sie überlegte, sich noch einen vierten Toast zu holen, ließ es dann aber. Die schwarze Hose, zu der sie einen beigen Pulli trug, spannte ohnehin schon genug an den Hüften.

»Daniel ist übrigens in der Folterkammer«, sagte Kim beiläufig.

»Folterkammer?«

»Kim meint den Fitnessraum im Keller«, erklärte Thomas.

»Sag ich doch: Folterkammer!«, raunzte das Mädchen und schob sich eine pralle Weintraube in den Mund. Offenbar lebte Kim sehr gesundheitsbewusst. Marla hatte sie bisher kaum etwas anderes als Obst und Salat essen sehen.

»Okay. Danke für die Info ... Wo sind eigentlich die anderen?«

»Meine Eltern sind Besorgungen machen. Valerie und Ronald schlafen wohl noch, und von Kathrin habe ich heute noch nichts mitbekommen«, gab Thomas Auskunft.

»Ich schon«, sagte Kim mit vollem Mund. »Sie hat Daniel gesehen, wie er nach unten ging, und plötzlich wollte sie auch was für ihre Figur tun. Also ob sie nicht schon dürr genug wäre.«

Bei der Vorstellung, dass die beiden allein im Fitnessraum waren, spürte Marla einen leichten Stich in der Magengegend. Sollte nicht eher sie, seine Verlobte, bei ihm sein?

»Es ist gesund, sich zu bewegen«, erklärte Thomas sachlich. »Es geht beim Sport nicht immer nur darum, dünn zu werden, Kim.«

Doch Kim zuckte mit den Schultern. »Ihr aber schon. Kathrin will genauso eine Figur haben wie Silvia.«

Das ist ja eine interessante Information, dachte Marla. Daniels Frau war also sehr schlank gewesen. Somit stand er wohl weniger auf Frauen wie Marla, bei der die Idealmaße eines Laufstegmodels weder um die Hüften noch in der Größe stimmten. Und obwohl es ihr egal sein sollte, fand sie es ein wenig schade, dass sie nicht in sein übliches Beuteschema passte.

»Kathrin hat es nicht nötig, wie eine andere Frau aussehen zu wollen«, warf Thomas ein und wurde noch eine Nuance röter im Gesicht. Offenbar stand er auf die attraktive Anwältin. Oder aber er wurde generell rot, wenn er mit einer oder über eine Frau sprach.

»Doch!«, widersprach Kim. »Weil sie Daniel unbedingt gefallen will.«

Plötzlich schien sie sich daran zu erinnern, dass Lisa mit ihrem Bruder zusammen war. Sie grinste schelmisch in ihre Richtung.

»Cool bleiben, Lisa. Ich glaub nicht, dass mein Bruder auf sie steht.«

»Das ist ja sehr beruhigend«, sagte Marla trocken.

Kim nickte nachdenklich.

»Aber du schaust wirklich total anders aus, als die Frauen, die er bisher hatte«, setzte Kim einen drauf.

»Kim!«, mahnte Thomas sie halbherzig.

»Schon gut, Thomas«, winkte Marla ab.

»Was denn? Es stimmt doch, dass es seltsam ist. Das ist irgendwie so, als wenn ich plötzlich Schinkenpizza essen würde – und ich bin seit einem halben Jahr Veganer«, fügte Kim erklärend hinzu und schaute Marla dann versonnen an. »War das ein philosophischer Satz?«, wollte sie wissen.

Marla verkniff sich ein Grinsen.

»Eher ein kulinarischer«, feixte sie. »Ich esse übrigens auch sehr gerne Obst und Gemüse – aber zwischendurch eben auch mal eine Schinkenpizza.« Marla zwinkerte Kim zu. »Wie sehen denn die Frauen aus, auf die dein Bruder eigentlich steht?«

»Na ja. So wie Silvia oder Kathrin«, sagte sie lapidar.

Marla hätte zu gerne gewusst, wie diese Silvia ausgesehen hatte. Doch wie sollte sie an ein Foto kommen? Daniel wollte sie bestimmt nicht danach fragen.

»Ich glaub, ich schau mir die Folterkammer mal an. Vielleicht trainiere ich ja später noch ein wenig«, erklärte Marla, obwohl sie wusste, dass das nicht geschehen würde, denn sie hatte keine Sportbekleidung eingepackt. Sie stand auf.

»Soll ich dir den Weg zeigen?«, bot Kim an.

»Danke. Ich werde ihn schon finden.«

Eine schmale steinerne Wendeltreppe führte ins Kellergeschoss. Es wirkte ein wenig unheimlich und sah tatsächlich so aus, als ob hinter einer der Türen eine Folterkammer oder ein Verlies sein könnte, oder zumindest ein Weinkeller.

Marla ging den düsteren Flur entlang, der nur mit wenigen Wandlampen beleuchtet war und versuchte, die richtige Tür zu finden. Doch sie waren alle verschlossen. Erst am Ende des Gangs hatte sie Glück. An der Wand neben einem Lichtschalter war ein Schild angebracht mit der Aufschrift: Gym. Sie öffnete die Tür und traute ihren Augen kaum. Zwischen dem alten Gemäuer verbarg sich ein äußerst modern eingerichteter und hell erleuchteter Fitnessraum. Aus Lautsprechern war schwungvolle Musik zu hören, die sofort Lust auf Bewegung machte.

Daniel lag auf einer Bank, an deren Kopfende eine Stange mit Gewichten in einer Halterung bereitlag. Er trug eine schwarze Jogginghose, ein weißes T-Shirt und Sportschuhe. Neben ihm stand Kathrin in einem ziemlich figurbetonten Fitnessoutfit und redete sichtlich aufgebracht auf Daniel ein. Die beiden hatten sie noch nicht bemerkt.

»... ich verstehe nicht, wie du dich für so eine entscheiden konntest. Diese Lisa hat doch nicht im Ansatz die Klasse wie Silvia!«

Oder wie du, wolltest du wohl hinzufügen, dachte Marla ärgerlich.

Blitzschnell überlegte sie, ob sie die eifersüchtige oder eher die lockere Verlobte spielen sollte, und entschied sich dann für Letzteres. Obwohl es ihr nicht leicht fiel, denn am liebsten hätte sie der Anwältin für ihre abschätzige Bemerkung gehörig die Meinung gesagt.

Damit Kathrin nicht bemerkte, dass sie ihre letzten

Worte gehört hatte, verließ sie den Raum noch einmal kurz.

Leider bekam sie deswegen auch Daniels Antwort nicht mit.

Sie wartete im Gang und zählte leise bis fünf. Dann öffnete sie erneut die Tür und trat ein.

»… eben eine ganz besondere Frau«, hörte sie Daniel noch sagen und hoffte inständig, dass er von ihr, also von Lisa sprach. Dann rief sie fröhlich über die Musik hinweg: »Hey, guten Morgen, ihr zwei. Ihr seid ja schon sportlich. Respekt!«

Daniel und Kathrin drehten gleichzeitig den Kopf in ihre Richtung.

»Hallo, Lisa«, sagte Kathrin. Offensichtlich hatte sie kein schlechtes Gewissen, noch vor einer Minute über sie gelästert zu haben. Im Gegenteil. Sie versuchte nicht einmal, ihre mangelnde Begeisterung über Lisas plötzliche Anwesenheit zu verbergen.

Daniel hingegen lächelte Marla strahlend zu.

»Guten Morgen, mein Süße! Du bist ja schon auf? Dabei wollte ich dich noch ein wenig ausschlafen lassen«, sagte er.

Aus der Nähe war ihm anzusehen, dass er schon eine Weile trainiert hatte. Auf seiner Stirn glänzten Schweißperlen, und sein T-Shirt war in den Achseln und an der Brust nassgeschwitzt. Kathrin hingegen hatte sich unübersehbar noch nicht allzu sehr angestrengt. Und wenn, dann eher verbal.

»Lieb von dir, aber du hättest mich ruhig wecken können«, schnurrte Marla sanft.

»Ich hatte noch keinen Guten-Morgen-Kuss heute«, sagte Daniel. »Der letzte ist schon viel zu lange her.« Er griff nach ihrem Arm und zog sie zu sich nach unten. Bevor Marla richtig realisierte, was er vorhatte, spürte sie seine Lippen an ihrem Mund, und er gab ihr einen kurzen, aber intensiven Kuss.

Als er sich wieder von ihr löste, hatte Marla weiche Knie, und zwei Dinge gingen ihr durch den Kopf: Auch wenn ihre Zuneigung nur geschauspielert war, konnte Daniel wundervoll küssen – und Kathrin schien die Sache absolut nicht zu gefallen, wie an ihrer wie versteinert wirkenden Miene unschwer zu erkennen war. Trotzdem machte die Anwältin keine Anstalten zu gehen oder ihr Training fortzusetzen.

Glücklicherweise gelang es Marla, ihre Fassung schnell wiederzugewinnen und weiter in der Rolle der Lisa zu bleiben. Und als Lisa würde sie dieser Kathrin jetzt einmal klarmachen, zu wem Daniel gehörte. Zärtlich strich sie mit den Fingern über seine Brust. »Willst du noch länger *hier* trainieren, oder kommst du mit nach oben?«, fragte sie mit der Betonung auf dem Wort »hier«. Kathrin war nicht dumm und würde die Doppeldeutigkeit ihrer Worte sicherlich erfassen. Damit es nicht zu auffällig war, vermied Marla es, die Anwältin anzuschauen, und konnte so deswegen ihre Reaktion nicht sehen.

Daniel schwang sich von der Liege hoch und griff nach seinem Stock, der bereitstand. Dann nahm er sie an der Hand.

»Ich komme mit dir.«

16

»Danke! Du hast mich gerettet«, flüsterte Daniel erleichtert, während sie den Flur entlang in Richtung Wendeltreppe gingen.

»Dafür bin ich ja da. Um dich zu retten«, sagte Marla und lachte leise.

»Stimmt.«

Wenn er geahnt hätte, dass Kathrin ihm in den Fitnessraum folgen würde, hätte er sein morgendliches Training auf später verschoben. Doch er hatte nicht damit gerechnet, dass sie überhaupt schon so früh wach sein würde.

»Der Jetlag. Ich konnte nicht schlafen«, hatte sie ihm erklärt.

Zunächst hatte sie ihm Belangloses über ihre Arbeit erzählt, während er auf der Bank lag und Gewichte stemmte, um die Muskeln an Oberkörper und Rücken zu stärken. Und auch die Beine musste er trainieren. Für das verletzte Bein hatte sein Physiotherapeut ihm spezielle Übungen gezeigt, die weitere leichte Verbesserungen der Beweglichkeit versprachen.

Vor dem Unfall war Daniel nach Möglichkeit jeden zweiten Tag laufen, hatte regelmäßig Basketball und Tennis gespielt. Er vermisste diese Sportarten sehr, die er wegen der Verletzung an seinem Bein durch Übungen an Fitnessgeräten ersetzen musste, was er früher gemieden hatte. Nur schwimmen konnte er nach wie vor, wenn auch etwas eingeschränkt.

Als er eine kurze Pause gemacht hatte, hatte Kathrin begonnen, über Lisa herzuziehen. Glücklicherweise war diese genau zum richtigen Zeitpunkt erschienen, bevor es zu einer ernsthaften Auseinandersetzung zwischen ihm und Kathrin gekommen wäre. Genau so etwas hatte er eigentlich mit seiner angeblichen Verlobung vermeiden wollen. Doch Kathrin schien es egal zu sein, dass er mit einer anderen Frau zusammen war. Er hatte schon immer geahnt, dass sie auf ihn stand, aber offenbar war das mehr der Fall, als er gedacht hatte. Doch da konnte er ihr leider nicht helfen. Er stand für keine Beziehung zur Verfügung. Auch wenn es mal eine Zeit gegeben hatte, in der er sich vielleicht hätte vorstellen können, mit Kathrin mehr als nur freundschaftlich verbunden zu sein. Doch dann war Silvia in sein Leben getreten, und er hatte für keine andere Frau mehr als einen Blick übriggehabt. Nach der spontanen Hochzeit hatte er Kathrin erst zwei Jahre später auf der Beerdigung seiner Frau wiedergesehen. Wie immer, wenn er zu dieser schmerzhaften Erinnerung kam, versuchte er rasch, an etwas anderes zu denken.

»Diese Frau hat es echt total auf dich abgesehen«, bemerkte Marla in diesem Moment. Ihre Wangen waren leicht gerötet, und Daniel fragte sich plötzlich, ob sein Kuss der Grund dafür war.

Eigentlich hatte dieser Kuss vorhin Kathrin nur deutlich machen sollen, dass ihre Hoffnungen völlig umsonst waren. Doch als er Marlas verführerische, leicht nach Orangenmarmelade schmeckende Lippen gespürt hatte, hielt er es für angebracht, sich möglichst rasch wieder von ihr zu lösen. Er schwankte zwischen einem schlechten Gewissen, weil er sich körperlich so zu Marla hingezogen fühlte, und einer Art von Erleichterung, weil er dadurch vorübergehend auf lustvolle Weise von seinen düsteren Gedanken abgelenkt war, die ihn seit dem Unfall verfolgten. Es war Verlangen, so wie es wohl die meisten Männer in der Gegenwart einer reizvollen Frau verspürten, und das, was er ihr gegenüber empfand, war rein körperlich, sagte er sich. Es hatte absolut nichts mit Emotionen zu tun. Außerdem würde er ohnehin nicht mit ihr schlafen.

Glücklicherweise war seine Jogginghose nicht enganliegend und das T-Shirt lange genug, um die Erregung zu verbergen, die auch jetzt noch nicht ganz abgeklungen war. Und mit der er bereits die halbe vergangene Nacht zu kämpfen gehabt hatte. Als er im Morgengrauen wach geworden war und sie nur halb zugedeckt, das Nachthemd bis zum Po hochgerutscht, tief schlafend halb auf der Seite neben ihm gelegen hatte, war er schleunigst aus dem Bett geflüchtet. Ansonsten hätte er trotz aller guten Vorsätze für nichts mehr garantieren können.

Inzwischen gingen sie die Wendeltreppe hintereinander nach oben. Und Daniel konnte den Blick unbemerkt auf Marlas Hinterteil ruhen lassen, das prall und sehr verlockend in einer engen schwarzen Hose steckte. Ein lustvolles Bild schoss ihm durch den Kopf, wie er sie hier auf den Stufen …

»Und wir fahren heute wirklich nach London?«, riss Marla ihn aus seinen Gedanken.

Daniel musste sich kurz räuspern, ehe er antwortete.

»Wenn du möchtest. Wir haben bis zum späten Nachmittag Zeit. Danach gibt es noch einige Vorbereitungen für die Feier morgen.«

Marla war oben angelangt und drehte sich lächelnd zu ihm um.

»Wann fahren wir denn los?«, fragte sie, und ihre Stimme klang freudig aufgeregt.

»Ihr wollt nach London?«, rief Kim dazwischen. Wo sie so plötzlich hergekommen war, war Daniel schleierhaft. Doch sie hatte schon als kleines Mädchen die Angewohnheit gehabt, irgendwo aus dem Nichts aufzutauchen.

»Genau das wollen wir«, antwortete er.

»Kann ich mit?« Sie blickte ihn bettelnd an.

Unter normalen Umständen hätte er jetzt »nein« gesagt. Aber bei der Vorstellung, mehrere Stunden mit Marla allein zu sein, war ihm inzwischen etwas mulmig. Auch wenn er es mit dem Reiz des Verbotenen zu erklären versuchte, so war die Anziehungskraft, die sie auf ihn ausübte, so intensiv, dass er es plötzlich beruhigender fand, einen Anstandswauwau dabeizuhaben. Und dafür eignete sich Kim hervorragend.

»Okay.«

Sowohl Marla, vor allem aber Kim schauten ihn erstaunt an. Offensichtlich hatten beide nicht mit dieser Antwort gerechnet.

»Ich darf echt mit?«, fragte seine kleine Schwester ungläubig.

»Ja. Aber sag Mutter oder Ronald Bescheid ... Ich gehe duschen, und in einer halben Stunde fahren wir.«

Der Himmel hatte aufgerissen, und durch dicke weiße Wolken hindurch strahlte die Sonne. Inzwischen war es früher Nachmittag, und sie hatten bereits einige der bekanntesten Attraktionen und Sehenswürdigkeiten angeschaut: die Wachablösung am Buckingham-Palast, Big Ben und Westminster-Palast.

Kim und Marla hatten sich gegenseitig vor einem Wohnhaus neben einer Sandwichbar in der North Gower Street fotografiert, das für die Außenaufnahmen der Sherlock-Holmes-Serie diente und das berühmte Haus in der Baker Street nachstellen sollte. Bei der Fahrt im London Eye hatten sie einen atemberaubenden Blick über die ganze Stadt. Danach machten sie eine Rundfahrt auf der Themse mit einem Zwischenstopp an der Anlegestelle Bankside Pier. Dort bewunderten sie von außen Shakespeares Globe Theatre.

Daniel hatte Marlas sehnsüchtigen Blick bemerkt, als sie vor einer der Programmtafeln stand. Um vor Kim einen überzeugenden Verlobten zu spielen, hatte er einen Arm um Marla gelegt. »Wenn wir das nächste Mal in London sind, dann können wir gerne eine Vorstellung besuchen, Süße.«

Marla hatte ihn bezaubernd angelächelt, und Daniel hatte sich plötzlich gefragt, ob das zu ihrer Rolle gehörte oder ob das Lächeln echt war. Sie hatte die Lisa bis jetzt tadellos gespielt, und niemand aus seiner Familie schien Zweifel daran zu haben, dass sie zusammen waren. Und das, obwohl sie tatsächlich vom Typ her eine völlig andere Frau war als alle, mit denen er bisher eine Beziehung gehabt hatte. Daniel war vor allem überrascht, dass Kim sie so schnell akzeptiert hatte. Bis auf einige kleinere Sticheleien hatte seine kleine Schwester sich für ihre Verhältnisse fast vorbildlich gegenüber Lisa verhalten.

Er war froh, dass Kim bei ihrem Ausflug dabei war. Doch paradoxerweise bedeutete ihre Anwesenheit auch, dass Daniel und Marla sich immer wieder mal berühren und umarmen mussten. Wie sich ein verliebtes Paar eben verhielt. Er musste zugeben, dass er das insgeheim genoss.

Als sie unter einem Bogen, der als Wahrzeichen der Carnaby Street galt, durch die traditionsreiche Einkaufsstraße gingen, griff er nach Marlas Hand. Sie blieb stehen und drehte sich zu ihm. Daniel war überrascht von dem strahlenden Funkeln in ihren Augen. Sie schien den Ausflug nach London wirklich zu genießen.

»Spendierst du mir eine Jeans?«, bettelte Kim und sah ihren Bruder mit einem Blick an, der einen Stein erweichen könnte.

»Ausnahmsweise.«

Kim grinste. »Und noch was für oben dazu? Bitte!«

Daniel musste sich ein Lachen verkneifen.

»Also gut, du kleine Hexe. Und vielleicht mag Lisa sich ja auch ein wenig umsehen.« Er warf ihr einen Blick zu. »Was haltet ihr davon, wenn ihr zwei etwas shoppen geht und ich mich inzwischen in eine Bar setze und ein paar Anrufe erledige.«

»Cool! Bester Bruder!«, rief Kim und gab ihm einen begeisterten Kuss auf die Wange.

Marla hatte noch nichts gesagt, sondern schaute ihn besorgt an.

»Hast du Schmerzen, Liebling?«, fragte sie.

Er hätte nicht gedacht, dass jemand bemerken würde, was für Probleme sein Bein ihm heute bereitete, denn er versuchte stets, es sich nicht anmerken zu lassen. Aber je länger sie unterwegs waren, desto schlimmer wurden die Schmerzen. Er hatte sich wohl etwas zu viel zugemutet.

»Nur ein wenig«, sagte Daniel und versuchte, ihre Besorgnis mit einem Lächeln zu vertreiben. Doch offenbar nahm sie ihm das nicht so ganz ab.

»Vielleicht fahren wir besser zurück«, schlug Marla vor.

»Nein! Noch nicht!«, protestierte Kim.

»Mach dir keine Sorgen, Lisa. Es ist wirklich nicht so schlimm. Ich mache jetzt einfach eine kleine Pause, und danach ist alles wieder okay.« Er holte seine Kreditkarte heraus und reichte sie Marla. »Hier. Kauft euch inzwischen was Hübsches.«

Marlas Gesicht lief knallrot an, und obwohl sie noch immer lächelte, sah er ihr an, dass sie über seinen Vorschlag nicht begeistert war. Auch ihm war klar, dass er sich gerade etwas großkotzig angehört hatte. Dabei hatte er es gar nicht so gemeint.

»Daniel, ich kann das nicht…«, setzte Marla an, doch er unterbrach sie sofort.

»Ich weiß, dass du deine Sachen auch selbst bezahlen kannst, meine Süße. Aber ich würde mich sehr freuen, wenn ich dir heute etwas Schönes schenken darf. Und später kannst du dann eine ganz persönliche Modenschau für mich machen…«, sagte er mit einem leicht anzüglichen Unterton und zwinkerte ihr zu. »Verdirb mir diese Freude bitte nicht.«

Er sah ihr an, dass sie hin- und hergerissen war, und bevor sie antworten konnte, beugte er sich zu ihr und gab ihr einen Kuss. Er spürte leisen Widerstand und wollte sich schon wieder von ihr lösen, da öffnete sie ihre Lippen und küsste ihn zurück. Und als ihre Zunge die seine vorsichtig streichelte, loderte plötzlich ein gewaltiges Feuer in ihm auf. Er hätte alles darauf gewettet, dass es ein echter Kuss war und sie in diesem Moment nicht spielte.

»Hey!«, rief Kim genervt. »Muss das jetzt sein? Das ist echt ätzend.«

Daniel und Marla lösten sich gleichzeitig voneinander und schauten sich an. Er hatte das Gefühl, nur schwer Luft zu bekommen. Marla wirkte verlegen und strich sich fahrig eine Strähne aus dem Gesicht.

»Wir führen uns wirklich auf wie verliebte Teenager«, sagte sie schließlich und lachte. Ihre Stimme klang jedoch etwas kratzig. Sie räusperte sich kurz. »Wenn dein Bruder heute so spendabel ist, dann wollen wir das mal nicht abschlagen, Kim.« Sie griff nach seiner Kreditkarte, und noch bevor er etwas sagen konnte, verschwanden Kim und Marla in einem Modeladen.

Daniel blieb eine Weile stehen und starrte auf die Tür des Geschäftes, das sie gerade betreten hatten. Er war verwirrt und wusste nicht, was hier gerade zwischen ihm und Marla geschah. Spielte sie nur ihre Rolle so gut, oder passierte auch mit ihr etwas? Daniel schloss kurz die Augen. Plötzlich rempelte ihn jemand unsanft an, und Daniel musste sich fest auf seinem Stock abstützen, um nicht das Gleichgewicht zu verlieren. Ein stechender Schmerz schoss durch sein Bein.

»Pass doch auf!«, rief er dem Jugendlichen ärgerlich hinterher. Der zeigte ihm nur den Stinkefinger. Daniel versuchte, ein Stöhnen zu unterdrücken, und verfluchte leise sein Bein. Er musste sich unbedingt einen Moment ausruhen, dann würde es ihm wieder besser gehen.

Doch der Vorfall hatte ihn buchstäblich wachgerüttelt. So konnte es nicht weitergehen. Er hatte Marla engagiert, um die Rolle seiner Verlobten zu spielen, damit er für andere Frauen als Partner vermeintlich vom Markt war. Und er hatte gute Gründe dafür. Er musste versuchen, in Marlas Nähe einen klaren Kopf zu behalten und ihre Berührungen auf ein Minimum zu reduzieren. Und Küsse waren ab jetzt tabu!

17

Endlich war Kim mit fünf Jeans über dem einen und schätzungsweise zwanzig Tops über dem anderen Arm in einer Umkleidekabine verschwunden und gab Marla dadurch ein wenig Zeit, über das nachzudenken, was vorhin geschehen war. Der Tag, den sie mit Kim und Daniel heute verbrachte, war für sie einer der schönsten seit Langem. Sie hatten jede Menge Spaß gehabt. Daniel verhielt sich ihr gegenüber sehr aufmerksam und ging auf sie ein, und es hatte vor Shakespeares Globe Theatre einen Moment gegeben, in dem sie sich gewünscht hatte, tatsächlich seine Verlobte zu sein. Und als er sie vorhin geküsst hatte, konnte sie nicht anders, als seinen Kuss zu erwidern. Für einen Augenblick, der gleichzeitig unendlich schien und doch viel zu kurz war, blendete sie völlig aus, dass sie Marla Patry war, einen Freund hatte und die Rolle der Verlobten nur spielte. Glücklicherweise hatte Kim sie und Daniel unterbrochen, und sie war wieder zur Vernunft gekommen. Zumindest mehr oder weniger. Doch immer noch fühlten sich ihre Beine zittrig an. Und sie spürte einen dicken Kloß im Hals. Was Daniel wohl jetzt von ihr dachte? Ob er davon ausging, dass sie nur geschauspielert hatte? Hoffentlich. Ein Kuss gehörte doch bestimmt zu ihrer Rolle und zählte noch nicht zu den sexuellen Handlungen, die ja ausdrücklich im Vertrag ausgeschlossen waren. Oder?

Mach dir nichts vor, Marla, sagte sie sich, dieser Kuss

wäre sicherlich nicht nötig gewesen, um vor Kim zu demonstrieren, dass ihr angeblich verlobt seid.

Vor allem aber hatte sie ein schlechtes Gewissen Mika gegenüber. Er durfte niemals von diesem Kuss erfahren. Und am besten auch nicht von dem Kuss vorhin im Fitnessraum.

Während Kim noch in der Kabine mit den Klamotten beschäftigt war, holte Marla ihr altes Handy aus der Tasche. Doch Mika hatte sich noch nicht gemeldet.

»Kann man von hier aus ins Internet?«, fragte sie plötzlich eine der Verkäuferinnen, die auf einer Tretleiter stand und Weihnachtsgirlanden an der Decke befestigte. Das erste Adventswochenende stand kurz bevor, und in vielen Schaufenstern und Läden in London war bereits weihnachtlich dekoriert.

»Klar«, antwortete diese und zeigte auf ein Schild neben der Tür, das auf einen kostenlosen Hotspot hinwies, vermutlich damit die Begleiter der vorwiegend weiblichen Kundschaft sich die Wartezeit im Internet vertreiben konnten.

Marla holte das iPhone aus der Tasche, das sie bis jetzt noch nicht benutzt hatte. Zum ersten Mal seit längerer Zeit wählte sie sich auf ihrem Facebook-Account ein und fand bei den neuesten Meldungen ein aktuelles Posting von Mika. Es war ein Foto, das ihn an einer Theke in einer Kneipe mit einigen Freunden zeigte und – mit Tine Schonau, seiner Schauspielerkollegin! Tine? Was machte die denn in Köln? Mika hatte einen Arm um sie gelegt und hielt ein Glas Rotwein ins Bild. Untertitelt war das Foto mit: Neue Rolle feiern mit Tine. Ausgerechnet mit Tine? Marla war schon bei ihrer ersten Begegnung aufgefallen, dass die geschiedene Schauspielerin kaum den Blick von Mika hatte abwenden können.

Und neue Rolle? Welche neue Rolle denn? Das Casting für eine Sitcom war doch erst für kommenden Montag geplant. Gab es ein neues Projekt? Warum hatte er ihr nichts davon erzählt?

Marla überlegte, ob sie einen Kommentar unter das Bild setzen sollte. Doch dann ließ sie es. Sie würde sich nicht dazu herablassen, öffentlich ihren Unmut auszudrücken. Und außerdem stand es ihr auch nicht zu, sich wegen einer vermutlich harmlosen Feier in der Runde von Freunden aufzuregen, wenn sie selbst erst vor wenigen Minuten einen Mann geküsst hatte.

»Lisa!«, rief Kim aus der Kabine.

»Ja?« Marla steckt das iPhone rasch in die Tasche zurück.

»Kannst du mir mal helfen?«

»Natürlich.« Sie schlüpfte in die Kabine. Kim versuchte, mit allerlei wilden Verrenkungen, ein ziemlich raffiniert geschnittenes schwarzes Oberteil am Rücken zu schließen.

»Lass mich mal«, sagte Marla und hakte den Verschluss ein.

»Danke … Und? Was meinst du?«, fragte Kim und schaute skeptisch in den Spiegel.

»Die Jeans sitzt super. Das Oberteil auch. Aber ich würde mir nie etwas kaufen, das ich nicht alleine anziehen kann …«, sagte Marla. … bis auf ein Brautkleid, vervollständigte sie in Gedanken den Satz, den ihre Mutter früher beim Einkaufen öfter gesagt hatte.

Sie warf einen Blick auf den Stapel mit Sachen, die sich auf dem Hocker türmten, und zog ein Longshirt heraus. Die Farbe erinnerte sie an das Türkis von Daniels Augen.

»Probier das mal an.«

Sie klapperten noch einige Geschäfte ab, bis nicht nur Kim das passende Oberteil zu ihrer Jeans gefunden, sondern Marla sich auch ein rostfarbenes Kleid und High Heels gekauft hatte.

Eigentlich war es ihr zuwider gewesen, mit Daniels Kreditkarte zu shoppen. Doch aus drei Gründen hatte Marla es sich dann doch anders überlegt. Zum einen war Daniel ihr Auftraggeber, und somit gehörte ein von ihm gesponserter und ausdrücklich gewünschter Einkauf eben zur Rolle dazu. Und dann hatte sie für morgen Mittag tatsächlich nichts Passendes zum Anziehen dabei. Zumindest wenn man bedachte, wie schick die anderen Frauen schon an normalen Tagen gekleidet waren. Mit dem Kleid, das sie für die Party am Abend vorgesehen hatte, konnte sie nicht auch schon beim Mittagessen auftauchen. Doch der Hauptgrund war, dass sie während des Einkaufs nicht in Daniels Nähe war und dabei trotzdem vor seiner Schwester die perfekte Verlobte spielen konnte.

Kim war von den Sachen begeistert.

»Du siehst echt cool aus!«, hatte sie geschwärmt und ihr zusammen mit der Verkäuferin eine zum Kleid und den Schuhen passende Handtasche aufgeschwatzt.

»Und jetzt brauchst du noch sexy Dessous.« Kim kicherte frech.

Marla winkte ab. »Wir haben jetzt genug von Daniels Geld ausgegeben«, sagte sie.

»Jetzt komm schon, Lisa. Er hat doch gesagt, dass er sich darüber freut.«

Kim ließ nicht locker. Und da Marla nicht den Anschein erwecken wollte, ihrem Verlobten keine Freude machen zu wollen, kam sie auch noch in den Besitz einer verboten heiß aussehenden Wäsche aus auberginefarbener Seide, wie Marla sie bisher noch nie besessen hatte. Als sie sich darin im Spiegel betrachtete, fragte sie sich plötzlich, ob Daniel diese verführerischen Dessous jemals an ihr zu Gesicht bekommen würde. Denn eine abendliche Modenschau in ihrem Zimmer war natürlich völlig ausgeschlossen.

»Brauchst du nicht auch noch eine Jacke?«, fragte Kim.

»Nein. Jetzt ist Schluss!«, sagte Marla bestimmt.

Kim grinste.

»Weißt du, Verlobte. Du siehst nicht nur völlig anders aus als seine anderen Frauen, du verhältst dich auch ganz anders.«

»Ist das gut oder schlecht?«

Kim grinste sie schief von der Seite an.

»Das musst du schon selbst herausfinden.«

Kim versuchte ganz offensichtlich, sich mit ihrer zukünftigen Schwägerin anzufreunden. Ob sie sehr enttäuscht sein würde, wenn am Montag alles vorbei wäre? Marla jedenfalls fand die Vorstellung, dass sie die quirlige Kim danach nie mehr sehen würde, durchaus schade.

Während der Rückfahrt im Taxi sprachen sie nur wenig. Kim hörte Musik mit ihrem iPod, und nachdem Daniel sich höflich nach ihren Einkäufen erkundigt hatte, schaute er die meiste Zeit schweigend aus dem Fenster. Seine Hand lag auf dem Oberschenkel seines ausgestreckten Beines. Marla vermutete, dass er Schmerzen hatte. Kein Wunder, sie waren heute viel gelaufen.

»Fühlst du dich nicht gut?«, fragte Marla.

»Doch. Mach dir keine Sorgen.«

Daniel verhielt sich ihr gegenüber freundlich, doch sie spürte, dass er seit dem Kuss distanzierter war. Und auch sie versuchte, ihm nicht allzu nahe zu kommen. Damit Kim und die restliche Familie nicht auf falsche Gedanken kamen, gab sie vor, Kopfschmerzen zu haben, und zog sich nach der Rückkehr bald in ihr Zimmer zurück. Daniel schien froh darüber zu sein und hatte sie nur gefragt, ob er ihr Tee und später das Abendessen nach oben bringen lassen sollte.

»Das wäre lieb von dir, Schatz«, hatte sie gesagt und sich bei seiner Familie entschuldigt.

»Ach, das macht doch nichts.« Onkel Peter hatte Verständnis dafür. »Ruh dich nur aus, damit du morgen fit bist. Maria und ich werden sowieso gleich verschwinden. Wir beide feiern schon mal bei einem schönen Abendessen im Restaurant ›Hibiscus‹ in meinen Geburtstag rein. Und die anderen haben wohl auch alle irgendetwas vor, wie mir scheint.«

Was wohl weitgehend richtig war. Thomas hatte ihr schon beim Frühstück erzählt, dass er den Abend für einen Besuch im Theater nutzen würde, und Ivonne war heute gar nicht erst nach Damon Hall gekommen. Sie steckte bis zum Hals in den Vorbereitungen für eine neue Kollektion. Ronald wollte mit Kim ins Kino, und Daniel hatte ihr schon bei der Fahrt nach London verraten, dass er und ein paar Freunde eine Überraschung für seinen Onkel vorbereitet hatten und sie dafür noch ein wenig proben müssten. Somit hätte er ohnehin keine Zeit für sie gehabt, und sie war froh, dass sie den Abend nicht allein mit seiner doch etwas anstrengenden Mutter oder gar Kathrin verbringen musste. Die schöne Anwältin hatte sie bei ihrer Rückkehr nur mit kalten Augen angeschaut und kein Wort mit Marla gesprochen. Was Marla jedoch nicht sonderlich störte.

Nachdem Patrick ihr den Tee und etwas Gebäck aufs

Zimmer gebracht hatte, setzte sich Marla damit an den kleinen Tisch am Fenster und starrte nach draußen. Inzwischen dämmerte es bereits, und Nebelschwaden zogen über das Grundstück.

Sie trank den Tee in kleinen Schlucken und hoffte, dass dadurch das seltsame Flattern in ihrem Magen ein wenig nachlassen würde. Doch das Gegenteil war der Fall. Ihre Unruhe wurde immer größer, und ihre Gedanken sprangen ständig zwischen Daniel und Mika hin und her. Schließlich nahm sie ihr altes Handy, öffnete das Fenster und war gespannt, ob Mika inzwischen versucht hatte, sie zu erreichen. Fehlanzeige. Marla beschloss, ihn anzurufen. Doch wieder sprang nur die Mailbox an.

»Dann halt nicht«, murmelte sie, nachdem sie aufgelegt hatte. Inzwischen hatte sie tatsächlich Kopfweh bekommen, und sie fror, obwohl das Feuer im Kamin munter vor sich hin flackerte.

Marla beschloss, ein Bad zu nehmen. Sie ließ heißes Wasser in die große Wanne laufen und fügte ein wohlduftendes Schaumbad hinzu. Bevor sie sich auszog, drückte sie die neu gekauften Dessous vorsichtig im Waschbecken aus und hängte sie zum Trocknen an einem Handtuchhalter auf. Marla würde sie morgen Abend unter ihrem schwarzen Kleid zur Party tragen.

Als sie sich ins warme Wasser gleiten ließ, seufzte sie wohlig auf. Den Luxus eines Bades hatte sie nicht allzu oft, da es in dem winzigen Badezimmer ihrer Wohnung nur eine Dusche gab.

Auf dem Badewannenrand lag das iPhone. Sie hatte in der iTunes-Bibliothek mehrere Musiklisten gefunden. Neugierig startete sie die Playlist mit dem Namen *Lenny*. Lenny Kravitz?

Das erste Lied setzte ein. Marla kannte es nicht, aber

es handelte sich beim Interpreten tatsächlich um Lenny Kravitz, wie an der Stimme unschwer zu erkennen war. Ein Blick auf das Handy verriet ihr den Titel: *Believe in me.*

»Hmm …« Es tat so gut, im Wasser zu liegen und leise Musik zu hören. Sie spürte, wie sich ihr Körper langsam entspannte. Auch das Kopfweh verschwand nach und nach. Sie hatte die Augen geschlossen und versuchte, an nichts zu denken. Doch das gelang ihr nicht. Schon die Erinnerung an ihren Kuss und Daniels weiche Lippen reichte, damit sie wieder diese ungewöhnliche Erregung in sich aufsteigen spürte.

Und bald stand ihr eine weitere Nacht mit Daniel bevor. Sie hatte ein wenig Angst davor, gleichzeitig fieberte sie ihr aber auch entgegen. Sie konnte sich selbst nicht verstehen. Es war alles so verrückt, und irgendwie kam ihr diese Zeit in London so unrealistisch wie ein Traum vor. Ein neues Lied begann, das Marla kannte: *The Chamber.*

Versonnen spülte sie mit der Hand warmes Wasser über ihre Brüste und streifte dabei ihre Nippel, die bei der Berührung fest wurden wie kleine Knospen. Sie begann, sie sanft zu streicheln.

Vielleicht sollte sie sich einfach fallen lassen und ihre körperlichen Empfindungen genießen? Womöglich verschwand danach die sexuelle Spannung, die inzwischen immer stärker geworden war. Mit geschlossenen Augen schob sie ihre Hand langsam nach unten zwischen ihre Schenkel. In diesem Moment hörte sie ein leises Geräusch. Erschrocken öffnete sie die Augen.

Daniel stand in der offenen Schiebetür und schaute sie mit einem unergründlichen Blick an.

Sie spürte, wie sie knallrot anlief, doch sie brachte kein Wort heraus. Sie starrte ihn nur an.

»Entschuldige«, sagte er schließlich nach einer gefühlten Ewigkeit und wandte sich ab. »Ich wollte mich nur schnell umziehen. Ich bin dann wieder unten.«

Gleich darauf war er verschwunden.

Marlas Kehle fühlte sich plötzlich wie ausgetrocknet an. Ihr Herz klopfte bis zum Hals. Es war ihr unendlich peinlich, dass er gesehen hatte, wie sie sich selbst streichelte. Jäh waren die Kopfschmerzen zurückgekommen, noch stärker als vorher. Sie schaltete die Musik ab, wusch sich rasch die Haare und stieg aus der Wanne.

Das Abendessen, das Patrick ihr später aufs Zimmer brachte, rührte sie kaum an, und auch den Wein ließ sie stehen. Der peinliche Vorfall im Bad hatte ihr buchstäblich den Magen zugeschnürt. Warum war er aber auch einfach ohne anzuklopfen ins Badezimmer gekommen? Zumindest hatte sie ihr Ziel erreicht. Von sexueller Spannung war im Moment nichts mehr zu spüren.

Sie legte einige Scheite Holz nach und betrachtete eine Weile das knisternde Feuer im Kamin. Da das Pochen in ihrem Kopf einfach nicht nachlassen wollte, nahm sie schließlich eine Schmerztablette, die sie in ihrer Handtasche fand. Dann schlüpfte sie in ihr Nachthemd und legte sich ins Bett. Obwohl sie Angst hatte, nicht einschlafen zu können, dämmerte sie schon hinüber, kaum dass sie die Augen geschlossen hatte.

»Nein!« Daniels erstickter Schrei holte Marla unsanft aus dem Schlaf. Ihr Herz raste, als sie sich umdrehte und sah, dass Daniel neben ihr lag. Sie hatte nicht mitbekommen, dass er zurückgekommen war. Jetzt stöhnte er leise im Schlaf. Im matten Licht des Kaminfeuers sah sie Schweißperlen auf seiner Stirn. Offenbar hatte er einen Albtraum – oder Schmerzen.

»Daniel.« Sanft rüttelte sie ihn an der Schulter. »Daniel, wach auf.« Mit einem Satz fuhr er hoch und riss erschrocken die Augen auf.

»Silvia!?«, rief er, und in seiner Stimme lag ein schmerzvoller Ton. Marla musste schlucken.

»Nein, Daniel. Ich bin's. Marla.«

Und jetzt schien er sie endlich zu erkennen. Seine lockigen dunklen Haare waren vom Schlaf leicht zerzaust, und in seinen Augen lag ein fiebriger Glanz.

»Alles ist gut«, versuchte sie, ihn zu beruhigen.

»Nichts ist gut«, sagte er barsch und schob die Beine aus dem Bett. Er setzte sich auf und vergrub sein Gesicht in den Händen.

Marla sah an seinem Rücken, wie schwer sein Atem ging.

»Hast du Schmerzen?«, fragte sie leise. Er schüttelte den Kopf.

»Kaum noch.«

»Schlecht geträumt?«

Er nickte nur. Sicher hatte es etwas mit dem Unfall und dem Tod seiner Frau zu tun.

Sie widerstand nur schwer der Versuchung, sanft durch sein Haar zu streicheln, um ihn zu trösten.

»Es tut mir leid, dass ich dich geweckt habe«, sagte er schließlich mit heiserer Stimme und stand auf.

»Das macht doch nichts… Möchtest du vielleicht etwas trinken? Wasser? Es ist auch noch Wein da, vom Abendessen.«

»Ja.« Er stand auf und humpelte ohne seinen Stock zum Tisch. Zuerst schenkte er sich Wasser in das Weinglas ein und trank es in einem Zug leer. Dann griff er zur Weinflasche.

»Willst du drüber reden?«, fragte sie.

»Nein!« Sein Ton war schroff. Doch gleich darauf schien er sich zu besinnen und sagte: »Ich … ich habe öfter schlechte Träume. Es hilft mir nicht, darüber zu reden.«

»Hast du es denn überhaupt schon mal versucht?«

Er antwortete nicht auf ihre Frage und nahm einen großen Schluck Wein.

»Willst du auch?«, fragte er, und ohne auf ihre Zustimmung zu warten, schenkte er ihr ebenfalls ein.

18

Sie kam auf ihn zu, und er reichte ihr das Weinglas. Er versuchte, sie nicht anzustarren. Ihr schwarz-grau gestreiftes Nachthemd sah aus wie ein etwas zu lang geratenes T-Shirt. Und vielleicht war es das ja auch. Im Schein des Feuers, das er nach seiner Rückkehr nachgelegt hatte, zeichneten sich ihre Brüste unter dem Stoff deutlich ab. Inzwischen wusste er, wie sie nackt aussahen. Obwohl er dieses Bild in seinem Kopf verdrängen wollte, lenkte es ihn gleichzeitig von seinem Traum ab. Einem Traum, der immer ähnlich war und ihn in unregelmäßigen Abständen heimsuchte. Er lag mit Silvia auf einer Decke auf dem Boot und schaute mit ihr in den Sternenhimmel. Alles war perfekt. Doch aus dem Nichts heraus brach ein heftiges Gewitter los. Der Sturm und die Wellen peitschten das Boot herum und brachten es so stark in Schräglage, dass Silvia sich nicht mehr halten konnte und ins Wasser stürzte. Verzweifelt beugte er sich über den Rand und streckte die Hand nach ihr aus. »Hilf mir, Daniel!«, schrie sie, und in ihren Augen stand Todesangst. Sie versuchte, seine Hand zu fassen. Ihre Finger berührten sich kurz, doch dann schlug eine Welle über ihr zusammen, und das dunkle Meer verschluckte sie. Verzweifelt rief er nach ihr, doch sie blieb verschwunden. Das war meist der Moment, in dem er schweißgebadet aufwachte.

Der Traum entsprach zwar nicht ganz der Realität, doch da er ihn schon so oft geträumt hatte, empfand

Daniel es inzwischen so, als ob es sich wirklich genau so zugetragen hätte.

»Daniel?«, Marla riss ihn aus seinen düsteren Gedanken. Ihr Blick war besorgt. »Kann ich etwas für dich tun?«

»Nein.« Er versuchte zu lächeln.

Fast gleichzeitig setzen sie ihre Lippen an die Gläser und tranken. Dabei wäre es vernünftiger, er würde die Hände vom Alkohol lassen. Er hatte am Abend bei der Bandprobe in der »Folterkammer«, die sie kurzerhand als Proberaum umfunktioniert hatten, genug getrunken.

Dabei hatte er das gar nicht vorgehabt. Aber nachdem er Marla dabei überrascht hatte, wie sie mit geschlossenen Augen in der Badewanne lag und sich streichelte, brauchte er unbedingt ein Bier, um seinen Puls wieder einigermaßen zu beruhigen. Aus einer Flasche waren mehrere geworden, doch dieses unglaublich sinnliche Bild hatte ihn den ganzen Abend über verfolgt, und er hatte sich nur schwer auf die Musik konzentrieren können.

»Hey, Dan! Bist wohl aus der Übung«, hatte Theo, einer seiner Bandkollegen gesagt, nachdem Daniel sich mehrmals verspielt hatte. Das waren noch die harmlosesten Worte gewesen, die er sich deswegen hatte anhören müssen. Doch er nahm es ihnen nicht übel.

Schon seit seiner Jugendzeit spielte Daniel in der Band Skyliner's Fun als Bassist. Als Teenager waren sie alle fest davon überzeugt gewesen, später einmal bekannter als U2 zu werden. Doch obwohl sie ganz gut waren, hatte es mit der großen Karriere nie geklappt. Inzwischen gingen sie alle Berufen nach, die nichts mit Musik zu tun hatten. Ab und zu trafen sie sich im Proberaum über Theos Garage in Nürnberg zu zwanglosen Sessions, bei denen sie hauptsächlich Coversongs bekannter Rockbands nachspielten. Onkel Peter war immer schon ein Förderer und Fan von Skyliner's Fun gewesen, und einige der Instrumente hatte er den jungen Leuten damals sogar gesponsert. Deswegen würden sie ihn morgen auf der Party mit seinen Lieblingstiteln überraschen. Das war ihr Geburtstagsgeschenk.

Die Jungs hatten sich dafür extra Urlaub genommen und waren in einem gemieteten Kleinbus angereist. Daniel hatte ihnen Zimmer in einem kleinen Hotel in der Nähe besorgt. Nach der Party würden sie noch einige Tage in London bleiben, damit sich die lange Autofahrt auch lohnte.

Genau wie seine Familie waren auch die Kumpels aus der Band sehr neugierig darauf, seine angebliche Verlobte kennenzulernen. Und es graute Daniel schon etwas davor, ihnen Lisa morgen Abend vorzustellen. Inzwischen fand er nämlich, dass es doch eher eine Schnapsidee gewesen war, Marla Patry zu engagieren, und wenn es möglich gewesen wäre, hätte er es rückgängig gemacht. Doch jetzt blieb ihm nichts anderes übrig, als die Sache durchzuziehen.

»Ist das deine Bassgitarre?«, riss Marla ihn erneut aus seinen Gedanken und ging zur Kommode, an der das Instrument lehnte.

»Ja.«

»Du spielst in einer Band?«

»Ja.«

Vorsichtig strich sie mit den Fingern über die Saiten, die ohne Strom nur dumpfe Töne von sich gaben.

»Ich wollte als Kind auch immer so gerne ein Instrument erlernen, aber …« Sie sprach nicht weiter.

»Aber was?«, fragte er nach.

»Jedes Mal, wenn ich damit anfing, wich meine Mutter mir aus. Sie wollte nicht, dass ich ein Instrument spiele, auch wenn sie es mir nicht direkt verboten hatte.«

Daniel schaute sie verwundert an. Eltern hatten doch normalerweise nie etwas dagegen, wenn Kinder Musik machen wollten. Zumindest nicht, wenn es sich nicht gerade um Heavy Metal handelte und der Übungsraum direkt neben dem Schlafzimmer der Eltern lag.

»Aber warum denn nicht?«, wollte er wissen.

Marla zögerte kurz, dann sah sie ihn an, und in ihren Augen nahm er Traurigkeit wahr.

»Mein Vater … Er war Musiker. Genauer gesagt Saxophonist in einer Jazzband. Ich war damals noch klein. Er hatte ein Engagement auf einem Schiff, das von Hamburg aus eine Kreuzfahrt nach Südamerika machte. Doch auf dem Weg dorthin verunglückte er mit dem Auto … Ich kann mich kaum noch an ihn erinnern. Aber er war Mutters große Liebe.«

Daniel wusste nicht sofort, was er darauf sagen sollte. Auch er hatte seine große Liebe verloren, und er konnte den Schmerz der Mutter nachvollziehen. Doch Marla tat ihm ebenfalls leid. Sicherlich war es sehr schwer gewesen, ohne Vater aufzuwachsen. Er verspürte den Wunsch, sie in den Arm zu nehmen und fest an sich zu drücken.

»Welches Instrument hättest du denn lernen wollen?«, fragte er stattdessen leise.

Marla zuckte mit den Schultern.

»Ach. Ich weiß gar nicht mehr genau. Es waren so viele. Trompete, Schlagzeug oder Congas. Aber auch Klavier und Gitarre. Doch ich musste mich damit zufriedengeben, die Triangel in der Orff-Gruppe anzuschlagen.«

Bei ihren Worten musste er lächeln. Plötzlich hatte er eine Idee, wie er sie von ihren traurigen Gedanken ablenken konnte. Und vielleicht auch sich selbst.

»Es ist nie zu spät, um was zu lernen«, sagte er.

Er stellte das Glas ab, das er immer noch in der Hand hielt, und humpelte zum Bett zurück. Er rutschte nach oben ans Kopfende, lehnte sich mit dem Rücken an das Holz und winkelte sein gesundes Bein ab.

Marla schaute ihm neugierig zu.

»Was wird das denn?«, fragte sie.

»Nimm bitte den Bass und komm zu mir.«

Marla zögerte kurz, doch dann nahm sie das Instrument und ging zu ihm.

»Rutsch zu mir hoch«, sagte er und klopfte auf den freien Platz zwischen seinen Schenkeln. »Komm, ich beiße nicht. Ich will nur ein wenig mit dir spielen.«

Ihm war sofort klar, dass seine Wortwahl nicht unbedingt geschickt gewesen war. Und Marla fand das wohl ebenso, denn sie schaute ihn fragend an, als ob sie ihn nicht richtig verstanden hätte. »Musik spielen natürlich«, fügte er deswegen hinzu und grinste.

Obwohl ihr Blick noch immer äußerste Verwunderung ausdrückte, kam sie seiner Aufforderung nach. Schließlich saß sie mit dem Rücken an seine Brust gelehnt und hielt den Bass in ihren Armen. Genau wie Kim vor einigen Jahren, als sie noch zu klein war, um das schwere Instrument allein halten zu können, aber unbedingt so gut spielen wollte wie ihr großer Bruder. Stundenlang hatte er damals mit ihr auf dem Sofa gesessen und mit den Fingern der linken Hand die Töne am Griffbrett gegriffen, während sie am Korpus die Saiten mit einem Plektron anschlagen durfte.

Doch Marla war nicht seine kleine Schwester, und jetzt war die Situation ganz anders. Als Daniel den Duft ihres Shampoos einatmete, sah er sie plötzlich wieder in der Badewanne liegen. Die ursprünglich harmlose Idee, sie mit der Musik einfach nur etwas aufzumuntern, mündete plötzlich in einem sehr erotisch anmutenden Szenario. Und auch wenn er ahnte, dass es ein Fehler war, stoppte er das aufregende Spiel mit dem Feuer nicht.

19

Marla spürte seinen warmen Atem, der sanft ihren Hals streifte. Er positionierte ihre Finger auf dem Griffbrett, damit sie die richtigen Töne spielen konnte.

»Ja genau, hier auf die A-Saite. So ist es gut«, sagte er, und seine Stimme klang rau an ihrem Ohr. Ihr war gleichzeitig heiß und kalt. Marla konnte sich nicht erklären, wie sie in diese Situation hatte geraten können. Nie und nimmer hätte sie ihm so nah kommen dürfen. Doch nachdem er aus seinem Albtraum aufgewacht war, der ihn offensichtlich sehr mitgenommen hatte, hatte sie sich ihm plötzlich sehr nahe gefühlt. Sie sprach selten über ihren Vater, doch in diesem Moment war es ihr ganz selbstverständlich erschienen, sich Daniel anzuvertrauen. In dieser ungewöhnlichen Verbundenheit, die sie ihm gegenüber empfunden hatte, hatte sie seinen Vorschlag nicht ausschlagen wollen. Und nun saß sie hier. Zwischen seinen Beinen an seine muskulöse Brust gelehnt. Ihr Nachthemd war im Sitzen so weit hochgerutscht, dass es ihren Slip gerade noch bedeckte. Gut, dass der Bass auf ihren Oberschenkeln lag.

Sie war hin- und hergerissen zwischen dem Verlangen, sofort aufzuspringen und aus dem Zimmer zu flüchten, und dem Wunsch, Daniel noch viel näher zu kommen. Verdammt noch mal, was war nur mit ihr los? Und mit Daniel? Das konnte nicht gut gehen. Marla musste versuchen, einen kühlen Kopf zu bewahren und sich jetzt ganz auf das Instrument zu konzentrieren. Auch wenn ihr das im Moment schier unmöglich schien.

Reiß dich zusammen!, sagte sie sich streng. Du bist jetzt nicht Lisa Brenner, sondern Marla Patry. Du hast einen Freund, und Daniel Lester ist nur dein Auftraggeber, der dir zeigen will, wie man Bass spielt. Sie räusperte sich.

»Kannst du mir vielleicht das Intro von ›Smoke on the Water‹ beibringen?«, fragte sie und versuchte, ihre Stimme ganz unverfänglich klingen zu lassen.

Obwohl sie ihn nicht sah, spürte sie, dass er lächelte.

»Na klar … Ich spiele es dir erst mal vor«, sagte er.

Sie zog die Hände weg, und er begann, die legendären ersten Töne des Songs von Deep Purple zu spielen.

»Bam bam bam, bam bam baham, bam bam bam bam bam …«, summte sie leise mit und sah ihm dabei genau zu, wie er spielte. Es schien nicht sonderlich schwierig zu sein. Und tatsächlich, schon nach wenigen Minuten Üben gelang es ihr, das Intro fehlerfrei, wenn auch noch ein wenig knarzig, zu spielen.

»Das macht echt Spaß.« Sie war begeistert.

»Du bist gut«, sagte Daniel.

»Ach was … Willst du nicht lieber wieder ein bisschen spielen?«, bat sie ihn.

»Wenn du möchtest.«

»Gern.« Sie wollte aufstehen, damit er Platz hatte. Aber er hielt sie am Arm fest.

»Bitte bleib«, sagte er leise, und obwohl sie es besser wissen sollte, blieb sie bei ihm.

Als er zu spielen begann, überkam sie plötzlich ein ganz eigenartiges Gefühl. Es war eine Art von Wohlbefinden oder Glück sogar. Sie schloss die Augen und genoss es, ihm zuzuhören. Die Töne wurden vom Korpus des Instruments ganz leicht auf ihren Bauch übertragen. Und so hörte sie die Musik nicht nur, sondern sie konnte sie auch spüren; zusammen mit seinem Herzschlag an ihrem Rücken.

Daniel spielte Melodien von Green Day, Robbie Williams und den Red Hot Chili Peppers. Und er spielte wirklich gut. Die Lieder, die sie kannte, summte sie leise mit.

Plötzlich hörte er auf zu spielen. In der Stille vernahm sie deutlich seinen Atem, und das Heben und Senken seiner Brust war so erregend, dass ihr Körper zu vibrieren begann. Sie hatte die Augen noch immer geschlossen. Und dann spürte sie, wie er ihre Haare aus dem Nacken zur Seite streifte und sie sanft auf den Hals unter dem Ohr küsste. Sie erschauerte, bekam eine Gänsehaut, und ihr wurde gleichzeitig heiß und kalt. Sie ließ es für einige Sekunden geschehen. Bis ihr klar wurde, wo seine Zärtlichkeiten hinführen würden. Und das durfte sie nicht zulassen. Auch wenn es ihr noch so schwerfiel, ihn jetzt abzuweisen, denn sie fühlte sich so lebendig, wie schon seit Langem nicht mehr. Sie öffnete die Augen, schob den Bass zur Seite und stand auf.

Sie vermied es, Daniel anzuschauen, und starrte ins Feuer, das inzwischen fast heruntergebrannt war. Er sagte kein Wort.

Was sollte sie denn jetzt tun? Auf keinen Fall konnte sie wieder zurück zu ihm ins Bett, auch wenn sich ein Teil von ihr heftig danach sehnte. Der Teil, den sie in diesem Moment verachtete. Sie musste jetzt schnellstens für klare Verhältnisse sorgen, damit sie beide in den nächsten Tagen nicht mehr in eine derartige Situation kamen. Und so drehte sie sich doch zu ihm um. Er war inzwischen ebenfalls aufgestanden und lehnte den Bass an die Wand.

Er schaute sie mit einem Blick an, den Marla nicht deuten konnte.

»Daniel. Wir haben einen Vertrag. Und den werde ich einhalten.« Ihre Stimme klang in ihren Ohren ungewöhnlich hoch. Sie sparte es sich, noch einmal auf ihren Freund hinzuweisen. Unter diesen Umständen käme ihr das ein wenig scheinheilig vor. Dafür hatte sie jetzt schon zu viel zugelassen.

»Wenn du immer noch darauf Wert legst, dass ich mich als deine Verlobte ausgebe, dann müssen wir mit solchen … äh Spielchen aufhören. Falls nicht, muss ich leider morgen früh abreisen.«

Daniels Blick veränderte sich, und seine Miene wurde kühl. Offenbar hatte auch er endlich realisiert, dass sie so auf keinen Fall weitermachen durften.

»Ich habe dich nicht engagiert, um Spielchen zu spielen. Vergiss die letzte halbe Stunde. Selbstverständlich möchte ich, dass du dich weiterhin als Lisa ausgibst. So wie wir es abgesprochen haben.«

Er nahm seinen Stock, ging zum Schrank und holte sich einen Pulli und eine Decke heraus. Dann schnappte er sich sein Kopfkissen, ging zur Tür und öffnete sie.

»Wo gehst du hin?«, fragte Marla.

»Ich werde auf dem Sofa im Salon schlafen. Sollte dich morgen jemand deswegen ansprechen, ich habe das aus Rücksicht auf deine Kopfschmerzen gemacht. Gute Nacht, Lisa!«

Und dann war er draußen.

Sie starrte eine Weile auf die Tür, durch die er verschwunden war. Und ohne es zu wollen, liefen ihr plötzlich Tränen über die Wangen.

20

»Herzlichen Glückwunsch zum Geburtstag.«

Peter drückte Marla an sich.

»Danke, meine liebe Lisa«, sagte er, als er sich wieder von ihr gelöst hatte, und strahlte sie an. »Und schön, dass du heute dabei bist!«

»Ich freue mich auch sehr, hier zu sein«, sagte sie.

Dann war Daniel an der Reihe, um seinem Onkel zu gratulieren.

»Alles Gute, Onkel Peter … Hier.« Er reichte ihm den hübsch in einer durchsichtigen Folie verpackten edlen Whiskey. »Der ist von uns beiden.«

»Danke euch sehr. Ich sag's euch, den werde ich ganz in Ruhe genießen, wenn ich wieder zurück in München bin … Geht doch schon mal rüber in den Wintergarten. Die anderen sind schon alle beim Frühstück.«

»Okay. Komm, Schatz«, sagte Daniel und lächelte Marla zu. Er verhielt sich so, als ob es diese letzte Nacht nicht gegeben hätte. Zumindest vor den anderen. Und Marla war froh darüber.

Er war im Morgengrauen zurück ins Zimmer gekommen und sofort im Badezimmer verschwunden. Marla hatte so getan, als ob sie noch schlafen würde. Nachdem er geduscht und sich angezogen hatte, hatte er das Zimmer wieder verlassen, ohne dass sie ein Wort gewechselt hatten.

Jetzt nahm er sie am Arm und ging mit ihr zum Wintergarten, in dem tatsächlich bereits die ganze Familie versammelt war. Sowie Kathrin und ein weißhaariger Mann mit Vollbart, der sich als Kathrins Vater Christoph Bauer vorstellte und Marla über seine Brille hinweg interessiert betrachtete.

»Sie erinnern mich an jemanden«, sagte er.

»Vermutlich an Sandra Bullock«, antwortete Marla reflexartig.

»Ach ja, genau!«

»Bitte setz dich doch, Lisa«, sagte Daniel und schob einen Stuhl für sie zurecht. Sie nahm neben Kim Platz, und Daniel setzte sich ihr gegenüber.

Mit am Tisch saß auch Ivonnes Freundin Jill. Marla verschlug es fast die Sprache, als sie zum ersten Mal in das engelsgleiche Gesicht mit den himmelblauen Augen und der dazu passenden blonden Lockenmähne schaute. Jill war so unglaublich hübsch, dass Marla kaum den Blick von ihr abwenden konnte. Marla war überzeugt, dass sie ein Model sein müsste, doch sie wurde von Kim eines Besseren belehrt.

»Die ist echt voll schön, oder?«, flüsterte sie.

»Oh ja.« Marla nickte.

»Sie ist Schneiderin«, erklärte das Mädchen leise. »Ivonne will immer, dass sie für das neue Label modelt, aber Jill will nicht.«

»Und warum nicht?«

Kim zuckte mit den Schultern. »Keine Ahnung.« Sie stand auf und holte sich eine Banane vom Buffet.

Marla schenkte sich eine Tasse Tee ein und schaute zu Daniel, der sich angeregt mit Thomas unterhielt. Seit sie ihm zum ersten Mal begegnet war – war das tatsächlich erst zwei Tage her? –, hatte Daniel sich nicht mehr rasiert. Sie fand, dass die dunklen Schatten seines Bartes seine

Männlichkeit noch mehr unterstrichen und die türkisfarbenen Augen noch intensiver funkeln ließen. Er sah wirklich verdammt gut aus.

Als Marla den Blick von ihm abwandte, bemerkte sie, dass Daniels Mutter sie zu beobachten schien. Marla lächelte ihr freundlich zu. Valerie nickte zurück und wandte sich dann an Ronald.

Nachdem Marla das Abendessen gestern kaum angerührt hatte, verspürte sie einen ziemlich großen Hunger, und sie griff beim Frühstück ordentlich zu. Dabei war es ihr herzlich egal, dass Kathrin, Valerie und auch Tante Maria nur winzig kleine Häppchen zu sich nahmen.

Der Tag im Kreis der Familie und der Gäste, die noch dazukommen würden, würde sicherlich mehr als anstrengend werden, und sie brauchte Energie. Jetzt das Frühstück, später das gemeinsame Mittagessen und am Abend dann die Party. Und auch dazwischen würde sie die meiste Zeit mit Daniels Angehörigen verbringen. Das bedeutete, dass sie den ganzen Tag über mehr als konzentriert sein musste, um ja keinen Fehler zu machen. Sie unterdrückte ein Seufzen. Doch dann rief sie sich ins Gedächtnis, dass es ein Job war, den sie hier machte. Und dass dieser Job ihr schließlich zehntausend Euro einbringen würde. Dafür musste sie nur noch diesen Tag und den morgigen Vormittag überstehen. *Und eine weitere Nacht mit Daniel in einem Zimmer*, flüsterte ihr eine innere Stimme zu, die sie jedoch rigoros zu ignorieren versuchte.

In den nächsten Stunden spielte sie die Rolle der Lisa Brenner so gut, dass bestimmt niemand anzweifelte, dass sie etwas anderes als Daniels Verlobte war.

Nach dem Frühstück hatte Daniel sie kurz zur Seite genommen.

»Tante Maria hat mich gebeten, mit ihr zusammen einige Gäste vom Flughafen abzuholen.«

»Ja klar«, sagte Marla. »Kann ich auch irgendwie helfen?«

»Nein, danke. Wenn du magst, kannst du dich noch ein wenig ausruhen. Zu viel Schlaf hatten wir ja beide nicht«, sagte er leise. Doch es kam kein Lächeln über sein Gesicht.

»Das ist nicht nötig«, winkte sie ab und versuchte, bei den Gedanken an die vergangene Nacht nicht rot zu werden. »Mach dir keine Sorgen, ich werde mich schon beschäftigen.«

Sie schloss sich Ivonne, Jill und Kim an, die einen längeren Spaziergang in der Umgebung machten. Die Bewegung an der frischen Luft tat ihr gut, und die Gesellschaft der Frauen war sehr unterhaltsam. Vor allem mit Jill verstand sie sich auf Anhieb gut, und zwar so gut, dass Ivonne möglicherweise deswegen ein klein wenig eifersüchtig wurde. Denn als Jill Marla überreden wollte, ihren Aufenthalt in England um ein paar Tage zu verlängern und bei ihnen in London zu bleiben, machte Ivonne sie in einem etwas schärferen Ton darauf aufmerksam, dass sie gerade jetzt wohl kaum Zeit hätten, sich um einen Gast zu kümmern.

»Stimmt. Momentan ist es wirklich nicht so günstig. Aber wir werden uns in Zukunft bestimmt öfter sehen. Vielleicht in der Weihnachtszeit? Da ist es wieder etwas ruhiger«, schlug Jill vor.

»Sehr gerne«, sagte Marla. »Allerdings weiß ich noch nicht, ob Daniel da etwas für uns geplant hat«, fügte sie rasch hinzu. Doch natürlich würde sie Jill und Ivonne und auch Kim und all die anderen nach diesem Wochenende bestimmt nicht mehr sehen, was sie inzwischen bedauerte.

Kurz bevor sie Damon Hall erreichten, entschuldigte Marla sich und ließ die anderen vorausgehen. Als sie weit genug weg waren, holte sie ihr altes Handy aus der Handtasche und hoffte, dass sie hier Empfang hatte. Tatsächlich zeigte das Gerät zwei verpasste Anrufe von Mika an, doch er hatte keine Nachricht auf der Mailbox hinterlassen. Sicherheitshalber schaute sie sich noch mal um, ob auch niemand in der Nähe war, dann rief sie ihn an.

Schon nach dem ersten Klingeln ging er ran.

»Hey, Marla!«, rief er und klang aufgekratzt.

Marla fiel ein Stein vom Herzen, als sie seine Stimme hörte.

»Mika, endlich gehst du ran.«

»Na ja, dich erreicht man ja auch nicht so einfach«, konterte er sofort.

»Ich habe hier nur sehr schlecht Empfang.«

»Okay. Wie läuft es denn in London?«

»Wir sind nicht direkt in London, sondern etwas außerhalb. Aber alles ist gut«, sagte sie. »Heute ist der Geburtstag, und hier ist einiges los.«

»Und dieser Typ? Dein *Verlobter*?«

»Was soll mit ihm sein?«, fragte sie, und ihr Herz begann, schneller zu schlagen.

»Na ja … Du spielst seine zukünftige Frau. Kommst du klar mit ihm? Oder macht er dich irgendwie an?«

»Aber nein«, antwortete sie und spürte, wie sie rot wurde. »Es läuft alles nach Plan. Einen genauen Bericht bekommst du, wenn wir uns wiedersehen … Erzähl mal, was gibt's bei dir Neues?«, fragte sie schnell, um ihn vom Thema Daniel abzulenken. Es fiel ihr nicht leicht, ihren

Freund anzulügen, und sie war froh, dass er sie jetzt nicht sehen konnte.

»Es gibt good news, Süße. Rate mal, wer demnächst in einer Tatortfolge eine Nebenrolle spielt?«

»Nein? Beim Tatort? Das ist ja super!«, rief sie und freute sich tatsächlich für ihn, obwohl es nach seinem Facebook-Eintrag keine Überraschung mehr für sie war, dass er eine Rolle bekommen hatte.

»Aber ich wusste gar nicht, dass du bei einem Casting warst.«

»War ich auch nicht. Tine hat mich vor einer Weile auf einer Party einer Casterin vorgestellt. Bei der habe ich wohl Eindruck gemacht. Sie hat sich die Filmausschnitte auf der Agenturseite angesehen und mich direkt angefragt.«

»Wow. Echt super! Herzlichen Glückwunsch!«

»Danke. Im Januar gehen die Dreharbeiten los. Sechs Drehtage sind für mich eingeplant.«

»Bei dir fängt das neue Jahr ja schon richtig gut an.«

»Allerdings.«

»Wie läuft es denn sonst so in Köln?«

»Du, wir sind momentan in Amsterdam.«

»Wie? Was machst du denn dort? Und wer ist bitteschön wir?«

»Ich bin mit Tine unterwegs. Sie hat hier eine Cousine, die ein Hausboot gemietet hat, und die haben wir besucht.«

Marla spürte, wie Ärger in ihr hochkochte.

»Warum das denn?«, fragte sie und versuchte, ruhig zu bleiben.

»Eine spontane Idee, als wir die Rolle gefeiert haben.«

»Aber … du hast doch morgen das Casting in Köln.«

»Erst am Nachmittag … Das schaffen wir locker.«

»Aber …«

»Du, ich muss jetzt aufhören«, unterbrach er sie. »Wir gehen gleich frühstücken. Gestern ist es nämlich etwas spät geworden. Ich melde mich morgen nach dem Casting. Da wirst du auch schon zurück sein in München, oder? Ciao.«

Und ohne eine Antwort von ihr abzuwarten, war er weg. Marla starrte auf das Handy. Was sollte das denn jetzt? Frühstück? Es war fast Mittag! Sonst achtete er doch immer so darauf, rechtzeitig ins Bett zu kommen, wenn er berufliche Termine hatte. Es passte so gar nicht zu Mika, bis in die frühen Morgenstunden gefeiert zu haben. Und wie kam er dazu, mit dieser Tine nach Amsterdam zu fahren? Er hatte gesagt, sie würden auf einem Hausboot übernachten. Diese waren ja bekanntermaßen nicht unbedingt sehr geräumig, also würde er sicher kein eigenes Zimmer haben. Ob da was lief zwischen den beiden?

Marla hatte gedacht, dass es ihr nach einem Telefonat mit Mika besser gehen würde. Aber jetzt fühlte sie sich im Gegenteil ziemlich verunsichert, außerdem war sie auch etwas sauer auf Mika. Aber hätte er ihr das alles wirklich so freimütig erzählt, wenn die beiden tatsächlich etwas am Laufen hätten?

Und was war mit ihr selbst? Ich habe jedenfalls nicht mit Daniel geschlafen, sagte sie sich trotzig. Und zwei Küsse – meine Güte. Das war jetzt auch kein Weltuntergang. Sie musste ihre Partner auch auf der Bühne oder im Film küssen. Und schließlich war das hier ein Job, versuchte sie, ihr schlechtes Gewissen zu beruhigen. Dann steckte sie das Handy ein und ging entschlossen in Richtung Damon Hall.

Dort traf sie in der Eingangshalle auf Daniels Mutter, die sie offenbar schon gesucht hatte.

»Ach! Lisa«, sagte sie. »Hier bist du ja. Hast du kurz Zeit?«

»Natürlich«, antwortete Marla und fragte sich, was Valerie wohl schon wieder von ihr wollte.

Sie gingen in den ersten Stock in das Zimmer von Valerie und Ronald. Der Raum war zwar etwas größer als das Zimmer, das sie mit Daniel teilte, aber bei Weitem nicht so imposant. Offensichtlich hatte ihnen Onkel Peter tatsächlich die Hochzeitssuite überlassen.

»Setz dich doch«, forderte Valerie sie auf, und Marla nahm auf einem Sofa Platz. Valerie setzte sich ihr gegenüber in einen Sessel.

»Entschuldige, wenn ich gleich zur Sache komme, aber wir haben nicht mehr viel Zeit bis zum Mittagessen, und wir müssen uns ja noch umziehen und hübsch machen.« Ihr Lächeln wirkte etwas gezwungen.

»Kein Problem. Schieß einfach los«, forderte Marla sie auf, obwohl ihr etwas mulmig zumute war. Hatte Valerie herausgefunden, dass sie gar nicht Daniels echte Freundin war?

»Wie ich dir schon gesagt habe, hatte ich ernsthafte Zweifel, dass Daniel sich nach Silvias Tod noch einmal fest an eine Frau binden würde. Obwohl wir uns natürlich alle jemanden für ihn gewünscht haben. Eine Frau, die ihn wieder auf andere Gedanken bringt und ihn glücklich macht. Doch das mit euch beiden, die plötzliche Verlobung, ohne dass er vorher auch nur ein Sterbenswörtchen von dir erzählt hat … nun, das geht mir alles viel zu schnell. Ich weiß noch nicht so ganz, was ich davon halten soll.«

»Worauf willst du hinaus?«, fragte Marla, die sich bei diesem Gespräch äußerst unwohl fühlte.

»Es geht mir einzig und allein um Daniels Glück, Lisa. Du scheinst nett zu sein, und sogar Kim findet dich okay, was aber, nebenbei gesagt, nicht unbedingt ein Kriterium dafür sein muss, dass du wirklich die richtige Frau für meinen Sohn bist. Trotzdem frage ich mich, was genau du an dir hast, dass er Silvia …«, sie sprach nicht weiter. Offenbar hatte sie Mühe, die richtigen Worte zu finden, ohne noch beleidigender zu werden.

Während Valerie gesprochen hatte, hatte Marlas Pulsschlag sich fast verdoppelt. Nur mühsam gelang es ihr, sich zu beherrschen, und doch durfte sie nicht vergessen, dass sie eine Rolle spielte. Wie würde eine Verlobte sich wohl verhalten, wenn ihre zukünftige Schwiegermutter so mit ihr sprechen würde, fragte sie sich und hatte die Antwort auch gleich parat. Sie würde sich so ein Verhalten nicht gefallen lassen.

Entschlossen stand sie auf.

»Ich muss mir das nicht anhören«, sagte sie mit eisiger Stimme. Doch Valerie stand ebenfalls auf und hielt sie am Arm fest.

»Lisa, warte. Du hast nicht miterlebt, wie er nach dem Unfall fast seinen Lebensmut verloren hatte. Ich bin seine Mutter, und ich will nur, dass es ihm gut geht. Genau deswegen stelle ich diese Fragen … bitte setz dich wieder.«

Marla zögerte kurz, doch dann nahm die Neugierde in ihr überhand. Was würde Valerie ihr noch über Daniel erzählen?

»Na gut«, sagte sie, doch ihr Blick ließ unmissverständlich erkennen, dass sie sich weitere Beleidigungen nicht gefallen lassen würde.

»Ich habe euch beide beobachtet. Ihr scheint euch wirklich gut zu verstehen.«

Marla schluckte. Offenbar spielten sie ihre Rollen tatsächlich überzeugend. »Natürlich tun wir das«, sagte sie knapp.

»Maria hat mir erzählt, dass du keine Kinder haben möchtest.«

Oh. Wieder dieses Thema, bei dem Marla nicht genau wusste, wie sie sich dazu verhalten sollte.

»Zumindest jetzt noch nicht«, sagte sie deswegen und fügte hinzu: »Ich finde, dass wir uns erst einmal die Zeit für uns nehmen und uns noch besser kennenlernen sollten, bevor wir uns über Kinder ernsthafte Gedanken machen.«

Valerie schaute sie mit einem seltsamen Blick an.

»Er hat also noch nicht mit dir darüber geredet«, meinte sie schließlich. Es war keine Frage, sondern eine Feststellung.

»Was meinst du?« Marla musste jetzt vorsichtig sein, um keinen Fehler zu machen.

»Ich dachte es mir schon … Nun, ich denke, du solltest es wissen. Silvia war schwanger, als sie starb. Im vierten Monat.«

Marla spürte, wie sich ihre Kehle zusammenzog. Daniel hatte also nicht nur seine Frau, sondern auch sein ungeborenes Kind bei dem Unglück verloren.

»Das wusste ich nicht«, gab sie leise zu, da Valerie ihr wohl ohnehin ansah, dass diese Nachricht neu für sie war.

»Das alles hat Daniel sehr getroffen. Ich möchte dich bitten, ihm gegenüber bei diesem Thema feinfühlig zu sein.«

»Das werde ich«, versprach Marla und fühlte sich ganz elend in diesem Moment. Es war eine Sache, eine Rolle zu spielen, aber eine ganz andere, dabei mit den Gefühlen von Menschen zu spielen. Valerie sah in ihr die zukünftige Schwiegertochter, und auch wenn sie womöglich noch Vorbehalte deswegen hatte, so hatte sie ihr etwas anvertraut, das sie eigentlich nicht wissen sollte.

Am besten war es, Daniel nichts von diesem Gespräch zu erzählen. In weniger als vierundzwanzig Stunden würde sie ohnehin zurück nach München fliegen und ihn nie wiedersehen.

21

Kurz nachdem sie Valerie verlassen hatte, war auch Daniel vom Flughafen zurückgekommen. Marla wollte gerade ins Bad gehen, als er ins Zimmer kam.

Er wirkte erschöpft und war etwas blass um die Nase. Nach dem, was sie soeben von Valerie erfahren hatte, fühlte sie sich ihm wieder seltsam nah. So nah wie letzte Nacht, als er aus seinem Albtraum erwacht war.

»Alles okay mit dir?«, fragte sie.

»Ja. Nur der Flug hatte Verspätung«, er schaute auf die Uhr. »Wir haben noch eine Viertelstunde.«

»Möchtest du zuerst ins Bad?«, fragte sie.

»Nein. Geh nur. Ich zieh mich inzwischen hier um.«

Als sie zehn Minuten später in ihrem neuen Kleid ins Schlafzimmer zurückkam, warf Daniel ihr einen Blick zu, den sie als Kompliment interpretierte.

»Du siehst … toll aus«, sagte er dann auch und lächelte sie an.

»Danke. Und auch für das Kleid.«

»Kein Problem.«

»Du siehst aber auch sehr gut aus.«

Er trug einen dunklen Anzug und darunter ein hellgraues Hemd, das seine Augen zum Leuchten brachte. In diesem Moment war sie sehr froh, sich das neue Kleid gekauft zu haben, um an seiner Seite unter den Gästen eine gute Figur zu machen.

»Dann passen wir ja gut zusammen«, sprach er ihre

Gedanken laut aus und griff nach seinem Stock. Sie verließen das Zimmer.

»Bald haben wir es überstanden«, sagte er leise, als sie die Treppe nach unten gingen.

Marla nickte nur. Bald würde es vorbei sein.

Kim zwinkerte ihr vergnügt zu, als sie sich in der Eingangshalle trafen, und hob den Daumen nach oben.

»Haben wir nicht ein cooles Kleid für die Verlobte ausgesucht?«, fragte sie ihren Bruder und grinste.

»Auf jeden Fall. Aber du siehst auch nicht übel aus, kleine Hexe«, sagte er. Und es stimmte. Kim trug einen dunkelblauen kurzen Rock, unter dem ihre Beine noch länger aussahen, und darüber eine Fransenbluse aus goldglänzendem Seidenstoff. Ihre langen Haare hatte sie in einem Pferdeschwanz gebändigt.

»Hier entlang«, sagte sie, und Daniel und Marla folgten ihr durch die Gänge.

Das viergängige Menü wurde an langen Tischen im Rittersaal serviert, den Marla bisher noch nicht gesehen hatte. Sie war fasziniert von dem Raum, der seinen Namen durch die stattliche Anzahl von Ritterrüstungen und Waffen trug, die die Besitzer von Damon Hall seit Generationen sammelten, wie sie während des Essens erfuhr.

Hier könnte man einen wundervollen Kostümfilm drehen, dachte sie schwärmerisch. Sie stellte sich vor, bei einer Neuverfilmung von *Robin Hood* mitzuspielen, in der sie die Rolle der Lady Marian neben Ashton Kutcher als Robin von Locksley verkörpern durfte. Doch die Wahrscheinlichkeit dafür war weitaus geringer, als für eine Marsmission auserwählt zu werden.

Nicht zum ersten Mal fragte sie sich, ob sie mit der

Schauspielerei wirklich den richtigen Beruf für sich gewählt hatte.

Daniel verhielt sich ihr gegenüber vorbildlich, und da es sich vor all den Leuten ohnehin nicht schickte, sich zu küssen oder ständig zu umarmen, gab es immer wieder nur harmlose Berührungen zwischen ihnen, die ihr jedoch jedes Mal einen Schauer über den Rücken jagten.

Kurz nach dem Mittagessen nahm Daniel sie zur Seite.

»Danke«, flüsterte er.

»Wofür?«, fragte sie.

»Dafür, dass du geblieben … und eine perfekte Lisa bist«, antwortete er.

Sie lächelte.

»Das ist schließlich mein Job«, flüsterte sie zurück.

Im Lauf des Tages trafen immer mehr Gäste auf Damon Hall ein. Geschäftspartner, alte Freunde und entferntere Verwandte, die es sich alle nicht hatten nehmen lassen, zusammen mit Peter seinen besonderen Geburtstag zu feiern. Daniel stellte sie so vielen Leuten vor, dass ihr der Kopf schwirrte. Es war anstrengend für Marla, und ihr Gesicht fühlte sich von dem ewigen Lächeln wie eine Maske an. Wie viel anstrengender musste es da für Daniel sein, Menschen zu belügen, die er kannte. Marla sah ihm zudem an, dass er erschöpft war. Er war gerade in ein Gespräch mit Kathrins Vater und einem jüngeren Investmentbanker vertieft, dessen Namen sie bereits wieder vergessen hatte, als Marla plötzlich das Gefühl überkam, ihn retten zu müssen.

»Entschuldigung, darf ich Ihnen bitte kurz meinen Verlobten entführen?«, fragte sie und lächelte ihnen charmant zu.

»Aber natürlich«, antworteten die Männer unisono.

Daniel schaute sie fragend an und folgte ihr hinaus.

»Was ist denn?«, fragte er, während sie die Treppe nach oben gingen.

»Gleich«, sagte sie nur.

Als sie im Zimmer waren, schaute sie ihn an.

»Ist irgendetwas passiert?«, fragte er alarmiert.

»Nein. Aber würdest du mir bitte einen Gefallen tun?«, fragte sie.

»Ja. Natürlich«, sagte er verwundert.

»Gut. Dann leg dich jetzt bitte ins Bett.«

Daniel schüttelte ungläubig den Kopf.

»Du willst, dass ich mich ins Bett lege?«

»Ja. Du siehst ziemlich erschöpft aus, und der Tag ist noch lange nicht zu Ende.«

»Marla, ich kann nicht so einfach von da unten verschwinden. Ich muss noch einiges vorbereiten für unseren Auf…«

»Doch. Du kannst«, unterbrach sie ihn. »Ich bin Lisa. Und als deine Verlobte möchte ich, dass du dich ausruhst. Verstanden? Und keine Sorge. Ich werde dafür sorgen, dass niemand dir böse ist, weil du dich für eine Weile abgesetzt hast.«

Plötzlich begann er zu lachen.

»Ich wusste gar nicht, dass du so energisch sein kannst«, sagte er schmunzelnd.

»Du weißt vieles nicht von mir. Und jetzt leg dich bitte hin.«

»Wenn du meinst.«

»Ja, das meine ich.«

»Und was machst du?«, wollte er wissen, während er aus seiner Jacke schlüpfte. »Kommst du zu mir ins Bett?« Er zwinkerte dabei, deswegen ging sie gar nicht erst darauf ein.

Sie deutete auf den Sessel am Fenster.

»Ich werde mich dorthin setzen, ein wenig lesen und aufpassen, dass du nicht gestört wirst.« Und davon träumen, was alles passieren könnte, wenn ich mich tatsächlich zu dir ins Bett legen würde, setzte sie in Gedanken hinzu, die sie jedoch besser für sich behielt.

22

Daniel hatte am Nachmittag über zwei Stunden geschlafen. Die Ruhe hatte ihm gutgetan, nachdem er in der letzten Nacht so gut wie kein Auge zugemacht und auch die Nacht davor nicht sonderlich viel geschlafen hatte. Als er wach wurde, saß Marla zusammengekauert in einem der Sessel und schlief.

Eine Weile hatte er sie betrachtet. Sie war ihm inzwischen so vertraut, als würde er sie schon seit Jahren kennen. Und doch war sie ihm ein Rätsel, und er konnte immer noch nicht sagen, wann sie ihre Rolle als Lisa spielte und wann sie echt war.

Als sich ihre Lippen im Schlaf zu einem verlockenden Schmollmund bewegten, überkam ihn wieder ein heftiges Verlangen, sie zu küssen. Er musste schnell weg von hier.

Leise schlich er sich ins Bad und machte sich frisch. Er schlüpfte in eine Jeans und ein T-Shirt. Dann nahm er seinen Stock und ging nach unten.

Im Flur begegnete ihm Kathrin, und er wunderte sich darüber, was sie im zweiten Stock zu suchen hatte, denn ihr Zimmer lag ein Stockwerk tiefer.

»Wir haben uns schon gefragt, wo du bist«, sagte sie mit vorwurfsvollem Unterton.

»Ich habe mich ein wenig ausgeruht.« Er wollte an ihr vorbeigehen, doch sie hielt ihn am Arm fest.

»Mit ihr?«

Daniel machte sich los.

»Also bitte, Kathrin!«

»Können wir reden?«

»Tut mir leid, aber ich bin ein wenig unter Zeitdruck. Später vielleicht.«

Er konnte ihren Blick in seinem Rücken spüren, als er so rasch es ihm möglich war, die Treppen nach unten ging.

Vier Stunden später war die Party bereits voll im Gange. Daniel stand zusammen mit den Jungs von Skyliner's Fun auf einer provisorischen Bühne, die sie im Rittersaal aufgebaut hatten. Kim war dafür zuständig, die Leute vor der Tür abzuwimmeln, die sich aus dem Wintergarten und dem großen Salon, wo überall gefeiert wurde, hierher verirrten. So konnten sie sich in Ruhe für den Überraschungsauftritt vorbereiten.

Marla hatte er noch nicht gesehen, seit er das Zimmer verlassen hatte. Daniel ging jedoch davon aus, dass sie sich bereits unter die Leute gemischt hatte. Als ob seine Gedanken sie angelockt hätten, stand sie plötzlich neben Kim an der Tür. Sie winkte ihm lächelnd zu und kam herein.

Ihm stockte der Atem. Während sie am Mittag in ihrem neuen Kleid eher schick und elegant ausgesehen hatte, schien sie in dem schwarzen engen Kleid und den hochhackigen Stiefeln, die sie jetzt trug, eine andere Frau zu sein. Ihre dunkel getönten Haare fielen in welligen Locken über ihre Schultern, und ihre Augen schienen noch mehr zu funkeln. Sie sah total sexy und verlockend aus. Daniels Kehle wurde eng. Verdammt. Wie sollte er den Abend überstehen, ohne sie anzufassen?

»Hallo, Süße«, sagte er. Er gab ihr einen Kuss auf die Wange und flüsterte ihr dabei ins Ohr. »Du siehst total heiß aus.« Die Worte waren aus ihm herausgesprudelt, bevor er darüber nachdenken konnte.

Sie errötete leicht.

»Danke.«

»Das ist Lisa?«, fragte Theo, und in seiner Stimme klang Verwunderung mit.

»Ja.«

»Jetzt versteh ich, weshalb du dich so schnell verlobt hast«, sagte Robert, der Sänger der Band, und sie lachten.

Daniel stellte sie nun offiziell seinen Kumpels als Lisa vor und kam sich dabei vor wie ein Hochstapler.

Natürlich gab es auch wieder einige scherzende Bemerkungen über ihre Ähnlichkeit mit Sandra Bullock. Marla ging charmant darüber hinweg.

»Ich bin schon neugierig darauf, wie ihr spielt«, sagte sie. »Daniel hat mir so oft von euch erzählt, dass ich das Gefühl habe, euch schon ewig zu kennen.«

»Hey, Leute. Wir sollten loslegen«, sagte Daniel, der die fröhliche Zusammenkunft nicht in die Länge ziehen wollte. Schließlich sollten seine Bandkollegen sich gar nicht erst an sie gewöhnen. »Kim!«, rief er in Richtung Tür. »Es ist so weit. Sag draußen Bescheid.«

Kim nickte und ging dann los, um die Leute – und vor allem Onkel Peter – in den Rittersaal zu holen.

Bevor Daniel nach seinem Bass griff, nahm er Marla zur Seite.

»Danke, dass du mich vorhin gezwungen hast, mich auszuruhen. Ich hoffe, du konntest auch noch ein Weilchen schlafen«, sagte er und griff nach ihrer Hand. Er tat es nicht nur, um vor seinen Kumpels den verliebten Typen zu spielen. Er konnte sich dem unwiderstehlichen Drang nicht erwehren, sie zu berühren.

»Ja. So lange, bis mein Nacken protestiert hat. Der Sessel war doch nicht der ideale Schlafplatz«, antwortete sie und massierte sich mit der freien Hand den Nacken.

»Wenn ich jetzt Zeit hätte, würde ich dir deine Verspannungen wegmassieren«, sagte Daniel mit einem bewusst anzüglichen Unterton. Er wusste, dass er sich eigentlich zurückhalten sollte, aber er konnte nicht. Die sexuelle Spannung zwischen ihnen schien seinen gesunden Menschenverstand trotz bester Vorsätze auszuschalten.

»Bestimmt würde es mir danach besser gehen«, sagte sie ebenfalls zweideutig und sah ihn mit einem Blick an, den er nicht einordnen konnte.

»Davon kannst du ausgehen.«

»Hey, Dan! Du hast später noch genug Zeit, mit ihr rumzumachen! Jetzt komm, wir müssen anfangen!«, rief Theo.

»Siehst du. Sie warten schon auf dich«, sagte Marla. Ihre Stimme klang etwas belegt.

Bald wirst du sie nicht mehr sehen, flüsterte eine innere Stimme. Und sicher war das auch richtig so, doch jetzt war sie noch da.

»Okay. Aber vorher brauche ich unbedingt noch etwas.«

»Ja? Was?«

Statt einer Antwort zog er sie an sich, legte seine Lippen auf ihren Mund und küsste sie.

Eine Stunde später lief ihm der Schweiß in Strömen über den Rücken. Da ihm das Stehen zu anstrengend geworden war, hatte er sich mit seinem Bass auf einen Hocker gesetzt. Doch er genoss jede Sekunde, die sie vor Publikum spielten. Zu lange schon war es her, seit er mit Skyliner's Fun auf der Bühne gestanden hatte. Der Rittersaal war voller tanzender Menschen, die Onkel Peter und seine Frau umringten. Die beiden bewegten sich wie glücklich Teenager lachend zu den Klängen des Kiss-Klassikers: *I was made for loving you.*

Es war offensichtlich, dass sie Peter mit ihrem Überraschungskonzert eine riesige Freude bereitet hatten.

Daniel suchte mit seinem Blick nach Marla. Sie tanzte zwischen Kim und Thomas und schien sich ebenfalls gut zu amüsieren. Ihre Wangen waren gerötet, und sie lachte auf, als Kim die Arme hochriss und die Hüften übertrieben wild hin und her schwang. Als sie sich in Richtung Bühne drehte, konnte er ihren Blick erhaschen. Sie lächelte ihm zu.

Das Lied ging zu Ende, und Leadsänger Theo verabschiedete sich im Namen der Band. Doch die Leute ließen ihn gar nicht erst ausreden und verlangten lautstark nach einer Zugabe. Allen voran Onkel Peter. Die Musiker hatten sich natürlich darauf vorbereitet und seinen Lieblingssong als krönenden Abschluss aufgehoben. *Sympathy for the Devil* von den Rolling Stones.

23

Marla hatte gehofft, beim Tanzen einen freien Kopf zu bekommen. Den hätte sie nach dem erneuten Kuss vorhin dringend gebraucht. Doch das Gegenteil war der Fall. Sie konnte an nichts anderes denken als an Daniel und wie unglaublich erregend es war, wenn er sie berührte. Sie versuchte die Tatsache zu verdrängen, dass die Stunden mit ihm buchstäblich gezählt waren. Noch war sie Lisa, seine Verlobte, und sie würde diese Rolle spielen, bis ihr Auftrag abgeschlossen war.

Die Musiker spielten die letzten Takte des Songs, und schon jetzt begannen die Leute zu applaudieren. Obwohl es noch weitere Rufe nach einer Zugabe gab, kamen die Jungs von Skyliner's Fun erschöpft, aber glücklich lächelnd von der Bühne. Sofort wurden sie von einem Kellner mit Getränken versorgt.

»Super gemacht, Jungs.« Peter klopfte jedem einzelnen auf die Schulter und ging dann auf die Bühne. Er war sichtlich gerührt und bedankte sich für die Überraschung, die ihm sehr viel bedeutete. Dann erzählte er noch eine amüsante Anekdote, die von einem verpatzten Konzert der Jungs in einer Mädchenschule, einer wilden Fahrt ohne Führerschein und mehreren Stunden Sozialarbeit handelte.

Marla hörte kaum, was Peter sagte. Ohne sich dessen bewusst zu sein, starrte sie auf Daniel, der neben seinen Bandkollegen stand und seinem Onkel lauschte.

»So, aber jetzt genug gequatscht. Kann hier vielleicht jemand Musik auflegen?«, fragte Peter, als er seine kleine Rede beendet hatte. Robert bot an, für den restlichen Abend den DJ zu machen.

Nach dem fetzigen Ende ihres Live-Auftritts war jetzt ruhigere Musik angesagt. Viele der Gäste verließen den Rittersaal, um Luft zu schnappen oder sich etwas zu Essen zu besorgen. Marla hatte Daniel im Getümmel aus den Augen verloren.

»Die Musik ist schon mega verstaubt, aber cool sind sie trotzdem«, sagte Kim und schaute dem Schlagzeuger der Band hinterher. »Vor allem Toby hat echt noch 'nen knackigen Hintern.«

Marla musste lachen.

»Denkst du nicht, der ist ein wenig zu alt für dich?«, fragte sie.

Kim grinste. »In ein paar Jahren nicht mehr.«

Sie schauten sich an und lachten beide.

»Ich hab Hunger«, sagte Kim.

»Ich könnte auch langsam etwas vertragen«, gestand Marla.

Sie beschlossen, in den Wintergarten zu gehen, um sich am großen Buffet zu bedienen.

Auf dem Weg dorthin sah sie Daniel und Kathrin in einer Fensternische stehen. Sie konnte nicht hören, was die beiden sagten, aber offenbar schienen sie nicht gerade einer Meinung zu sein. Kathrin gestikulierte heftig mit den Händen, und Daniel schüttelte den Kopf.

»Geh schon mal vor und such uns einen Platz«, sagte Marla zu Kim. »Ich komme gleich nach.«

»... so billig«, zischte Kathrin.

Sollte sie sich einmischen und Daniel in ihrer Funktion als Verlobte zur Seite stehen? Eigentlich war genau das ihr Job. Doch sie wollte viel lieber wissen, um was es bei ihrem Gespräch eigentlich ging. Sie beschloss, noch ein wenig zu lauschen und näherte sich ihnen unbemerkt.

»Huhu! Lisa!« Gerade als sie einige weitere Wortfetzen verstehen konnte, winkte Jill ihr zu.

Marla änderte sofort die Richtung und ging zu Jill, um Daniel und Kathrin nicht auf sich aufmerksam zu machen. Es ging sie ohnehin nichts an, was die beiden zu besprechen hatten.

Im Wintergarten war es ziemlich voll geworden. Es dauerte eine Weile, bis sie sich am Buffet bedienen konnten. Nachdem sie einen kleinen Imbiss zu sich genommen hatten, ging Marla zusammen mit Jill, Ivonne und Kim zurück in den Rittersaal. Marla hoffte, Daniel hier zu finden, doch der war seit seinem Gespräch mit Kathrin verschwunden.

Die elektrischen Lampen waren inzwischen aus, und der Raum wurde nur noch von unzähligen Kerzen beleuchtet. Einige Pärchen tanzten engumschlungen zur Musik aus dem CD-Player, die in dieser altertümlichen Umgebung fast etwas fremd anmutete. Die meisten Leute schauten den Tanzenden zu oder unterhielten sich. Inzwischen hatten sich hier überwiegend die jüngeren Partygäste versammelt. Die älteren hielten sich im Wintergarten oder im Salon auf.

»Ziemlich lahm hier«, meinte Ivonne.

»Ich finde es romantisch«, entgegnete Jill und summte leise zur Melodie von *All of me* von John Legend mit.

»Wann wollt ihr denn eigentlich heiraten?«, wollte Kim plötzlich wissen.

Marla zuckte mit den Schultern.

»Wissen wir noch nicht. Warum?«

»Na, weil ich dafür bei Jill rechtzeitig ein Kleid für mich bestellen muss.«

»Keine Sorge, du wirst es als Erste erfahren …«

Plötzlich spürte Marla, wie ein Arm sich um ihre Hüften schlang. Daniel stand hinter ihr und drückte sie an sich. Ein frischer Duft nach Shampoo und Duschgel zog durch ihre Nase. Offenbar war er oben im Zimmer gewesen, um sich frisch zu machen, während sie unten nach ihm Ausschau gehalten hatte.

»Hier bist du also«, schnurrte er, und sein Atem verriet ihr, dass er etwas getrunken hatte. »Ich hab dich schon überall gesucht, meine Süße.« Augenblicklich wurden ihre Knie ganz weich.

»Ich wollte dich vorhin nicht stören, als du dich mit Kathrin unterhalten hast«, sagte Marla rasch.

»Ich hätte nichts dagegen gehabt«, antwortete er und knabberte an ihrem Hals. Es lief ihr heiß und kalt über den Rücken, und Marla wusste nicht, wie sie auf sein Verhalten reagieren sollte.

»Ey, das ist voll peinlich, Daniel!«, blaffte Kim und machte sich aus dem Staub. Er lachte.

Marla löste sie sich aus seiner Umarmung und drehte sich zu ihm um. Er hatte sich tatsächlich umgezogen und trug jetzt ein dunkelgraues Hemd zu Jeans.

»Wir wollen das junge Glück auch nicht weiter stören«, sagte Jill und nahm Ivonne an der Hand. »Komm, Süße.« Sie verschwanden grinsend. Doch sie sollten nicht lange allein sein, denn gleich darauf kam Ronald auf sie zu. Er balancierte ein Tablett mit Gläsern durch die Leute.

»Ihr müsst das auch probieren«, rief er vergnügt. »Französischer Wodka mit süßem Himbeermark und Minze.«

Er hielt ihnen das Tablett entgegen.

»Du immer mit deinen Kreationen«, sagte Daniel und winkte ab.

»Keine Sorge. Für dich habe ich ihn pur.« Er gab ihm ein Glas, das aussah, als wäre es mit Wasser gefüllt. Dann reichte er ein weiteres, gefüllt mit einer rötlich schimmernden Flüssigkeit, in der einige Minzblättchen und Eiswürfel schwammen, an Marla.

Marla nahm es und schnupperte daran.

»Hm. Duftet jedenfalls nicht schlecht«, sagte sie.

»Und schmeckt noch besser. Auf Peter – und euch beide!«, rief Ronald leicht lallend und hob sein Glas. Offenbar hatte er schon einige seiner eigenen Drinks intus.

Sie stießen an und tranken. Marla war überrascht von dem fruchtig weichen Geschmack.

»Echt gut«, sagte sie.

»Pur auch«, meinte auch Daniel und nahm einen weiteren Schluck.

»Das will ich aber auch meinen.« Ronald grinste, stellte sein leeres Glas auf dem Tablett ab und zog dann weiter zu zwei älteren Damen, denen er lächelnd ein Glas in die Hand drückte.

Als sie wieder allein waren, fühlte sich Marla plötzlich befangen. Daniel sagte nichts, sondern sah sie einfach nur mit funkelnden Augen an. Unsicher nahm sie einen weiteren Schluck.

»Daniel, ich …«

»Ssst«, sagte er und legte ihr einen Finger an die Lippen. »Sei einfach Lisa, meine Verlobte, nach der ich verrückt bin. Nur diese eine Nacht.«

Die Bedeutung seiner Worte entzündete ein Feuer in ihr. Es ging nicht mehr nur darum, die Verlobte für seine Familie und Freunde zu spielen. Nun ging es nur um sie beide.

Sie wollte alles ausblenden. Mika, der sie vermutlich

ohnehin betrog, die eifersüchtige Kathrin, Daniels einnehmende Mutter und dass dies hier nur ein Job war. Ja, sie wollte Lisa sein für die wenigen Stunden, die sie noch zusammen sein würden.

Vor Aufregung brachte sie kein Wort heraus, und so sah sie nur in seine Augen und nickte.

Ohne dass sie darüber sprechen mussten, setzten sie damit auch die Klausel im Vertrag außer Kraft, die sexuelle Handlungen ausschloss.

Das schleichende Gitarrenintro von *Purple Rain* zog durch den Saal. Daniel nahm ihr das Glas ab und stellte es auf einen Stuhl. Dann nahm er sie an der Hand.

»Tanz mit mir.«

Er zog sie die wenigen Schritte auf die Tanzfläche. Da er sich auf seinem Stock abstützen musste und nur einen Arm frei hatte, schlang sie beide Arme um seinen Hals und schmiegte sich an ihn. Natürlich konnte er mit seinem Bein nicht richtig tanzen, also wiegten sie sich nur langsam im Takt der Musik von Prince hin und her. Marla schloss die Augen und spürte, wie Daniel sanft über ihren Rücken streichelte. Sie bekam eine Gänsehaut. Es fühlte sich alles so richtig an. Doch wie konnte das sein? Hatte sie sich so sehr in ihre Rolle der Lisa hineingesteigert, dass sie nicht mehr auseinanderhalten konnte, wer sie wirklich war? Und hatte sie deswegen ihre Gefühle nicht mehr unter Kontrolle? Oder lag es am Alkohol, der ihr die Hemmungen raubte?

Doch was auch immer der Grund war, sie wollte jetzt nicht darüber nachdenken. Und auch nicht darüber, welche Konsequenzen ihr Verhalten nach sich ziehen würde. Sie hatte nur noch so wenig Zeit mit Daniel, und in diesen kostbaren Stunden wollte sie ihr Zusammensein einfach genießen.

24

Daniel hatte lange mit sich gekämpft. Er hatte niemals vorgehabt, mit ihr zu schlafen, und doch konnte er inzwischen an nichts anderes mehr denken. Er versuchte, sich einzureden, dass sie nur so verlockend für ihn war, weil er sie mit einem Tabu belegt und schon länger keinen Sex gehabt hatte. Damit konnte er auch sein schlechtes Gewissen in Schach halten, das ihn die letzten Tage immer überfiel, wenn er an Silvia dachte. Er hatte seiner Frau ein Versprechen gegeben. Und um dieses Versprechen einhalten zu können, hatte er sich selbst eine Regel gesetzt, die er niemals zu brechen gedachte. Er verbrachte jeweils nur eine Nacht mit einer Frau. Bisher war es ihm immer leichtgefallen, sich daran zu halten. Und er war überzeugt davon, dass es ihm nach dieser Nacht nicht anders gehen würde. Eine einzige Nacht mit der Frau, die seine Verlobte spielte und danach wieder aus seinem Leben verschwunden sein würde. Mehr würde es nicht sein.

Er fuhr sanft über ihren Rücken und gab ihr einen Kuss auf die Schläfe. Er genoss, wie sie sich an ihn schmiegte. Ihr Kopf ruhte an seiner Schulter, und mit einer Hand streichelte sie seinen Nacken. Es war erregend, ihr so nah zu sein! Seine Jeans war ihm schon längst viel zu eng geworden. Das hatte sie inzwischen bestimmt auch bemerkt.

Plötzlich sah er Kathrin neben der Tür stehen. Sie beobachtete ihn und Marla mit starrem Blick. Als sie bemerkte, dass er sie sah, drehte sie sich um und verschwand. Daniel unterdrückte ein Seufzen. Nun kannte er sie wirklich schon lange, aber so wie sie sich aufführte, seit sie von seiner vermeintlichen Verlobung wusste, hatte er sie noch nie erlebt. Fast so, als ob sie sich nicht mehr unter Kontrolle hätte.

»Wie kannst du nur so blauäugig sein? Ich bin mir sicher, dass sie dich nicht liebt. Die will doch nur dein Geld!«, hatte sie vorhin aufgebracht gesagt.

Es war erstaunlich, wie falsch sie mit ihren Worten lag, und doch gleichzeitig so richtig. Marla liebte ihn tatsächlich nicht und bekam Geld von ihm – und doch war er nicht blauäugig –, er hatte es genau so geplant.

»Sie wird dich unglücklich machen!« Als er nicht darauf einging, hatte sie ihm fast eine Szene gemacht. Glücklicherweise war Tante Maria aufgetaucht, um sich für den Überraschungsauftritt zu bedanken, und hatte ihn damit gerettet. Doch er befürchtete, dass Kathrin nicht lockerlassen würde. Und schon gar nicht, wenn sie herausfand, dass er nicht mehr mit seiner vermeintlichen Verlobten zusammen war. Und das würde morgen früh passieren.

Plötzlich hatte er das Gefühl, keine Zeit mehr verlieren zu dürfen.

»Komm«, sagte er, nahm Marla an der Hand und führte sie hinaus.

Sie machten einen Umweg über die Küche und schnappten sich eine Flasche Champagner und zwei Gläser. Dann gingen sie nach oben. Es war ihm egal, dass es eigentlich noch viel zu früh war, um die Geburtstagsfeier zu verlassen. Er wollte keine Sekunde länger darauf warten, mit Marla allein zu sein. Falls ihn morgen jemand deswegen ansprach, würde er sich schon eine Ausrede einfallen lassen. Aber vermutlich würde seine Familie morgen ohnehin mit anderen Dingen beschäftigt sein.

Als sie das Zimmer betraten, empfing sie eine wohlige Wärme. Das flackernde Feuer des Kamins reichte aus, um den Raum in ein samtenes Licht zu tauchen. Auf dem Tisch stand ein Leuchter, neben dem eine Schachtel mit Zündhölzern lag. Daniel zündete die Kerzen an, damit sie auch noch ein wenig Licht haben würden, wenn das Feuer im Kamin niedergebrannt war.

Marla hatte kaum ein Wort gesagt, seitdem sie den Rittersaal verlassen hatten. Ihre Augen glänzten, und ihre Wangen waren leicht gerötet, fast so als ob sie Fieber hätte.

»Möchtest du etwas trinken?«, fragte er und spürte, wie seine Nervosität anstieg, jetzt wo er mit ihr allein war.

»Ja. Gerne.«

Daniel schenkte ein und reichte ihr ein Glas.

»Auf diese Nacht!«, sagte er, und seine Stimme klang heiser.

»Auf diese Nacht.«

Sie tranken beide einen Schluck, dann stellten sie die Gläser weg. Er legte eine Hand an ihr Gesicht und streichelte sanft über ihre Wange.

»Ich will dich spüren«, sagte er leise.

»Ich dich auch.« Ihre geflüsterten Worte jagten ihm einen Schauer der Vorfreude über den Rücken. Trotzdem musste er noch etwas klären.

»Du weißt, dass es nur diese eine Nacht geben wird?«, fragte er und schaute sie eindringlich an.

»Ja«.

»Und du versprichst mir, egal wie diese Nacht heute endet, dass du deinen Auftrag morgen wie besprochen abschließen wirst.«

»Ja.«

»Und danach wird es für immer vorbei sein.« Das sagte er nicht nur zu ihr, sondern machte es auch sich selbst noch einmal eindringlich bewusst.

»Ja«, sagte sie ein drittes Mal.

Er schluckte. Das Wissen um die Endlichkeit dieser Nacht machte sie noch kostbarer für ihn.

»Es wird Lisa sein, die diese Nacht mit dir verbringen wird«, fügte sie hinzu und sah ihn bittend an. Er wusste, was sie mit ihren Worten sagen wollte, und auch für ihn war es wichtig. Den Gedanken, dass sie in einer Beziehung mit einem anderen Mann war, verdrängte er mit aller Macht.

»Natürlich.« Er lächelte. »Zieh dich aus, Lisa«, bat er leise.

Sie schien einen Moment lang zu zögern, doch dann schlüpfte sie aus ihren Stiefeln und zog langsam das Kleid aus. Sein Atem stockte, als sie nur in Unterwäsche und halterlosen Strümpfen vor ihm stand. Seitdem er sie in der Badewanne hatte liegen sehen, wünschte er sich nichts sehnlicher, als ihren herrlich proportionierten Körper wieder zu betrachten und diesmal auch zu berühren.

»Jetzt du«, sagte sie.

25

Marla sah mit enger Kehle zu, wie Daniel langsam sein Hemd aufknöpfte und es auszog. Die Muskeln an seinem leicht gebräunten Oberkörper waren durch das Training gut, aber nicht zu übertrieben definiert. Er bot einen äußerst verlockenden Anblick.

»Tut mir leid, dass ich jetzt keinen heißen Striptease für dich hinlegen kann. Aber es ist einfacher für mich, die Hose im Sitzen auszuziehen«, sagte er trocken, und sie ahnte, dass er damit seine Unsicherheit überspielen wollte. Es fiel ihm offenbar schwer, seine Narben zu zeigen.

»Du kannst das auf eine andere Art sicher wiedergutmachen.« Sie lächelte ihm aufmunternd zu.

»Darauf kannst du dich verlassen.«

Er humpelte zum Bett, stellte seinen Gehstock ab und setzte sich. Dann zog er seine Jeans etwas mühsam, aber routiniert aus. Marla war kurz versucht, ihm zu helfen, ließ es aber dann, weil sie nicht wusste, wie er es aufnehmen würde. Sie trat näher.

»Nicht so schön, oder?«, sagte er leise.

Beim Anblick der zahlreichen Operationsnarben an seinem Bein bekam sie eine Ahnung, wie schrecklich der Unfall gewesen sein musste. Doch noch schlimmer waren wohl die Narben, die man nicht sehen konnte und die mit dem Tod seiner Frau und des ungeborenen Babys zu tun hatten. Umso mehr wünschte Marla sich, dass sie ihn für diese eine Nacht alles vergessen machen konnte. So wie sie sich wünschte, dass er sie vergessen ließ, Marla zu sein.

»Nicht schön, aber auch nicht so schlimm. Diese Narben gehören eben zu dir«, beantwortete sie seine Frage. Sie fürchtete sich nicht davor und würde sich deswegen ganz bestimmt nicht davon abschrecken lassen, ihn zu berühren. Um ihm das von Anfang an klarzumachen, kniete sie sich vor ihn hin.

Daniel schaute sie gebannt an.

Marla senkte ihren Kopf und begann, zärtlich die Innenseite seiner Oberschenkel zu streicheln und dann zu küssen. Ganz langsam. Bis nach oben zum Rand seiner schwarzen Shorts. Er konnte nicht verbergen, wie erregt er war. Mit den Fingerspitzen strich sie ganz leicht über den Stoff. Sie spürte ein Zucken und nahm sein verhaltenes Stöhnen wahr. Sie hob den Kopf, um ihn anzusehen. Ihr Herz begann wie wild zu pochen, als sie das Verlangen in seinen Augen sah, welches das ihre widerspiegelte.

Als sie ihn weiterstreichelte, griff er plötzlich nach ihrer Hand und zog sie zu sich. Und in diesem Moment schienen alle Dämme zu brechen. Ihre Lippen fanden sich zu einem wilden, leidenschaftlichen Kuss, der ihr fast den Atem raubte. Sie spürte, wie seine Finger am Verschluss des BHs nestelten, der sich gleich darauf öffnete. Ohne ihren Kuss zu unterbrechen, schlüpfte sie heraus, während er sich bereits an ihrem Höschen zu schaffen machte und es herunterzog. Nun trug sie nur noch ihre Strümpfe. Doch sie wollte ihn überall pur auf ihrer Haut spüren, also löste sie sich von ihm und streifte die Strümpfe ab. Gleichzeitig entledigte er sich seiner Shorts. Marla zog scharf die Luft ein, als seine Männlichkeit sich ihr prall und fordernd entgegenreckte.

»Siehst du, wie sehr ich dich will?«, fragte er, und seine Stimme bebte leise.

»Nicht mehr, als ich dich will«, gab sie zu und wunderte sich selbst über ihre Offenheit.

»Komm«, sagte er heiser.

Er drehte sich etwas zur Seite und zog sie wieder an sich heran. So nah, dass er abwechselnd ihre Brüste küssen konnte. Marla stöhnte leise, als sie seine Zunge auf ihren empfindsamen Nippeln spürte.

»Du bist phantastisch«, murmelte er.

Plötzlich sog er ihre linke Brustwarze so fest in seinen Mund, dass es fast schmerzte. Doch mehr noch bereitete er ihr damit unbändige Lust. Ihr Stöhnen wurde lauter, als er an ihr saugte, als ob er von ihr trinken würde.

Er ließ von ihr ab, doch nur um sie wieder zu küssen. Ihre Zungen spielten miteinander, und sie hatte das Gefühl, nicht genug von ihm bekommen zu können. Der Kuss schien endlos, und gleichzeitig erkundeten sie sich gegenseitig wie neugierige Teenager. Seine Hand wanderte nach unten zwischen ihre Schenkel, und ein Finger tauchte langsam in sie ein. Ihr Körper bebte vor Wonne, als er ihn in ihr bewegte.

Sie spürte sein hartes Glied an ihrer Hüfte und griff danach.

Er stöhnte. »Ich kann nicht mehr länger warten«, sagte er heiser. Und Marla konnte und wollte das ebenso wenig.

»In der Schublade«, sagte Daniel heiser. »Da sind Kondome.«

Marla fragte sich nicht, wie sie da hineingekommen waren. Sie holte ein Päckchen heraus, öffnete es und zog es ihm über.

Dann hockte sie sich rittlings über ihn. Während sie

sich langsam auf ihn sinken ließ und er in sie eintauchte, schauten sie sich wortlos in die Augen.

Dann war er tief in ihr, und sie begann, sich zuerst langsam, und dann immer schneller zu bewegen. Es dauerte nicht lange, dann brach die Lust in gewaltigen Wellen über ihnen zusammen. Noch immer mit ihm vereint, ließ sie sich nach vorn auf seine Brust sinken. Sie spürte das wilde Pochen seines Herzens und atmete wie berauscht seinen Duft ein.

Etwas später lag sie mit dem Rücken an seine Brust gelehnt in seinen Armen. Doch mit der Ernüchterung nach dem Höhepunkt begann das schlechte Gewissen an ihr zu nagen. Sie hatte Mika betrogen!

Daniel streichelte ihr versonnen durchs Haar und gab ihr einen sanften Kuss auf den Hals.

»Nicht«, sagte er leise.

»Nicht?«

»Denk nicht darüber nach. Nicht jetzt.« Er schien offenbar zu ahnen, was ihr gerade durch den Kopf ging. »Ich habe mit Lisa geschlafen, einer Frau, die es morgen nicht mehr geben wird. Er muss es nicht wissen.«

Marla dachte über das nach, was er gesagt hatte. Konnte sie es sich wirklich so einfach machen? War sie es Mika nicht schuldig, aufrichtig zu sein?

»Bereust du es denn?«, fragte er, nachdem sie nichts sagte.

»Nein«, erwiderte sie sofort. Und es stimmte tatsächlich. Sie bereute es keine Sekunde, trotz ihres schlechten Gewissens. War das nicht paradox? In den letzten Tagen und vor allem in der letzten Stunde hatte sie sich so lebendig gefühlt wie schon lange nicht mehr. Daniel gab ihr das wundervolle Gefühl, schön und begehrenswert zu sein. Ein Gefühl, das sie bei Mika leider seit Langem vermisste.

Sie war sich noch nicht klar darüber, wie es mit Mika weitergehen würde, und brauchte Zeit, um darüber nachzudenken. Doch in diesem Moment wusste sie eines: Sie würde vermutlich nie wieder eine Nacht wie diese erleben. Und diese letzte Nacht mit Daniel war noch nicht zu Ende.

Sie drehte sich zu ihm um.

»Und du?«, fragte sie ihn. »Bereust du es?«

»Nein.«

Sie streichelte mit den Fingerspitzen über seine Augenbrauen, über seine Wangen. Dann über seine Schulter den Arm hinunter bis zu seiner Hand. Ihre Finger umschlangen sich wie von selbst.

Erneut verspürte sie das Brennen der Lust zwischen ihren Schenkeln. Sie wollte ihn wieder in sich spüren. Noch tiefer.

Ihr Mund näherte sich seinen Lippen, dic sich bereitwillig öffneten, um sie zu küssen. Und dann schien die Welt erneut stehenzubleiben.

26

Das Licht des anbrechenden Morgens vertrieb nach und nach die Dunkelheit im Zimmer. Marla lag wach im Bett und starrte auf die leere Seite neben ihr. Er konnte noch nicht allzu lange weg sein, denn sie spürte noch die Wärme seines Körpers unter der Bettdecke. Die Nacht mit ihm war unbeschreiblich schön gewesen. Immer wieder hatten sie sich geliebt, mal zärtlich, mal wild, mal träge oder spielerisch. Dazwischen hatten sie eng umschlungen nebeneinandergelegen, ohne allzu viel zu reden. Worte waren in dieser Nacht nicht wichtig gewesen. Irgendwann war Marla dann erschöpft in seinen Armen eingeschlafen.

Sie streckte die Hand aus und berührte die Stelle, an der sein Kopf einen Abdruck im Kissen hinterlassen hatte, und der nun sinnbildlich darstellte, dass der Daniel der letzten Nacht unwiederbringlich verschwunden war. Nur die Erinnerung würde ihr bleiben.

Bald musste sie ihre letzte Aufgabe erfüllen, bevor sie nach Hause flog. Sie wusste jetzt schon, dass es ihr sehr schwerfallen würde. Ohne Vorwarnung kullerten plötzlich Tränen über ihre Wangen, die sie unwirsch wegwischte. Sie hatte ganz genau gewusst, worauf sie sich einließ. Jetzt musste sie damit klarkommen.

Plötzlich konnte sie es nicht mehr erwarten, ihren Auftrag zu Ende zu bringen, damit sie Daniel und diese Nacht hinter sich lassen konnte. Sie schwang sich aus dem Bett und ging ins Badezimmer. Schon zwanzig Minuten später war sie geduscht, geföhnt und angezogen. Sie trug wieder dieselben Sachen, mit denen sie nach London geflogen war.

Es dauerte nicht lange, bis sie gepackt hatte. Das Kleid und die Wäsche, die sie von Daniels Geld gekauft hatte, faltete sie sorgfältig zusammen und legte sie zusammen mit der neuen Handtasche und den Schuhen in die Kommode neben seine Sachen. Nichts davon wollte sie mit nach Hause nehmen. Sie wollte schon gehen, da fiel ihr ein, dass sie noch etwas vergessen hatte. Sie holte das iPhone aus ihrer Tasche und legte es auf die Kommode.

Marla hatte noch immer keinen richtigen Plan, wie sie einen Streit mit Daniel anfangen sollte, als sie den Wintergarten betrat. Die Angestellten waren bereits fleißig gewesen und hatten alle Spuren vom Fest beseitigt. Der große Tisch war für das Frühstück gedeckt, und ein ausladendes Buffet stand bereit. Doch außer Toby, dem Schlagzeuger, der unübersehbar durchgemacht hatte, war keiner da. Offenbar schliefen noch alle nach der langen Nacht. Doch wo war Daniel abgeblieben? Trainierte er?

»Hey, Lisa!«, begrüßte Toby sie leicht lallend und mit glasigen Augen. Dann starrte er auf die Kaffeetasse vor ihm, als wollte er sie hypnotisieren.

»Guten Morgen, Toby.«

Marla wusste nicht, ob sie etwas hinunterbekommen würde, deswegen schenkte sie sich erst einmal nur Tee ein und setzte sich.

»Hab das letzte Taxi nach London verpasst«, erklärte Toby. »Irgendwie waren plötzlich alle weg. Auch diese süße Kleine war verschwunden.« Er kratzte sich ratlos am Hinterkopf.

»Welche Kleine?«, frage Marla alarmiert. Er meinte doch nicht etwa Kim?!

»So ’ne Dunkelhaarige vom Partyservice. Hanna oder so«, murmelte er und nahm einen Schluck aus seiner Tasse, um gleich darauf das Gesicht zu verziehen.

Marla atmete erleichtert auf. Daniels freche kleine Schwester war ihr in der kurzen Zeit ans Herz gewachsen. Die Vorstellung, dass sie Kim nie mehr sehen würde, schnürte ihr plötzlich die Kehle zu.

»Hier steckst du also!«

Marla drehte den Kopf zur Tür. Daniel! Sein Blick war eisig. Seine Haare waren zerzaust, und er wirkte erschöpft. Er trug wieder die Sachen von letzter Nacht, die aussahen, als ob er darin geschlafen hätte.

Nun würde also der letzte Akt beginnen. Und mit Daniels nächsten Worten wurde ihr auch klar, wie er es beenden wollte.

»Ach! Mit ihm hast du also die Nacht verbracht!«, sagte er mit schneidender Stimme und warf Toby einen zornigen Blick zu.

»Hä?« Der Schlagzeuger schien offensichtlich nicht zu verstehen, worauf Daniel hinauswollte.

»Jetzt komm, als würdest du nicht wissen, wovon ich rede«, fauchte Daniel ihn an.

»Daniel, es ist ganz bestimmt nicht so, wie du denkst«, sagte Marla.

Toby schaute zwischen Marla und Daniel hin und her, und plötzlich verstand er.

»Moment, Dan. Nee, nee, nee! Ich fang doch nichts mit deiner Verlobten an! Also wirklich!« Die aufrichtige Empörung in seinem lädierten Zustand hatte fast etwas Rührendes an sich.

»Daniel, jetzt rede doch bitte keinen Unsinn …«, begann Marla halbherzig, denn sie war sich immer noch nicht klar darüber, wie sie sich zu Daniels Vorwürfen verhalten sollte. »Hör mal …«

»Und in welchem Bett bist du dann gelandet? In meinem warst du jedenfalls nicht!« Er ließ sie nicht ausreden und schaute sie so voller Zorn an, dass Marla das Gefühl hatte, er meinte es ernst. So gut könnte nicht mal Mika spielen, dachte sie. Und da wurde ihr klar, dass er tatsächlich zornig sein musste, um so überzeugend zu sein. Doch warum nur? Bereute er es inzwischen, dass sie miteinander geschlafen hatten? Oder war der Reiz, den sie auf ihn ausgeübt hatte, solange er sie nicht hatte haben können, verflogen, nachdem er sie ins Bett gelockt hatte? Natürlich! Nur eine Nacht, hatte er gesagt. Und jetzt wollte er sie so schnell wie möglich loswerden.

Nun gut. Aus welchen Gründen auch immer. Sie würde nun alle Empfindungen und Gedanken an die letzte Nacht beiseiteschieben und ihm zeigen, dass sie ihre Aufgabe abschloss, wie sie es abgesprochen hatten. Und sie würde dabei ebenfalls nicht zimperlich vorgehen.

»In welchem Bett ich gelandet bin?«, fragte sie und versuchte, ihre Stimme so hämisch wie möglich klingen zu lassen. »Als ob du das wirklich wissen wolltest.«

Es kostete sie große Überwindung, ihm dabei ins Gesicht zu sehen.

»Stimmt. Ich will gar nicht wissen, mit wem du es getrieben hast!«, fauchte er.

Toby hob beschwichtigend den Arm.

»Hey, Leute. Jetzt kommt doch mal wieder runter …«

Doch sowohl Marla als auch Daniel ignorierten ihn.

»Vielleicht denkst du mal darüber nach, ob es nicht einen Grund hatte, warum ich die Nacht nicht in unserem Zimmer verbracht habe«, schoss sie auf ihn.

»Was soll das jetzt heißen?«, fragte Daniel.

»Ach? Das weißt du also nicht mehr? Was ist denn mit dieser Bohnenstange, die dir den ganzen Tag nachgehechelt ist wie eine läufige Hündin?«

»Versuche nicht, den Spieß mit irgendwelchen haltlosen Vorwürfen umzudrehen«, sagte er eisig.

Marla wollte schon kontern und ihm an den Kopf werfen, dass sie ihn flirtend mit Kathrin gesehen hatte und ihm somit den Schwarzen Peter zuschieben, doch da sah sie Kim in der Tür stehen. Das junge Mädchen schaute erschrocken zwischen den beiden hin und her. Marla wollte nicht, dass Kim nach dieser Auseinandersetzung womöglich schlecht über ihren Bruder dachte. Deswegen beschloss sie, jetzt alles auf sich nehmen. Und danach wollte sie nur noch schnellstens hier weg.

»Es hat keinen Zweck, mit dir zu reden«, sagte sie und schaute ihn mit einem verächtlichen Blick an. »Du bist einfach nicht der Mann, der mir das geben kann, was ich wirklich brauche.«

27

Sie macht es gut, dachte Daniel. Und es tat ihm in der Seele weh, dass es die wenigen letzten Worte sein würden, die sie miteinander wechselten. Doch es ging nicht anders.

Sie musste schnellstens aus seinem Leben verschwinden, ansonsten könnte etwas geschehen, das nie passieren durfte.

Die Nacht mir ihr war unbeschreiblich aufregend gewesen. Lisa – es fiel ihm in diesem Moment schwer, sie in Gedanken Marla zu nennen – war auch im Bett ganz anders als jede Frau, mit der er bisher geschlafen hatte. Ihre natürliche Sinnlichkeit und Lust hatten ihm fast den Atem geraubt. Dabei hatte sie in jeder Sekunde Rücksicht auf ihn genommen und darauf geachtet, in Positionen mit ihm zu schlafen, die für sein Bein keine Schwierigkeiten darstellten, jedoch ohne ihm das Gefühl zu geben, sie hätte Mitleid mit ihm.

Es war ihm schwergefallen, sich im Morgengrauen von ihr zu lösen und aus dem Zimmer zu verschwinden, ohne sich von ihr zu verabschieden. Sie war ihm nahe gekommen. Viel zu nahe. Und er glaubte, dass die letzte Nacht auch ihr etwas bedeutete. Und genau das hätte nicht passieren dürfen.

Daniel war wütend auf sich, weil er das zugelassen hatte. Wobei er gleichzeitig wusste, dass er nicht anders gekonnt hätte. Sie hatte ihn im Flugzeug von der ersten

Minute an magisch angezogen. Und schließlich war er das Risiko eingegangen in der Hoffnung, danach wieder einen klaren Kopf zu haben. Doch sein Verlangen nach ihr war nach dieser Nacht nicht verschwunden. Genau das Gegenteil war der Fall. Umso wichtiger war es nun, dass er endgültig mit ihr brach.

»Ich hätte wissen sollen, dass eine Frau wie du nicht die Klasse hat, mir gerecht zu werden, Lisa«, sagte er kalt und übertrug den Zorn, den er auf sich selbst hatte, in seine verletzenden Worte. Er vermied es dabei aber, ihr in die Augen zu sehen.

»Hört doch bitte auf zu streiten!«, rief Kim. Erst jetzt bemerkte er, dass sie in der Tür stand.

»Misch du dich da nicht ein!«, fuhr Marla sie an, und Daniel sah, wie seine Schwester über diese Worte erschrak.

»So redest du nicht mit Kim!«

»Du wirst mir ganz bestimmt nicht mehr vorschreiben, wie ich zu reden und mich zu verhalten habe.«

»Ach? Denkst du? Dann hör mir mal zu: Ich werde dir jetzt ein Taxi rufen, das dich zum Flughafen bringt. Ich selbst nehme einen späteren Flug. Dann kannst du inzwischen deine Sachen aus meiner Wohnung holen und den Schlüssel beim Hausmeister abgeben.«

Mit diesen Worten drehte er sich um und ging hinaus.

Eine Viertelstunde später trug Patrick ihr Gepäck nach unten und brachte es zum Taxi, das vor dem Haus stand. Marla war schon eingestiegen. Daniel stand neben der Eingangstür und schaute dem Taxi hinterher, als es wegfuhr. Marla hatte sich kein einziges Mal zu ihm umgedreht. Daniel schluckte. Er hatte genau das erreicht, was er wollte. Der Plan war aufgegangen. Nun war sie tatsächlich aus seinem Leben verschwunden. Die finanzielle Abwicklung würde über den Agenten laufen.

»Es tut mir echt leid, Junge«, sagte Onkel Peter bedauernd und klopfte ihm auf die Schulter. »Lisa schien eigentlich ganz nett zu sein. Vielleicht kriegt ihr es ja wieder hin.«

Seine Mutter reagierte nicht so verständnisvoll, sondern hatte eine Stinkwut auf Lisa. Daniel war froh, dass Marla schon weg war, als Valerie es erfuhr.

»Ich hatte wirklich die Hoffnung, dass du dir mit ihr ein neues Leben aufbauen könntest«, sagte sie, »dabei hätte ich meinem Instinkt vertrauen sollen und wissen müssen, dass sie nichts taugt!«

Daniel sagte nichts dazu.

Der Streit und die Trennung hatten sich inzwischen im ganzen Haus herumgesprochen. Alle waren einigermaßen betroffen. Alle bis auf Kathrin. Die Anwältin konnte ihre Freude über das Zerwürfnis kaum verbergen.

»Ich habe dir gleich gesagt, dass sie nicht zu dir passt, Daniel.«

»Ich will jetzt nicht darüber reden«, sagte Daniel nur und ließ sie stehen.

Als er ins Zimmer kam, sah er als Erstes das iPhone auf der Kommode liegen. Er hatte geahnt, dass sie es nicht mitnehmen würde. Daniel holte seine Reisetasche aus dem Schrank und öffnete die Schublade der Kommode. Säuberlich zusammengelegt lagen dort die Sachen, die sie von seinem Geld gekauft hatte. Sie hatte einen deutlichen Schlussstrich gezogen. Nicht nur in ihrer Rolle als seine Verlobte, sondern auch als seine Geliebte der vergangenen Nacht. Er nahm die Wäsche heraus. Das zarte Gewebe lag leicht wie eine Feder in seiner Hand. Er hob es hoch, an sein Gesicht. Mit geschlossenen Augen atmete er ihren berauschenden Duft ein. Eine letzte

Schwäche, der er sich einige Sekunden hingab, bevor er all ihre Sachen zusammenraffte und entschlossen in einen Papierkorb stopfte.

»Ja! Wirf alles von ihr weg!«

Erschrocken drehte er sich um. Kathrin war unbemerkt ins Zimmer gekommen und lächelte ihn an.

»Kathrin… lass mich bitte alleine, ja? Ich will jetzt alleine sein.« Er bemühte sich, höflich zu bleiben, was ihm nicht leichtfiel.

»Das werde ich dann tun, wenn du mir zugehört hast.« Sie klang sehr entschlossen.

»Wir können später reden.«

»Nein! Du weichst mir nicht aus! Jetzt! Ich will jetzt reden. Ich habe lange genug gewartet…«

Daniel überlegte kurz, sie einfach rauszuwerfen. Doch das würde das Gespräch nur aufschieben. Besser er brachte es sofort hinter sich. Und danach wollte er wirklich nur noch seine Ruhe haben.

»Okay…«, sagte er und ließ sich erschöpft in einen der Sessel am Fenster fallen. Es war der Stuhl, in dem Marla geschlafen hatte, nachdem sie ihn überredet hatte, sich auszuruhen. War das wirklich erst gestern Nachmittag gewesen? Es kam ihm vor wie eine halbe Ewigkeit.

Kathrin blieb stehen. Sie verschränkte die Hände ineinander und schaute ihn eindringlich an.

»Als du dich damals für Silvia entschieden hattest, ist eine Welt für mich zusammengebrochen. Gegen eine Frau wie sie konnte ich nicht konkurrieren, sie war einfach perfekt.«

Als er ihre Worte hörte, wurde seine Kehle eng.

»Kathrin…«

Sie hob die Hand und ließ ihn nicht aussprechen.

»Warte… Es tat mir leid, dass sie starb. Wirklich. Aber

ich hatte plötzlich wieder Hoffnung. Ich wollte dir genügend Zeit geben. Ich dachte, du wüsstest, dass ich auf dich warte. Dass ich schon immer auf dich warte, Daniel. Denn ich … ich liebe dich.«

Er hatte es geahnt, und genau das hatte er nicht hören wollen. Sie lachte leise.

»Ja. Ich liebe dich … Jetzt ist es endlich raus.«

»Kathrin …«, setzte er noch einmal an.

»Nein, ich bin noch nicht fertig … Als ich hierherkam, dachte ich, dass inzwischen genügend Zeit verstrichen sein müsste und du bereit für mich wärst. Doch dann war plötzlich diese Lisa da. Wie konntest du sie mir nur vorziehen?«

Sie erwartete offenbar keine Antwort auf diese Frage, denn sie sprach sofort weiter. »Ich wusste, dass sie nicht die Richtige für dich war, und wie du siehst … ich habe recht behalten.«

Je länger sie auf ihn einsprach, desto mehr bekam er das Gefühl, nur noch schwer Luft zu bekommen.

»Das ist wirklich nicht der richtige Zeitpunkt, Kathrin«, warf er ein.

»Du willst das jetzt vielleicht nicht hören, Daniel, aber ich werde wieder warten und für dich da sein, wenn du über dieses Flittchen hinweg bist. Und du wirst für mich bereit sein, weil wir beide zusammengehören.« Ihre Stimme war bei den letzten Sätzen ganz sanft geworden. So als ob sie mit einem kleinen Jungen sprechen würde.

Eine unangenehme Gänsehaut überzog seinen Rücken. Offenbar hatte sie es noch immer nicht verstanden. Sie wollte nicht aufgeben. Er musste sich in Zukunft so gut es ging von ihr fernhalten. Doch da sie über die Anwaltskanzlei für die Firma arbeitete, und sie schon deswegen immer wieder aufeinandertrafen, würde das nicht einfach werden.

»Daniel …« Sie ging vor ihm auf die Knie und beugte sich nach vorn, ganz offensichtlich wollte sie ihn küssen.

Das würde er jetzt nicht ertragen! Daniel stand auf.

»Nein!« Er musste jetzt endgültig für klare Verhältnisse sorgen.

»Kathrin. Es tut mir leid, wenn du dich da in etwas verrannt hast. Aber … ich liebe dich nicht. Es wäre gut, wenn du dich damit abfinden würdest!«

Sie schien nicht wahrhaben zu wollen, was er da zu ihr sagte.

»Was redest du denn da? Natürlich hast du jetzt den Kopf nicht frei, weil du gerade mit Lisa Schluss gemacht hast, aber …«

»Vielleicht ist es ja noch gar nicht zu Ende mit Lisa!«, fuhr er sie plötzlich an. »Ich habe letzte Nacht zu viel getrunken, und womöglich habe ich deswegen vorhin überreagiert.«

Bei seinen Worten wurde sie blass.

»Das ist doch nicht dein Ernst, oder?«

Natürlich war das alles andere als sein Ernst, und er hasste sich dafür, schon wieder zu lügen. Aber da sie es anders nicht einsehen wollte, war es für ihn momentan die einzige Möglichkeit, ihr klarzumachen, dass er wirklich nichts für sie empfand. Zumindest nicht das, was sie sich von ihm erhoffte.

»Daniel …« Sie packte ihn am Arm. »Sie hat die Nacht mit einem anderen verbracht. Das hast du selbst gesagt.«

»Und wenn ich mir das nur eingebildet habe?«

»Das ist doch lachhaft!«

»Für mich nicht. Ich muss noch mal mit ihr reden.«

Und da sie immer noch keine Anstalten machte zu gehen, ließ er sie zum zweiten Mal an diesem Tag einfach stehen und verließ das Zimmer.

28

Marla war erleichtert gewesen, als Mika ihr am Abend ihrer Rückkehr aus London mitgeteilt hatte, dass er noch ein paar Tage länger in Köln bleiben würde als vorgesehen. Er hatte die erste Casting-Runde geschafft und war damit in die engere Auswahl für eine der Hauptrollen in der neuen Sitcom gekommen. Am kommenden Montag musste er sich bei Probeaufnahmen seinen direkten Konkurrenten stellen, deswegen wäre es Unsinn gewesen, für die wenigen Tage zurückzukommen. So hatte sie noch eine Galgenfrist bekommen, in der sie überlegen konnte, ob sie Mika von der Sache mit Daniel erzählen sollte. Ihre Grundeinstellung für Ehrlichkeit in einer Beziehung drängte sie dazu, offen zu sein. Andererseits würde sie Daniel nie wiedersehen. Sollte sie diese kurze Episode nicht doch besser verschweigen, um nicht zu riskieren, dass deswegen ihre Beziehung mit Mika in die Brüche ging? Wobei sie inzwischen nicht mehr ausschloss, dass Mika womöglich etwas mit seiner Schauspielerkollegin Tine am Laufen hatte. Wenn es so ist, geschieht mir das recht, dachte sie mit großem Unbehagen. Marla hatte absolut keine Ahnung, was sie nach Mikas Rückkehr erwartete. Doch ihr war klar, dass es nie mehr so sein würde wie vorher. Die kurze Zeit in England hatte sie verändert. Daniel hatte sie verändert. Und auch wenn sie ihn nicht mehr sehen würde, würde sie die gemeinsame Zeit, und vor allem diese besondere Nacht, doch niemals vergessen können.

Marla hatte gehofft, dass die Dreharbeiten für den Abschlussfilm des Filmhochschulabsolventen sie auf andere Gedanken bringen würde. Doch als sie drei Tage nach ihrer Rückkehr am Set in der umfunktionierten Lagerhalle erschien, nahm Severin, der sie für diese Rolle angefragt hatte, sie zur Seite.

»Oh Mensch, Marla. Ich hab völlig vergessen, dir Bescheid zu sagen«, sagte er und zupfte nervös an seinem blonden Vollbart, mit dem er aussah wie ein Seemann.

»Wieso? Was ist denn?«, fragte sie.

»Äh ja. Weißt du, Bobby, der Kameramann … er filmt und schneidet und macht das ganz ohne Gage …«

»Genau wie ich«, stellte Marla fest und fragte sich, worauf er hinauswollte.

»Ja. Und das ist auch echt ganz cool von dir Marla, echt. Aber Bobby hat ’ne Freundin, die Lilly, und die würde so unheimlich gerne diese Metzgerin spielen, und Bobby hat gesagt …«

»Das ist jetzt nicht dein Ernst, oder?«, unterbrach sie ihn, nachdem ihr klar geworden war, dass er sie ersetzen wollte.

Er kratzte sich am Bart.

»Hey, bitte nicht sauer sein. Die Lilly ist halt so ’ne Zicke, und wenn sie die Rolle nicht bekommt, dann muss Bobby das ausbaden, und du kennst ja Bobby …«

Nein, sie kannte Bobby nicht. Und sie hatte eigentlich auch nicht mehr sonderlich viel Lust darauf, ihn kennenzulernen.

»Das ist dann ja wohl Bobbys Problem und nicht meines.«

»Äh, so einfach ist das leider nicht. Denn Bobby macht dann womöglich nicht mit. Und jetzt noch einen Kameramann zu finden – das haut niemals hin. Das verstehst du doch? Aber hey, wenn du schon da bist, ich kann noch eine Statistenrolle ins Script schreiben. Eine Kundin im Laden«, schlug er großzügig vor.

»Eine Kundin? Du spinnst ja wohl! Denkst du, ich hab nichts Besseres zu tun? Du kannst mich mal, Severin!« Sie schnappte sich ihre Jacke und die kleine Reisetasche mit ihren Klamotten für die Dreharbeiten und rauschte hinaus.

Marla war stinksauer. Nicht nur auf Severin, Bobby und diese Tussi Lilly, sondern auf Gott und die Welt, weil momentan gar nichts mehr in ihrem Leben zu klappen schien. Um sich abzureagieren, verzichtete sie beim Rückweg auf die U-Bahn. Fast eine Stunde lang lief sie durch die Straßen, bis ein dichtes Schneetreiben einsetzte, vor dem sie in einem Elektronikfachgeschäft Schutz suchte.

Als sie vierzig Minuten später wieder herauskam, hatte es aufgehört zu schneien. Und sie war stolze Besitzerin eines nagelneuen Laptops. Eigentlich hatte sie vorgehabt, sich vor einem Kauf mit Mika zu besprechen und sich erst einmal nur über die verschiedenen Geräte schlauzumachen, doch dann hatte sie doch nicht widerstehen können.

Inzwischen war sie zu Hause angekommen. Nachdem sie sich umgezogen und einen Tee gekocht hatte, setzte sie sich mit dem neuen Gerät aufs Sofa. Alles war ganz einfach vorinstalliert, so dass sie schon nach wenigen Minuten das Passwort für ihr Wireless-Lan eingeben und online gehen konnte. Es war ein Vergnügen, wie schnell das mit dem neuen Rechner ging.

Obwohl sie sich fest vorgenommen hatte, Daniel Lester komplett aus ihren Gedanken zu streichen, oder es zumindest zu versuchen, dauerte es nicht lange, bis sie seinen Namen als Suchbegriff eingab.

Doch sie hatte kaum mehr Glück als beim letzten Versuch mit dem alten PC. Im Internet fand sich nicht viel zu Daniel Lester. Da sie jedoch inzwischen von seinem Bootsunfall wusste, konnte sie gezielt danach suchen. Und tatsächlich stieß sie auf eine kleine Meldung im Archiv einer Zeitung: »Tragischer Bootsunfall an der Küste Mallorcas. Deutscher Geschäftsmann verliert bei Sturm seine Frau und wird selbst schwer verletzt.«

Im Text wurde der Unfallhergang grob geschildert, doch es wurden weder die Familiennamen genannt, noch gab es Fotos von Daniel und seiner Frau.

Nachdem sie einmal angefangen hatte, konnte Marla nicht mehr aufhören. Als Nächstes tippte sie den Namen *Silvia Lester* ein. Und dazu gab es einige Treffer. Offenbar war Daniels verstorbene Frau im Gegensatz zu ihm nicht ganz so scheu gewesen, was das Internet betraf. Mit klopfendem Herzen las Marla alles, was sie über Silvia finden konnte, doch das meiste war nur allgemein gehalten. Daniels verstorbene Frau war Ärztin gewesen und in Hamburg aufgewachsen. Schließlich entdeckte sie ein Foto von ihr, das sie als Rednerin bei einem Vortrag über Stoffwechselerkrankungen zeigte. Jetzt konnte sie verstehen, warum sie während ihres Aufenthaltes in Damon Hall immer wieder zu hören bekommen hatte, wie anders sie im Vergleich zu ihr aussah. Silvia war tatsächlich ein völlig anderer Typ als Marla. Sie war sehr schlank und groß, ähnlich wie Kathrin. Doch was bei der Anwältin fast schon krankhaft mager wirkte, sah bei Silvia elegant und grazil aus. Blonde, schulterlange Haare umschmeichelten ein Gesicht, das fast zu lieblich hätte wirken können, wenn der Blick aus den dunkelgrünen Augen nicht eine energiegeladene Entschlossenheit ausgedrückt hätte. Ihre Mundwinkel waren zu einem kleinen Lächeln nach oben gezogen, und Marla war überzeugt davon, dass diese Frau durchaus auch eine gehörige Portion Humor gehabt hatte. Das Foto zeigte eine attraktive und selbstbewusst wirkende Frau, die zum Zeitpunkt des Fotos sicherlich mit einer glänzenden Zukunft gerechnet hatte. Doch dann war dieser schreckliche Unfall passiert, der sie viel zu früh das Leben gekostet hatte.

Je länger Marla sie auf dem Bild betrachtete, desto mehr glaubte sie, sich vorstellen zu können, wie Silvia war. Und sie konnte nachvollziehen, wie sehr Daniel um seine Frau trauern musste. Vor allem, wenn er gleichzeitig mit ihr auch noch sein ungeborenes Kind verloren hatte.

Marla blickte auf ihre Hand. Der Verlobungsring, den Daniel ihr gegeben hatte, steckte noch an ihrem Finger. Erst auf der Rückreise im Flugzeug hatte sie bemerkt, dass sie vergessen hatte, ihn zurückzulassen. Seitdem hatte sie ihn noch nicht abgenommen, obwohl sie sich jedes Mal fast wie eine Hochstaplerin fühlte, wenn sie ihn ansah. Und jetzt, nachdem Silvia durch das Foto für sie zu einer zwar verstorbenen, aber doch realen Person geworden war, noch viel mehr.

In der Nacht mit Daniel hatte sie tatsächlich für einen Moment vergessen können, wer sie war, und sich ihm in dem Gefühl hingegeben, dass sie beide zusammengehörten. Das Erwachen am nächsten Morgen und die Trennung waren bitter gewesen, denn – da machte sie sich inzwischen nichts mehr vor – von ihrer Seite waren auch Gefühle im Spiel gewesen. Aber selbst wenn es noch so wehtat – sie bereute es nach wie vor keine Sekunde. Doch jetzt war es an der Zeit, sich damit abzufinden, dass sie tatsächlich nur eine kurze Rolle in Daniels Leben gespielt hatte.

Ein Geräusch riss sie aus den Gedanken und ließ sie erschrocken zusammenzucken. Irgendjemand machte sich am Schloss der Wohnungstür zu schaffen. Wer konnte das sein? Niemand sonst außer ihr, Mika und dem Wohnungsbesitzer besaßen einen Schlüssel.

»Hallo?!«, rief sie ängstlich und sprang auf. Hastig sah sie sich nach etwas um, das sie als Waffe benutzen konnte. Doch das war nicht nötig. Kein Einbrecher stand in der Tür, sondern Mika mit einer großen Reisetasche in der Hand.

»Was machst du denn hier?«, fragten beide gleichzeitig.

»Ich dachte du bist in Köln«, fuhr Marla fort, und Mika sagte zur selben Zeit: »Ich dachte du drehst heute?«

»Du zuerst!« Wieder gleichzeitig.

Und nun mussten beiden lachen. Ähnliche Episoden wie diese hatten zu ihrem gemeinsamen Spitznamen M&M geführt. Für einen Moment fühlte Marla das Aufblitzen ihrer alten Verbundenheit. Doch als sie erkannte, dass sich Mikas Lachen nicht in seinen Augen spiegelte, löste sich das Gefühl in Luft auf.

»Okay. Dann ich zuerst«, sagte er, während er seine Tasche abstellte und aus der Jacke schlüpfte. In diesem Moment fiel Marla siedend heiß ein, dass sie immer noch den Ring trug. Rasch steckte sie die Hand mit dem Ring in die Hosentasche ihrer Jeans und streifte ihn unbemerkt ab. Gerade noch rechtzeitig, bevor Mika sie zur Begrüßung umarmte und ihr einen Kuss gab. Auf die Wange und nicht auf den Mund, wie Marla sofort verwundert feststellte. Marla atmete seinen Duft ein, der ihr seit Jahren so vertraut war und doch in diesem Moment so eigenartig fremd erschien. Sein Körper fühlte sich im Vergleich zu Daniels durchtrainierter Statur mager an, und sie hatte das Gefühl, sich nicht mehr an ihn lehnen zu können. Marla war hin- und hergerissen zwischen dem Wunsch, sich ihm wieder so nahe fühlen zu können wie früher und dem gleichzeitigen Verlangen, auf der Stelle davonzurennen. Mika löste sich rasch wieder von ihr. Auch bei ihm hat sich etwas geändert, das spürte Marla ganz deutlich.

»Ich hab die zweite Casting-Runde abgesagt«, kam Mika ohne Umschweife zur Sache und ließ sich in den alten Sessel fallen. Marla sah ihn erstaunt an.

»Warum das denn? Ist was passiert? Du wolltest die Rolle doch unbedingt haben.« Sie setzte sich ebenfalls. Der Laptop war inzwischen in den Ruhemodus übergegangen, so dass nicht zu sehen war, welche Seite sie zuletzt aufgerufen hatte, wie sie erleichtert feststellte. Während Mika weitersprach, klappte sie den Deckel zu.

»Meine Agentin meint, dass die Rolle meiner Karriere nicht besonders förderlich wäre. Sie sieht mein großes Potential und will nicht, dass ich in einer Sitcom feststecke, wodurch ich richtig gute Rollen nicht mehr annehmen könnte.«

»Aber du hättest ein geregeltes Einkommen«, warf Marla ein, »und es wäre doch eine der Hauptrollen, die du spielen solltest, wenn sie dich genommen hätten.«

Marla wäre glücklich, wenn sie als Schauspielerin überhaupt jemals eine ähnliche Chance bekommen würde.

Mika strich sich eine Haarsträhne aus der Stirn.

»Die hätten mich bestimmt genommen«, sagte er in einem selbstgefälligen Ton, den sie nicht mochte. »Aber meine Agentin hat recht. Das würde mich zu sehr einschränken. Schließlich will ich nicht irgendwann mal dastehen und nur auf den Sportreporter Leo reduziert werden, den ich hätte spielen sollen.«

»Na ja …« Doch er ließ sie nicht zu Wort kommen.

»Ich will was Besseres für mich. Verstehst du? Da muss man wählerisch sein und darf nicht jedes Angebot annehmen, nur um Geld zu verdienen.«

»Du meinst, so wie ich?«

Mika winkte ab.

»Das ist was anderes. Wenn man bis auf Rollen in Abschlussfilmen ohne Gage gar keine weiteren Aussichten hat …« Er sprach nicht weiter. Das musste er auch gar nicht. Wann war er nur zu so einem selbstgefälligen Arsch geworden?, fragte Marla sich und beschloss, ihm zu verschweigen, dass sie es noch nicht einmal geschafft hatte, die Rolle im Abschlussfilm ohne Gage zu bekommen.

»Wie kommst du darauf, dass ich keine weiteren Aussichten habe?«

»Zumindest hast du mir nichts erzählt.«

»Das bedeutet noch lange nicht, dass sich nichts tut. Und bei dir sind die Rollen ja auch nicht gleich vom Himmel gefallen, oder Mika?« Sie hielt mit ihrem Ärger nicht mehr hinter dem Berg.

»Aber jetzt sind sie da! Und bei dir? Nichts oder nur winzige Nebenrollen … Du verkaufst dich einfach nicht gut genug. Und genau das gehört auch zu diesem Job. Mehr als du denkst. Außerdem ist Richard ein unfähiger Trottel. Wenn du bei ihm bleibst, dann wird das sowieso niemals was. Ich finde es ja echt ’ne Frechheit mit dieser Rolle als Verlobte, die er dir vermittelt hat. Solange du dich auf so was einlässt, wirst du nie eine Chance haben.«

Auch wenn sie selbst manchmal Zweifel an sich hatte, gerade an Tagen wie heute, an denen ohnehin alles schieflief, so musste Mika weder sie noch Richard auf diese Weise runtermachen. Schließlich wusste er genau, wie schwierig das Filmgeschäft war und dass auch bekannte Schauspieler oft monatelang keine Engagements hatten.

»Aber die Zeit, als ich bei Dennis in der Bar bis früh in die Puppen bedient habe und du nebenbei Telefonumfragen gemacht hast, damit wir unsere Miete bezahlen konnten, war schon okay, oder wie?«, fragte sie scharf.

»Das war für mich nur vorübergehend, Marla. Wenn ich das jetzt noch machen müsste und ansonsten kaum Engagements hätte«, er lachte kurz auf, »dann hätte ich schon längst alles hingeschmissen. Entweder ist man Schauspieler – oder eben nicht. Und wenn man sein Geld hauptsächlich mit anderen Jobs verdient, ist man eben kein Schauspieler!«

Sie schluckte bei seinen Worten, die sie getroffen hatten. War sie wirklich nicht gut genug?

»Willst du damit etwa sagen, dass ich die Schauspielerei besser aufgeben sollte?«, fragte sie leise und spürte einen Kloß in ihrem Hals.

Mika sagte darauf nichts. Er stand auf, ging in die Küche und kam gleich darauf mit einem Bier wieder zurück.

»Warum gibst du mir keine Antwort?«, fragte Marla.

Er nahm einen Schluck aus der Flasche, schaute sie dann ernst an.

»Diese Antwort musst du dir schon selbst geben, Marla.«

Kein Wort der Ermunterung. Kein hilfreicher Ratschlag. Oder wenigstens ein tröstliches Wort und eine liebevolle Umarmung.

In diesem Moment wurde Marla klar, dass Mika sie abgeschrieben hatte. Beruflich und vor allem auch in ihrer Beziehung. Er musste gar nicht mehr dazu sagen. Als sie ihn so anschaute, wie er ohne einen erkennbaren Funken Mitgefühl über ein mögliches Ende ihres beruflichen Traums sprach, wusste sie, dass sie nicht länger mit ihm zusammen sein konnte. Es war aus und vorbei. Doch sie wollte nicht mit einer Lüge aus der Beziehung gehen, denn egal wie mies er sich gerade verhielt – sie hatte ihn betrogen. Und das war nicht fair gewesen.

»Ich habe in England mit meinem Auftraggeber geschlafen«, sagte sie ruhig, als er gerade die Flasche zum Mund führte. Er hielt inne, und sie bemerkte einen überraschten Ausdruck in seinen Augen.

»Das ist jetzt nicht dein Ernst, oder?«, fragte er.

Offenbar hatte er ihr das ebenso wenig zugetraut wie eine erfolgreiche Karriere als Schauspielerin.

Plötzlich fühlte sie sich unendlich müde und kraftlos.

»Es tut mir leid, Mika …« Doch das war nur ein Teil der Wahrheit. Es tat ihr vor allem leid, dass sie nicht schon vor diesem Wochenende mit ihm Schluss gemacht hatte.

»Es tut dir leid?«, unterbrach er sie. Wut funkelte in seinen Augen.

»Das war überhaupt nicht geplant. Es ist einfach so passiert«, setzte sie an und wusste selbst, wie banal das klang.

»Ach ja? War er so toll, dieser Typ?«

»Bitte, Mika …«

»Dann war in der hohen Gage also doch Sex miteingeschlossen?«

»Nein, so war es nicht …«

Doch er ließ sie nicht ausreden.

»Ich hätte nicht gedacht, dass du so tief sinkst.«

»Ich verstehe, dass du wütend bist, aber deswegen brauchst du mich nicht zu beleidigen«, unterbrach Marla ihn heftig.

Er knallte die Flasche so unwirsch auf den Tisch, dass etwas Bier herausspritzte. Marla zuckte erschrocken zusammen. Er stand auf und schlüpfte in seine Jacke.

»Was machst du jetzt?«, fragte sie. Er konnte doch nicht einfach mitten im Gespräch abhauen.

»Du denkst doch nicht, dass ich hierbleibe«, knurrte er und nahm seine Tasche. Und vermutlich war es auch besser so, wenn er jetzt ging und jeder Zeit hatte, darüber nachzudenken, welche Bedeutung Marlas Geständnis für sie beide hatte.

»Und wo willst du hin?«

Er sagte nichts, doch Marla sah ihm an, dass er bereits eine Idee hatte. Er ging zur Tür.

»Sicher wird Tine dich aufnehmen«, wagte sie einen Schuss ins Blaue.

Mika blieb stehen und drehte sich wütend zu ihr um.

»Genau das wird sie.«

»Weil du mit ihr schläfst.« Das war keine Frage.

»Ja, und wenn schon? Gerade du brauchst hier nicht den Moralapostel spielen.«

»Das tue ich nicht«, sagte Marla. Obwohl sie schon seit Tagen vermutete, dass Mika und die Schauspielerin zumindest eine Affäre haben mussten, schmerzte sie die Wahrheit nun doch mehr als erwartet. »Aber du kannst dir deine Empörung über mich auch sparen.«

»Wenigstens schlafe ich aus Spaß mit ihr. Und lasse mich nicht von einem Kerl, der es offenbar nicht schafft, eine Frau auf andere Weise ins Bett zu bekommen, dafür bezahlen. Vielleicht bist du ja bei Richard doch gut aufgehoben, wenn er dir weiterhin solche Jobs vermittelt.«

Jetzt hatte Marla die Nase gestrichen voll! Mika hatte sie einmal zu oft beleidigt! Mit kaltem Blick schaute sie ihn an.

»Geld hat dabei gewiss keine Rolle gespielt. Und auch wenn es dich nichts mehr angeht, ich hatte den besten Sex meines Lebens mit ihm.«

Wortlos knallte Mika die Tür hinter sich zu.

29

Drei Tage vor dem Heiligen Abend spazierte Marla mit ihrer Freundin Betty durch den tief verschneiten Englischen Garten zum Chinesischen Turm. Dort fand ein Weihnachtsmarkt statt, den die Freundinnen jedes Jahr besuchten.

Neben ihnen stapfte Bettys fünfjährige Nichte Lina durch den Schnee. Sie war in einen lilafarbenen Schneeanzug eingepackt und trug eine lustige Mütze mit einem großen knallroten Bommel. Ihre Wangen glänzten, und ihre Augen strahlten vor Vorfreude auf den Nikolaus, den sie zu sehen hoffte.

Weihnachtliche Klänge drangen bereits zu ihnen herüber.

Lina nahm ihre Tante an der Hand und zog daran.

»Schneller Tante Betty, schneller Marla.«

Marla lächelte.

»Du hast es aber eilig, Lina.«

Die Kleine nickte aufgeregt.

»Sonst ist der Nikolaus weg.«

Betty lachte.

»Keine Sorge. Den verpassen wir nicht, Schätzchen.«

Ein paar Minuten später waren sie am Weihnachtsmarkt angekommen. Verlockende Düfte nach Glühwein, Räucherkerzen, Bratwürstchen, Zimt und gebrannten Mandeln zogen durch die winterliche Luft. Da der Nikolaus erst später kommen würde, wollte Betty der Kleinen die Wartezeit mit einer Karussellfahrt verkürzen. Sie drängten sich durch die vielen Leute an den Buden vorbei zum alten hölzernen Kinderkarussell.

Während Lina breit grinsend in einem kleinen roten Auto ihre Runden drehte, standen Betty und Marla an der Seite und schauten ihr zu.

»Ich kann es immer noch nicht glauben, dass ihr nicht mehr zusammen seid«, sagte Betty und lächelte traurig.

»Hat Mika euch erzählt, warum wir uns getrennt haben?«

»Zuerst wollte er nicht, aber ich habe ihm keine Ruhe gelassen, nachdem du mich weder angerufen hast noch ans Telefon gegangen bist.«

»Es tut mir echt leid, Betty, aber ich wollte nicht, dass du in einen Gewissenskonflikt gerätst. Schließlich ist Mika dein Schwager.«

Betty sah sie böse an. »Jetzt aber mal echt Schluss mit dem Unsinn. Wir beide kannten uns schon lange bevor wir Tim und Mika begegnet sind. Du bist meine Freundin. Und deswegen hätte ich erwartete, dass du mit mir redest und ich es nicht von ihm erfahren muss.«

»Du hast ja recht«, sagte Marla zerknirscht. »Und ich hoffe, dass unsere Freundschaft das überstehen wird.«

»Was ist das denn für eine dumme Bemerkung! Natürlich wird sie das!«, stellte Betty klar und winkte Lina zu, die das Holzlenkrad hin- und herriss, als ob sie an einem Grandprix teilnehmen würde. »Allerdings wird unsere Weihnachtsparty in Zukunft flachfallen«, setzte Betty hinzu.

Marla nickte bedauernd. Die letzten Jahre hatten die vier den ersten Weihnachtsfeiertag immer zusammen gefeiert. Tagsüber hatten sie Ausflüge gemacht. Mal zum Eisstockschießen an einen See oder zum Spazierengehen aufs Land. Am Abend hatten sie dann gemeinsam gekocht und gegessen und bis spät in die Nacht hinein über Gott und die Welt geplaudert. Die gemeinsamen Unternehmungen würden Marla fehlen, auch wenn sie Mika überraschenderweise jetzt schon kaum mehr vermisste. Manchmal erschrak sie selbst darüber, wie schnell und endgültig diese Liebe verloschen war. Offenbar hatte bei ihnen doch mehr im Argen gelegen, als sie wahrhaben wollte.

»Aber mit Tine ist es sicher auch sehr unterhaltsam«, sagte Marla, um Betty ein wenig aufzuziehen, und grinste dabei schief.

»Hör bloß auf. Es war ja schon fast peinlich, wie die hinter Mika her war. Ich hätte nur niemals gedacht, dass Mika sich tatsächlich auf diese eingebildete Schnepfe einlassen würde.«

»Das hätte ich auch nicht.«

»Hmm … die große Liebe kann's ja wohl nicht sein bei den beiden. Allerdings scheinen ihm ihre Kontakte in der Branche nicht gerade zu schaden. Ein Schelm, wer dabei Böses denkt.«

Genau das dachte Marla insgeheim auch. Mikas Vorwurf, dass sie wegen des Geldes mit Daniel geschlafen hatte, war aus seiner Sicht womöglich nachvollziehbar, doch Marla wusste, dass er völlig haltlos war. Andererseits traute sie es Mika inzwischen leider zu, dass er sich bewusst auf Tine eingelassen hatte, um gewisse Vorteile daraus zu ziehen. Und sein Plan schien durchaus aufgegangen zu sein. Inzwischen hatte Marla erfahren, dass die Sache mit den beiden schon länger lief. Und so hatte sie endlich auch eine Erklärung dafür, warum Mika sich in den letzten Monaten immer mehr von ihr distanziert hatte.

Obwohl Marla die Worte ihrer Freundin guttaten, wollte sie nicht unfair sein. Schließlich hatte sie mit einem anderen Mann geschlafen, obwohl sie offiziell noch mit Mika zusammen gewesen war. Von daher war sie nicht besser als er.

»Wir haben beide Fehler gemacht«, sagte sie deswegen.

»Stimmt. Aber dein Fehler scheint mir viel interessanter zu sein. Und ich will jetzt endlich wissen, was da in England passiert ist.«

»Später…«, vertröstete Marla sie, obwohl sie nicht wusste, ob sie tatsächlich irgendwann über Daniel reden wollte. Sie hatte gehofft, dass sie nach der Trennung von Mika auch die Episode mit Daniel abschließen konnte. Doch es verging kaum eine Nacht, in der sie nicht von ihm träumte.

Wenigstens hatte sie tagsüber wenig Zeit, um viel darüber nachzudenken. Nachdem Mika all seine Sachen gepackt und zu Tine gezogen war, war sie zunächst damit beschäftigt gewesen, die Wohnung umzuräumen und WG-tauglich zu machen. Allein konnte sie sich die Miete auf keinen Fall leisten, und eine Rückkehr zu ihrer Mutter kam auch nicht in Frage. Auch wenn sie durchaus einen Moment darüber nachgedacht hatte. Glücklicherweise hatte sie ziemlich rasch eine Mitbewohnerin gefunden. Rafaela war eine zweiundzwanzigjährige BWL-Studentin aus Brasilien. Da ihre Mutter österreichischer Abstammung war, sprach die rassige Latina einigermaßen gut deutsch. Während der Feiertage war sie bei Verwandten in Salzburg, und gleich danach wollte Rafaela in das ehemalige Schlafzimmer einziehen, wohingegen Marlas Reich zukünftig das Wohnzimmer sein würde. Marla freute sich schon darauf und hoffte, dass sie sich nach dem Einzug wieder darum kümmern könnte, ihr Leben in den Griff zu bekommen. Schließlich wollte sie im neuen Jahr versuchen, ihre Schauspielkarriere doch noch in Schwung zu bringen. Mikas Worte hatten sie zunächst in eine Krise gestürzt. Doch nach ein paar Tagen spürte sie Trotz in sich aufsteigen. Sie liebte ihre Arbeit und hatte von Anfang an gewusst, dass es nicht einfach sein würde. Wenn sie jetzt aufgab, müsste sie ihren Traum endgültig begraben. Und so weit war sie noch nicht.

Nach drei Fahrten mit dem Karussell hatte die Kleine genug.

»Ich bringe Lina zum Lesestall«, sagte Betty, »dort wird ›Frau Holle‹ vorgelesen, bevor der Nikolaus kommt.«

»Dann hol ich uns inzwischen einen Glühwein. Oder magst du lieber Eierpunsch?«

»Nein, Glühwein ist mir lieber.«

»Okay. Ich komme dann nach.«

Während Betty mit der kleinen Lina an der Hand durch die immer dichter werdende Menge der Weihnachtsmarktbesucher ging, steuerte Marla eine kleine Bude mit heißen Getränken und Stollen an.

»Zwei Tassen Glühwein bitte«, bestellte sie bei der älteren Verkäuferin.

Während die Frau einschenkte, hörte Marla plötzlich eine Stimme, von der sie gedacht hatte, sie würde sie nie wieder hören. Sie drehte sich um und sah Daniel, nur wenige Meter von ihr entfernt. Auf seinen Stock gestützt, ging er neben einem Mann her, der offensichtlich japanischer Herkunft war. Den beiden folgte eine Gruppe weiterer Japaner, die dick in Winterkleidung eingepackt waren.

»Sagen Sie ihnen bitte, dass natürlich alle von mir eingeladen sind.«

Der andere Mann wandte sich an die Gruppe und übersetzte Daniels Worte ins Japanische. Es sah so aus, als ob Daniel mit Geschäftspartnern und einem Dolmetscher unterwegs war, denen er den Weihnachtsmarkt zeigen wollte.

Marlas Herz schlug inzwischen wie wild vor Aufregung. Sie konnte sich gar nicht sattsehen an seinem Gesicht. Im Gegensatz zu ihrer letzten Begegnung war er glatt rasiert und trug die Haare etwas kürzer, was ihn jünger erscheinen ließ. Neben den Japanern kam er ihr in seinem dunkelbraunen Mantel noch größer vor, als sie ihn in Erinnerung hatte. Er war völlig vertieft in sein Gespräch und hatte Marla nicht bemerkt.

»Hallo! Junge Dame! Ich sagte elf Euro mit Pfand!«, rief die Verkäuferin am Stand ungeduldig.

Es fiel Marla schwer, den Blick von Daniel zu lösen und sich wieder umzudrehen.

»Entschuldigung. Hier, bitte«, sagte sie leise, um Daniel nicht auf sich aufmerksam zu machen. Rasch legte sie das Geld auf die Theke und nahm die beiden dampfend heißen Tassen.

Daniel und die Japaner waren inzwischen weitergegangen und steuerten auf eine Würstchenbude zu.

Marla folgte ihnen, darauf bedacht, nicht von ihm entdeckt zu werden. Dabei fragte sie sich, was er wohl machen würde, wenn sie jetzt zu ihm ginge, um Hallo zu sagen. Würde er so tun, als ob er sie nicht kennen würde? Oder würde er sich vielleicht sogar freuen, sie wiederzusehen? Oder wäre er ärgerlich, weil sie sich nicht an ihre vertragliche Vereinbarung gehalten hätte?

Seit ihrer Rückkehr hatte sie vergeblich versucht, Daniel aus ihren Gedanken zu verdrängen. Ihn jetzt so nah zu wissen löste ein Gefühl aus, das ihr neu war.

Es war eine Mischung aus Sehnsucht, Angst, Freude und Schuldgefühl. Fast fühlte es sich so an, als ob eine Wunde aufgerissen wäre, die gerade eben zu heilen begonnen hatte.

»Hier bist du!« Betty stand plötzlich neben ihr und nahm ihr eine Tasse aus der Hand.

»Tut mir leid, es hat ein wenig gedauert«, entschuldigte sich Marla und drehte sich so hin, dass Daniel sie nur von hinten sehen konnte, falls er in ihre Richtung blickte. Doch vermutlich würde er sie in ihren Winterklamotten und mit der Mütze ohnehin nicht erkennen.

»Ist was los mit dir?«, fragte Betty. »Du siehst plötzlich so blass aus.«

Marla schüttelte den Kopf.

»Nein. Alles ist gut. Mir ist nur ein wenig kalt.«

»Genau dagegen hilft der Glühwein.«

»Stimmt.«

Sie nahmen einen Schluck.

»Hmmm. Das tut wirklich gut. Hast du Lina alleine in diesem Geschichtenstall gelassen?«

»Eine Kindergartenfreundin ist dort mit ihrer Mama und passt auf sie auf… Stimmt wirklich alles mit dir?« Betty schaute sie besorgt an.

»Natürlich. Was soll denn los sein?«, fragte Marla bemüht munter.

»Ich weiß nicht, aber du wirkst fahrig. Und deine Wangen sind ganz fleckig und rot.«

Kein Wunder, dachte Marla. Die unerwartete Begegnung mit Daniel hatte sie völlig aus der Bahn geworfen. Auch wenn sie die ganze Zeit noch so sehr versucht hatte, sich einzureden, dass das in London nur ein etwas außer Kontrolle geratener Job war, dann änderte es nichts daran, dass sie jetzt ganz weiche Knie hatte und sich nichts sehnlicher wünschte, als ihm nahe zu sein. Und gleichzeitig fürchtete sie sich davor.

»Wenn ich den Glühwein getrunken habe, geht's mir bestimmt besser! Und dann möchte ich noch was für meine Mutter besorgen.« Seit ihrem Auszug von zu Hause war es fast schon zu einer Art Tradition geworden, dass Marla ihrer Mutter am Heiligen Abend Christbaumschmuck für den Weihnachtsbaum schenkte. Das konnte eine besonders schöne Kugel sein oder ein Engel, den Paula dann ganz feierlich an den Baum hängte.

»Aber du wolltest mir doch von England erzählen.«

»Hier ist viel zu viel los«, sagte Marla. »Das machen wir lieber mal bei mir, es ist nämlich eine längere Geschichte.«

Marla sah Bettys enttäuschten Gesichtsausdruck nicht, da sie nicht länger widerstehen konnte und sich umdrehte, um zu sehen, ob Daniel noch da war. Er war noch da. Und genau in diesem Moment trafen sich ihre Blicke. Sie sah die Überraschung in seinen Augen, als er sie erkannte. Ihr Herzschlag schien für einen Moment auszusetzen, und sie fragte sich, was sie jetzt machen sollte. Zu ihm gehen und ihn wie einen alten Bekannten begrüßen? Oder sollte sie es ihm überlassen, zu ihr zu kommen?

Tatsächlich nahm Daniel ihr die Entscheidung ab. Mit einem rätselhaften Lächeln nickte er ihr zu, dann drehte er sich abrupt weg, und seine Aufmerksamkeit galt wieder den Japanern, die offensichtlich großen Gefallen an den Würstchen fanden.

Für Marla fühlte es sich an, als ob jemand ihr den Boden unter den Füßen weggezogen hätte. In dem kurzen Augenblick, in denen sie sich angeschaut hatten, waren zwei Dinge mit ihr passiert: Sie hatte in seinem Blick gesehen, dass die Nacht in England auch an ihm nicht spurlos vorübergegangen war. Und ihr war klar geworden, dass sie ihn unbedingt noch einmal wiedersehen musste.

30

Daniel saß an seinem Schreibtisch im Büro und sichtete verschiedene Vorschläge für Werbekampagnen, mit denen sie Ivonnes modische neue Sportkollektion für reifere Männer einführen wollten.

Er war heilfroh, dass die Feiertage, und damit auch die Familienzusammenkünfte, endlich vorüber waren. Tatsächlich hatten seine Angehörigen weitgehend respektiert, dass er nach der Trennung von seiner vermeintlichen Verlobten Lisa momentan kein Verlangen nach weiteren Damenbekanntschaften hatte. Seinen ursprünglichen Plan, alle glauben zu machen, dass es zwischen ihm und Lisa womöglich wieder eine Annäherung geben könnte, hatte er fallengelassen. Im Nachhinein fand er es sowieso verrückt, dass er eine Schauspielerin engagiert hatte, nur weil es ihm bislang nicht gelungen war, seiner Verwandtschaft klarzumachen, dass er nach Silvias Tod keine Beziehung mehr eingehen wollte. Und doch hatte ihm diese Verrücktheit eine unglaubliche Nacht beschert, die er nie würde missen wollen, auch wenn er ein schlechtes Gewissen deswegen hatte.

Kathrin hatte sich nach der Rückkehr aus London mehrmals bei ihm gemeldet, doch Daniel vermied es geschickt, sich außer in geschäftlichen Angelegenheiten mit ihr zu befassen. Schließlich hatte sie sich zurückgezogen, jedoch mit der Ankündigung, dass sie ihn noch nicht abgeschrieben hatte.

Doch das belastete ihn weniger als die Tatsache, dass er Marla nicht vergessen konnte. Als er ihr so unerwartet auf dem Weihnachtsmarkt am Chinesischen Turm begegnet war, hatte er sich nur schwer zurückhalten können, zu ihr zu gehen und sie anzusprechen. Doch er hatte es nicht getan. Die Trennung in England war schwer für ihn gewesen. Und genau das bereitete ihm schon genügend Schuldgefühle. Obwohl er es sich selbst kaum eingestehen wollte, so waren neben all der sexuellen Anziehungskraft auch Gefühle im Spiel gewesen, die nicht einfach mit ihrer Abreise verschwunden waren. Auch wenn er genau das nicht gewollt hatte, konnte er sich doch nicht dagegen wehren, so sehr er sich auch bemühte.

Er musste sich ablenken, damit er nicht ständig an Marla dachte. Vielleicht sollte er sich doch mit der neuen Mitarbeiterin in der Finanzbuchhaltung treffen? Sie hatte ihm auf der Firmenweihnachtsfeier unmissverständlich zu verstehen gegeben, dass sie einem kleinen Abenteuer mit ihm nicht abgeneigt wäre. Sie schien auch nicht der Typ Frau zu sein, der sich gleich fest binden wollte. Doch wenn er ehrlich war, dann hatte er momentan gar keine Lust, mit einer Frau zu schlafen. Am besten würde er sich auf seine Arbeit konzentrieren. Zu tun gab es genug für ihn.

»Herr Lester?«

Daniel hatte gar nicht bemerkt, dass seine Sekretärin das Büro betreten hatte. Die fünfzigjährige Marianne Simoni arbeitete schon seit sechs Jahren für ihn und war ihm eine treue und verantwortungsbewusste Mitarbeiterin. Er schätzte ihre ruhige, besonnene Art sehr und war ihr dankbar, dass sie auch an hektischen Tagen niemals den Überblick verlor.

»Ja?«

»Eine Journalistin ist draußen. Eine Anna Bernhard.«

»Der Name sagt mir nichts. Habe ich einen Termin übersehen?«, fragte Daniel verwundert und warf einen Blick auf den Kalender am PC.

»Nein. Sie hat keinen Termin, bittet aber um ein kurzes Gespräch.«

»Worum geht es?«

»Sie will ein Interview mit Ihnen machen.«

»Ein Interview mit mir?«, fragte er verwundert, doch gleich darauf fiel ihm ein, dass es womöglich um die neue Kollektion gehen könnte. »Sie hat wohl eine falsche Information bekommen, an wen sie sich bei uns wenden muss. Schicken Sie sie bitte zu Frau Sommerer in die Presseabteilung.«

»Das habe ich ihr schon vorgeschlagen, doch sie möchte ausdrücklich Sie persönlich sprechen«, sagte Frau Simoni und zuckte lächelnd mit den Schultern.

Daniel seufzte.

»Sagen Sie ihr bitte, dass ich keinc Zeit habe.«

»In Ordnung.«

Frau Simoni drehte sich um und ging zur Tür.

»Oder warten Sie …!« Vielleicht sollte er sich doch anhören, was diese Frau wollte. Zumindest würde ihn das ein wenig ablenken. »Sie soll doch reinkommen, und bringen Sie uns bitte Kaffee.«

»Natürlich … Frau Bernhard. Kommen Sie bitte.«

Daniel schloss die Programme an seinem Rechner und stand auf, als eine Frau mit einem auffällig geschnittenen roten Bob und schwarzer Brille ins Büro trat. Sie trug ein dunkelgraues Kostüm und darunter ein hellgrünes enganliegendes T-Shirt und einen frechen bunten Schal. Ihre Beine steckten in transparenten Strümpfen und wirkten durch die schwarzen High Heels lang und elegant. Es dauerte einige Sekunden, bis er sie erkannte. Und in diesem Moment schien sein Herz auszusetzen. Marla! Das konnte doch nicht wahr sein! Als sie direkt vor ihm stand, sah er, dass sie auch noch braune Kontaktlinsen trug. Was wollte sie nur hier in dieser Verkleidung?

Lächelnd streckte sie ihm die Hand mit den sorgfältig manikürten und perlmuttfarben lackierten Fingernägeln entgegen. Völlig perplex griff er danach und schüttelte sie. Die Berührung reichte aus, um ihn völlig aus der Fassung zu bringen. Sie war tatsächlich hier!

»Guten Tag, Herr Lester. Mein Name ist Anna Bernhard. Wir sind uns bisher noch nicht begegnet. Umso mehr freue ich mich, dass Sie so spontan Zeit für mich haben.« Ihre Stimme klang ein wenig verändert, etwas höher, als er sie in Erinnerung hatte, und die Worte kamen gedehnter. Doch es handelte sich zweifelsohne um Marla.

»Hallo Frau … Bernhard … bitte nehmen Sie Platz.«

Sie setzte sich auf den Stuhl ihm gegenüber, und er ließ sich ebenfalls in seinen Bürosessel sinken.

Tausend Gedanken schossen ihm auf einmal durch den Kopf. Doch ihre etwas konservative Verkleidung, ihr anderer Name und die Anspielung darauf, dass sie sich nicht kannten, ließen nur einen Schluss zu: Marla hatte ihn wiedersehen wollen. Natürlich wusste sie, dass er sie erkannt hatte, doch sicher war es auch gar nicht ihre Absicht gewesen, ihre Identität zu verbergen. Er ahnte, dass sie einen bestimmten Plan verfolgte. Und ihre nächsten Worte bestätigten seine Vermutung.

»Herr Lester, ich würde gerne ein Interview mit Ihnen machen«, sagte sie und schlang lasziv die Beine übereinander. »Über Ihre Arbeit in der Firma, Ihr Privatleben und Ihre Zukunftspläne. Das würde bedeuten, dass wir einen Tag zusammen verbringen müssten, damit wir genügend Zeit für das Gespräch haben. Wären Sie bereit dazu, mir einen Tag zu schenken?«

Bei ihren Worten überzog eine Gänsehaut seinen Rücken. Die Art, wie sie das Wort *Tag* aussprach, schloss unausgesprochen auch die Nacht mit ein. Sie wusste, dass er immer nur eine Nacht mit einer Frau verbrachte. Deswegen war sie in eine andere Rolle geschlüpft, um ihn wiederzusehen. In die Rolle einer Reporterin, der er offiziell noch nie im Leben begegnet war.

Als sie ihn durch die Brille hindurch anschaute, glaubte er für einen kurzen Moment Unsicherheit in ihren Augen zu entdecken. Sie war ein großes Wagnis eingegangen, hierherzukommen und zu riskieren, mit einer Abweisung wieder nach Hause zu gehen. Und genau das müsste er tun. Ihr Angebot ablehnen und sie wegschicken. Doch ein aufregender Gedanke ließ ihn zögern. Was, wenn er sich darauf einließe? Wenn er sich mit dieser Reporterin Anna treffen und es geschehen lassen würde, dass sie sich nahekämen? Er wusste natürlich, dass er sich und seine Prinzipien eigentlich damit betrog. Aber sie bot ihm hier auf eine verrückte Weise eine Art Ausweg an. Er würde nicht mit Lisa, seiner Verlobten, schlafen, die ohnehin nicht real gewesen war, sondern mit Anna, der Journalistin. Bei diesem Gedanken wurde seine Hose mit einem Schlag eng, und er fühlte sich fast wie im Fieber.

Nein! Er durfte es nicht tun! Er musste sie wegschicken. So schnell wie möglich. Doch stattdessen sagte er: »Ja. Ich schenke Ihnen einen Tag.«

31

Marla hatte auf diese Antwort hingefiebert und Angst davor gehabt, dass er sie wegschicken würde. Umso größer war die Erleichterung, dass er auf ihr gewagtes Spiel einstieg.

»Das … das freut mich sehr«, sagte sie und wunderte sich, dass ihre Stimme nicht versagte.

Daniel schaute sie aus seinen faszinierenden Augen eindringlich an. »Ich weiß ja nicht, wie Sie das geplant haben, aber was halten Sie davon, wenn wir das Interview gleich heute machen?«

Marla nickte, und ihre Kehle wurde eng vor Aufregung. Genau so hatte sie sich das vorgestellt, damit keiner von ihnen es sich doch noch einmal anders überlegen könnte. Daniel sollte nämlich gar nicht zu viel Zeit haben, um darüber nachzudenken.

Seit ihrer Begegnung auf dem Weihnachtsmarkt hatte sie ständig an ihn gedacht. Obwohl sie wusste, dass es völlig unvernünftig war, hatte sie nach einer Möglichkeit gesucht, Daniel noch einmal zu treffen. Doch da er unmissverständlich klargemacht hatte, dass er mit jeder Frau nur einmal ins Bett ging und es für sie kein Wiedersehen geben würde, hatte sie fast schon die Hoffnung verloren. Bis sie sich Rafaela anvertraut hatte, die inzwischen bei ihr eingezogen war, und mit der sie zusammen mit drei Flaschen Sekt ins neue Jahr gefeiert hatte.

Die Brasilianerin hatte sie mit großen dunkelbraunen Kulleraugen angeschaut. »Du bist doch Schauspielerin.«

»Zumindest versuche ich, eine zu sein.«

»Dann ist es doch ganz einfach. Mach dich in eine andere Rolle. Spiele eine andere Frau«, hatte sie in ihrem noch nicht ganz perfekten Deutsch vorgeschlagen.

»Aber das merkt er doch sofort.«

»Das ist auch gut so. Wenn er es wert ist, dass du noch mal mit ihm schläfst, dann wird er so tun, als ob du diese andere Frau bist.«

Marla brauchte einen Moment, bis sie verstanden hatte, was Rafaela ihr damit sagen wollte.

»Du meinst, wenn er etwas für mich empfindet, wird er mitspielen?«

»Richtig. Ich weiß nicht, warum er solche ... wie sagt man ... Prinzempien?«

»Prinzipien heißt das«

»Danke ... Warum er solche Prinzipien hat. Er muss Angst vor etwas haben, wenn er sich selbst so beschränkt.«

»Einschränkt ... Und es hat etwas mit seiner verstorbenen Frau zu tun.«

Rafaela nahm einen großen Schluck Sekt. Dann zog sie mit dem Zeigefinger kleine Kreise neben ihrem Kopf.

»Trotzdem ist es ein bisschen dumm, was er macht. Ha! Nur einmal mit einer Frau schlafen! Das ist doch nicht ganz richtig. Meine Oma Consuela sagt immer: ›In einen Apfel kannst du von allen Seiten beißen, und er schmeckt überall gleich gut.‹ Verstehst du?«

Marla nickte zwar, kam jedoch nicht darauf, was Rafaela ihr damit sagen wollte. Sie vermutete, dass das am nicht gerade sparsamen Alkoholkonsum lag. Im Laufe der nächsten Tage zeigte sich jedoch, dass Rafaela auch nüchtern ständig irgendwelche Sprichwörter und Ratschläge ihrer Oma hervorholte, ob sie nun passend waren oder nicht. Somit durfte sie ihren Worten keine allzu große Bedeutung beimessen. Doch in einem hatte Rafaela recht: Sie war Schauspielerin, und die einzige Möglichkeit, Daniel wiederzusehen, bestand darin, in eine andere Rolle zu schlüpfen. Und wenn es nur eine noch so kleine Chance gab, dass Daniel sich darauf einlassen würde, wollte sie diese nutzen.

Bis in den frühen Morgen hinein hatten sie einen Plan ausgeheckt. Und schließlich war die Journalistin Anna Bernhard zum Leben erwacht.

»Tut mir leid, dass es ein wenig gedauert hat mit dem Kaffee, aber ich habe ihn ganz frisch aufgebrüht«, sagte die Sekretärin, während sie das Tablett auf dem Tisch abstellte.

»Das macht nichts«, sagte Daniel und warf einen Blick auf seine Armbanduhr. »Sagen Sie doch bitte alle weiteren Termine für heute ab, Frau Simoni. Ich bin in einer Viertelstunde außer Haus und komme heute nicht mehr ins Büro.«

Falls Frau Simoni darüber verwundert war, ließ sie es sich nicht anmerken.

»In Ordnung. Ich bräuchte nur noch ein paar Unterschriften, bevor Sie gehen.«

»Natürlich.«

In England hatte Marla Daniel Lester als Privatmann kennengelernt. Hier nun war er ein Geschäftsmann, und Marla betrachtete ihn neugierig, während er eine Mappe durchblätterte, konzentriert las und einige Dokumente unterschrieb.

Dann reichte er die Unterlagen seiner Sekretärin.

»Wenn mein Onkel kommt, sagen Sie ihm bitte, dass ich ihn morgen Nachmittag gerne sprechen würde.«

»Oh, Ihr Onkel ist bereits hier. Soll ich gleich …?«

»Nein, danke«, unterbrach Daniel sie. »Es eilt nicht.«

Dann warf er rasch einen Blick zu Marla.

»Wir sollten uns auf den Weg machen.«

Marla nickte zustimmend.

»Gute Idee.«

Auch wenn Onkel Peter sie womöglich nicht auf den ersten Blick erkennen würde, einem Gespräch mit ihm würde ihre Verkleidung als Anna ganz gewiss nicht standhalten. Deswegen war sie froh, schnellstmöglich von hier zu verschwinden.

Etwa eine halbe Stunde später fuhren sie im Fahrstuhl nach oben zu dem Zimmer, das Daniel von unterwegs in einem Hotel in der Innenstadt reserviert hatte.

Daniel lehnte im Fahrstuhl an der Wand und schaute sie mit einem verhaltenen Lächeln an.

Marlas Herz klopfte so heftig, dass sie Angst hatte, Daniel könnte es hören.

»Es ist das erste Mal, dass ich mich auf ein Interview einlasse.«

»Dann wurde es ja Zeit, Herr Lester«, sagte sie, und ihre Stimme klang rau in ihren Ohren.

»Ich bin schon äußerst gespannt auf Ihre Fragen.«

Daniel hatte sich völlig auf das Spiel eingelassen. Jemand der nichts von Lisa beziehungsweise Marla wusste, wäre vermutlich niemals auf den Gedanken gekommen, dass die beiden sich bereits kannten.

Als der Fahrstuhl anhielt und mit einem sanften Pling aufging, löste sich ihre Nervosität ganz plötzlich in Luft auf.

Schweigend gingen sie nebeneinander den Gang entlang, bis sie an ihrer Zimmertür angelangt waren. Daniel hielt die Schlüsselkarte an den kleinen Scanner und öffnete die Tür.

Er ließ ihr den Vortritt. Das Zimmer war sehr geräumig, und ein einladendes Doppelbett bildete den Blickfang des Raumes.

Am Fenster in der Ecke standen zwei Sessel um einen kleinen runden Tisch.

Marla holte eine Flasche Champagner aus ihrer großen Umhängetasche heraus.

»Damit wir locker für das Gespräch werden«, sagte sie.

»Gute Idee.« Daniel nahm ihr die Flasche ab, um sie zu öffnen. Marla holte zwei Weingläser, die auf dem kleinen Kühlschrank standen, und Daniel schenkte ein.

Dann nahmen sie beide am Tisch Platz und griffen nach den Gläsern.

»Auf einige inspirierende Stunden. Prost, Frau Bernhard!«, sagte Daniel und lächelte ihr zu.

»Prost, Herr Lester!«

Marla nahm einen tiefen Schluck, dann stellte sie das Glas ab. Plötzlich war die Aufregung wieder da, und sie fragte sich, ob sie nicht gerade eine riesige Dummheit beging. Etwas fahrig holte sie einen Notizblock und einen Stift aus ihrer Tasche.

»Kein Diktiergerät?«, fragte er schmunzelnd.

Marla räusperte sich.

»Ich mache mir lieber Notizen.«

Natürlich spielte sie die Journalistin nur, aber trotzdem hatte sie auch vor, Antworten auf einige Fragen zu bekommen, die sie tatsächlich beschäftigten. Sie wusste nicht, ob Daniel sich darauf einlassen würde, aber sie würde es zumindest versuchen.

»Sollen wir anfangen?« Daniels Stimme klang erwartungsvoll.

»Gerne … dann habe ich gleich mal die erste Frage: Herr Lester, Sie arbeiten in einem Familienunternehmen. Wie harmonisch ist da die Zusammenarbeit?«

Daniel strich kurz über sein Kinn.

»Wie in allen Beziehungen gibt es natürlich auch in Arbeitsbeziehungen Höhen und Tiefen, vor allem wenn man verwandt ist, aber ich würde sagen, dass die Zusammenarbeit derzeit relativ entspannt ist.«

Damit hatte er ihr die Frage beantwortet, ob er nach ihrer vermeintlichen Trennung größere Schwierigkeiten gehabt hatte, was scheinbar nicht der Fall war. Zumindest legte sie seine Antwort so aus.

»Sehr schön, und dann komme ich auch schon zur nächsten Frage …«

»Darf ich Sie auch etwas fragen?«, unterbrach er sie.

»Natürlich.«

»Sollen wir wirklich noch mehr Zeit mit diesem Interview verschwenden, Anna?«

Er griff nach ihrer Hand und schaute sie erwartungsvoll an. Sie hätte nicht gedacht, dass es so schnell passieren würde. Doch eigentlich hatte er recht, und in diesem Moment konnte sie sich gar nicht mehr auf die Fragen konzentrieren, die sie ihm noch stellen wollte.

»Ich …« Ihre Stimme war nur noch ein Flüstern. »Ich denke, das sollten wir nicht …«

Er beugte sich näher zu ihr, nahm ihr die Brille ab und legte sie auf den Tisch. Dann schob er das kleine Tischchen zur Seite, so dass sie sich ohne Hindernis gegenübersaßen.

»Ich finde braune Augen aufregend«, sagte er heiser. »Und ich finde eine Frau heiß, die genau weiß, was sie will und das auch zeigt.«

Er rutschte in seinem Sessel ganz nach vorn. Bestimmt

würde er sie gleich küssen, dachte sie. Doch er legte ihr beide Hände auf die Knie. Langsam streichelte er nach oben bis unter den Saum des kurzen Rocks.

Marla konnte den Blick nicht von seinen Augen lösen, während sie spürte, wie sich seine Fingerspitzen ihrem Slip immer mehr näherten.

»Und ich mag Männer, die nicht zögern… oh…« Sie sprach nicht weiter, als er mit dem Finger über ihr Höschen fuhr. Die leichte Berührung löste bereits ein wahres Feuerwerk der Erregung in ihr aus. Sie biss sich auf die Unterlippe.

»Gefällt dir das?«

Wortlos nickte sie. Er lächelte und streichelte ein weiteres Mal über den zarten Stoff. Diesmal etwas fester. Sie seufzte und hoffte, dass er weitermachte.

Er löste sich kurz von ihr, schob den Rock mit beiden Händen weiter nach oben und drückte ihre Schenkel auseinander. Ihr Herz schlug dumpf gegen ihre Brust, als er den Stoff zur Seite schob und mit einem Finger ganz langsam in ihre Spalte eintauchte.

Sie sog scharf die Luft ein.

Daniel neigte den Kopf etwas zur Seite und beugte sich zu ihr. Seine Lippen nahmen ihre Lippen in Besitz, während sein Finger tiefer in sie eindrang.

Marla konnte ein Stöhnen nicht länger unterdrücken. Gierig erwiderte sie seinen Kuss, der Gefühle in ihr auslöste, die nicht nur auf ein wildes Verlangen des Körpers hindeuteten. Sie war wieder bei ihm. Endlich. Wie sehr hatte sie sich die letzten Wochen danach gesehnt! Sie atmete seinen Duft ein, fühlte sich von seiner Nähe fast überwältigt.

Es war wie in England, und doch schien ihr Zusammensein diesmal noch kostbarer und fragiler zu sein.

Daniel löste sich von ihr und sah sie schwer atmend an.

»Zieh dich aus, Anna, bitte!«

Er sagte es fast im Befehlston.

Sie spürte einen Stich im Herzen. Wie sehr hatte sie sich insgeheim gewünscht, dass Daniel sie bei ihrem echten Namen nennen würde. Doch das war wohl der Preis, den sie zahlen musste, um noch einmal mit ihm zusammen zu sein. Sie konnte froh sein, dass er sich überhaupt darauf eingelassen hatte.

Marla stand auf und öffnete den Reißverschluss ihres Rocks. Daniel blieb indes sitzen und sah ihr dabei zu, wie sie sich auszog.

Sie erhaschte einen Blick im Spiegel an der Wand gegenüber auf sich. Die rote Kurzhaarperücke machte einen ganz anderen Typ aus ihr. Und plötzlich fühlte sie sich verwegen und fast ein wenig frivol. Als Letztes öffnete sie ihren BH und hängte ihn über die Stuhllehne. Nun stand sie nur noch im Höschen vor ihm.

»Bitte zieh die Vorhänge zu«, bat er sie.

Sie ging zu den Fenstern und tat, worum er sie gebeten hatte. Der Raum war nun in ein eigentümliches Halbdunkel getaucht.

Daniel stand auf und begann ebenfalls, sich auszuziehen. Sie kam zu ihm und half ihm dabei, die Knöpfe seines Hemdes zu öffnen.

»Es wird nur diese eine Nacht mit dir geben, Anna«, sagte er noch bestimmter, als er es ihr beim ersten Mal gesagt hatte.

»Ich weiß.« Mehr sagte sie nicht, obwohl ihre Kehle eng wurde. Ob es wirklich endgültig die letzte Nacht mit ihm sein würde? Schnell schob sie den Gedanken beiseite. Darüber wollte sie jetzt nicht nachdenken.

Daniel schlüpfte aus seinem Hemd. Dann ging er zum Bett, stellte seinen Stock ab, setzte sich und schlüpfte aus seiner Hose.

Für Marla war es wie ein Déjà-vu. Und sie glaubte ihm anzusehen, dass es ihm ähnlich erging.

Doch sie wollte keine Wiederholung ihrer Nacht auf Damon Hall. Sie wollte eine neue Erinnerung für sie beide schaffen. Das Lächeln aus seinem Gesicht verschwand, und Marla hatte plötzlich Angst, dass er es sich anders überlegen könnte. Sie musste etwas unternehmen, und zwar sofort. Glücklicherweise hatte sie sich schon darüber Gedanken gemacht und war darauf vorbereitet.

»Hast du Lust auf ein Spiel?«, fragte sie ihn.

Er zögerte einen Moment, dann schaute er sie fragend an.

»Was hast du denn vor?«

»Lass dich einfach überraschen.«

32

Daniel musste sich mit aller Gewalt zurückhalten, um nicht aufzustehen und fluchtartig das Zimmer zu verlassen. Dabei sehnte er sich fast schmerzhaft danach, die wunderschöne Frau vor sich in die Arme zu reißen und mit ihr alles um ihn herum zu vergessen. Schon als er zum ersten Mal mit ihr geschlafen hatte, war es ein Spiel mit dem Feuer gewesen. Und jetzt noch viel mehr. Er fühlte sich wie ein schändlicher Betrüger, weil er mit ihr in dieses Hotelzimmer gekommen war. Bis vor wenigen Minuten hatte er irgendwie versucht, sich einzureden, dass er mit der Frau, die sich Anna nannte, tatsächlich zum ersten Mal zusammen sein würde. Doch als er sich auf das Bett gesetzt hatte und sie nackt vor ihm stand, war die Erinnerung an Damon Hall über ihm zusammengeschlagen. Anna, Lisa, Marla – alles verschwamm zu der einen Frau, die sie war.

Und jetzt wollte sie ein Spiel mit ihm spielen? Konnte er es wirklich mit sich vereinbaren, sich noch einmal auf sie einzulassen? Würde es dann hinterher nicht noch viel schwerer für ihn werden? Doch war das jetzt nicht schon egal? Wenn er gehen würde, würde er es bedauern, wenn er bliebe, würde er es bereuen. So oder so. Egal wie er sich jetzt entscheiden würde, es war ihm, als ob er gerade dabei war, seine Seele zu verscherbeln.

Er spürte ihre Hand auf seiner Wange. Sie streichelte ihn sanft. Er hob den Kopf und schaute sie an. Er vermisste das Blau ihrer Augen, die kleinen Sprenkel, die wie silberne Sterne aussahen. Und ihr wunderschönes langes Haar. Am liebsten hätte er ihr die Perücke vom Kopf gezogen. Doch sie hatte sich alle Mühe gegeben, anders auszusehen. Sie wollte Anna für ihn sein, damit sie zusammen sein konnten. Er schloss die Augen.

»Überrasche mich, Anna«, sagte er heiser.

Sie gab ihm einen sanften Kuss auf die Schläfe.

»Lass die Augen zu«, flüsterte sie.

»Okay.«

Er hört ihre leisen Schritte. Sie ging kurz vom Bett weg und kam dann gleich darauf wieder zurück. Er spürte einen kühlen Stoff an seinem Gesicht. Es musste ihr Schal sein, mit dem sie ihm die Augen verband. Er duftete sanft nach dem Parfum, das sie schon in England getragen hatte. Die Hitze des Verlangens schoss mit einem Mal durch seinen Körper, und er wurde von einem wilden Strudel der Lust gepackt. Es war ihm egal, wer er war, wer sie war, wer sie beide waren. Er würde diese Nacht mit ihr verbringen, und niemand würde ihn davon abhalten können, nicht einmal sein Versprechen.

»Ist es zu eng?«, fragte sie fürsorglich.

»Nein, es ist gut.«

»Leg dich zurück.« Sie drückte seinen Körper nach hinten und bettete seinen Kopf auf das Kissen.

Und nun lag er vor ihr. Nackt und mit verbundenen Augen. Er konnte nicht vor ihr verbergen, wie erregt er war, und wollte es auch gar nicht. Sie sollte ruhig sehen, wie sehr er sich nach ihr verzehrte. Was würde jetzt geschehen? Welches Spiel hatte sie vor?

Sie hob seine rechte Hand an und schob etwas darunter, das sich gleich darauf über dem Handgelenk zusammenzog. Es fühlte sich ebenfalls an wie ein Schal.

Sie fesselt mich!, ging es ihm durch den Kopf. Adrenalin schoss durch seine Adern wie eine Droge. Bevor er wusste, ob er das überhaupt mochte, hatte sie schon seine andere Hand gepackt und sie ebenfalls mit einem Tuch an das Bettgestell gefesselt.

»Was machst du nur mit mir?«

»Das wirst du gleich spüren«, flüsterte sie in sein Ohr.

Obwohl sie außer dem Fesseln noch überhaupt nichts getan hatte, hatte er das Gefühl, vor Begierde nach ihr schier zu vergehen. Sein ganzer Körper schien zu vibrieren, während er gespannt darauf wartete, was als Nächstes passieren würde.

Und endlich strich etwas sanft über seinen Unterarm nach oben und verursachte ihm eine Gänsehaut am ganzen Körper. Er wusste nicht gleich, was es war. Erst als es bei seiner Schulter angelangt war, erkannte er, dass es ihre Zunge war, die sich einen Weg nach oben gebahnt hatte. An seinem Hals angelangt, begann sie ihn sanft zu küssen. Er drehte den Kopf zur Seite und versuchte, ihre Lippen zu erhaschen, um sie zu küssen, aber sie entfernte sich wieder von ihm. Er spürte, dass sie das Bett verließ.

»Gefällt es dir?« Ihre Stimme war jetzt etwas weiter weg.

»Solange ich mir sicher sein kann, dass du mich nicht hier am Bett angebunden liegen lässt und nach Hause gehst«, sagte er nur halb im Spaß. Er mochte es normalerweise gar nicht, wenn er die Kontrolle verlor. Doch er musste zugeben, dass es ihn gerade total scharfmachte.

Sie lachte leise.

»Tja. Du wirst darauf vertrauen müssen, dass ich dich wieder losbinde … Später.«

Die Stimme kam wieder näher.

Eine Hand schob sich unter seinen Kopf und hob ihn hoch. Dann spürte er etwas Kaltes an seinen Lippen.

»Trink einen Schluck … Vorsicht.«

Er öffnete die Lippen und spürte gleich darauf die kühle Flüssigkeit in seinem Mund. Champagner. Es war eigenartig. Mit verbundenen Augen schien der Geschmack noch viel intensiver zu sein. Etwas rann über sein Kinn hinunter auf seine Brust.

»Oh, pardon«, sagte sie, und gleich darauf spürte er, wie sie den Champagner wegleckte. Ein aufregendes Gefühl.

Er hörte, dass sie das Glas auf dem Nachttisch abstellte. Dann passierte einige Zeit nichts. War sie überhaupt noch da?

Ohne Vorwarnung spürte er plötzlich ein leichtes Stupsen auf seine Eichel. Sein Glied zuckte vor Erregung, und er stöhnte leise auf. Dann streichelte etwas seinen Schaft entlang.

»Magst du das?« Ihre Stimme klang schmeichelnd.

»Oh ja.«

»Dann wird dir das vielleicht auch gefallen.«

Er dachte, dass sie ihn jetzt womöglich mit dem Mund verwöhnen würde, und war deshalb nicht darauf gefasst, dass sie seine rechte Brustwarze küsste und die andere mit der Fingerkuppe streichelte. Und so feuerte sie seine Lust nur noch mehr an.

»Du machst mich ganz verrückt«, sagte er mit bebender Stimme.

Sie lachte.

»Genau das will ich.«

Er spürte, dass sie ihm ganz nahe war, und dann berührte etwas seine Lippen. Ihre Brüste! Er hob den Kopf etwas an, erwischte ihre Knospe und saugte sie tief in seinen Mund. Während er sie mit der Zunge wild umkreiste, hörte er ihr erregtes Keuchen. Schließlich löste sie sich wieder von ihm, und für einige Minuten passierte gar nichts. Seine Anspannung wuchs ins Unermessliche.

»Bist du noch da?«

»Natürlich.«

Und schon spürte er ihre Hand unterhalb seines Bauchnabels, die ihn sanft massierte, immer tiefer.

Wie lange dieses Spiel so weiterging, konnte er hinterher nicht sagen. Immer wieder küsste und streichelte sie eine andere Stelle seines Körpers. Mal fasste sie kräftiger zu, dann wieder war die Berührung leicht wie eine Feder. Seine Erektion fühlte sich an, als ob sie bald bersten würde. Lange konnte er es nicht mehr aushalten.

»Bitte Anna!« Seine Stimme war fast ein Flehen.

»Was wünscht du dir?«, fragte sie, und er vermeinte ein leichtes Zittern in ihrer Stimme zu hören. »Soll ich dich losbinden und dir das Tuch von den Augen nehmen? Oder willst du weiterhin gefesselt bleiben und nur zusehen, wie ich dir mit meinen Händen und dem Mund Erleichterung verschaffe?«

Die Bilder, die ihre Worte in seinem Kopf zauberten, trieben seine Erregung in neue Höhen. Wenn sie noch lange so weiterreden würde, dann würde er noch vorzeitig explodieren wie ein unerfahrener Teenager.

»Vielleicht mache ich es aber auch ganz anders«, fuhr sie gnadenlos fort. Sie schien es zu genießen, die alleinige Kontrolle über ihn und die Situation zu haben. Sie streifte etwas über sein Glied. Ein Kondom. Gleich darauf spürte er, wie sie über ihm stieg und ihre Spalte an ihm ansetzte. Und dann ließ sie sich langsam auf ihm nieder.

»Ja!«, murmelte er stöhnend, während er tief in sie eintauchte.

Sein ganzer Körper schien zu vibrieren. Als er sie ganz

ausfüllte, hielt sie für ein paar Sekunden inne, dann bewegte sie sich auf und ab.

»Ich ... ich kann nicht mehr ...«, sagte er mit zusammengebissenen Zähnen, als er sich nicht mehr zurückhalten konnte.

»Ja ... Lass dich fallen«, keuchte sie und bewegte sich schneller, während er sich stöhnend in ihr ergoss. Sein Glied pulsierte immer noch, als er spürte, wie sie innerlich zuckte, und als er ihr leises Stöhnen hörte, wusste er, dass sie ebenfalls gekommen war.

Schwer atmend, genoss er ein paar Sekunden das Abklingen des Höhepunktes. Es war unglaublich gewesen.

Als er spürte, wie sie sich erhob und er aus ihr herausglitt, hatte er nur noch den einen Wunsch, sie in die Arme zu nehmen und festzuhalten. Doch er hatte vergessen, dass er immer noch gefesselt war.

»Mach mich los«, drängte er, und gleich darauf spürte er, wie sie sich an seinem Handgelenk zu schaffen machte. Als ein Arm befreit war, schob er sich sofort das Tuch vom Gesicht. Endlich konnte er wieder sehen. Sie machte seinen zweiten Arm frei.

»Komm zu mir, Anna!«, forderte er sie auf. Er nahm sie an der Hand und zog sie an sich, um sie zu küssen und festzuhalten.

33

Marla lag mit geschlossenen Augen in seinen Armen und genoss seine Küsse und die zärtliche Umarmung. Nachdem sie ihn von den Fesseln losgemacht hatte, hatten sie nur wenig später ein zweites Mal miteinander geschlafen. Sie hatten sich diesmal viel Zeit gelassen, sich gegenseitig erneut zu erkunden. Als sie schließlich im peitschenden Rhythmus der Lust ein weiteres Mal vereint auf den Höhepunkt zusteuerten, sahen sie sich in die Augen. Und Marla hatte das Gefühl, darin zu versinken.

Es war so unglaublich schön gewesen, ihn zu spüren und ihm so nahe zu sein. Doch nun wusste sie nicht, wie es weitergehen würde. Denn wenn es nach seinen Regeln ging, waren ihre Stunden gezählt. Bald würde er aus ihrem Leben verschwinden, und sie wusste nicht, ob es diesmal endgültig sein würde. Daran durfte sie gar nicht denken, denn sie musste sich eingestehen, dass sie sich in ihn verliebt hatte. Auf eine beängstigend intensive und fast überwältigende Weise. Sie wollte ihn auf keinen Fall verlieren.

»Geht es dir gut?«, fragte er sanft und küsste sie auf die Schläfe.

»Ja«, log sie. »Und dir?«

»Auch.«

Doch sie ahnte, dass er genauso wenig wie sie die Wahrheit sagte.

Plötzlich fühlte sie Zorn in sich aufsteigen. Er empfand etwas für sie. Und das bildete sie sich nicht ein. Es ging nicht nur um Sex, wenn sie miteinander schliefen. Warum war es notwendig, dass sie die Rolle einer anderen Frau spielen musste, damit er dazu bereit war, sich mit ihr zu treffen? Und warum ging es ihnen jetzt beiden schlecht, obwohl sie gerade unglaublich schönen Sex miteinander gehabt hatten und sich so nahe gewesen waren? Sie konnte ihn einfach nicht verstehen. Seine Frau war schon seit über drei Jahren tot. Und auch wenn sie zweifellos ein besonderer Mensch war – irgendwann musste er doch einsehen, dass er nicht immer trauern konnte und dass das Leben weiterging. Sie wollte, dass sie sich näher kennenlernten, damit sie vielleicht ein Teil seines Lebens werden konnte. Genau darüber mussten sie reden.

Sie öffnete die Augen und schaute ihn an.

»Ich will dich wiedersehen, Daniel.«

Sie spürte, wie sein Körper sich bei ihren Worten anspannte und er sich von ihr zurückzog.

»Daniel …«

»Ich … Ich hätte es nicht tun sollen«, sagte er, und seine Stimme klang plötzlich kühl. Er setzte sich im Bett hoch.

»Aber warum? Wir haben es doch beide genossen. Ich verstehe es nicht. Bitte erkläre es mir.«

Sie setzte sich ebenfalls auf und zog sich die Bettdecke vor die Brust.

»Ich kann es dir nicht erklären«, sagte er.

Er griff nach seinen Shorts und der Hose und zog sich an.

»Warum kannst du es nicht? Ich will dich doch nur verstehen können.«

»Das kannst du nicht verstehen!«, rief er.

»Versuche es doch wenigstens.« Marla wollte nicht aufgeben. Sie konnten doch ihre Gefühle nicht so einfach ignorieren, nur weil er Angst davor hatte, sich auf sie einzulassen. Denn etwas anderes als Angst konnte es in ihren Augen nicht sein. »Vielleicht finden wir ja gemeinsam …«

»Hör auf! … Wir werden nicht weiter darüber reden«, sagte er und stand auf. »Mir war gleich klar, dass es ein Fehler sein würde«, setzte er hinzu.

Marla spürte einen Stich in ihrem Herzen. Sie hatte gewusst, dass es nicht einfach werden würde, trotzdem wollte sie noch nicht aufgeben.

»Bin ich wirklich nur ein Fehler für dich?«

Er drehte sich zu ihr um und schaute sie mit so schmerzhaftem Blick an, dass es ihr fast den Atem raubte.

»Nicht du bist der Fehler, Marla.« Es war das erste Mal an diesem Tag, dass er sie mit ihrem Namen ansprach.

Mit Hilfe seines Stocks ging er zum Stuhl. Dort nahm er sein Hemd, zog es an und knöpfte es hastig zu.

»Bitte, bleib hier«, bat sie so leise, dass sie nicht wusste, ob er sie gehört hatte.

Er hielt inne und schaute sie an.

»Es tut mir leid.« Seine Stimme war jetzt sanfter. »Ich wollte dir niemals wehtun, Marla. Wir haben beide unsere Leben. Du hast einen Freund und ich …«

»Mika und ich haben nach meiner Rückkehr aus England Schluss gemacht«, unterbrach sie ihn.

Bei ihren Worten wurde er blass.

»Aber doch nicht meinetwegen?«

Seine Augen schienen sie fast anzuflehen, das zu verneinen. Offenbar wollte er nicht der Grund dafür sein, dass ihre Partnerschaft auseinandergegangen war.

»Es gab mehrere Gründe.«

»Hast du es ihm gesagt?«

Marla nickte.

»Ja. Ich konnte ihn nicht belügen.«

Kurz schloss er die Augen. Dann sah er sie wieder an.

»Hör zu. Ich wollte nie, dass du meinetwegen Schwierigkeiten mit deinem Freund bekommst.«

Wovon redete er denn überhaupt? Das spielte doch jetzt gar keine Rolle.

»Darum geht es doch gar nicht, Daniel. Es geht um dich und mich! Weich mir bitte nicht aus.«

Umständlich zog er sich die Schuhe an. Dann nahm er seinen Mantel und legte ihn sich über den Arm.

»Ich weiche dir nicht aus. Aber wir können nicht zusammen sein, Marla, und daran wird sich nichts ändern … Und ich bitte dich, nicht mehr in anderer Verkleidung in mein Leben zu treten. Ich habe schon in England versucht, es dir zu erklären. Ich will keine feste Beziehung mehr haben. Und es ist besser …« Er stockte, dann schaute er sie mit einem Mal wieder kühl an und sprach weiter. »Ich will dich nie mehr wiedersehen. Hörst du? Nie wieder!«

Seine Worte trafen sie bis ins Mark. Fassungslos sah sie zu, wie er zur Tür ging und ohne ein weiteres Wort oder einen letzten Blick aus ihrem Leben verschwand.

»Feigling!«, rief sie ihm hinterher. Doch er war schon fort.

Sie wusste nicht, wie lange sie auf dem Bett gesessen und auf die Tür gestarrt hatte. Sie sollte aufstehen und nach Hause gehen. Doch sie war wie erstarrt und konnte noch nicht einmal weinen. Ewig konnte sie hier aber auch nicht bleiben. Sie musste sich zusammenreißen.

Langsam hob sie zuerst das eine, dann das andere Bein aus dem Bett. Dann stand sie auf, ging zum Stuhl und zog sich an. Als sie in ihre Strümpfe schlüpfte, zitterten ihre Finger so sehr, dass sie sich eine Laufmasche riss. Doch sie nahm es gar nicht wahr.

Sie bereute es zutiefst, dass sie nicht auf Daniels Worte gehört hatte, als er ihr auf Damon Hall eindringlich gesagt hatte, dass es für sie keine Zukunft geben konnte. Sie hätte mit ihm abschließen sollen, mit der Erinnerung an ihre Zeit in England. Doch sie war das Risiko eingegangen, ihn wiederzusehen. Und innerhalb von wenigen Stunden war sie von aufgeregtem Bangen in einen Zustand von unbeschreiblichem Glück und Ekstase und danach in hoffnungslose Einsamkeit gefallen. Das Schlimme daran war, dass sie sich wirklich in ihn verliebt hatte und Gefühle für ihn empfand, die sie nicht ignorieren konnte. Und diese Gefühle hatte er eben mit Füßen getreten.

34

Inzwischen war es Anfang Februar, und das verhängnisvolle Treffen mit Daniel lag über einen Monat zurück. In den ersten Tagen danach war Marla wie versteinert gewesen und kaum aus dem Haus gegangen. Rafaela erwies sich in dieser Zeit als wahres Goldstück. Sie hatte alles Mögliche versucht, um Marla aufzumuntern, und sie mit Gerichten bekocht, die angeblich gegen Liebeskummer halfen. Auch Betty war mehrmals bei ihr gewesen und hatte versucht, endlich herauszufinden, was in London passiert war. Zunächst war Marla nicht fähig gewesen, über Daniel zu reden. Doch Betty hatte nicht lockergelassen. Und schließlich hatte Marla ihr die ganze Geschichte erzählt. Dabei geschah etwas, das sie nicht vermutet hätte. Je länger sie sich alles von der Seele redete, desto leichter wurde ihr ums Herz. Und auch wenn es ihr noch immer wehtat, so hatte sie sich schließlich doch damit abgefunden, dass ihre Liebe zu Daniel für immer unerfüllt bleiben würde. Sie versuchte, sich mit anderen Dingen abzulenken, um nicht daran zu denken.

»Weißt du, Marla«, hatte Betty vorsichtig gesagt, »du hast mit diesem Mann nicht einmal ganze fünf Tage verbracht. Eigentlich kennst du ihn ja gar nicht.«

Natürlich hatte Betty damit recht. Trotzdem waren ihre Gefühle für Daniel echt. Zumindest für den Daniel, den sie in dieser Zeit kennengelernt hatte. Aber letztlich war er tatsächlich ein Fremder für sie, und sie hatte sich wohl in etwas verrannt, das gar nicht wirklich vorhanden war – oder nur zum Teil.

Sie wusste, dass es eine Weile dauern würde, aber sie musste mit ihm abschließen. Sicherlich gelang ihr das am besten, wenn sie sich endlich wieder ernsthaft auf ihre Arbeit konzentrierte. Ihre Rücklagen reichten vielleicht noch für drei – und wenn sie ganz sparsam lebte –, vier Monate. Bis dahin musste sich entweder im schauspielerischen Bereich etwas ergeben, oder sie musste sich wohl tatsächlich langsam mit dem Gedanken anfreunden, sich neu zu orientieren. Denn Aushilfsbedienung in einer Bar war auf Dauer keine Option für sie.

Auch darüber sprach sie mit Betty. Es war das erste Mal seit Wochen, dass Marla sich aufgerafft und ihre Freundin zu Hause besucht hatte.

»Gibt es denn etwas, das du außerdem gerne machen würdest?«, fragte Betty. »Willst du vielleicht dein Philosophiestudium wieder aufnehmen?«

Darüber hatte Marla selbst schon gründlich nachgedacht. Und so ein klein wenig hätte sie es auch gereizt, sich noch einmal daranzumachen. Doch sie schüttelte den Kopf.

»Nein. Studieren werde ich nicht mehr. Überleg mal. Dann wäre ich knapp dreißig, bis ich endlich fertig bin.«

»So schlimm wäre das auch wieder nicht… Und was willst du sonst machen?«, fragte Betty, während sie in ihrer gemütlichen Wohnküche saßen und heiße Schokolade tranken.

»Ein befreundeter Produzent sucht ab Juni eine Produktionsassistentin als Schwangerschaftsvertretung.«

»Ach?«, Betty sah sie skeptisch an.

»Nun, sie hat bisher eigentlich meist die Aufgaben einer Producerin erfüllt und will nach der Entbindung auf jeden Fall zwei Jahre zu Hause bleiben. Wenn ich mich gut in die Materie einarbeite und nebenbei noch Fortbildungen mache, kann ich in diesem Bereich vielleicht weiterkommen. Ich bin ja nicht branchenfremd, und ehrlich gesagt, würde mich die Filmproduktion schon auch interessieren.«

»Hm. Nun ja, hört sich nicht soo schlecht an«, gab Betty zu.

»Außerdem hätte ich ein geregeltes Einkommen, und ich verstehe mich gut mit Emilio. Ich habe mal eine kleine Rolle in einem Kurzfilm gespielt, den er produziert hat. Seither haben wir immer mal Kontakt.«

»Okay. Wenn du denkst, dass es das Richtige für dich ist, dann drück ich dir die Daumen.«

»Drück mir lieber die Daumen, dass es doch noch mit der Schauspielerei klappt. Das andere ist nur Plan B.«

»Bis wann musst du denn Bescheid geben?«

»Emilio will noch zwei Monate warten. Wenn ich bis dahin nicht zugesagt habe, schreibt er die Stelle aus. Also kommt es darauf an, was sich in den nächsten acht Wochen bei mir tut.«

Plötzlich waren auf dem Flur Schritte zu hören. Betty schaute auf die quietschgelbe Küchenuhr an der Wand.

»Nanu. Tim ist ja früh zurück.«

»Und ich sollte eigentlich schon längst weg sein«, sagte Marla rasch. Seit der Trennung von Mika hatten sie und Tim kaum miteinander gesprochen. Und sie hatte auch jetzt nur wenig Lust, etwas daran zu ändern. Nicht weil sie Tim nicht mochte, ganz im Gegenteil. Sie hatte sich immer gut mit ihm verstanden. Aber sie wusste, wie eng die Beziehung zu seinem Bruder war, und wollte da keinen Wurm reinbringen.

»Ach komm, bleib doch hier«, schlug Betty vor. »Tim würde sich echt freuen.«

»Ich weiß nicht…«

Die Tür zur Wohnküche ging auf.

Doch nicht Tim stand da, sondern Mika. Er trug einen Rucksack und hatte eine Reisetasche in der Hand.

»Mika?« Betty klang überrascht.

»Hi, Betty…« Er stockte, als er Marla sah.

»Hallo Mika.« Marla spürte, wie ihr Puls mit einem Mal anstieg. Seit ihrer Trennung hatte sie ihn nicht mehr gesehen, da er seine Sachen ausgeräumt hatte, während sie nicht zu Hause war. Sein Gesicht wirkte noch schmaler und kantiger, als sie es in Erinnerung hatte. Und warum hatte er seine Sachen dabei? Wollte er verreisen?

»Marla… sorry, ich wusste nicht, dass du hier bist.«

»Ich… ich wollte auch schon längst nach Hause gehen«, stotterte sie. Sie wusste nicht so recht, was sie sagen sollte.

»Wo ist denn Tim?«, wollte Betty wissen.

»Er holt noch ein paar Sachen aus dem Auto.«

Marla stand auf.

»Gut. Dann geh ich jetzt mal.«

»Hey! Wegen mir kannst du bleiben. Ich will dich nicht vertreiben«, sagte Mika.

»Tust du nicht. Ich… ich habe noch was vor.«

Als sie sich an ihm vorbei in den Flur drängte, griff er nach ihrem Arm und hielt sie zurück.

»Und? Wie geht's dir?«

Marla räusperte sich.

»Du. Alles so weit gut… und bei dir?«

»Es läuft. Meine Drehtage beim Tatort sind vorgestern zu Ende gegangen, und bald beginnen die Theaterproben für ›Was ihr wollt‹.«

»Ach, dann hat das also geklappt mit der Rolle des Orsino?«

Mika lächelte, und es schien ein ehrliches Lächeln zu sein.

»Ja. Oliver hat nicht lockergelassen. Und mich hat es auch sehr gereizt. Außerdem passt es zeitlich gut in meine Pläne. Gleich danach beginnen die Dreharbeiten für eine Kinokomödie, die in Hamburg spielt. Ich habe eine der Hauptrollen bekommen, stell dir vor.«

»Wow. Gratuliere. Dann hast du es ja wohl wirklich geschafft.«

»Hmmm, ja. Sieht so aus. Und du? Hast du ein Engagement?«

Marla zögerte. Es fiel ihr schwer zuzugeben, dass sich seit ihrer Trennung immer noch nichts getan hatte. Doch belügen wollte sie ihn nicht. Sie schüttelte den Kopf.

»Nein … aber das hattest du mir ja sowieso prophezeit«, fügte sie hinzu und versuchte, nicht allzu bitter zu klingen.

»Hör mal, Marla. Es tut mir leid, was ich bei unserem Streit gesagt habe. Wir waren ja beide ziemlich aufgeregt, aber ich wollte nicht, dass du denkst, dass ich dich nicht für eine gute Schauspielerin halte, und …«

»Schon gut, Mika«, unterbrach sie ihn. Sie wollte jetzt nicht mit ihm darüber reden. Außerdem irritierte sie seine Freundlichkeit.

»Vielleicht hast du ja mal Lust, essen zu gehen.«

»Essen gehen? Wir beide?«

»Ja. Warum nicht? Unsere Trennung … Es ging alles so schnell. Wir könnten uns doch mal zusammensetzen und in Ruhe reden. Einfach so in aller Freundschaft. Was meinst du?«

Er lächelte sie an.

»Ich weiß nicht, ob das so eine gute Idee ist«, sagte Marla zögerlich. Gerade jetzt, wo sie versuchte, irgendwie mit Daniel abzuschließen, wollte sie sich nicht gleich wieder mit Mika beschäftigen. Andererseits – im Gegensatz zu ihrer kurzen Affäre mit Daniel – war sie mit Mika einige Jahre zusammen gewesen. War sie ihm da ein Gespräch nicht sogar schuldig?

»Überleg es dir«, sagte Mika. »Ich meine, wir hatten ja auch echt tolle Zeiten, oder?« Er lächelte.

»Natürlich hatten wir die.«

»Eben …«

Betty zwinkerte Marla aus der Küche aufmunternd zu. Vermutlich würde sie sich über nichts mehr freuen, als dass ihr Schwager und ihre beste Freundin wieder zusammenkamen.

»Ich melde mich bei dir, Mika.«

»Mach das.«

Er gab ihr einen Kuss auf die Wange. Marla war irritiert.

»Ciao, Marla.«

»Bis dann … und toi toi toi für das Stück.«

Sie ging zur Garderobe und nahm ihre Jacke. In diesem Moment öffnete sich die Wohnungstür, und Tim kam herein. Obwohl die beiden Brüder waren, sahen sie sich kaum ähnlich. Tim neigte schon seit Kindertagen zu einer etwas pummeligen Figur. Nachdem seine dunklen Haare im Naturzustand nur mehr ein vages Hufeisen bildeten, rasierte er sich schon seit Jahren den Kopf. Er trug eine weitere Reisetasche von Mika und einen kleinen Karton herein. Da die Garderobe hinter der Tür war und er jetzt mit dem Rücken zu ihr stand, hatte er Marla noch nicht gesehen.

Betty kam aus der Küche.

»Was wollt ihr denn mit den ganzen Sachen?«, fragte sie.

»Hast du nichts gesagt, Mika? Tine hat ihn rausgeworfen. Er wird eine Weile hier bei uns wohnen, bis Marla ihn hoffentlich wieder aufnimmt… Ich hol mal den Rest.« Damit stellte er die Tasche ab und drückte Mika den Karton in die Hand. Ohne Marla bemerkt zu haben, ging er wieder nach unten.

Marla blickte zu Mika.

Ach, deswegen war er also so freundlich zu ihr gewesen. Die gute Tine hatte schon wieder genug von ihm gehabt. Mit einem schrägen Grinsen zuckte er mit den Schultern.

»Ich hätte es mir gleich denken können, dass das auf Dauer nicht funktioniert. Sie war einfach viel zu alt für mich. Da hätte ich auch gleich bei meiner Mutter einziehen können. Es war ein Fehler. Sag mal, können wir beiden nicht vielleicht wieder…?« Er sprach nicht weiter und lachte etwas verlegen.

Marla wusste nicht, ob sie ebenfalls lachen oder weinen sollte. Mika war tatsächlich ein guter Schauspieler. Egal ob beruflich oder privat. Und fast wäre sie darauf hereingefallen. So viel also zum ehrlichen Lächeln.

»Meine Wohnung ist leider schon untervermietet, Mika. Da musst du dir eine andere… äh Dumme suchen, die dich aufnimmt.«

Sie nickte Betty zu. »Ich muss jetzt los«, murmelte sie und verließ eilig die Wohnung.

35

»Hilf mir!«, hörte er sie durch den tobenden Sturm angstvoll schreien.

Eiskaltes Meerwasser schwappte über Daniel hinweg. Es raubte ihm für einige Sekunden den Atem und brannte wie Feuer in seinen Augen. Er wischte sich mit dem Arm übers Gesicht und blinzelte, bis er wieder sehen konnte. Er musste Silvia retten! Panisch schaute er sich um. Endlich entdeckte er sie im Wasser.

»Silvia!«, brüllte er, damit sie ihn in dem Lärm hören konnte. »Ich bin hier!«

Er streckte die Hand nach ihr aus, versuchte, sie zu packen. Doch er kam nicht nahe genug an sie heran, weil sein Bein in einer eingebrochenen Planke feststeckte. Schreckliche Angst stand in ihren Augen, als sie bemerkte, dass er es nicht bis zu ihr schaffen würde.

Da entdeckte er einen Rettungsring und warf ihn ins Wasser.

»Silvia! Halt dich fest!«, schrie er.

Silvia paddelte erschöpft im Wasser. Doch immer wieder trieb der Ring von ihr ab. Schließlich erreichte sie ihn doch und klammerte sich verzweifelt daran fest. Sofort zog Daniel sie mit aller Kraft ans Boot heran. Unbändige Erleichterung stieg in ihm auf. Sie würde nicht sterben! Er würde Silvia retten. Und das Kind. Kurz bevor sie das Boot erreichte, schwappte eine weitere Welle über sie hinweg und riss ihr den Rettungsring aus der Hand.

»Ich schaffe es nicht!«, hörte er sie panisch schreien, bevor sie unterging. Daniel hatte das Gefühl, sein Herz würde stehenbleiben, bis sie nach einigen Sekunden wieder nach oben kam. Doch es war nicht mehr Silvia, die japsend nach Luft schnappte und im Wasser um ihr Leben kämpfte, sondern Marla. Er starrte sie ungläubig an.

»Marla?!«

»Daniel! Hilf mir!«

In diesem Moment drehte der Wind die Richtung, und bevor er sich ducken konnte, schlug der Baum des Segels mit voller Wucht gegen seinen Kopf!

»Nein!«

Keuchend schreckte Daniel aus dem Schlaf hoch. Sein Herz klopfte wie wild, und er war schweißgebadet. Schon wieder einer dieser Albträume auf dem Segelboot.

Er hatte so sehr gehofft, dass sie irgendwann aufhören würden, doch in letzter Zeit kamen sie noch öfter als früher. Und zum ersten Mal hatte sich auch Marla in seinen Traum geschlichen.

Schwer atmend strich er sich die Haare aus der Stirn und schwang sich mühsam aus dem Bett. Sein linkes Bein schmerzte wieder einmal. Womöglich hatte er sich im Schlaf verkrampft.

Er griff nach seinem Stock, und ohne das Licht anzumachen, ging er ins Badezimmer. Mit zitternden Fingern drückte er auf den Lichtschalter. Das helle Licht blendete ihn, und er musste blinzeln. Er öffnete die Schublade einer kleinen Kommode neben dem Waschbecken und holte eine Schachtel mit Schmerztabletten heraus. Er drückte eine Tablette aus der Blister-Verpackung und steckte sie in den Mund. Dann ließ er Wasser aus dem Hahn in die gewölbte Hand laufen, trank und spülte sie damit hinunter. Langsam normalisierte sich sein Herzschlag wieder, doch die aufwühlenden Bilder seines Traums verblassten nur langsam. Er hob den Kopf und warf einen Blick in den Spiegel. Dunkle Ringe lagen unter seinen Augen, und sein Dreitagebart warf Schatten auf seine Wangen. Sein lockiges Haar war vom Schlaf zerzaust. Er sah aus, wie er sich fühlte: erschöpft, einsam und unglücklich.

Er überlegte, sich ein Bier aus dem Kühlschrank zu holen, doch dann ließ er es. Der Alkohol würde sich mit der Tablette nicht gut vertragen, und außerdem wollte er nicht trinken, um seine Probleme zu vergessen, denn damit würde er sie nur noch schlimmer machen.

Er schaltete das Licht aus und ging wieder zurück ins Schlafzimmer. Als er im Bett lag, konnte er jedoch nicht wieder einschlafen. Der Traum hatte ihn zu sehr mitgenommen. Doch letztlich spiegelte sein Zustand nur die Schuldgefühle wider, mit denen er sich herumschlug, seitdem er noch einmal mit Marla geschlafen hatte. Und sie dann so schnöde in dem Hotelzimmer hatte sitzen lassen. Dabei verging kein Tag, an dem er sie nicht vermisste, nicht an sie dachte. Und das wiederum bereitete ihm noch mehr Schuldgefühle.

Er hatte kein Recht darauf, noch einmal mit einer Frau glücklich zu sein. Auch wenn die anderen ihm immer wieder versicherten, dass er nichts für den Unfall konnte, so wusste er es doch besser.

»Nein!«, rief er laut in die Dunkelheit, als ihn die Erinnerungen an den schlimmsten Tag seines Lebens wieder zu überfallen drohten. Er konnte und wollte jetzt nicht darüber nachdenken.

Inzwischen hatte die Wirkung der Tablette eingesetzt, und seine Schmerzen wurden erträglicher.

Er versuchte einzuschlafen, denn ihm stand ein anstrengender Tag in der Firma bevor. Die neue Werbekampagne für die Herren-Sport-Modelinie würde vorgestellt werden. Ivonne und Jill waren deswegen gestern aus London angereist.

»Was ist jetzt eigentlich mit dir und Lisa?«, hatte Jill ihn beim Abendessen gefragt.

»Ich habe schon eine ganze Weile nichts mehr von ihr gehört«, hatte Daniel wahrheitsgemäß geantwortet.

»Schade. Ich mochte sie. Sie hat irgendwie gut zu dir gepasst.« Genau das dachte Daniel insgeheim auch. Sie passte zu ihm, so sehr, wie er sich das nie hätte vorstellen können. Und genau das machte ihm so viel Angst. Denn es durfte nicht sein. Seit er sie kennengelernt hatte, war bei ihm nichts mehr so wie bisher. Einmal hatte er überlegt, sich mit einer Fotografin aus der Werbekampagne abzulenken. Doch dann war er nicht einmal zum vereinbarten Abendessen im Restaurant erschienen. Er hatte keine Lust auf andere Frauen.

»Gib mir doch mal ihre Nummer. Ich würde sie gern anrufen«, hatte Jill ihn gebeten.

»Ich weiß nicht, ob sie das wirklich möchte«, hatte er gesagt und das Gespräch auf ein anderes Thema gelenkt, um nicht länger über sie reden zu müssen.

Warum konnte er sie nicht einfach vergessen? So wie die anderen Frauen, mit denen er seit Silvias Tod geschlafen hatte. Doch keine der anderen Frauen war etwas Besonderes für ihn gewesen. Deshalb war es leicht gewesen, sie zu vergessen. Marla war anders …

Er beugte sich zur Seite und öffnete eine Schublade seines Nachttischs. Dort lag die Wäsche, die Marla in Damon Hall zurückgelassen hatte und die er wieder aus dem Papierkorb geholt hatte. Er hielt sie an sein Gesicht und atmete wie ein Süchtiger ihren Duft ein, der dem zarten

Gewebe immer noch leicht anhaftete und ihn in einen Sinnestaumel versetzte. Er dachte wieder an die unvergesslichen Stunden, die er mit ihr verbracht hatte. Doch das war Vergangenheit.

Er hatte ihr deutlich gesagt, dass er sie nie wiedersehen wollte. Und genau diese Vorstellung schnürte ihm gerade die Kehle zu. Egal, wie schuldig er sich fühlte, er sehnte sich schmerzlich danach, wieder in ihre Augen zu sehen, ihr Lachen zu hören und ihre sanften Hände auf seinem Körper zu spüren. Der Gedanke daran, wie sie mit ihm gespielt hatte, als er gefesselt und mit verbundenen Augen vor ihr gelegen hatte, erregte ihn. Doch gleich darauf quälte ihn wieder die Erinnerung an das Versprechen, das er Silvia gegeben hatte.

Es war wenige Tage vor ihrem Tod gewesen, als sie der Familie von ihrer Schwangerschaft erzählt hatten.

»Ich hätte niemals gedacht, dass es die große Liebe tatsächlich gibt«, hörte er sich zu Silvia sagen. »Bis ich dich kennengelernt habe.« Wenige Minuten zuvor hatten sie miteinander geschlafen. Das erste Mal, seitdem er wusste, dass sie schwanger war. Daniel hatte den Kopf in ihren Schoß gebettet und zärtlich über ihren immer noch flachen Bauch gestreichelt.

»Alter Schleimer!«, scherzte sie.

»Hey! Das Wort ›alt‹ verbiete ich mir!«

Sie lachten beide.

»Offenbar haben wir uns tatsächlich gefunden«, sagte sie lächelnd und streichelte durch sein Haar. »Ich könnte keinen anderen Mann so lieben wie dich.«

»Das will ich dir auch geraten haben«, sagte er in spielerisch drohendem Ton.

»Was ist, wenn ich vor dir sterbe?«, fragte sie plötzlich. Daniel hob den Kopf und schaute sie an.

»Ich bin ein Mann und ein Jahr älter als du. Und die Wahrscheinlichkeit, dass ich vor dir sterbe, ist statistisch gesehen ziemlich hoch. Deswegen werde ich mir darüber jetzt ganz sicher keine Gedanken machen.«

Doch ihr Blick wurde ernst.

»Aber was, wenn doch?«

»Bitte Silvia …«

»Dann wird es bestimmt irgendwann auch wieder andere Frauen für dich geben.«

»Was redest du da?«

»Du könntest ja nicht immer alleine bleiben, Daniel … Du musst mir nur versprechen, dass du immer für unser Kind da sein wirst, auch wenn es mich nicht mehr geben sollte.« Der Ton ihrer Stimme war beklemmend ernst.

Daniel setzte sich auf, nahm ihre Hand und schaute sie besorgt an.

»Schatz. Bitte. Mach dir doch jetzt nicht solche Gedanken. Wir haben noch viele wunderschöne Jahre vor uns.«

»Das wünsche ich mir ja auch, aber man weiß es doch nie, Daniel.« Es war, als ob sie ahnte, dass sie nicht mehr lange leben würde.

»Ich sehe schon, du willst eine Antwort von mir.«

Sie nickte.

»Also gut. Natürlich werde ich immer für unser Kind da sein. Und das weißt du ganz genau. Und falls – was nicht passieren wird –, falls du wirklich vor mir stirbst, dann wird es in meinem Leben keine Frau mehr geben, die mir wirklich etwas bedeuten wird.«

»Das kannst du doch jetzt noch gar nicht sagen.«

»Doch. Das kann ich. Vermutlich würde ich nicht ewig als Mönch leben, aber ich verspreche dir hoch und heilig, dass ich keine andere Frau mehr lieben werde.«

»Spinner!«

Sie schaute ihn mit Tränen in den Augen an. Dann küssten sie sich und liebten sich ein weiteres Mal.

Fast zwei Jahre lang hatte er das Gefühl gehabt, innerlich mit Silvia und dem Baby gestorben zu sein. Doch irgendwann hatte ihn das Leben wieder aus der Reserve gelockt. Eines Tages – er konnte gar nicht mehr genau sagen, wann es war – fiel ihm auf, dass er im Auto saß und zur Musik im Radio mitsummte, während er zu einem Geschäftstermin ins Chiemgau fuhr. Ganz bewusst nahm er die satten grünen Wiesen um sich herum wahr, genau wie das fröhliche Glitzern der Sonne auf der Wasseroberfläche des Chiemsees. Es war, als ob die Welt aus einem tristen Grau auftauchen und die ganzen bunten Farben zeigen würde, um ihm das Leben wieder schmackhaft zu machen. Und es hatte tatsächlich funktioniert.

Nicht lange danach hatte er sich zum ersten Mal auf einen Flirt mit einer Geschäftspartnerin aus Kanada eingelassen. Er hatte gewusst, dass er sie vermutlich so schnell nicht wiedersehen würde, und so verbrachte er eine Nacht mit ihr. Die Befriedigung hatte seinem Körper, aber auch seiner Seele gutgetan. Die leichten Gewissensbisse, die er deswegen gehabt hatte, verwarf er damit, dass er für diese Frau nichts empfunden hatte, was über Sympathie hinausgegangen wäre. Sie war ihm angenehm gewesen und hatte ihn erotisch gereizt. Mehr nicht. Als er in der Nacht nach diesem Abenteuer allein im Bett lag, nagte jedoch die Sorge an ihm, dass es vielleicht doch irgendwann einmal eine Frau geben könnte, für die er mehr empfinden würde als nur Sympathie. Um sich davor zu schützen, gab er sich selbst das Versprechen, mit keiner Frau mehr als eine Nacht zu verbringen. Und er hatte es gehalten. Bis er auf Marla getroffen war.

36

Marla konnte ihr Glück kaum fassen. Richard hatte sie vor zwanzig Minuten mit einer guten Nachricht angerufen.

»Wenn du heute schon was vorhast, lass alles liegen und stehen, Marla. Und zwar alles«, hatte er gesagt und dabei sehr aufgeregt geklungen.

»Wieso? Was ist denn los?«

»Es geht um eine spannende Werbekampagne für einen großen Autohersteller. Sie suchen Leute, die berühmten Schauspielern ähnlich sehen. Sehr berühmten Schauspielern und anderen Persönlichkeiten. Und da hast du, meine Liebe, zweifellos sehr gute Karten. Ich hab die Anfrage erst vorhin gelesen. Sie ist im Spamordner gelandet. Blöd, aber du kannst es noch schaffen, wenn du gleich losfährst. Das Casting beginnt in einer Stunde. Also musst du wirklich gleich los, damit du rechtzeitig dort bist.«

Er hatte ihr die Adresse und den Namen des Ansprechpartners genannt, und Marla hatte gerade noch genügend Zeit gehabt, in frische Klamotten zu schlüpfen, mit der Bürste durch die inzwischen wieder blonden Haare zu fahren und sich ein Taxi zu rufen.

Als im Autoradio leise das Lied *The Chamber* von Lenny Kravitz lief, überfiel sie die Erinnerung an Damon Hall mit einem Schlag. Sie sah sich in der Badewanne liegen, mit seinem iPhone in der Hand und auf die Abspielliste »Lenny« drücken. Sie erinnerte sich an den Blick aus Daniels faszinierenden Augen, als er später unbemerkt hereingekommen war. Immer wieder gab es tagsüber solche Momente, an denen sie wie aus heiterem Himmel an ihn denken musste. Obwohl inzwischen etwas Zeit vergangen war, tat es immer noch weh zu wissen, dass sie ihn nie wiedersehen würde. Und die Musik ließ das alles wieder aufbrechen.

»Könnten Sie bitte einen anderen Sender einstellen?«, bat sie die Taxifahrerin. Die füllige Frau, vermutlich Ende vierzig, warf Marla einen mitleidigen Blick im Spiegel zu.

»Klar«, sagte sie und wählte einen anderen Sender. »Schade, dass irgendein Mistkerl es schafft, einem so einen schönen Song zu vermiesen.« Offenbar ahnte die Frau den Grund dafür, warum Marla das Stück nicht hören konnte. »Aber denken Sie sich mal nichts, es wird andere Lieder für Sie geben. Mit schönen Erinnerungen. Und dann werden Sie darum bitten, dass man sie lauter stellt.«

Die Worte der Taxifahrerin brachten Marla zum Lächeln. Ja. Es würde andere Lieder geben, bei denen sie sich wieder gut fühlen würde. Es würde nur ein wenig dauern, bis es so weit war.

Nun saß sie im Ausstellungsraum eines großen Münchner Autohändlers und wartete darauf, dass ihr Name aufgerufen wurde. Zahlreiche Leute waren zu diesem Casting gekommen. Doch nur bei einigen wenigen Gesichtern konnte Marla Ähnlichkeiten zu irgendwelchen Stars oder Persönlichkeiten entdecken. Am besten gefiel ihr ein Mann, der sie tatsächlich sehr an Tom Hanks erinnerte. Und dann gab es noch eine Frau, die es fast mit Meryl Streep aufnehmen konnte.

Immer wieder spürte Marla, wie die Blicke der anderen auf ihr ruhten. Offensichtlich war ihre Ähnlichkeit zu Sandra Bullock für die Konkurrenz nicht zu übersehen.

»Frau Patry?«

Sie war so in Gedanken versunken gewesen, dass sie den jungen Mann nicht bemerkt hatte, der neben ihr aufgetaucht war.

»Ja?«

»Kommen Sie bitte, Sie sind an der Reihe.« Sie erhob sich und griff nach ihrer Jacke und der Handtasche. Dann folgte sie ihm in ein Konferenzzimmer. An der Frontseite saßen zwei Männer und eine Frau an einem langen Tisch. Wobei die Frau in ihrem dunklen Hosenanzug und der strengen grauen Kurzhaarfrisur ebenfalls einen maskulinen Eindruck machte. Vor ihnen lagen geöffnete Mappen.

Als Marla auf sie zuging, sah sie überraschtes Interesse in ihren Gesichtern aufblitzen.

Einer der Männer, der im Gegensatz zu seinem sehr elegant in Anzug gekleideten Kollegen nur Jeans und einen dunkelgrünen Pulli trug und verstrubbelte blonde Haare hatte, musterte sie ganz offen von oben bis unten.

»Guten Tag«, grüßte Marla sie und blieb dann vor dem Tisch stehen. »Ich bin Marla Patry.«

Nacheinander schüttelte sie alle Hände.

»Hallo, Frau Patry … oder soll ich besser Frau Bullock zu Ihnen sagen?«, meinte der leger gekleidete Mann, der sich als Hagen Meller vorstellte.

Marla lächelte.

»Sie können mich gerne Sandra nennen«, feixte sie munter.

»Mit Vergnügen … Sandra.«

»Sie haben eine Schauspielausbildung«, murmelte die Frau, während sie Marlas Anmeldebogen überflog.

»Das ist richtig«, bestätigte Marla.

»Hmmm… Sie sind noch sehr jung…«, gab die Frau zu bedenken.

Hagen Meller winkte ab. »Das ist kein Problem für die Aufnahmen, Rita. Das kriegt die Maske schon hin.«

»Was meinst du Jaro?«

Verwundert sah Marla, wie sich die drei zu einem aufgeklappten MacBook seitlich am Tisch drehten, das ihr bisher gar nicht aufgefallen war.

»Das passt«, hörte sie eine männliche Stimme knapp sagen.

»Unser Regisseur. Er kann heute nicht hier sein, deswegen haben wir ihn per Skype zugeschaltet«, erklärte Meller, der wohl Marlas verwunderten Blick bemerkt hatte.

Sie nickte etwas unsicher in die Richtung.

»Hallo.«

»Na schön«, sagte die Frau und nahm ihre Lesebrille ab.

Die beiden Männer schauten sich an. Und auch die Frau nickte ihnen zu.

»Sie sind genau das, was wir suchen, Frau Patry«, sagte der gut gekleidete Mann. Offenbar war er der Entscheidungsträger, nachdem auch vom Regisseur das Okay gekommen war. »Deswegen ist es auch nicht nötig, dass wir uns hier noch länger aufhalten. Oder?«

Seine beiden Kollegen nickten zustimmend. Er wandte sich wieder zum Computer. »Hast du noch Fragen, Jaro?«

»Nein. Alles gut.«

»Im Nebenraum ist unser Fotograf, der noch ein paar Aufnahmen von Ihnen machen wird, Frau Patry«, sagte

Meller. »Die Dreharbeiten werden Mitte bis Ende März in Ungarn stattfinden und drei Tage dauern. Das genaue Datum werden wir noch bekanntgeben. Mit An- und Abreise rechnen Sie fünf Tage ein. Ich hoffe, das passt in Ihren Terminplan?«

»Äh, ja natürlich.« Sie tat gar nicht so, als müsse sie erst überlegen, ob sie Zeit hätte.

»Schön. Wegen des Vertrags werden wir uns an Ihren Agenten wenden. Aber ich denke, Sie werden mit dem Honorar und den Bedingungen zufrieden sein … Auf Wiedersehen, Frau … äh … Sandra!« Er schmunzelte.

Marla wusste nicht, ob sie jetzt wirklich alles richtig verstanden hatte. Das war's? Sie hatte den Job? Einfach so?

Offenbar konnte dieser Hagen Meller ihr die Verwirrung im Gesicht ablesen, denn er sagte mit einem amüsierten Lächeln: »Wenn jemand einer meiner Lieblingsschauspielerinnen so ähnlich sieht, dann müssen wir alle nicht lange überlegen. Nur die Haare müssen natürlich noch dunkel werden. Aber da nehmen wir vermutlich eine Perücke.«

Marla lächelte. Veränderungen an ihrer Frisur waren vor allem in letzter Zeit nichts Neues für sie.

»Nun, dann freue ich mich schon sehr auf die Dreharbeiten. Vielen Dank.«

Strahlend gab sie allen wieder die Hand, nickte dem zugeschalteten Regisseur noch mal zu und verabschiedete sich.

Beim Hinausgehen hörte sie die Frau sagen: »Tom Hanks und Sandra Bullock – besser hätten wir es nicht planen können.«

Marla konnte sich ein Grinsen nicht verkneifen. Endlich hatte ihre Ähnlichkeit zur berühmten Schauspielerin auch mal einen positiven Effekt. Und selbst wenn es nur drei Drehtage waren – es schien doch ein zumindest vielversprechender Anfang zu sein.

Die Fotos waren rasch im Kasten, und Marla machte sich auf den Weg zur U-Bahn-Station. Einige verkleidete Menschen tummelten sich bereits in der Stadt, waren am heutigen Unsinnigen Donnerstag vermutlich schon auf dem Weg zu einer Party oder einem Faschingsmarkt. Vielleicht nutzten sie auch einfach die Faschingszeit, um sich verkleidet auf den Straßen herumzutreiben.

Marla rief ihren Agenten an und berichtete ihm überglücklich, dass sie den Job hatte.

»Ich hab's doch gewusst. Oh, Mann, ich wusste es. Gratuliere, meine Liebe.« Richard war begeistert und versprach, sie über die vertraglichen Einzelheiten zu informieren, sobald er sie auf dem Tisch hatte.

Marla konnte immer noch nicht glauben, dass sie den Job so einfach bekommen hatte. Heute musste ihr Glückstag sein.

Es war bereits später Nachmittag, als sie aus der U-Bahn stieg und das letzte Stück zu Fuß zu ihrer Wohnung ging. Sie machte bei einem kleinen Lebensmittelladen halt und besorgte sich zur Feier des Tages eine Flasche Sekt und Schokomuffins.

Vor dem Haus fischte sie den Schlüsselbund aus ihrer Tasche und schloss die Tür auf. Sie war schon die ersten Stufen nach oben gegangen, da fiel ihr Blick auf die Briefkästen neben der Haustür. Ihr eigener quoll bereits über. Sie kehrte noch einmal um und holte die Post heraus. Mehrere Werbebriefe, Prospekte, ein Schreiben der Rentenversicherung und ein etwas dickeres braunes Kuvert.

In der Wohnung warf sie den ganzen Packen auf ihr Bett und ging dann in die Küche, um den Sekt kalt zu stellen. Dann klopfte sie an Rafaelas Zimmertür. Es wäre schön, ein wenig mit ihr zu feiern und auf ihren neuen Job anzustoßen. Sie klopfte noch mal. Nichts. Rafaela war nicht da. Schon seit zwei Tagen hatte Marla ihre Mitbewohnerin nicht mehr gesehen. Sie hatte seit Kurzem einen Freund und übernachtete häufiger bei ihm. Marlas Befürchtung, dass Rafaela bald ganz zu ihm ziehen würde, hatte diese jedoch bereits im Ansatz zerstreut.

»Oh nein, nein. Noch nicht zusammenziehen. Erst muss er über die Hürde.«

»Über die Hürde?«

Rafaela hatte bedeutungsvoll gelächelt.

»Natürlich. Nach erstem halben Jahr muss der Sex noch genauso viel Spaß machen wie am Anfang. Am besten mehr!«

Marla hatte sie verblüfft angeschaut.

»Aber es geht doch nicht nur um Sex in einer Beziehung«, hatte sie zu bedenken gegeben.

»Natürlich nicht. Liebe ist das Wichtigste. Und Respekt. Aber wenn Sex nicht stimmt, dann wird es oft schwierig mit der Liebe. Verstehst du? Denn ich liebe Sex.«

Marla hatte über ihre offenen Worte gelacht und dann darüber nachgedacht. Sicher, Sex war auch für Marla sehr wichtig, aber sie konnte durchaus auch eine Zeitlang ohne glücklich sein, wenn es Gründe dafür gab. Andererseits, das erste Anzeichen, dass es zwischen ihr und Mika nicht mehr stimmte, war tatsächlich sein Mangel an sexuellem Interesse an ihr gewesen. Zunächst hatte sie es auf die Arbeit geschoben. Doch inzwischen wusste sie, dass schon damals etwas mit einer anderen lief. Ob er keine

Lust mehr auf sie gehabt und sich deswegen auf eine andere Frau eingelassen hatte? Oder hatte er erst dann nicht mehr mit ihr schlafen wollen, als er sich in Tines Bett abreagieren konnte? Sicher war, dass seine Gefühle ihr gegenüber abgekühlt waren, egal ob bevor oder nachdem er sie betrogen hatte. Das führte sie zu der Frage, ob sie mit Daniel geschlafen hätte, wenn es zwischen ihr und Mika noch immer so gut gelaufen wäre wie am Anfang ihrer Beziehung. Vermutlich nicht. Doch genauer hinterfragen wollte sie das im Moment besser nicht. Letztlich war es auch egal. Mit Mika war es trotz mehrerer Anrufe von ihm, in denen er sie um ein Treffen gebeten hatte, aus ihrer Sicht aus und vorbei. Anders als aufgewärmtes Essen, das oft am nächsten Tag noch besser schmeckte, glaubte Marla nicht daran, dass aufgewärmte Liebe eine Chance hatte. Und was Daniel betraf – er hatte ihr unmissverständlich zu verstehen gegeben, dass er sie nicht mehr sehen wollte.

Und auf eine neue Beziehung hatte sie im Moment genauso viel Lust wie auf Blasen an den Füßen. Es war vielleicht ganz gut, mal eine Weile Single zu sein.

Sicher hatte Rafaela im Grunde genommen recht. Ein ausgewogenes Sexleben gehörte zu einer liebevollen Partnerschaft. Trotzdem reichte guter Sex allein nicht aus, um eine wirklich gute Beziehung zu führen. Wie auch immer – Marla war froh über diese Hürde, die sich Rafaela gesetzt hatte, denn so würde die sympathische Latina zumindest noch ein halbes Jahr bei ihr wohnen.

Als sie zurück in ihr Zimmer kam, fiel ihr Blick auf die Post auf dem Bett. Der braune Umschlag lag obenauf. Er war von Hand beschriftet, trug jedoch keinen Absender. Das machte sie neugierig. Sie riss das Kuvert auf und griff hinein. Als sie den Inhalt herausgeholt hatte, schaute sie ihn überrascht an. Ein Hotelprospekt und ein Flugticket nach Venedig, das auf sie ausgestellt war. War das irgendeine neue Werbemasche eines Reiseveranstalters?

»Was soll das denn?«, murmelte sie verwundert. Sie schaute auf das Datum. Der Flug ging am kommenden Samstagnachmittag vom Flughafen München ab, also in zwei Tagen. Rückflug war am Sonntagnachmittag, fast genau 24 Stunden später.

Plötzlich begann ihr Herz, schneller zu schlagen, und sie zitterte! Ein Tag und eine Nacht in Venedig! Es konnte nur einen geben, der ihr die Unterlagen geschickt hatte: Daniel.

Marla konnte nicht mehr stillsitzen. Sie stand auf und ging aufgeregt im Zimmer auf und ab. Was sollte das bedeuten? Er hatte doch ausdrücklich klargestellt, dass er sie nicht mehr sehen wollte. Und jetzt sollte sie nach Venedig reisen, um ihn dort zu treffen?

Oder war das nur ein Wunschdenken von ihr, und es gab eine ganz andere Erklärung für das Ticket? Sie überprüfte es noch mal ganz genau. Soweit sie das beurteilen konnte, war es ein echtes Ticket für einen Hin- und Rückflug nach Venedig. Erst jetzt fiel ihr auf, dass im Gegensatz zum Ticket auf der Hotelreservierung, die im Prospekt lag, ein anderer Name stand: Ella Marot.

Langsam begann es in ihrem Bauch zu kribbeln. Daniel wollte sie wiedersehen. Aber nicht als Marla. Sondern als Ella. Eine neue Rolle, die sie spielen sollte. Einerseits war sie etwas enttäuscht darüber, dass sie wieder eine andere für ihn sein sollte, doch mehr noch überwog die Aufregung darüber, dass sie ihn bald sehen würde, egal unter welchem Namen.

Sie nahm das Kuvert und griff noch einmal hinein.

Und tatsächlich fand sie eine kleine Karte auf der handschriftlich stand: *Ich hoffe sehr, dass Du kommen wirst. Daniel.*

Am Freitagnachmittag hatte Marla ihre kleine Reisetasche bereits zweimal gepackt und dann doch wieder ausgepackt.

Während sie sich gestern noch total gefreut hatte, war sie inzwischen hin- und hergerissen, ob es eine gute Idee war, ihn wiederzutreffen. Nach ihrer letzten Episode im Hotel hatte sie tagelang gebraucht, um aus dem schwarzen Loch herauszufinden, in das sie nach der vermeintlich endgültigen Trennung gefallen war. Danach war sie wütend auf ihn gewesen und hatte ihn gleichzeitig unendlich vermisst. Wollte sie dieses Gefühlschaos tatsächlich noch einmal neu erleben?

»Aber ich stecke ja schon mittendrin!«, sagte sie sich schließlich und packte die Tasche erneut. Und vielleicht würde es diesmal ja anders sein.

37

Als Marla am Flughafen Marco Polo in Venedig angekommen war, wartete in der Ankunftshalle ein junger, und für einen Italiener untypisch hünenhafter blonder Mann, der ein Schild mit dem Namen Ella Marot hochhielt. Fast wäre sie an ihm vorbeigegangen, bis sie realisierte, dass sie damit gemeint war.

»Sono Ella Marot«, kramte sie eines der wenigen italienischen Worte heraus, die sie kannte.

»Guten Tag, Frau Marot«, überraschte der junge Mann sie in akzentfreiem Deutsch. »Mein Name ist Sergej, und ich bin hier, um Sie zum Hotel zu bringen.«

Mit einem etwas flauen Gefühl im Magen folgte sie ihm aus dem Flughafen hinaus und den kurzen Fußweg bis zum Anlegeplatz. Obwohl das Wetter sonnig war, lagen die Temperaturen unter zehn Grad, und es ging ein frischer Wind. Marla zog den Kragen ihres Mantels hoch und war froh über die Mütze, die sie trug. Sie nahm ihre Sonnenbrille aus der Handtasche und setzte sie auf.

»Bitte sehr.« Er war ihr beim Einsteigen behilflich.

»Danke.«

Im Boot war es erstaunlich warm und gemütlich, und schon nach kurzer Fahrt öffnete sie die Knöpfe ihres Mantels.

Sergej war ein in Deutschland aufgewachsener Russe, den die Liebe nach Venedig gezogen hatte – wie er ihr entwaffnend offen erklärte. Er hatte den Auftrag bekommen, eine Stadtrundfahrt mit ihr zu machen und sie anschließend bis zu einer Anlegestelle in der Nähe des Hotels zu bringen, in dem sie übernachten würde.

Venedig war eine atemberaubende Stadt, und Marla konnte sich kaum sattsehen an den imposanten Gebäuden, die im Sonnenlicht fast zu leuchten schienen.

Wegen des berühmten, im Gegensatz zu Köln oder Rio, in Venedig eher stillen Karnevals, drängten trotz der winterlichen Jahreszeit zahlreiche Menschen über die Plätze und durch die kleinen Gassen. Der Markusplatz war zum Teil von Wasser überflutet, das bei Ebbe wieder zurückging, wie Sergej ihr erklärte. Stege waren an einigen Stellen aufgebaut, über die Menschen liefen. Andere wateten mit um die Beine gebundenen Plastiktüten oder Gummistiefeln durch wadenhohes Wasser. Ein paar wenige ließen sich jedoch offenbar auch von der Kälte nicht abschrecken und gingen mit hochgekrempelten Hosen barfuß durch das eiskalte Wasser.

Fantasievolle Gestalten in farbenprächtigen Kostümen und mit kunstvollen Masken stellten sich einzeln oder in kleinen Gruppen zur Schau und ließen sich gegen einen kleinen Obolus fotografieren. Doch auch sehr viele Touristen trugen Kostüme oder einfach nur Masken vor den Gesichtern.

Je näher sie der Rialtobrücke kamen, desto mehr Menschen tummelten sich entlang des Kanals. Sie fuhren an schwarzen Gondeln vorbei, in denen Paare in allen Altersklassen saßen. Sie ließen sich die romantische Fahrt offensichtlich nicht von der kühlen Temperatur verleiden und waren in warme Decken eingehüllt.

»Waren Sie schon mal hier?«, fragte Sergej, als sie unter der weltberühmten Brücke durchfuhren.

»Nur einmal. Aber da war ich so klein, dass ich mich

leider nicht mehr daran erinnern kann«, antwortete Marla.

»Es ist eine verzauberte Stadt. Und wenn Sie diese Magie einmal gespürt haben, werden Sie Venedig für immer lieben.«

Er lächelte ihr zu und zeigte dabei eine Reihe schneeweißer und auffallend großer Zähne, auf die er offensichtlich sehr stolz war.

Venedig und die Liebe. Für Marlas Geschmack gingen die Menschen ein wenig zu inflationär mit diesen Worten um. Marla seufzte leise. Was würde sie hier erwarten? Nicht mehr lange, und sie würde es herausgefunden haben. Und genau diese Spannung sorgte für ein aufregendes Bauchkribbeln.

Sergej drehte sich zu ihr um.

»Gleich sind wir da«, rief er vergnügt.

Er steuerte langsam eine Anlegestelle in der Nähe des Bahnhofs an.

Als Marla bezahlen wollte, winkte er ab.

»Das ist schon erledigt«, sagte er.

Nachdem er ihr aus dem Taxi geholfen hatte, drückte sie ihm trotzdem einen Zehneuroschein als Trinkgeld in die Hand.

Er bedankte sich und deutete in eine Richtung.

»Von hier aus ist es nur noch ein ganz kurzes Stück zum Hotel. Sie können den Weg nicht verfehlen. Eine schöne Zeit in Venedig.« Er war im Begriff, wieder ins Boot zu steigen.

»Sergej! … Warten Sie bitte. Haben Sie vielleicht eine Karte?« Man konnte ja nie wissen.

»Klar.« Er nahm seine Geldbörse, holte eine Visitenkarte heraus und reichte sie ihr.

Marla steckte sie ein, nahm ihre Reisetasche und

machte sich auf den Weg. Es dauerte keine drei Minuten, bis sie die Rezeption des Hotels betrat. Stauend sah Marla sich um. Aus dem Prospekt wusste sie bereits, dass es sich um ein renoviertes und liebevoll umgestaltetes Hotel handelte, das früher einmal Teil eines Klosters war. Doch die Fotos konnten den faszinierenden Charme des alten Gebäudes nicht wiedergeben, der Marla sofort nach dem Betreten in seinen Bann gezogen hatte.

Als sie der jüngeren Frau an der Rezeption ihren Namen genannt und die Reservierungsbestätigung auf den Tresen gelegt hatte, hieß die Frau sie auf Englisch herzlich willkommen. Offenbar hatte Daniel die Anmeldeformalitäten bereits geregelt, denn ohne ihren Personalausweis zu verlangen oder sie ein Meldeformular ausfüllen zu lassen, überreichte die Rezeptionistin Marla eine Schlüsselkarte und beschrieb ihr den Weg zum Zimmer. Da Marla nur die kleine Reisetasche dabeihatte, lehnte sie einen Pagen dankend ab.

Durch einen breiten Gang mit hohen gewölbten Decken ging sie über den glatten steinernen Fußboden zu einer Treppe. Auf den Lift verzichtete sie. Sie stellte sich vor, wie die Ordensleute in der Vergangenheit im frühen Morgengrauen auf demselben Weg zum Gebet in die Kirche oder nach der Messe wieder zurück unterwegs gewesen waren.

Je näher sie ihrem Zimmer kam, desto aufgeregter wurde sie.

Vor der Zimmertür zitterten ihre Beine vor Nervosität. Sie schloss auf und war etwas erleichtert, als niemand da war.

»Hallo?«, rief sie trotzdem vorsichtig. Doch auch aus der geöffneten Badzimmertür kam keine Antwort.

Sie trat ein und schaute sich um. Fast war sie ein wenig

über das Zimmer enttäuscht. Dabei war der großzügige Raum mit der hohen Decke eigentlich sehr geschmackvoll. Die Wände waren mit zimtfarbenem Stoff bespannt, und lange weiße Vorhänge an den Fenstern reichten bis zum dunklen Holzboden. An den Wänden hingen stilvolle Leuchter, und das große Polsterbett war farblich passend zur Wanddeko bezogen. In der Ecke stand ein kleiner Sekretär mit Stuhl. Daneben ein bequem aussehender Ledersessel. Alles machte einen sehr einladenden Eindruck. Doch für Marlas Geschmack wäre hier etwas weniger mehr gewesen. Dann hätte es für sie perfekt zum historischen und eher schlichten Ambiente des Gebäudes gepasst.

Es war sehr warm im Zimmer und die Luft stickig. Sie stellte ihre Tasche auf einen mit rotem Brokat bezogenen Hocker und ging zum Fenster, um es zu öffnen. Entzückt stellte sie fest, dass das Hotel einen zauberhaften kleinen Innenhof hatte, der von außen nicht zu sehen gewesen war. In diesem Garten musste es im Sommer traumhaft schön sein, dachte sie. Doch auch um diese Jahreszeit schien es eine einladende Oase zu sein, die offenbar von den Hotelgästen genutzt wurde, wie die weißen Baldachins über bequem aussehenden Sesseln vermuten ließen.

Während kühle Luft ins Zimmer strömte, schlüpfte Marla aus ihrem Mantel und zog ihre Mütze vom Kopf. Tiefschwarzes gelocktes Haar fiel auf ihre Schultern. Sie schaute in den mannshohen Spiegel neben der Kommode und zupfte die etwas zerdrückten Locken zurecht. Wieder einmal trug sie eine Perücke, um für ihn eine andere Frau zu sein.

Für den Abend hatte sie sich von Rafaela ein rotes Abendkleid ausgeliehen. Wobei sie überhaupt nicht wusste, was Daniel für den Abend geplant hatte. Vielleicht würde sie es ja gar nicht brauchen.

Für den Flug hatte sie sich diesmal ganz leger eine dunkelgraue Jeans und einen schwarzen Pulli mit Wasserfallkragen angezogen. Sie hatte vermutet, dass Daniel nicht im selben Flugzeug sitzen würde, deswegen hatte sie darauf verzichtet, sich extra in Schale zu werfen. Außerdem hatte sie bequem reisen wollen.

Sie räumte eben ihre Sachen in den Kleiderschrank ein, als es klopfte. Erschrocken drehte Marla sich zur Tür um. Daniel!

Doch als sie mit wild pochendem Herzen erwartungsvoll die Tür öffnete, stand ein Hotelmitarbeiter draußen, der ihr einen größeren Karton überreichte.

Marla bedankte sich, gab ihm ein paar Münzen und legte die Schachtel aufs Bett. Neugierig hob sie den Deckel und hielt den Atem an, als sie den Inhalt sah.

Eine filigrane schwarze Halbmaske lag auf einem Traum aus nachtblauem Satin und schwarzer Spitze.

Marla nahm die Maske und legte sie auf den Nachttisch. Dann hob sie vorsichtig das Kleid heraus und hielt es vor sich. Sie drehte sich zum Spiegel und schaute sich an. Noch nie hatte sie ein so außergewöhnliches Kleid gesehen. Es erinnerte ein wenig an die Rokokomode des 18. Jahrhunderts und mutete gleichzeitig modern an. Das Kleid war bis zu den Oberschenkeln in Etuiform geschnitten. Ab dort bauschte es sich in Falten auf, die bis zum Boden fielen. Die Ärmel waren bis zu den Ellbogen eng geschnitten, um dann in Kaskaden aus feinster Spitze auseinanderzufallen.

Fast ehrfürchtig strich Marla über den glatten Stoff. Das Kleid war wirklich traumhaft schön. Sie nahm einen Kleiderbügel aus dem Schrank und hängte es hinein.

Doch der Karton war noch nicht leer. Sie zog eine Lage Seidenpapier zur Seite und nahm eine ebenfalls moderne Variante eines Redingote-Mantels heraus, der farblich genau zum Kleid passte. Ein paar halterlose Strümpfe, eine kleine Tasche und ein Paar schwarze Schnürstiefeletten vervollständigten die Garderobe. Marla zweifelte nicht eine Sekunde daran, dass ihr die Sachen passen würden.

»Nur die Wäsche fehlt«, murmelte Marla und lächelte. Das hatte er offenbar ihr überlassen wollen. Natürlich hatte sie ihre schönsten Dessous eingepackt, allerdings könnte sie auch … Bei dem Gedanken, der ihr dann durch den Kopf ging, wurde ihr ganz heiß, und sie wusste plötzlich, dass er genau dasselbe gedacht hatte.

Als sie den Deckel wieder auf den leeren Karton schieben wollte, fiel ihr ein weißes Kuvert auf, das sie fast übersehen hätte. Sie öffnete es und nahm eine Karte heraus. Darauf stand in Tinte geschrieben: *Liebe Ella, ich erwarte dich um 19 Uhr in der Hotelhalle. Ich freue mich sehr auf dich. Daniel.*

Marla legte die Karte aufs Bett und schloss einen Moment die Augen. Die Aufregung der letzten Stunden legte sich plötzlich, und eine eigenartige Ruhe überkam sie.

Daniel hatte vom ersten Moment an einen besonderen, bisher noch nie dagewesenen Zauber in ihr Leben gebracht. Offenbar war es ihr jedoch nur vergönnt, immer nur wenige Stunden mit ihm zu erleben. Vielleicht würde diese Nacht in Venedig tatsächlich endgültig ihre letzte gemeinsame Nacht sein – vielleicht aber auch nicht. Sie beschloss, heute keine Fragen zu stellen und die Zeit mit ihm einfach zu genießen. In dieser Nacht würde sie Ella sein, eine abenteuerlustige Frau, die nach Leben hungerte.

38

Daniel hatte lange mit sich gerungen, obwohl er sich nach ihrer letzten Begegnung sicher gewesen war, dass er ihr nie wieder begegnen durfte. Doch die Gedanken an sie hatten ihn nicht losgelassen.

Nächtelang hatte er wach im Bett gelegen und war von seiner Sehnsucht nach Marla auf der einen und seinem schlechten Gewissen Silvia gegenüber auf der anderen Seite fast zerrissen worden. Er fand keinen Ausweg aus seiner emotionalen Zwickmühle und versuchte, sich mit Arbeit abzulenken. Doch das hatte nur tagsüber funktioniert. Bis er es schließlich nicht mehr ausgehalten und einen Entschluss gefasst hatte. Er wollte Marla wiedersehen.

Mit ihrer Verkleidung hatte sie vielleicht etwas initiiert, das ihm tatsächlich eine Art Ausweg bot. Und mit ihrem schauspielerischen Talent, in eine andere Rolle zu schlüpfen, konnte er sich zumindest für eine Weile vorgaukeln, er wäre mit einer anderen Frau zusammen. Auch wenn er natürlich wusste, dass er sich damit etwas vormachte.

Doch wenn er sich selbst gegenüber ganz ehrlich war, half ihm dieses Spiel nicht nur dabei, sein schlechtes Gewissen für eine Weile zu beruhigen – es erregte ihn auch sehr.

Während er die Vorbereitungen für den Aufenthalt in Venedig getroffen hatte, war er aufgeblüht und hatte endlich wieder etwas Lebensfreude wiedergefunden. Er war aufgeregt und voller Neugierde auf das, was passieren würde.

Als er ihr die Reiseunterlagen geschickt hatte, war er natürlich ein Wagnis eingegangen. Marla hatte jeden Grund, auf ihn sauer zu sein, und er hätte es verstehen können, wenn sie nichts mehr von ihm hätte wissen wollen. Bis zum Schluss hatte er große Zweifel gehabt, ob sie seine Einladung nach Venedig annehmen würde. Aber Marla war gekommen. Trotzdem wusste er auch jetzt noch nicht, ob sie sich tatsächlich auf dieses ungewöhnliche Arrangement einlassen würde.

Nun stand er ziemlich nervös in der Lobby des Hotels. Sein schwarzer Anzug war andeutungsweise wie ein Frack geschnitten, jedoch vorn und hinten gleich lang. Dazu trug er ein weißes Hemd mit leichten Rüschen links und rechts neben der Knopfreihe, eine schwarze Satinkrawatte und darüber einen schwarzen Mantel.

Auf richtige Karnevalskostüme für sie beide hatte er verzichtet. Sie würden die Kleidung ohnehin nicht allzu lange tragen, wenn es nach ihm ging.

In dem Moment, als sie mit dem Mantel über dem Arm die Hotellobby betrat, verschlug es ihm die Sprache. Sie sah in dem Kleid einfach atemberaubend aus, und die Halbmaske verlieh ihrem Gesicht etwas Geheimnisvolles. Die schulterlange schwarze Lockenfrisur machte zudem einen ganz anderen Typ aus ihr. Sie wirkte kokett und fast ein wenig frivol.

Als sie ihn entdeckte, nickte sie ihm lächelnd zu. Mit klopfendem Herzen ging er ihr entgegen.

»Ella … Du siehst bezaubernd aus.«

Er gab ihr links und rechts einen angedeuteten Begrüßungskuss.

»Danke, Daniel«, sagte sie nur, und er vernahm ein leichtes Zittern in ihrer Stimme. Vermutlich war sie genauso aufgeregt wie er.

»Ich habe einen Tisch in einem Restaurant hier ganz in der Nähe für uns reserviert.«

Er half ihr in den Mantel. Dann hielt er ihr den Arm hin.

»Wollen wir?«

»Gern.«

Sie hakte sich bei ihm ein, und gemeinsam verließen sie das Hotel.

Daniel und Marla gingen schweigend nebeneinanderher. Nur das leise Klacken seines Stocks und die Absätze ihrer Stiefel waren zu hören.

Inzwischen war Nebel aus dem Wasser aufgestiegen, und die wenigen Straßenlaternen und Lampen an den Häusern tauchten die kleinen Gassen in ein mystisches Licht. Zahlreiche verkleidete Menschen waren in der Dunkelheit unterwegs. Viele trugen prächtige Masken und manche Kostüme, die alt und kostbar aussahen.

»Hast du schon Hunger?«, fragte er schließlich, als er das Schweigen nicht länger aushielt.

»Ja. Sehr sogar. Aber ich weiß nicht, ob ich vor Aufregung auch nur einen Bissen hinunterbekommen werde. Schließlich ist es das erste Mal, dass ich mich auf ein Blind Date einlasse.«

Er schaute sie überrascht an. Das war also die Rolle, die sie als Ella spielen wollte. Er blieb stehen. Nur zu gern wollte er in ihr Spiel einsteigen, aber vorher musste er doch noch etwas mit ihr klären.

»Es tut mir leid, wie ich mich verhalten habe. Ich wollte dich nicht verletzten. Und bitte glaub mir, es fiel mir schwer zu gehen …«

Bevor er weitersprechen konnte, war sie zu ihm getreten und hatte einen Finger auf seine Lippen gelegt.

»Ssst. Ich weiß gar nicht, worüber du redest, Daniel… Was zählt, ist diese Nacht. Lass sie uns genießen und alles andere vergessen.«

Ihre wunderschönen Augen hinter der Maske schimmerten im sanften Licht der Straßenlaterne.

Daniel schluckte. Ohne dass sie darüber sprechen mussten, hatte sie seinem Arrangement zugestimmt. Sie war eine unglaubliche Frau.

»Marla…«

»Ella, schon vergessen?« Und plötzlich huschte ein süffisantes Lächeln über ihre Lippen. »Und ich habe vor, mich heute prächtig zu amüsieren.«

»Das werden wir, meine liebe Ella«, sagte er und lächelte ebenfalls.

Er legte ihr den Arm um und zog sie an sich. Ihre verlockend roten Lippen waren so nah, dass er ihren warmen Atem spürte. Doch bevor er sie küssen konnte, machte sie sich von ihm los.

»Nicht so schnell, mein lieber Herr Lester«, sagte sie kokett. »Wir haben uns schließlich eben erst kennengelernt und…«

Ihre Worte wurden von lautem Gejohle unterbrochen. Eine Gruppe Jugendlicher zog an ihnen vorbei.

»Kiss her! Kiss her!«, feuerten einige von ihnen Daniel an und klatschten dabei.

»Siehst du, die finden auch, dass ich dich küssen soll«, sagte er laut.

»Und ich finde, du solltest dich ein wenig in Geduld üben.«

Marla und Daniel schauten sich an und begannen gleichzeitig zu lachen.

Und nun schien es, als ob der Damm gebrochen wäre, und sie plauderten zwanglos, während sie weitergingen.

»Wie war dein Flug?«, wollte Daniel wissen.

»Ganz gut«, antwortete sie. »Und die kleine Stadtrundfahrt im Wassertaxi war wirklich toll. Danke, dass du das für mich organisiert hast.«

»Schön, dass es dir Spaß gemacht hat.«

»Und wie!«

»Ich hoffe, du isst gerne Fisch. Das Restaurant, das ich für uns ausgesucht habe, ist berühmt für seine fangfrischen Meeresspezialitäten.«

»Oh, ich liebe Fisch«, sagte sie.

Er wollte sie eigentlich so vieles fragen. Wie es ihr seit der letzten Begegnung ergangen war und ob sie ihn vermisst hatte. Doch das durfte er nicht. Er musste sich auf ihr Spiel konzentrieren, darauf, dass er in dieser Nacht wieder mit einer »anderen« Frau unterwegs war. Und das war es ja auch, was er wollte, damit er überhaupt mit ihr zusammen sein konnte.

»Ich war sehr neugierig auf dich«, sagte Daniel, als sie auf eine kleine Brücke zusteuerten, die über einen schmalen Kanal führte.

»Und ich auf den Mann, der mich dazu gebracht hat, heute …«

In diesem Moment hörten sie den Schrei eines Mädchens, und gleich darauf plumpste etwas ins Wasser. Sie fuhren erschrocken herum und sahen im Schatten der Dunkelheit, dass sich jemand in einem kleinen Boot bewegte, das eben langsam unter der Brücke hervorfuhr. Das Licht der Laterne fiel darauf, und nun erkannten sie ein junges Mädchen, das mit einem Ruder wild paddelte und aufgeregt schrie.

»Da ist jemand ins Wasser gefallen!«, rief Marla und

eilte rasch zur anderen Seite der Brücke. Dort schlug jemand im Wasser verzweifelt um sich.

Bei ihren Worten spürte Daniel, wie sich alles in ihm zusammenzog. Jemand war aus einem Boot ins Wasser gefallen! Er spürte, wie sämtliche Farbe aus seinem Gesicht wich.

Marla hielt sich an einem Mauervorsprung fest und beugte sich so weit es ging nach unten.

»Daniel! Hilf mir!«

Doch er schaffte es nicht, sich auch nur einen Millimeter zu bewegen. Er war wie erstarrt und konnte nichts weiter tun, als ihr hilflos zuzusehen.

Inzwischen war das Mädchen aus dem Boot geklettert und kam Marla zu Hilfe. Dabei redete es aufgeregt in italienischem Singsang auf Marla ein, in dem immer wieder der Name Teresa herauszuhören war. Offenbar hieß so die ins Wasser gestürzte Person.

»Halt dich fest, Teresa!«, rief Marla. »Wir helfen dir«. Und schließlich gelang es den beiden, die Verunglückte aus dem Wasser zu ziehen.

Erst jetzt löste sich Daniels Starre, und er humpelte zu Marla, die neben dem pitschnassen und hustenden Mädchen kniete und ihr auf den Rücken klopfte. Ihre Maske hatte sie inzwischen abgenommen.

»Sie ist verletzt«, stellte er fest, als er Blut aus ihrer Nase rinnen sah.

»Ich glaube nicht, dass es schlimm ist«, sagte Marla und warf ihm einen Blick zu. »Daniel … Du bist ja kreidebleich.«

»Ich … ach, es ist nichts …«

Er griff nach einem Päckchen Papiertaschentücher und reichte es dem Mädchen. Sie nahm ein paar Tücher heraus und presste sie unter die Nase.

»Was machen wir denn jetzt mit ihr?« Daniel schätzte sie kaum älter als seine Schwester Kim. »Sollen wir sie zu einem Arzt bringen?«

»Ich würde sagen, wir bringen sie besser nach Hause.«

Das andere Mädchen schaute nun ängstlich zwischen Teresa und den beiden Erwachsenen hin und her. Dann murmelte sie ein paar Worte, stand auf, lief über die Brücke und verschwand in einem der dunklen Gässchen.

»Halt! Warte!«, rief Marla ihr vergeblich hinterher.

Teresa versuchte aufzustehen. Doch sie zitterte in der Kälte so sehr, dass sie nicht alleine hochkam. Daniel nahm sie am Arm und half ihr auf. Dann zog er seinen Mantel aus und legte ihn ihr über die Schultern.

»Wohnst du weit von hier?«, fragte Daniel sie auf Englisch. Sie schüttelte leicht den Kopf, das Taschentuch noch immer gegen ihr Gesicht gepresst.

»Casa? Familia?« Marla schaute sie eindringlich an. Nun nickte sie zögernd und murmelte wieder etwas in ihrer Muttersprache.

Marla nahm sie entschlossen am Arm, und sie ließen sich von Teresa den Weg zeigen. Daniel bemerkte, dass Marla ihm immer wieder besorgte Blicke zuwarf.

»Es geht mir gut«, sagte er deswegen, doch sie schien ihm das nicht ganz abzunehmen.

Glücklicherweise wohnte Teresa ganz in der Nähe der kleinen Brücke.

Als sie vor der Haustür standen, sah das Mädchen ganz ängstlich aus. Marla drückte auf den Klingelknopf.

»Ich glaube, sie befürchtet, dass sie Ärger bekommt«, sagte Daniel.

Marla nickte ihm zustimmend zu und strich dann über Teresas nasses Haar.

»Alles wird gut«, sagte sie in beruhigendem Tonfall.

Gleich darauf ging die Haustür auf. Eine Frau, etwa Mitte vierzig, schlug beim Anblick des Mädchens die Hände zusammen und rief erschrocken: »Teresa!«

Dann ging ihr Blick ängstlich zwischen Marla und Daniel hin und her, und sie redete in Italienisch auf sie ein.

»Sie ist ins Wasser gefallen«, versuchte Daniel zu erklären. Hinter der Frau erschien nun ein Mann.

Es stellte sich heraus, dass es sich um Teresas Vater Renato handelte, der glücklicherweise gut deutsch sprach.

Nachdem sie ihm das Geschehen kurz geschildert hatten, bestanden die Eltern des Mädchens darauf, dass Daniel und Marla hereinkamen.

Daniel warf Marla einen fragenden Blick zu. Sie zuckte mit den Schultern und nickte.

Über eine schmale Treppe gingen sie nach oben zur eigentlichen Wohnung, die erstaunlich geräumig und modern eingerichtet war. Ein verlockender Duft nach würzigen Tomaten, Gewürzen und geschmolzenem Käse lag in der Luft.

Als Teresas Mutter sah, wie nass ihre Gewänder waren, schlug sie abermals die Hände zusammen. Sie nahm ihnen die Mäntel ab und drückte sie mit aufgeregten Worten ihrem Mann in die Arme. Dann schnappte sie sich ihre Tochter und zog sie schimpfend ins Badezimmer. Renato hängte die Mäntel über zwei Stühle und stellte sie neben der Heizung auf.

Dann bot er Daniel und Marla Platz an.

»Wir möchten Ihnen keine Umstände machen, und wir müssen auch bald los«, sagte Daniel.

»Wenn ich Sie jetzt gehen lasse, dann dreht meine Frau mir den Kragen um«, sagte Renato. Kaum hatte er das gesagt, kam sie aus dem Badezimmer und sagte etwas zu ihrem Mann.

»Sie bittet Sie, mit ihr zu gehen«, übersetzte Renato, und Marla folgte ihr ins Schlafzimmer.

Daniel kam sich vor wie in einer italienischen Seifenoper. Als Renato ihm einen Grappa anbot, sagte er nicht nein. Den konnte er nach der ganzen Aufregung ziemlich gut vertragen. Auf ihr Abendessen würden sie wohl noch eine Weile warten müssen.

»Meine Frau hat ihr verboten, heute Abend auszugehen«, erklärte Renato, während er einschenkte. »Aber Teresa hat ihren eigenen Kopf. Sie hat sich aus dem Haus geschlichen.«

»Nehmen Sie es ihr nicht übel«, versuchte Daniel, den aufgebrachten Vater zu beruhigen. »Sie ist ja noch ein junges Mädchen.« Obwohl Daniel selbst etwas ärgerlich war. Schließlich hatte die kleine Ausreißerin seine Pläne für den Abend völlig durcheinandergebracht.

»Natürlich kommen wir für den Schaden auf«, sagte Renato mit einem Blick auf die Mäntel.

»Da finden wir schon eine Regelung.«

»Haben Sie auch Kinder?«, fragte der Italiener und reichte ihm das Glas.

»Leider nicht. Aber eine kleine Schwester in etwa diesem Alter. Und die hat es auch manchmal faustdick hinter den Ohren.«

»Man sollte sie ins Kloster stecken, bis sie erwachsen sind«, schimpfte Renato, doch Daniel hörte seinem Tonfall an, dass er es gar nicht so ernst meinte.

Daniel erhob sein Glas.

»Hauptsache, es ist ihr nichts passiert … Cin cin!«

»Prost!«, sagte Renato.

Die beiden Männer stießen an und tranken.

»Und nochmals vielen Dank, dass Sie meine Tochter aus dem Wasser gezogen haben.«

Daniel spürte wieder Beklemmung in sich aufsteigen. Er war es nicht gewesen, der sie gerettet hatte.

»Das war meine Freundin Ella«, erklärte er und benutzte den Namen der Rolle, die sie spielte.

Renato warf einen kurzen Blick auf Daniels Stock. Vermutlich ging er davon aus, dass Daniel deswegen nicht hatte helfen können. Dabei war es eine ganz andere Art von Verletzung, die ihn daran gehindert hatte, das Mädchen aus dem Wasser zu ziehen.

»Sie können sich glücklich schätzen, so eine Freundin zu haben«, sagte Renato diplomatisch.

Daniel nickte bedächtig. Und kam sich wieder einmal vor wie ein Hochstapler.

39

Marla verstand zwar kein Wort von dem, was Teresas Mutter zu ihr sagte, aber es war eindeutig, dass sie Marla dazu bringen wollte, das Kleid auszuziehen, damit sie den Schaden ein wenig beheben konnte. Sie hielt ihr als Ersatz ein anderes Kleid hin, das sie aus dem Schrank geholt hatte.

»No necessario«, winkte Marla jedoch ab. Es wäre ihr peinlich gewesen, sich vor der Frau auszuziehen, denn sie hatte Daniel überraschen wollen und trug keine Unterwäsche. Das Kleid selbst war im Gegensatz zum Mantel auch gar nicht so schlimm in Mitleidenschaft gezogen worden und kaum nass.

Schließlich gab die Frau auf, was Marla nur recht war, denn sie wollte so schnell wie möglich wieder zu Daniel. Sie machte sich immer noch ein wenig Sorgen um ihn. Nachdem sie das Mädchen aus dem Wasser gezogen hatten, hatte er verstört gewirkt. Vermutlich hatte ihn dieses Erlebnis an den Unfall erinnert.

Sie gingen wieder zu den Männern ins Wohnzimmer, die auf dem Sofa saßen und sich unterhielten. Erleichtert stellte Marla fest, dass Daniel inzwischen wieder entspannter wirkte, auch wenn er immer noch etwas blass um die Nase aussah. Sie hoffte, dass dieser Zwischenfall die Pläne für den Abend nicht allzu sehr durcheinanderbringen würde. Daniel schien sich ebenfalls schon Gedanken darüber gemacht zu haben.

»Am besten gehen wir gleich zurück zum Hotel, Ella. Wir ziehen uns um und essen auf unserem Zimmer«, schlug er vor.

Bevor Marla erleichtert zustimmen konnte, sagte Renato: »Oh nein, bitte bleiben Sie hier. Meine Frau hat heute gefüllte Cannelloni gekocht. Es ist genug da für alle. Sie kocht immer viel zu viel. Bitte seien Sie unsere Gäste. Das ist das Mindeste, das wir tun können.«

Es war nicht das, was sie sich unter einem romantischen Abendessen vorgestellt hatte, und unter diesen Umständen war es natürlich auch nicht möglich, weiter die Rolle einer Frau zu spielen, die sich auf ein Blind Date eingelassen hatte. Die Familie sprach sie zwar mit dem Namen Ella an, ging jedoch davon aus, dass Daniel und sie ein Paar waren. Und dementsprechend verhielten sie sich. Ihre Maske hatte sie ja ohnehin schon bei der Rettungsaktion abgenommen.

Teresa entkam nach einer ordentlichen Standpauke ihres Vaters dem Stubenarrest, den ihre Mutter ihr offenbar angedroht hatte. Sie saß anfangs noch etwas kleinlaut am Tisch, doch nachdem sie sich bei allen entschuldigt hatte, taute sie langsam auf. Allerdings konnte sie es nicht erwarten, nach dem Essen auf ihr Zimmer zu kommen, um ihre Freundin anzurufen.

Marla konnte sich nicht erinnern, jemals so gute Cannelloni gegessen zu haben.

»Hausgemacht schmeckt eben doch am besten«, hatte sie die Kochkünste der Gastgeberin gelobt, und Renato hatte lächelnd übersetzt. Er hatte seinen besten Rotwein aus dem Regal geholt, der Marla bald zu Kopf stieg.

Als Nachspeise gab es Blätterteiggebäck, verschiedene

Käsesorten und Früchte und zum Abschluss noch Espresso und Grappa.

Danach hatte Marla das Gefühl zu platzen.

Obwohl die Verständigung über Renato laufen musste, hatten sie sich köstlich unterhalten. Vor allem aber genoss Marla es, Daniel zu beobachten. Da Lester SP als Hersteller von Sportartikeln unter anderem auch als Sponsor einiger Sportvereine fungierte, diskutierte er mit Renato sehr leidenschaftlich über Fußball. Marla stellte sich vor, wie es wäre, tatsächlich Daniels Freundin oder gar Frau zu sein und einen ungezwungenen Abend mit Bekannten oder Freunden zu verbringen, die sie nicht anlügen mussten. Doch das würden sie voraussichtlich nie erleben. Sie versuchte einfach, die Zeit, die sie mit ihm hatte, zu genießen, nicht daran zu denken, dass es schon bald wieder vorbei sein könnte. Sie hatte das Gefühl, Daniel hier am Tisch, bei dieser herzlichen italienischen Familie, auf eine sehr persönliche Weise noch viel näher kennenzulernen. Und je mehr Zeit sie mit diesem Mann verbrachte, umso mehr mochte sie ihn! Und weil er ihr immer mehr ans Herz wuchs, wünschte sie sich für ihn, dass er nach all dem Schlimmen, das er in der Vergangenheit erlebt hatte, glücklich war.

Offenbar hatte er ihre Blicke gespürt, denn er schaute sie lächelnd an und sagte: »Ella, meine Liebe, wir sollten langsam zurück zum Hotel. Was meinst du?«

Die Aussicht darauf, bald mit ihm allein zu sein, trieb ihr eine leichte Röte ins Gesicht.

»Ja. Wir sollten jetzt wirklich gehen.«

Renato zwinkerte seiner Frau zu und sagte etwas. Sie nickte und antwortete ihm. Renato übersetzte: »Meine Frau und ich bedauern es sehr, dass Sie wegen unserer Tochter solche Unannehmlichkeiten hatten. Aber wir bedauern es nicht, Sie kennengelernt zu haben. Und wir hoffen, dass der restliche Abend für Sie … trotzdem etwas Besonderes sein wird.«

Er schmunzelte.

»Wird er bestimmt«, antwortete Daniel, bedankte sich für die herzliche Gastfreundschaft und tauschte mit Renato Kontaktdaten.

Die Mäntel waren inzwischen weitgehend trocken. Und die Flecken würden in der Dunkelheit nicht weiter auffallen.

Renato wollte ihnen Geld für die Reinigung der ruinierten Kleider geben. Doch das lehnte Daniel strikt ab.

Der Nebel war inzwischen noch dichter geworden, und unterwegs begegneten ihnen kaum noch Leute. Wein und Grappa hatten Marla so erhitzt, dass ihr die Kühle der Nacht guttat.

»Es tut mir leid, dass der Abend anders gelaufen ist als geplant«, sagte Daniel.

»Mir tut es nicht leid. Er war doch trotzdem schön, oder?«

»Stimmt … Das war er.« Daniel nickte.

»Außerdem mag ich Pasta noch lieber als Fisch«, gab Marla zu.

»Ich auch.« Sie lächelten sich an.

»Bist du dir sicher, dass du den Weg zurück kennst?«, fragte Marla, die in der dunklen Nebelsuppe schon nach wenigen Metern jede Orientierung verloren hatte.

»Nein«, sagte Daniel und blieb stehen. »Aber ich habe das.« Er holte sein Smartphone heraus und gab auf einer App die Adresse des Hotels ein.

»Komm, hier geht es lang«, sagte er und griff nach ihrer Hand. »Keine Sorge, ich bringe dich sicher wieder zurück.«

»Ich mache mir keine Sorgen«, antwortete Marla. Im Moment war sie tatsächlich weit davon entfernt, sich Sorgen zu machen. Im Gegenteil. Die düstere Kulisse des nächtlichen Venedigs bescherte ihr auf sehr eigentümliche Weise ein kribbelndes Gefühl der Erregung. Je länger sie unterwegs waren, desto größer wurde ihr Verlangen nach Daniel. Sie verspürte plötzlich unbändige Lust, etwas Ungehöriges zu tun. Etwas, das eine abenteuerliche Frau wie Ella tun würde. Und diese Frau wollte sie die restliche Nacht für ihn sein.

Als sie eine weitere kleine Brücke überquerten, blieb sie auf den Stufen stehen.

»Moment«, sagte sie und holte die Maske aus ihrer Handtasche. Sie setzte sie auf und fühlte sich damit noch verwegener.

Daniel schaute sie neugierig an.

»Was hast du vor?«

»Was denkst du denn, was ich vorhaben könnte?«, flüsterte sie heiser.

Seine Augen begannen zu funkeln.

»Ich glaube etwas, das mir auch gefallen könnte.«

Sie lehnte sich an das eiserne Brückengeländer, griff nach seiner Hand und zog ihn zu sich heran.

»Ich halte es keine Sekunde länger aus, dich nicht zu küssen«, sagte sie leise, als er ganz nah bei ihr stand.

»Das musst du auch nicht«, murmelte er heiser.

Und schon lagen ihre Lippen fest aufeinander. Marla wusste nicht, was mit ihr los war. Es war kalt, es war nebelig, und die Umgebung war alles andere als einladend, und doch war sie wie in einem Rausch. Sie konnte sich nicht erinnern, jemals so großes Verlangen nach einem Mann verspürt zu haben.

Ihr Kuss wurde immer intensiver, und sein erregtes

Stöhnen entfachte ihre Lust noch mehr. Sie öffnete zwei Knöpfe an seinem Mantel und schob ihre Hand zum Reißverschluss seiner Hose.

Daniel löste sich von ihr.

»Du bist eine unglaubliche Frau«, sagte er leise keuchend. »Und ich würde jetzt nichts lieber tun, als dich in eine dunkle Gasse zu ziehen, dein Kleid hochzuschieben und dich auf der Stelle zu nehmen, aber …«

Er beschrieb genau das, was sie sich vorgestellt hatte. Doch noch während er sprach, wurde ihr bewusst, dass das nicht so einfach funktionieren konnte. Sein Bein! Wie hatte sie das nur vergessen können. Bestimmt hatte er Schwierigkeiten im Stehen …

»Es tut mir leid, Daniel«, unterbrach sie ihn, bevor er selbst es aussprechen musste. Gleichzeitig wollte sie aber die aufgeladene Stimmung nicht durch falsche Worte zerstören, deswegen fügte sie hinzu: »Aber du hast recht, hier ist es für uns beide unbequem. Lass uns zusehen, dass wir schnellstens ins Hotel kommen.«

40

Als sie kurz darauf das Zimmer betraten, konnten sie sich keine Sekunde länger zurückhalten. Sie zogen ihre Mäntel aus und ließen sie achtlos auf den Boden fallen. Sich gegenseitig küssend, gingen sie zum Bett, und Marla ließ sich rückwärts in die Kissen sinken. Daniel hielt sich nicht damit auf, ihr das Kleid auszuziehen, sondern schob es einfach nach oben bis über ihre Hüften.

Als er entdeckte, dass sie nur halterlose Strümpfe und keine Unterwäsche trug, stöhnte er auf.

»Genau das habe ich mir gewünscht.«

»Ich weiß«, sagte Marla.

Daniel betrachtete sie voller Begierde. Sie lag in ihrem hochgeschobenen Kleid mit der Halbmaske vor dem Gesicht und den wilden schwarzen Locken da wie der Inbegriff sinnlicher Weiblichkeit und Verlockung. Dabei hatte sie kaum eine halbe Stunde vorher noch Pasta-Rezepte mit Renatos Frau ausgetauscht und mit der italienischen Familie über ihre Ähnlichkeit zu Sandra Bullock gescherzt. Marla war so viele Frauen in einer, sogar dann, wenn sie keine andere Rolle spielte. Er musste das ausblenden, bevor ihn die zärtlichen Gefühle für sie zu überwältigen drohten.

Hier lag Ella, eine wunderschöne Frau, die sich mit ihm auf ein Blind Date eingelassen hatte, um aufregenden Sex zu haben.

»Warum ziehst du dich nicht aus?«, fragte sie und spreizte dabei lasziv die Beine.

»Oh, das werde ich!«

Weil es viel zu lange gedauert hätte, zog er nur die Hose und die Shorts aus und nahm die Krawatte ab. Dann drückte er ihre Schenkel nach oben und schob sich über sie. Obwohl sein Bein in dieser Position etwas hinderlich war und schmerzte, wollte er genau so mit ihr schlafen. Inzwischen war sie mehr als bereit für ihn. Sanft stieß er tief in sie hinein. Sie stöhnte vor Lust laut auf und presste ihren Unterkörper noch fester gegen ihn. Er beugte sich zu ihr, fand ihre Lippen und küsste sie wild und leidenschaftlich. Dabei bewegte er sich keinen Zentimeter aus ihr heraus, sondern kreiste nur langsam mit seinem Unterkörper.

Mit einer Hand umfasste er ihre Brust und streichelte mit dem Daumen über ihre harte Knospe.

Er spürte durch das Hemd, wie sie mit den Fingernägeln über seinen Rücken streifte und sich lustvoll unter ihm bewegte.

Er löste sich von ihren Lippen und schaute in ihre Augen, die funkelnd sein Verlangen widerspiegelten.

Sein Glied, umhüllt von ihrer Hitze und Nässe, schien gleich bersten zu wollen. Doch er wollte den Moment unbedingt noch hinauszögern. Er schloss die Augen und hielt für einige Sekunden inne.

»Bitte, warte … «, bat er schwer atmend und zog sich fast gänzlich aus ihr zurück.

Sie hatte inzwischen sein Hemd aufgeknöpft.

»Ich weiß nicht, ob ich das kann«, keuchte sie. Und als sie dann über seine Brust streichelte und seine Brustwarzen berührte, gab es für ihn kein Halten mehr. Im Rhythmus ihrer gemeinsamen Lust stieß er immer wieder in sie hinein.

Ausgerechnet in diesem Moment wurde ihm bewusst,

dass er nicht daran gedacht hatte, ein Kondom überzuziehen. Und sie offenbar ebenso wenig. Doch jetzt konnte er nicht mehr zurück. Er wäre gestorben, wenn er jetzt hätte aufhören müssen. Ihr Stöhnen und ein Zucken in ihrem Inneren verrieten ihm, dass sie kam. Keine Sekunde zu früh, denn er konnte sich ebenfalls nicht mehr zurückhalten. Sein Körper verging fast vor Lust, als er explodierte und sich tief in ihr verströmte.

Schwer atmend löste er sich von ihr und ließ sich neben sie aufs Bett sinken, um sein Bein zu entlasten. Sie drehte sich zur Seite, und er rutschte an sie heran, so dass sie mit dem Rücken an seiner Brust lehnte. Daniel legte den Arm um sie und zog sie ganz eng an sich.

Keiner sagte ein Wort. Erst als sein Pulsschlag sich wieder einigermaßen beruhigt hatte, flüsterte er ihr ins Ohr:

»Ella?«

»Hm?«

»Wir haben etwas vergessen.«

Sie nickte.

»Ich weiß.«

»Du nimmst die Pille?«

»Ja … Und falls du dir Sorgen machst, ich habe mich vor Kurzem untersuchen lassen. Ich bin gesund.«

»Deswegen brauchst du dir auch bei mir keine Gedanken zu machen.«

»Das tue ich nicht«, sagte sie.

»Gut.«

Er küsste ihren Nacken.

»Daniel?«

»Ja?«

»Wirst du morgen früh hier sein, wenn ich aufwache?«

Er zögerte einen Moment mit der Antwort. Nicht weil

er darüber nachdenken musste, sondern weil es ihn seltsam traurig machte, es ihr zu sagen.

»Nein.«

Dabei würde er so gern bei ihr bleiben. Sie in den Armen halten, wenn draußen langsam die Sonne aufging. Sie wachküssen und sie lieben, noch bevor sie das Frühstück aufs Zimmer bestellten. Und später mit ihr Hand in Hand durch Venedig schlendern und irgendwo in der Nähe des Markusplatzes in einem kleinen Café einen Cappuccino trinken und dazu saftigen Zitronenkuchen essen.

Doch egal wie sehr er sich danach sehnte, das durfte er nicht zulassen. Das schlechte Gewissen wegen ihrer inszenierten Nächte war schon groß genug. Doch er hoffte, damit umgehen zu können. Mehr konnte er jedoch niemals mit ihr haben.

»Nein«, wiederholte er leiser.

Sie löste sich von ihm, und Daniel dachte schon, sie würde aufstehen und gehen. Doch sie zog nur ihre Maske vom Gesicht und drehte sich zu ihm um. Sie legte ihre Hand an seine Wange und sah ihn lächelnd an.

»Dann sollten wir die wenigen Stunden nutzen, bevor du gehst.«

41

Marla wusste, dass es keinen Sinn hatte, mit ihm darüber zu diskutieren, dass sie ihn wiedersehen wollte. Beim letzten Mal hatte sie damit nur erreicht, dass er gegangen war. Lieber wollte sie die kostbaren Momente mit ihm genießen.

»Ja«, flüsterte er, »lass uns keine Zeit verschwenden ... Aber erst machen wir es uns bequemer.«

Daniel half Marla aus dem Kleid und zog dann sein Hemd aus.

»Du bist so wunderschön«, flüsterte er.

Bei seinen Worten überzog eine Gänsehaut ihren Körper, und ihre Kehle wurde eng. Daniel gab ihr das Gefühl, tatsächlich schön und begehrenswert zu sein.

»Du auch«, erwiderte sie leise und konnte sich an seinem markanten Gesicht und den strahlenden Augen kaum sattsehen.

Sie begannen, sich gegenseitig zu streicheln und zu küssen. Zärtlich, ohne Hast.

Während sie sich so nah waren, spürte Marla ein leises Schuldgefühl. Sie hatte ihn vorhin belogen. Nachdem sie nun schon eine Weile von Mika getrennt war und sich nicht grundlos mit Hormonen vollstopfen wollte, hatte sie vor einem Monat die Pille abgesetzt. Im Taumel ihrer Leidenschaft – und womöglich auch bedingt durch den Alkohol, hatte sie gar nicht mehr daran gedacht, sich zu schützen.

Als er sie darauf angesprochen hatte, wollte sie nicht, dass er sich deswegen Sorgen machte. Womöglich hätte sie damit die Nacht ruiniert. Sie würde gleich am Montag früh zu ihrer Frauenärztin gehen und sie um ein Rezept für die Pille danach bitten. Eigentlich stand sie dieser Art von Empfängnisverhütung kritisch gegenüber, aber in diesem Fall ging es wohl nicht anders.

Nachdem sie nun ohnehin schon ohne Schutz miteinander geschlafen hatten, brauchten sie sich für heute keine Gedanken mehr darüber machen. Und als er zum zweiten Mal in sie eintauchte, genoss sie es ganz bewusst, ihn pur in sich zu spüren.

Marla hatte fest vorgehabt, nicht einzuschlafen, doch als sie die Augen öffnete, war es draußen bereits hell, und Daniel war verschwunden. Auf seinem Kopfkissen lag ein Zettel. *Adieu Ella* stand darauf. Sie drückte Daniels letzte Zeilen an die Brust und schloss die Augen. Obwohl sie ihn schon jetzt unendlich vermisste, traf es Marla diesmal nicht ganz so schwer, dass er gegangen war. Instinktiv wusste sie, dass es nicht ihre letzte gemeinsame Nacht war und sie ihn wiedersehen würde.

Sie war sich deshalb so sicher, weil er sie etwas gefragt hatte, als sie in seinen Armen lag.

»Gibt es einen Ort, an den du immer schon mal reisen wolltest?«

Sie hatte eine Weile überlegt. Es gab viele Plätze auf der Welt, die Marla gerne sehen würde. Deswegen fiel es ihr schwer, einen davon auszuwählen.

»Na? Kannst du dich nicht entscheiden?«

»Nein«, hatte sie zugegeben. »Aber er sollte auf jeden Fall am Meer sein. Ich liebe das Meer.«

»Gut zu wissen«, hatte er gesagt und geheimnisvoll gelächelt. Dann hatte er sie zärtlich geküsst. Seine Worte und Blicke waren für sie eindeutige Hinweise oder sogar eine Art Versprechen, dass er sie wiedersehen wollte.

Sie schwang die Beine aus dem Bett, griff nach der Handtasche und holte ihr neues Smartphone heraus. Es war kurz vor halb acht. Ihr Flug nach München würde erst am frühen Nachmittag gehen. Bis dahin wollte sie sich noch ein wenig in der Stadt umsehen, in der sie so eine wundervolle Nacht verbracht hatte. Sie hätte sich gerne die Kunstausstellung im Peggy-Guggenheim-Museum im Palazzo Venier dei Leonie angeschaut. Doch die Zeit reichte nur dafür, durch die kleinen Gassen zum Campanile di San Marco zu schlendern und auf dem Weg dorthin vielleicht eine der wunderschönen alten Kirchen zu besuchen.

Danach würde sie Sergej anrufen und sich von ihm in seinem Wassertaxi zum Flughafen bringen lassen.

42

Als Marla acht Stunden später die Tür zu ihrer Wohnung aufschloss, hörte sie Stimmen aus der Küche. Sie stellte ihre Tasche ab und öffnete die Tür zur winzigen Küche. Dort stand ihre Mutter neben Rafaela, die gerade dampfend heißes Wasser in die rote Teekanne goss.

»Mama? Was machst du denn hier?«, fragte Marla verwundert. Es war das erste Mal, dass ihre Mutter unangemeldet bei ihr vorbeikam.

Paula drehte sich zu ihr um, und Marla erschrak, als sie ihre geröteten Augen sah. Sie hatte geweint.

»Mama, was ist denn passiert?«

»Edgar«, sagte Paula gefasst. »Er ist heute Vormittag friedlich eingeschlafen.«

Marla umarmte ihre Mutter und drückte sie fest an sich.

»Ach Mama … Warum hast du mich denn nicht angerufen?«

»Ich … ich weiß nicht. Ich konnte das Handy nicht finden, und deine Nummer kenne ich nicht auswendig«, murmelte sie.

»Ich lass euch alleine«, sagte Rafaela leise und ging aus der Küche.

»Es tut mir so leid«, sagte Marla. Sie wusste nicht recht, was sie jetzt sagen sollte. Edgar war seit ihrer Kindheit ein Teil ihres Lebens gewesen, aber er hatte sich immer so zurückhaltend verhalten, dass er nie wirklich eine größere Rolle für Marla gespielt hatte. Trotzdem machte sie sein Tod traurig.

Paula löste sich von ihrer Tochter. Eine einsame Träne rann über ihre Wange nach unten. Marla riss ein Blatt von der Küchenrolle und reichte es ihrer Mutter.

»Danke.« Sie putzte sich die Nase. »Natürlich war er schwer krank, aber ich hätte nie gedacht, dass es plötzlich so schnell gehen würde.«

Sie schluchzte auf. Marla nahm sie wieder in die Arme, und auch bei ihr kullerten Tränen.

»Es wird alles gut werden, Mama. Und Edgar geht es jetzt bestimmt besser, da wo er ist.«

Die nächsten Tage verbrachte Marla damit, ihre Mutter bei den Vorbereitungen für die Beerdigung zu unterstützen. Anfangs pendelte sie noch zwischen ihrer Wohnung und dem kleinen Häuschen mit Garten in Ottobrunn hin und her, in dem sie nach dem Tod ihres Vaters aufgewachsen war. Doch sie wollte nicht, dass ihre Mutter in dieser schwierigen Zeit allein war, vor allem nicht nachts, also packte sie eine Tasche und zog für eine Weile zu Paula.

Nach der Beerdigung half sie ihrer Mutter, Edgars Sachen zu sortieren. Das meiste davon verschenkten sie an Bedürftige. Edgars Hinterlassenschaft war klar geregelt. Seine Witwe Paula war Alleinerbin des Hauses und des Ersparten. Doch auch Marla wurde von ihm mit einem kleinen Geldbetrag bedacht.

Vier Tage nach der Beerdigung saßen Marla und Paula in der Wohnküche. Paula hatte eine Flasche Weißwein aufgemacht, die sie gemeinsam leerten.

Es war der letzte Abend bei ihrer Mutter. Marla hatte

zwar angeboten, noch länger zu bleiben, aber Paula hatte abgewinkt.

»Du hast dein eigenes Leben, Schätzchen. Und ich muss lernen, alleine klarzukommen.«

»Aber du weißt, dass ich jederzeit komme, wenn du mich brauchst«, bot Marla an.

»Ja. Ich weiß.«

Paula streichelte ihr sanft über die Wange. Dann seufzte sie.

»Wenn ich nur wüsste, was ich jetzt mit meinem Leben anfangen soll. In meinem Alter.«

»Mama. Jetzt hör aber mal auf! Du bist 53 – das ist doch nicht alt!«, protestierte Marla, die allerdings geahnt hatte, dass dieses Problem auf ihre Mutter zukommen würde. Immer war sie nur für ihre Familie dagewesen, und in den letzten Jahren hatte sie kaum noch etwas anderes getan, als sich um den bettlägerigen Edgar zu kümmern. Dass sie jetzt erst einmal in ein Loch fallen würde, war vorauszusehen gewesen.

»Ach, Mädchen, wer oder was glaubst du denn, würde ausgerechnet auf mich warten?«

»Edgar ist gerade mal eine Woche tot. Du musst das erst einmal verarbeiten. Du brauchst jetzt noch keine Entscheidungen zu treffen, Mama.«

»Marla, einfach hier zu sein in diesem Haus ohne eine Aufgabe, das halte ich nicht aus.«

Marla griff nach ihrer Hand und streichelte sie. Sie konnte sie ja verstehen.

»Was würdest du denn gerne machen?«, fragte sie.

»Ach, ich weiß auch nicht. Vielleicht sollte ich ja Kurse belegen und in ein Altenheim gehen, um mich dort nützlich zu machen.«

»Willst du denn nicht mal was anderes tun, als dich

immer nur um irgendjemanden zu kümmern?«, platzte es aus Marla heraus. »Es ist ja schön, wenn du dich so sehr für andere engagierst, aber du darfst es dir doch einfach auch mal gutgehen lassen. Warum nimmst du nicht einen Teil des Geldes und machst eine Reise? Schau dir die Welt an und lerne auch mal andere Menschen kennen, als deine Nachbarn und die Frauen aus dem Mütterverein.«

Marla dachte, dass Paula ihr sofort heftig widersprechen würde. Zu ihrer Überraschung nickte ihre Mutter jedoch.

»Weißt du, daran habe ich auch schon gedacht. Ich würde so gerne mal nach Norwegen reisen. Im Sommer. Wenn die Tage dort ganz lange hell sind.«

Marla lächelte. »Wirklich? Nach Norwegen?«

»Dein Vater hat mir damals oft vorgeschwärmt, wie schön es dort ist. Er hat einige Male auf einem Kreuzfahrtschiff gespielt, das die nördliche Route fuhr …«

Während sie sprach, begannen Paulas Augen zu glänzen.

Es bewegte Marla, ihre Mutter über ihren Vater sprechen zu hören. In der Vergangenheit hatte sie das nur ganz selten getan.

»Dann mach das doch, Mama«, ermutigte Marla sie gerührt. »Fahr nach Norwegen. Es wird dir bestimmt guttun.«

Die beiden redeten bis spät in die Nacht hinein, und Paula fasste einen Plan: Sie würde im Sommer eine längere Reise in den Norden machen. Da sie durch Edgars Rente und das Erbe finanziell abgesichert war, wollte sie bis dahin ehrenamtlich in einem Altenheim oder einer Flüchtlingseinrichtung arbeiten. So hätte sie in der nächsten Zeit eine Aufgabe. Und nach ihrer Rückkehr aus dem Norden konnte sie immer noch überlegen, wie es weitergehen sollte.

Als Marla in dieser Nacht in ihr altes Kinderzimmer ging und sich schlafen legte, hatte sie das Gefühl, dass ihre Mutter das Leben in den Griff bekommen würde. Und das war eine große Erleichterung für sie beide. Paula war eindeutig zu jung, um sich nicht noch auf etwas Neues einzulassen. Und sie hatte es verdient, ihr Leben zu genießen.

Müde, aber zufrieden, drehte Marla sich auf die Seite und schloss die Augen. Sie konnte beruhigt nach Hause gehen und sich wieder um ihr eigenes Leben kümmern, das kompliziert genug war. Plötzlich schrak sie hoch. Sie hatte zwar in den letzten Tagen oft an Daniel gedacht, doch in dem ganzen Trubel um die Beerdigung völlig vergessen, zur Frauenärztin zu gehen, um sich die Pille danach geben zu lassen.

»Hast du es wirklich vergessen, oder wolltest du nicht daran denken?«, fragte Betty sie am nächsten Tag, als sie sich im *Café Marais* auf einen Milchkaffee und eine Tarte Tatin verabredet hatten.

Marla setzte ihre Tasse ab, die sie eben zum Mund führen wollte.

»Wie meinst du das?«

»Na ja. Zuerst denkst du nicht an Verhütung, und dann vergisst du auch noch, zum Frauenarzt zu gehen. Das ist doch schon etwas eigenartig.«

»Nein, das ist es nicht. Ich musste mich um meine Mutter kümmern, da hatte ich ganz andere Sorgen«, warf Marla ein. Aber insgeheim überlegte sie, ob nicht doch ein Quäntchen Wahrheit in dem lag, was Betty eben gesagt hatte. Hatte sie es wirklich vergessen wollen, um womöglich schwanger zu werden? Und wenn ja, was wollte sie damit bezwecken? Dass Daniel es sich plötzlich anders überlegte und zu ihr und dem Kind stand? Hatte sie wirklich auf diese Weise erreichen wollen, mit ihm zusammenzukommen?

Sie erschrak über sich selbst. Vielleicht hatte sie es nicht bewusst getan, aber irgendwie hatte sie es wohl doch herausfordern wollen. Und das war unfair. Dem Kind, Daniel und auch sich selbst gegenüber.

Was sollte sie denn nun tun, wenn sie tatsächlich schwanger war? Sie durfte jetzt nicht darüber nachdenken, sonst würde sie Panik bekommen. Sie durfte einfach nicht schwanger sein!

»Wie geht es eigentlich Mika?«, fragte Marla, um sich und Betty von dem Thema abzulenken.

»Ach der …«

»Wohnt er noch bei euch?«

»Ja. Aber er ist dabei, sich eine neue Wohnung zu suchen, nachdem du ihm klargemacht hast, dass du nichts mehr mit ihm zu tun haben willst.«

»Betty. Denkst du wirklich, es würde klappen, wenn wir es noch einmal versuchen? Er hatte was mit einer anderen Frau, ich mit einem anderen Mann. Wir haben uns auseinanderentwickelt. Und außerdem hatte ich nicht den Eindruck, dass es Mika wirklich ernst damit war, tatsächlich wieder mit mir zusammen sein zu wollen.«

Betty sagte nichts und nahm eine Gabel voll Tarte Tatin.

»Er hat sich nicht zum Tod von Edgar bei mir oder meiner Mutter gemeldet, obwohl ich ihm eine Nachricht geschickt habe. Dabei kannte er Edgar. Wenn ich ihm wirklich was bedeuten würde, dann hätte er zumindest anrufen können.«

Betty schaute Marla etwas verlegen an.

»Auch wenn ich es mir anders gewünscht hätte, liegst du vermutlich richtig… und ich glaube, er hat inzwischen wieder eine Neue.«

»Ach. Na sieh mal an. Warum wundert mich das nicht?«

»Tim meint, Mika hält es einfach nicht aus, ohne eine Freundin zu sein.«

»Dann kann es ihm nicht so wichtig sein, mit wem er zusammen ist. Hauptsache, er ist nicht allein.«

Betty zuckte mit den Schultern.

»So ist er nun mal… Aber was ist mit dir? Was wirst du jetzt machen?«

»Ich?«, fragte Marla, obwohl sie genau wusste, worauf ihre Freundin hinauswollte.

»Ja. Was ist, wenn du schwanger bist?«

Marla strich sich fahrig eine Haarsträhne aus dem Gesicht.

»Ich bin nicht schwanger«, sagte sie. Doch ihre Stimme klang lange nicht so fest, wie sie es sich gewünscht hätte.

Betty griff nach ihrer Hand.

»Egal, wie es kommen wird, ich bin für dich da. Okay?«

Marla schluckte. Sie wusste, dass sie sich auf ihre Freundin verlassen konnte. Doch sollte sie wirklich schwanger sein, dann musste sie ganz allein eine Entscheidung treffen und mit den Konsequenzen leben.

Die Sorge um eine ungewollte Schwangerschaft löste sich aber bereits am nächsten Tag in Luft auf, als Marla feststellte, dass sie Blutungen hatte. Ihr fiel ein großer Stein der Erleichterung vom Herzen. Auch wenn ein winzig kleiner Teil in ihr vielleicht den irrsinnen Wunsch gehabt hatte, ein Kind von Daniel zu bekommen, so wusste sie doch ganz genau, dass dieser Weg nicht der richtige gewesen wäre. Daniel war für eine echte Beziehung mit ihr nicht bereit – und würde es vermutlich auch niemals sein. Und daran hätte auch ein Kind nichts geändert.

43

Daniel war auf einer Fachmesse für Sportartikel in Berlin unterwegs. Seine Tage waren bis in die Nacht hinein mit so vielen Terminen vollgestopft, dass er glücklicherweise kaum Zeit hatte, an Marla zu denken. Doch immer wenn er ein wenig zur Ruhe kam, schlichen sich doch die Erinnerungen an die letzte Nacht in Venedig in seine Gedanken. In dieser Nacht war etwas mit ihm geschehen. Etwas, das nie hätte passieren dürfen. Als er ihr im Morgengrauen zum Abschied, vorsichtig, um sie nicht zu wecken, einen Kuss auf die Stirn gegeben hatte, war ihm bewusst geworden, dass es nicht nur diese sexuelle Anziehungskraft zwischen ihnen gab, sondern dass seine Gefühle ihr gegenüber tiefer geworden waren. Er musste sich eingestehen, dass er sich in sie verliebt hatte.

Bis jetzt hatte er sich nicht mehr bei ihr gemeldet, weil er nicht wusste, wie er damit umgehen sollte. Am vernünftigsten wäre es, sie nie wieder zu treffen. Doch er wusste genau, dass er das nicht schaffen würde. Zumindest jetzt noch nicht. Immer wieder überkam ihn der ketzerische Gedanke, das Versprechen, das er Silvia gegeben hatte, einfach zu brechen und mit Marla eine echte Beziehung einzugehen. Ohne dieses Spiel, das auf Dauer ohnehin nicht gut gehen konnte. Doch er wusste genau, dass er sich dann immer schuldig fühlen würde. Und das durfte er weder sich, geschweige denn Marla antun, deren Leben er damit ruinieren würde. Eine Beziehung, die unter solchen Bedingungen geschlossen wurde, wäre von vornherein zum Scheitern verurteilt.

Den letzten Abend in Berlin hatte er sich für seine Familie freigenommen. Valerie hatte ihn zum Essen eingeladen und ausnahmsweise sogar selbst gekocht. Curry in zwei Varianten – einmal mit Huhn und einmal vegan für Kim.

Ronald war an diesem Abend geschäftlich unterwegs, so dass Daniel seit Langem zum ersten Mal nur mit seiner Mutter und Schwester Zeit verbrachte.

Kim war überglücklich, ihren geliebten Halbbruder endlich einmal wiederzusehen.

»Du bist schon wieder gewachsen, kleine Hexe«, hatte er überrascht festgestellt, als sie ihn stürmisch begrüßte. »Wenn du so weitermachst, dann wirst du sogar mich noch einholen.«

»Nö, tu ich bestimmt nicht. Ich habe beschlossen, jetzt nicht mehr größer zu werden«, sagte sie bestimmt.

»Ivonne würde sich aber freuen. Dann könntest du als Model für sie laufen.«

Kim schüttelte den Kopf. »Als lebendiger Kleiderständer rumrennen? Nö, danke, ich hab ganz andere Pläne für meine Zukunft.«

Er lachte. Es war erstaunlich, wie abgeklärt seine Schwester manchmal klingen konnte, und dann wiederum verhielt sie sich wie ein kleines Mädchen.

Daniel bemerkte, dass Valerie ihn während des Essens immer wieder musterte.

»Was?«, fragte er schließlich.

»Du hast abgenommen.«

»Nur ein wenig.«

»Geht es dir gut?«

»Ja. Es geht mir gut. Ich habe zurzeit nur sehr viel um die Ohren.«

Valerie reichte ihm die Porzellanschüssel mit Basmatireis.

»Nein danke«, lehnte er ab, »ich habe genug. Aber es war ganz ausgezeichnet«, lobte er das Essen.

Sie stellte die Schüssel wieder weg.

»Kannst du nicht noch ein paar Tage hier in Berlin bleiben? Es würde dir bestimmt guttun, ein wenig auszuspannen.«

Er schüttelte den Kopf.

»Tut mir leid, aber das geht nicht … Vielleicht klappt es im Sommer mal.«

»Aber ich könnte eine Weile zu dir kommen«, sagte Kim mit einem Blick zu ihrer Mutter.

»Ich glaube, du würdest dich ziemlich langweilen, Süße. Ich bin den ganzen Tag im Büro …«

»Na und?«, unterbrach sie ihn. »Ich komme einfach mit und helfe dir. Schließlich will ich auch irgendwann bei Lester SP meine Brötchen verdienen.«

So sahen also ihre Zukunftspläne aus. Er schmunzelte.

»Es wäre wirklich gut, wenn Kim in den Osterferien zu dir nach München kommen könnte«, sagte Valerie. »Ronald will mit mir verreisen. Und ich möchte Kim nicht gerne die ganze Zeit alleine in Berlin lassen.«

Daniel schaute seine Mutter überrascht an. Sie war bisher noch nie ohne Kim irgendwohin gefahren. Aber er konnte verstehen, dass das Paar auch mal Zeit allein verbringen wollte.

»Aber klar«, stimmte er deswegen zu. »Kim kann dann zu mir kommen.«

»Oh, cool«, sagte Kim und holte sofort ihr Handy aus

der Tasche, um ihren Freundinnen die Neuigkeit mitzuteilen.

Später half Daniel seiner Mutter, das Geschirr in die Küche zu bringen.

»Wo fahrt ihr denn hin?«, fragte er, als er die Teller in den Geschirrspüler räumte.

»Ich weiß nicht. Ronald will mich unbedingt überraschen.«

»So viel Sinn für Romantik hätte ich ihm gar nicht zugetraut«, gab Daniel zu.

»Nun. Wer weiß, was er sich einfallen lässt. Womöglich ist es gar nicht so romantisch… Aber ich hoffe, dass es uns guttun wird.«

Ihr Blick wurde ernst.

»Ist was nicht in Ordnung?«, fragte Daniel.

»Wir hatten in der letzten Zeit einige Schwierigkeiten… oh, nichts Ernstes, aber wenn wir weiter zusammenbleiben wollen, dann müssen wir uns unbedingt darauf besinnen, dass wir auch ein Paar und nicht nur Eltern sind.«

»Vielleicht solltet ihr doch endlich zusammenziehen«, schlug Daniel vorsichtig vor. Er wusste, dass seine Mutter nicht gern über dieses Thema sprach.

»Nein«, sagte sie entschieden und füllte das restliche Curry in ein großes Schraubglas. »Ich liebe Ronald, aber ich kann nicht jeden Tag mit ihm zusammen sein. Der Henker der Liebe ist der Alltag. Ich will nicht riskieren, dass wir uns irgendwann einmal nicht mehr sehen können, weil es mich nervt, dass er seine Socken überall liegen lässt oder ich ihm auf die Nerven gehe, wenn ich abends ›Desperate Housewives‹ anschaue. Ronald weiß das auch und akzeptiert es.«

Daniel war es schon immer schwergefallen zu verstehen, warum Valerie so strikt gegen eine gemeinsame Wohnung war, aber so ganz abwegig war ihre Argumentation doch nicht.

»Trotzdem müssen wir uns auch mehr Zeit für uns nehmen. Und deswegen ist diese Reise sehr wichtig«, setzte sie hinzu.

»Mach dir keine Gedanken, ich werde mich schon um Kim kümmern«, versprach Daniel.

»Danke.« Sie gab ihm einen Kuss auf die Wange. »Und jetzt geh rüber, ich mache das hier fertig.«

Als er zurück ins Esszimmer kam, sah Kim ihn mit einem seltsamen Blick an.

»Hey, was machst du mit meinem iPhone?«, fragte Daniel, als er sah, dass es vor ihr auf dem Tisch lag. Er hatte es vor dem Essen zusammen mit seinem Schlüsselbund auf der Kommode abgelegt.

»Du hast eine Nachricht bekommen«, sagte sie eigenartig tonlos.

Er nahm es ihr weg.

»Und du schaust das an? Sag mal, geht's noch? Du kannst doch nicht einfach meine Nachrichten lesen!«

»Du bist immer noch mit Lisa zusammen?«

»Was?«

Er öffnete die Nachricht und traute seinen Augen nicht.

Es war ein Schnappschuss von Marla. Ihre Haare waren unter einer Schirmmütze verborgen. Sie stand vor den konischen Türmen der Fischerbastei in Budapest. Daniel erkannte das Gebäude sofort, weil er erst vor einem Jahr geschäftlich in Ungarn zu tun gehabt hatte. Als Text dazu hatte sie geschrieben: *Donnerstag, um 15 Uhr im Book Café?*

Daniel konnte es kaum glauben. Marla hatte ihm bisher noch nie geschrieben. Und jetzt schickte sie ihm eine Nachricht, dass sie sich mit ihm treffen wollte? In Ungarn? Und das bereits in zwei Tagen. Glücklicherweise hatte er sie aus der Zeit in London immer noch unter dem Namen Lisa gespeichert und nicht unter ihrem richtigen Namen.

»Ich dachte, zwischen euch ist es schon längst aus …«, sagte Kim und klang dabei vorwurfsvoll.

Daniel wusste nicht, wie er ihr das erklären sollte.

»Hör zu. Äh … Lisa und ich, das ist nicht so, wie du denkst.«

Seine kleine Schwester schaute ihn streng an.

»Und was genau soll das jetzt heißen?«

Daniel musste sich ein Lächeln verkneifen. In diesem Moment war sie ihrer Mutter so ähnlich wie noch nie.

»Das ist alles etwas kompliziert.«

»Kompliziert? Sie hat sich total scheiße benommen, Daniel. Du kannst doch nicht einfach so wieder mit ihr zusammen sein.«

Daniel seufzte. Wie sollte er ihr das nur erklären? Er wusste genau, dass er sie nicht so ohne Weiteres abspeisen konnte.

Kim hatte Lisa auf Damon Hall ziemlich schnell ins Herz geschlossen, was für sie eher ungewöhnlich war. Umso mehr hatte es sie verletzt, was am letzten Tag in England geschehen war. Daniel hatte ein schlechtes Gewissen deswegen. Hätte er seiner Familie nicht dieses Theater mit seiner angeblichen Verlobten vorgespielt, dann wäre das alles nicht passiert.

Doch dann hättest du Marla nicht kennengelernt, flüsterte ihm eine leise Stimme zu. Was für sein Seelenheil ganz bestimmt besser gewesen wäre.

»Was ist eigentlich mit Kathrin und dir?«, fragte Kim.

»Mit Kathrin und mir? Gar nichts. Und ich dachte auch, du wärst froh darüber. Schließlich kannst du sie nicht leiden, schon vergessen?«

»Aber sie mag dich.«

»Wie kommst du jetzt eigentlich auf Kathrin?«, wollte Daniel wissen.

»Weil sie hier war. Letzte Woche. Und sooo doof ist sie eigentlich gar nicht.«

»Natürlich ist Kathrin nicht doof. Aber ich …«

»Sie verarscht dich wenigstens nicht so, wie Lisa das gemacht hat!«, fuhr Kim dazwischen. »Auch wenn ich immer noch nicht verstehen kann, was da in der Nacht der Geburtstagsparty gelaufen sein soll.«

Er schaute seine Schwester ernst an. Wenn er schon verantwortlich für ihre Enttäuschung war, so wollte er Kim jetzt nicht auch noch mit einer Lüge abspeisen. Doch es war auch nicht der richtige Moment, reinen Tisch zu machen.

»Wenn ich verspreche, dir alles zu erklären, wenn du bei mir in München bist, versprichst du mir dann, dass du bis dahin mit niemandem darüber redest?«

Kim schaute ihn schweigend an.

»Was ist denn mit euch los? Habt ihr gestritten?«, fragte Valerie, die mit einer Schüssel Mousse au Chocolat und einem Schälchen Obstsalat aus der Küche kam.

»Nein«, antworteten Kim und Daniel gleichzeitig.

»Es ist gar nichts«, fügte Kim noch hinzu.

Daniel nickte ihr kaum merklich zu. Er wusste, dass er sich auf Kim verlassen konnte, wenn es darauf ankam.

44

Es war der letzte Drehtag in Ungarn. Wenn alles nach Plan lief, würden die Aufnahmen mit Marla noch vor Mittag im Kasten sein. Sie war bereits seit vier Uhr früh auf den Beinen, und wie an den vorangegangenen Tagen verbrachte sie über zwei Stunden in der Maske, bevor es ans Set ging. Heute drehten sie etwas außerhalb von Budapest auf einer wenig befahrenen Landstraße, die eigens für die Dauer der Filmaufnahmen gesperrt worden war.

Die vergangenen drei Tage waren sehr anstrengend gewesen. Jaro Kepp, der Regisseur des Werbefilms, der bei ihrem Casting per Webcam zugeschaltet gewesen war, war kaum älter als Marla. Er war ein Perfektionist und nörgelte ständig. Und das größte Lob an die Crew schien für ihn zu sein, die Leute zur Abwechslung mal nicht barsch anzufahren. Als ob die schlechte Laune in seinem Gesicht festgefroren wäre, hatte er die ganze Zeit kein einziges Mal gelächelt. Marla hatte bisher noch nie mit einem derart übel gelaunten Menschen zusammengearbeitet und fand sein Verhalten dem Team gegenüber unprofessionell. Den Kollegen ging es offensichtlich ähnlich, und immer wieder sah man jemanden, der hinter dem Rücken des Regisseurs genervt die Augen verdrehte. Doch offenbar hatte er sich bereits mit einigen spektakulären Werbeclips einen Namen gemacht und genoss den Rückhalt der Auftraggeber.

Hagen Meller, der jeden Tag am Set war, schien die

schlechte Laune des Regisseurs hinzunehmen, solange er gute Ergebnisse ablieferte. Er sorgte jedoch mit seiner Freundlichkeit und dem Respekt gegenüber dem Team für einen gewissen Ausgleich. Und vermutlich war es nur ihm zu verdanken, dass keiner den Job vorzeitig hinwarf oder dem lästigen Regisseur gar an die Gurgel ging.

Marla liebte ihre Arbeit, war jedoch froh, dass bald die letzte Klappe für sie fallen würde. Bis dahin versuchte sie, ihr Bestes zu geben und die Frage zu verdrängen, ob Daniel am Nachmittag zu ihrer Verabredung erscheinen würde.

»So. Das war's!«, rief der Regisseur. »Marla ist abgedreht.« Kein Danke und natürlich auch kein Applaus von ihm. Dafür klatschte die Crew, wie es am Ende eines Drehs üblich war, und nickte Marla anerkennend zu. Nun musste das Tom-Hanks-Double, das im wahren Leben Karl Fichte hieß, noch für die letzten Szenen ran. Dann würde alles im Kasten sein, und die Postproduktion konnte beginnen.

Hagen Meller kam lächelnd auf sie zu.

»Du warst eine ausgezeichnete Sandra Bullock«, gratulierte er ihr. Sie hatten sich schon am Ende des ersten Drehtages auf »du« geeinigt, als er die ganze Crew nach dem Abendessen noch auf ein paar Drinks an der Hotelbar eingeladen hatte. Nur Kepp war nicht dabei gewesen, allerdings hatte ihn niemand vermisst.

»Danke«, sagte Marla, die sich über seine Worte freute. Dieser Werbefilm war wichtig für sie. Er gehörte zu einer europaweiten Kampagne, wie sie erst zu Beginn der Dreharbeiten erfahren hatte. Allerdings bedeutete das auch, dass sie mit Daniel darüber sprechen musste. Der Werbefilm würde im Sommer sogar im TV laufen, und wenn seine Familie und Freunde Marla erkannten, würde alles auffliegen. Ihr war nicht sonderlich wohl dabei gewesen, als ihr das klar geworden war. Doch sie konnte diese Chance natürlich deswegen nicht einfach so vergeben. Außerdem hatte Daniel damit rechnen müssen, dass so etwas irgendwann passieren konnte, wenn er eine Schauspielerin engagierte, seine Verlobte zu spielen. Auf jeden Fall musste sie ihn darauf vorbereiten. Das war auch mit ein Grund dafür gewesen, ihm eine Nachricht zu schicken und ein Treffen in Budapest vorzuschlagen. Doch natürlich hatte sie ihn seit Venedig auch vermisst und ihn wiedersehen wollen.

»Sag mal, hast du Lust, heute Abend mit mir auszugehen, Marla?«, unterbrach Meller ihre Gedanken.

Marla hatte ihm gar nicht richtig zugehört und schaute ihn fragend an.

»Wie?«

»Da wir erst morgen früh wieder zurückfliegen, dachte ich, wir könnten heute zusammen essen gehen. So als Abschluss und Dankeschön für die tolle Zusammenarbeit. Zufällig habe ich ein unglaublich gutes Restaurant entdeckt. Und nicht nur das, es ist mir gelungen, dort für heute Abend einen Tisch zu reservieren.«

»Ich wusste gar nicht, dass es eine Teamfeier zum Abschluss gibt«, sagte Marla verwundert.

»Nicht für das Team. Ich dachte, nur wir beide … Dann könnte ich auch die Frau ein wenig besser kennenlernen, die hier so großartig ihr Bestes gegeben hat.« Meller schaute sie erwartungsvoll an. »Ich halte es immer für etwas problematisch, wenn Berufliches sich mit Privatem vermischt, aber dein Job ist ja jetzt gemacht, und deswegen dachte ich …« Er sprach nicht weiter.

Marla schaute in seine freundlichen hellbraunen Augen. Er wollte mit ihr ausgehen? Er interessierte sich für sie?

Sie fühlte sich ehrlich geschmeichelt, denn Meller war ein nicht gerade übel aussehender Mann. Aber vor allem war er ihr mit seiner lockeren Art von der ersten Minute an sympathisch gewesen, und in den letzten Tagen hatte sie ihn sehr schätzen gelernt.

»Es tut mir leid, aber ich … ich habe schon etwas vor heute.«

»Oh. Das ist schade.«

Sie konnte echte Enttäuschung in seinen Augen sehen. Offenbar hatte er mit einer Zusage gerechnet.

»Und das lässt sich nicht irgendwie verschieben?«

Marla schüttelte den Kopf.

»Nein … Tut mir leid.« Dabei wusste sie noch nicht einmal, ob Daniel überhaupt kommen würde.

»Hm. Dann klappt es vielleicht ein anderes Mal? Wenn wir zurück sind in München?«

Sie zögerte kurz mit einer Antwort. Dann sagte sie: »Ja … Vielleicht.« Sie brachte es nicht über sich, ihn völlig abzuweisen.

»Ich würde mich wirklich sehr freuen, Marla.«

Sie nickte lächelnd, ohne etwas zu sagen.

Meller verabschiedete sich von ihr, und sie ging nachdenklich zu dem Wohnmobil, das den Schauspielern als Garderobe diente.

Als sie sich an die Kommode setzte, um sich abschminken zu lassen, war sie selbst ein weiteres Mal verblüfft, wie ähnlich die Frau, die ihr im Spiegel entgegenblickte, Sandra Bullock sah. Die Maskenbildnerin hatte ganze Arbeit geleistet. Hatte Meller deswegen mit ihr ausgehen wollen? Nein, für so oberflächlich hielt sie ihn nicht.

Marla fragte sich, ob sie dem Abendessen zugesagt hätte, wenn es Daniel nicht geben würde. Ja, sagte sie sich ganz klar. Hagen Meller war ein interessanter Mann, und es wäre reizvoll, ihn näher kennenzulernen, um herauszufinden, ob sich da womöglich mehr entwickeln könnte. Doch es gab Daniel. Aber wie lange würde das noch gutgehen? Wäre es nicht vernünftiger, den Kontakt zu Daniel gänzlich abzubrechen und einem anderen Mann die Chance zu geben, irgendwann ein Teil ihres Lebens zu werden? Einem Mann wie Hagen Meller, der sich offensichtlich für sie zu interessieren schien?

»Marla?«

Sie drehte sich zur Seite und war überrascht, als Jaro Kepp plötzlich neben ihr stand. Sie hatte gar nicht mitbekommen, dass er den Wohnwagen betreten hatte.

»Ja?«, sagte sie unsicher. War irgendwas mit den Aufnahmen schiefgelaufen, und sie musste noch mal ran? Hoffentlich nicht, dachte sie, sonst konnte sie ihr Treffen mit Daniel vergessen.

Ohne eine Miene zu verziehen, reichte der Regisseur ihr eine Karte.

»Ich inszeniere im Herbst ein Stück. Selbst geschrieben. In Berlin. Eine Collage über Werbung. Hätt da ’ne Rolle für dich. Melde dich, wenn du interessiert bist.«

Marla schaute ihm verblüfft nach, als er ohne eine Antwort abzuwarten wieder hinausrauschte. Obwohl er die letzten Tage kaum mit ihr gesprochen hatte – und wenn dann nur, um sie zu kritisieren -, hatte ihn ihre Leistung offenbar doch ein wenig beeindruckt. Er hatte ihr tatsächlich eine Rolle angeboten! Marla lächelte. Sie war gespannt, ob der heutige Tag noch weitere Überraschungen für sie bereithielt.

Das restliche Abschminken ging sehr schnell, und so war sie schon eine halbe Stunde später mit einem Fahrer der Produktion unterwegs zum Hotel, das traumhaft schön an der Donau lag.

Marla holte das Handy aus der Tasche und kontrollierte die Nachrichten. Daniel hatte sich auf ihre SMS nicht gemeldet. Ob er kommen würde? Auf jeden Fall machte er es sehr spannend. Sie warf einen Blick auf die Uhr. Es war kurz vor zwei. Sie hatte noch eine knappe Stunde Zeit, um zu duschen, in eine andere Rolle zu schlüpfen und sich auf den Weg ins *Book Café* zu machen. Es würde knapp werden, aber sie konnte es schaffen.

45

Daniel ging die Andrassy Straße entlang und wäre fast vorbeimarschiert. Er schaute auf die Karten-App auf seinem Smartphone, kehrte um und betrat das Büchergeschäft im Erdgeschoss. Wenn er nicht schon etwas spät dran gewesen wäre, hätte er sich nur zu gern noch ein wenig im Laden umgesehen. Doch jetzt war keine Zeit dafür, in Bücherregalen zu stöbern. Er fuhr mit der Rolltreppe hoch in den ersten Stock, in dem sich das *Book Café* befand, das Marla als Treffpunkt vorgeschlagen hatte.

Daniel war beeindruckt vom opulenten Ambiente des prunkvollen Raumes, der wie ein Festsaal in einem Schloss anmutete und doch nicht kitschig wirkte. An den Wänden befanden sich zahlreiche Spiegel und Vergoldungen. Die hohe gewölbte Decke zierten farbenfrohe Deckenfresken und goldverzierte Ornamente. Über das Murmeln der Gäste hinweg war leise Pianomusik zu hören. Es war viel los, und fast alle Tische im Café waren besetzt. Daniel sah sich um, konnte sie jedoch unter den Leuten nicht entdecken. Nur eine Frau mit ultrablonden kurzen Haaren saß mit dem Rücken zu ihm allein an einem Tisch neben einem der riesigen Fenster. Er ging an ihr vorbei und wollte an einem der wenigen freien Tische in einem bequem aussehenden Ledersessel Platz nehmen, da hörte er, wie die Frau bei einem Ober bestellte.

»Einen Kaffee, bitte. Und eine Schokotorte des Hauses«.

Er drehte sich um. Es war ihre Stimme. Die blonde Frau war Marla.

Sein Herz begann, schneller zu schlagen, als er auf ihren Tisch zuging.

»Entschuldigung, ist hier noch frei?«, fragte er höflich.

Sie sah zu ihm hoch und lächelte erfreut.

»Natürlich.«

Daniel schaute sie an und war fasziniert, wie sehr sie ihren Typ mit einer Kurzhaarfrisur in Verbindung mit einem klassisch geschnittenen schwarzen Hosenanzug und einer weißen Bluse wieder einmal verändert hatte. Zum ersten Mal wirkte sie ein wenig älter, als sie mit ihren sechsundzwanzig Jahren war. Sie sah aus wie eine taffe Geschäftsfrau. Auch ihr Make-up war heute anders. Die hellrosa geschminkten Lippen wirkten noch voller als sonst, und silberfarbener Lidschatten und schwarzer Kajal ließen ihre Augen strahlen. Sie trug auffallend große Kreolen aus mattem Edelstahl.

»Danke.«

Er hängte den Mantel über einen Stuhl, stellte seinen Stock ab und nahm ihr gegenüber Platz.

»Einen Espresso, bitte«, bestellte er bei dem Ober, der geduldig gewartet hatte.

»Keine Torte? Du verpasst was.«

»Danke, äh …«

»Nina.«

»Nina …« Das war also der Name, den sie sich für dieses Mal überlegt hatte. »Vielleicht später. Aber im Moment ist mir nicht nach Süßem«, antwortete er.

»Ach … Wie schade. Die Schokotorte ist wirklich traumhaft.«

Daniel spürte das vertraute Kribbeln im Bauch, wie immer, wenn er in ihrer Nähe war. Und doch war es heute anders als sonst. Lange hatte er überlegt, ob er nach Budapest kommen sollte. Zum einen war es tatsächlich schwierig gewesen, sich von der Arbeit loszueisen. Und dann schien alles immer komplizierter zu werden, und er war gefangen in einem einzigen Gefühlschaos.

Doch letztlich hatte er der Versuchung nicht widerstehen können, sie zu sehen. Und jetzt verspürte er großes Verlangen, sie zu berühren, nach ihrer Hand zu greifen. Doch er hielt sich zurück.

Das Café war sicherlich ein schöner Treffpunkt, aber er wollte allein mit ihr sein und keine Zeit mit höflicher Konversation über Torten verschwenden. Obwohl es zu ihrem seltsamen Arrangement gehörte, missfiel es ihm heute, dass sie eine Perücke aufhatte. Und dass er sie Nina nennen sollte. Das, was er zunächst als reizvolles Spiel empfunden hatte, störte ihn in diesem Moment.

»Lass uns bitte gehen«, sagte er abrupt. »Jetzt sofort.«

Marla schaute ihn einen Moment überrascht an. Dann nickte sie.

»Wenn du das möchtest …«

»Ja. Das möchte ich.«

Daniel holte seine Geldbörse heraus. Da er direkt vom Flughafen kam und noch keine Zeit gehabt hatte, Geld in Forint umzuwechseln, legte er einen Zwanzigeuroschein auf den Tisch.

Kurz darauf waren sie in einem Taxi unterwegs zu ihrem Hotel.

»Ist alles in Ordnung mit dir?«, fragte Marla.

»Ja. Natürlich. Es geht mir gut«, log Daniel und versuchte, ein unverfängliches Lächeln aufzusetzen. »Ich konnte es einfach nur nicht mehr erwarten, mit dir alleine zu sein. Ich hoffe, du verzeihst mir, dass ich dich um deine Schokoladentorte gebracht habe?«

»Darüber muss ich erst noch nachdenken«, sagte sie und machte ein Gesicht, als ob sie tatsächlich erst darüber nachdenken müsste.

Daniel griff nach ihrer Hand, zog sie an seine Lippen und küsste sie. Dann schaute er sie an.

»Ich werde versuchen, es irgendwie gutzumachen.«

»Wehe, wenn nicht …« Sie lächelte.

Der Fahrer blinkte und fuhr rechts an den Straßenrand.

»Wir sind schon da«, sagte Marla.

Nachdem sie bezahlt hatten, stiegen sie aus und gingen auf die Eingangstür des Hotels zu.

Als sie die Lobby betraten, kam ihnen ein Mann entgegen, den Marla offenbar kannte. Sie blieb stehen.

»Marla. Ich hätte dich fast nicht erkannt. Hast du noch ein Casting heute?« Offenbar schien der Mann sich über ihre Kleidung und die Perücke zu wundern.

»So könnte man es auch sagen.« Sie lachte verlegen, und Daniel bemerkte, dass sie leicht errötete. »Darf ich vorstellen? Daniel Lester – und das ist Hagen Meller, einer der Auftraggeber des Werbefilmes, den wir eben abgedreht haben.«

Das beantwortete ihm die Frage, warum Marla in Budapest war. Sie hatte also beruflich hier zu tun.

»Freut mich«, sagte Daniel knapp, obwohl er nicht wusste, ob das tatsächlich der Fall war. Er reichte ihm die Hand und betrachtete den Mann interessiert. Meller war nur wenig kleiner als er selbst und wirkte mit seinen offenbar gewollt zerzaust wirkenden blonden Haaren sehr jugendlich, obwohl Daniel ihn nicht viel jünger schätzte als sich selbst.

»Das ist also der heutige Termin«, meinte Meller und lächelte Marla zu. Daniel spürte, dass zwischen den beiden etwas Unausgesprochenes in der Luft lag. Und das gefiel ihm nicht.

»Ja. Und wir müssen jetzt auch schon los«, sagte sie rasch.

»Verstehe. Dann bis morgen früh, Marla. Hat mich gefreut, Herr Lester.« Meller nickte ihnen zu und ging in Richtung Treppe davon.

46

Marla war es unangenehm, dass Meller ihnen begegnet war. Was er sich jetzt wohl dachte? Sie in männlicher Begleitung und mit einer blonden Kurzhaarperücke im Hotel?

Doch noch mehr Gedanken machte sie sich um Daniel. Er wirkte heute anders als sonst, ernster und irgendwie ein wenig gereizt. Dunkle Ringe unter den Augen deuteten auf zu wenig Schlaf oder Sorgen hin. Und die Begegnung mit Hagen hatte ihn offenbar nicht sonderlich begeistert, wenn sie seine Miene richtig interpretierte.

Sie betraten den Fahrstuhl. Marla drückte auf den Knopf zum dritten Stockwerk.

Einige Sekunden lang sagte keiner der beiden etwas. Dann meinte Daniel: »Du hattest Drehaufnahmen?«

»Ja. Ein Werbefilm.« Eigentlich hatte sie nicht gleich darauf zu sprechen kommen wollen. Aber jetzt musste sie wohl darüber reden. Und vielleicht war es auch gut, wenn sie die Sache sofort klärten.

Der Fahrstuhl hielt an, und die Tür zu ihrem Stockwerk öffnete sich. Marlas Zimmer lag nur wenige Meter entfernt. Nachdem sie es betreten und die Mäntel aufgehängt hatten, sagte Marla: »Daniel, wir müssen etwas besprechen.«

Seine türkisfarbenen Augen glänzten in seinem blassen Gesicht, als er sie fragend anschaute.

»Ja?«

»Setz dich doch erst einmal … Möchtest du etwas trinken? … Ich habe extra französischen Wodka hier. Und ich kann auch noch Himbeeren bestellen …«

»Später vielleicht, aber jetzt nicht, danke«, unterbrach er sie.

Da es in dem Zimmer nur einen einzigen Stuhl an einem Schreibtisch gab, über dem Marlas Kleider lagen, die sie vorhin in aller Eile darübergeworfen hatte, gab es nur das Bett, auf dem er Platz nehmen konnte.

Marla blieb stehen und zupfte nervös an ihrem Ohrring.

»Hast du ein Verhältnis mit ihm?«, fragte Daniel, noch bevor sie etwas sagen konnte.

»Was?«

»Na, mit diesem Meller.«

»Ein Verhältnis? Nein! Natürlich nicht.«

Sie glaubte, eine gewisse Erleichterung in seinen Zügen zu erkennen. War er etwa eifersüchtig? Dieser Gedanke gefiel ihr.

»Hör zu, Marla, ich möchte nicht, dass du wegen mir …« Er sprach nicht weiter.

»Dass ich was wegen dir?«, fragte sie.

»Ich meine, wenn du andere Männer treffen möchtest, dann sag es mir.«

Marla schaute ihn mit großen Augen an. Sie sollte es ihm sagen, wenn sie andere Männer treffen wollte? Das war bestimmt nicht das, was sie von ihm hatte hören wollen.

»Ah ja? Und du würdest mir dann die Erlaubnis geben?«, fragte sie sarkastisch.

Daniel strich sich eine Haarsträhne aus der Stirn. Er wirkte erschöpft.

»Ich habe ganz bestimmt kein Recht, etwas von dir zu verlangen«, sagte er.

»Dann trifft es sich ja gut, dass ich mich nicht mit anderen Männern treffen möchte«, sagte sie knapp.

Er schaute sie fragend an.

»Okay. Was willst du mir dann sagen?«

Marla setzte sich neben ihn.

»Es geht um meine Arbeit, Daniel«, begann sie und bemerkte, wie schwer es ihr fiel, darüber zu sprechen. »Der Werbespot, den wir in den letzten Tagen gedreht haben, wird im Sommer im Fernsehen ausgestrahlt.«

»Okay.«

»Und das bedeutet, dass deine Familie mich vermutlich erkennen wird …«

»Ja, das wird vermutlich passieren.«

»Es tut mir wirklich sehr leid, wenn es deswegen Probleme für dich gibt, aber ich konnte es mir leider nicht leisten, diesen Job abzulehnen.«

Er schaute sie an, sagte jedoch nichts.

»Du verstehst das doch?«, hakte sie nach.

Er nickte und wirkte müde dabei.

»Natürlich. Was sollte ich daran nicht verstehen, wenn du deine Arbeit machst und versuchst, deine Karriere voranzutreiben? Die Sache war von Anfang an nicht richtig durchdacht von mir.«

Marla stand auf und ging im Zimmer auf und ab.

»Wirst du es ihnen vorher sagen? Oder willst du abwarten, ob mich wirklich jemand erkennt?«

»Ich muss es ihnen sagen. Und zwar bald. Aber mach dir bitte deswegen keine weiteren Gedanken. Lange kann ich es ohnehin nicht mehr verheimlichen. Kim hat herausgefunden, dass wir uns noch sehen, und will eine Erklärung. Und ich will sie auch nicht länger belügen.«

Marla blieb stehen.

»Kim weiß es?«, fragte sie. Es tat ihr immer noch so leid, dass sie seine kleine Schwester damals so brüskieren musste, damit sie ihre Rolle überzeugend hatte spielen können. Es war ihr schwergefallen, das Mädchen, das ihr in den wenigen Tagen ans Herz gewachsen war, so zu enttäuschen.

»Du kennst sie ja. Sie war mal wieder an meinem Handy und hat deine Nachricht gesehen.« Er grinste schief.

»Und was hat sie gesagt?«

»Sie will wissen, ob wir noch zusammen sind. Ich musste ihr versprechen, ihr alles zu erklären.«

»Es tut mir leid, Daniel. Du weißt, dass ich deine Schwester wirklich mag«, sagte sie.

»Ja, das weiß ich. Ich denke, es ist es ganz gut, wenn ich endlich reinen Tisch mache.«

Sicher würden das ein paar sehr unangenehme Gespräche mit seiner Familie und seinen Freunden werden.

»Ich bin selbst schuld an dem ganzen Schlamassel. Wie konnte ich auch nur auf so eine bescheuerte Idee kommen? Meiner Familie vorzuspielen, ich hätte eine Verlobte, nur damit sie mich nicht weiter bemitleiden und aufhören, mir irgendwelche Frauen aufs Auge drücken zu wollen.«

Bei seinen Worten verspürte sie einen Stich im Herzen, und bevor sie sich zurückhalten konnte, rutschte ihr heraus: »Auch wenn es verrückt war, ich bin froh, dass du mich engagiert hast, Daniel. Sehr froh.«

Er schaute sie an und lächelte plötzlich.

»Komm her«, bat er und streckte seine Hand nach ihr aus.

Sie ging zu ihm, griff nach seiner Hand und blieb vor ihm stehen. Er schlang die Arme um ihre Hüften und zog sie ganz nahe an sich heran. Sein Gesicht lag an ihrem Bauch.

Marla verspürte ein Gefühl unendlicher Zärtlichkeit, das ihr die Kehle zuschnürte. Sie streichelte sanft durch sein dichtes Haar.

Eine Weile hielt er sie einfach nur ganz fest umschlungen. Keiner von ihnen sagte ein Wort. Doch eine Frage beschäftigte sie mehr als je zuvor. Warum konnte er nicht einfach seine Vergangenheit ruhen lassen und sich auf eine Beziehung mit ihr einlassen? Lag es wirklich nur an der Erinnerung an seine verstorbene Frau und das Kind, oder gab es noch einen anderen Grund?

Sie hob den Kopf und sah in den Spiegel auf der anderen Seite des Zimmers. Mit ihrer Perücke sah sie so verändert aus, als ob eine fremde Frau dort stünde, die durch Daniels Haar streichelte. Dieses Bild irritierte sie. Wie gerne würde sie ihm als Marla entgegentreten, nicht immer wieder in einer anderen Verkleidung, so wie jetzt als blonde Nina. Am liebsten hätte sie sich die Perücke vom Kopf gerissen, aber sie hatte Angst, damit würde sie diesen kostbaren und fragilen Moment kaputtmachen.

Nach einer Weile löste Daniel sich von ihr und ließ sich zurück auf das Bett sinken. Er zog sie zu sich, und sie kuschelte sich an ihn. Eng umschlungen lagen sie da. Noch immer hatte keiner ein Wort gesagt.

Marla legte eine Hand auf seinen Brustkorb und spürte, wie kräftig sein Herz dagegenschlug.

»Ich muss heute noch zurückfliegen«, flüsterte er schließlich.

Sie hob den Kopf und sah ihn an. Er lächelte wehmütig und streichelte sanft über ihr Gesicht. »Tut mir leid.«

»Ist es wegen meines Werbefilms?«

»Aber nein … Morgen früh haben wir eine wichtige Sitzung, bei der ich nicht fehlen darf.«

»Wird diese Anwältin auch dabei sein?«, fragte Marla, und sie wusste gar nicht, warum sie ausgerechnet in diesem Moment an sie dachte.

»Kathrin? Ja … Warum fragst du mich nach ihr?«

Marla zuckte mit den Schultern, sagte jedoch nichts dazu.

»Wegen Kathrin brauchst du dir ganz bestimmt keine Gedanken zu machen.«

»Weswegen dann?« Sie schaute ihn fragend an. »Worüber muss ich mir Gedanken machen?«

»Über nichts.«

»Wer bin ich heute für dich, Daniel? Wer soll ich sein?«

»Du solltest …« Er zögerte kurz. »Nina. Natürlich bist du Nina.«

Und dann beugte er den Kopf zu ihr und begann, sie zu küssen. Federleicht berührten seine Lippen die ihren. Die eigentümliche Melancholie, die ihn heute zu umhüllen schien, war auch in seinen Zärtlichkeiten zu spüren. Doch Marla wollte nicht, dass er traurig war. Sie wollte seine leidenschaftliche Lust, seine Freude darüber, mit ihr zusammen zu sein. Es schien ihr gefährlich, dass er so vorsichtig und zaghaft war. So als ob es jeden Moment vorbei sein könnte. Sie wollte nicht, dass er noch tiefer in diese düstere Stimmung versank. Sie musste etwas dagegen tun.

47

Marla löste sich von ihm und stand auf.

»Wo gehst du hin?«

»Ich bin Nina. Schon vergessen?«

»Und wer genau ist Nina?«, fragte er, nun doch etwas neugierig, was sie vorhatte.

»Du wirst sie gleich richtig kennenlernen.«

Sie schnappte sich ihre Tasche und verschwand im Badezimmer. Daniel schaute ihr hinterher. Was hatte sie vor?

Während er darauf wartete, dass sie zurückkam, kreisten seine Gedanken wieder um den Mann, der ihnen in der Lobby begegnet war. Sie hatte ihm zwar versichert, dass nichts zwischen ihnen war, aber was wenn doch? Wäre das nicht sogar besser für sie beide, und sollte er nicht froh sein, wenn sie jemanden kennengelernt hatte? Dann würde es ihm vielleicht nicht mehr so schwerfallen, sie nicht mehr zu treffen. Das, was da zwischen ihnen lief, konnte nicht mehr lange so weitergehen. Er wusste das und spürte, dass das auch Marla klar war. Und doch – die Vorstellung, dass sie mit einem anderen Mann zusammen war, tat unglaublich weh. Was willst du denn eigentlich?, fragte er sich selbst. Soll sie diesen Irrsinn mitmachen, den du für dich beschlossen hast? Es war völlig verrückt, was sie taten. Auf Dauer würde er sie damit doch nur kaputtmachen. Das wollte er auf keinen Fall.

Marla war ein ganz besonderer Mensch, und er durfte

nicht so sorglos mit ihr umgehen. Er musste sie freigeben, weil er viel zu viel für sie empfand, als dass er ihr weiterhin wehtun wollte.

Am besten wäre es, wenn er sofort verschwinden würde, bevor er es sich wieder anders überlegte.

Eilig stand er auf und griff nach seinem Gehstock. Doch in diesem Moment öffnete sich die Badezimmertür, und Musik ertönte. Er kannte den Titel und wusste sofort, was sie vorhatte, noch bevor er sie sah. Jetzt war es zu spät, um zu verschwinden.

Als sie aus der Tür kam, musste er wider Willen lächeln.

Sie trug eine burleske Lederkorsage mit einem Hauch von Nichts von einem Slip und schwarze Strümpfe mit Stumpfhaltern. Ihre Lippen waren blutrot angemalt. Sie sah unglaublich sexy und heiß aus. Daniel hätte schon ein Heiliger sein müssen, um jetzt zu gehen. Und vermutlich wäre wohl sogar ein Heiliger in diesem Moment in Versuchung geraten.

Er ließ sich wieder zurück aufs Bett sinken und schaute ihr amüsiert, aber auch zunehmend erregt dabei zu, wie sie, die Hände in den Hüften, zur Musik von George Michaels *I want your sex* auf mörderisch hohen Pumps ins Zimmer schritt. Vor dem Bett blieb sie stehen und begann, sich aufreizend zur Musik zu bewegen. Entweder hatte sie im Zug ihrer Schauspielausbildung auch Tanzunterricht gehabt, oder sie war ein Naturtalent. Es war ein Vergnügen, ihr zuzusehen, und Daniel spürte, wie seine Hose eng wurde.

Hatte sie diese Vorstellung für ihn schon vorher geplant? Vermutlich. Auf jeden Fall hatte sie damit erreicht, dass seine düstere Stimmung plötzlich wie verflogen war. Und das machte sie nur umso begehrenswerter für ihn.

Diese blonde Nina, die vor ihm mit zur Decke gestreckten Armen ihre Hüften schwang, verstand es, ihn verrückt zu machen.

»I want your sex«, sang sie verführerisch mit und beugte sich zu ihm vor. Ihre Brüste drohten fast, aus der engen Korsage zu springen. Mit kreisendem Becken drehte sie sich einmal um sich selbst und wackelte mit ihrem eindrucksvollen Hintern. Und in diesem Moment passierte es. Mit einem zischenden Ritsch riss die Korsage an der linken Hüfte auf. Sie blieb erschrocken stehen und besah sich das Unglück.

»Oh!«, sagte sie und warf einen Blick zu Daniel, der sich nicht zurückhalten konnte, und beim Anblick ihres verdutzten Gesichtsausdrucks, der so gar nicht zu ihrer lasziven Tanzeinlage passte, hellauf zu lachen begann.

Hoffentlich würde sie ihm deswegen nicht böse sein, aber er konnte einfach nicht anders. Doch er hätte sich keine Sorgen zu machen brauchen, denn mit den Worten: »Wie peinlich. Ich hätte sie doch nicht ganz so eng kaufen dürfen«, fiel sie in sein Gelächter ein.

Daniel versuchte, sich zu beruhigen, doch jedes Mal, wenn er dachte, er könne aufhören, genügte ein Blick in ihr Gesicht, und das Lachen begann von Neuem. Sein Bauch tat schon weh. Daniel konnte sich nicht daran erinnern, wann er zum letzten Mal so herzlich gelacht hatte. Es musste schon ewig her sein. Schließlich beruhigten sie sich wieder.

Und dann schauten sie sich gegenseitig in die vom Lachen tränennassen Augen.

»Du bist großartig«, sagte er lächelnd.

»Du auch.«

Daniel sah ihren Hunger nach ihm, der seinen Hunger nach ihr widerspiegelte. Und plötzlich lagen sie sich in den Armen und küssten sich wild und gierig.

Daniel vergaß alles um sich herum. Für ihn zählte nur die Frau, die es jedes Mal aufs Neue schaffte, ihn zu verzaubern. Ungeduldig half sie ihm dabei, sich auszuziehen. Schließlich lag er nackt vor ihr.

»Willst du dich nicht auch ausziehen?«, fragte er heiser und fingerte ungeduldig an den Verschlüssen ihrer Korsage.

Sie nickte. Doch dann meinte sie mit einem schelmischen Blick: »Ich könnte aber auch darauf warten, dass auch die andere Seite aufplatzt.«

Und wieder prusteten beide los. Nicht zum letzten Mal. Noch nie hatte Daniel so unglaublich heißen und gleichzeitig lustigen Sex gehabt, und er fand diese Kombination umwerfend.

Als sie etwas später schwer atmend und eng aneinandergekuschelt im Bett lagen, konnte er sich nicht vorstellen, dass er auch nur einen Moment ernsthaft daran gedacht hatte zu gehen.

Träge streichelte er über ihre Hüften und ihren Bauch. Das Korsett hatte sie längst ausgezogen, und es lag neben dem Slip am Boden.

»Ich danke dir, Nina«, sagte er leise. »Für deine fabelhafte Vorstellung.«

»Ich werde das Programm ausbauen. Vielleicht fliegt mir dann beim nächsten Mal noch die Perücke davon, wenn ich den Kopf in den Nacken werfe … oder ich könnte noch mit falschen Wimpern experimentieren …«

Sie kicherte leise, und auch er schmunzelte vergnügt.

»Damit würdest du berühmt werden.«

Sie hob den Kopf und schaute ihn an.

»Danke. Dass du so an mich glaubst.«

»Natürlich tu ich das … Und falls du damit auf Tour

gehen willst und einen Manager brauchst, stehe ich gern zur Verfügung«, bot er zwinkernd an.

»Du kommst auf jeden Fall in die engere Wahl«, gab sie zurück.

»Oh, danke«, sagte er und gab ihr einen Kuss.

Als sie sich wieder voneinander lösten, hatte sich ihr Blick verändert. Er wirkte jetzt ein wenig traurig.

»Ich weiß, du willst nicht, dass wir darüber reden, aber ich habe heute gespürt, dass du so ganz anders warst und… Daniel, ich halte es diesmal nicht aus, nicht zu wissen, ob wir uns wiedersehen werden. Werden wir uns wiedersehen?«

Sie hatte ihn mit dieser Frage überfallen. Bevor sie miteinander geschlafen hatten, war er sich sicher gewesen, dass er sich endgültig von ihr und ihrem verrückten Arrangement verabschieden müsse. Doch jetzt zweifelte er wieder daran. Er wusste zwar, dass sie das Spiel nicht mehr lange fortsetzen konnten, doch irgendwie war er doch noch nicht so weit, sich endgültig von ihr zu trennen.

»Daniel…?« Sie schaute ihn erwartungsvoll an.

Er griff nach ihrer Hand und spielte mit ihren Fingern.

»Wir werden uns wiedersehen, Süße«, sagte er. »Ich verspreche es dir.«

48

Marla schloss erleichtert die Augen. Noch nie hatte er ihr irgendetwas versprochen, was mit ihnen beiden – wie auch immer man das zwischen ihnen nennen wollte – zu tun hatte. Und dieses Versprechen entzündete plötzlich ein kleines Fünkchen der Hoffnung in ihr. Vielleicht war er doch so weit, dass er mehr zulassen konnte.

Marla spürte sanfte Küsse auf ihren Wangen. Dann entfernte er sich von ihr. Sie öffnete die Augen.

Daniel war aufgestanden und suchte seine Sachen zusammen.

»Du musst jetzt schon los?«

»Ja. Mein Flugzeug geht kurz vor acht.«

Marla nahm ihr Handy und schaute auf die Zeitanzeige. Es war Viertel vor sechs. Sie waren nicht einmal drei Stunden zusammen gewesen, und er musste schon wieder weg?

»Es tut mir leid, aber ich bekam keinen späteren Flug.«

»Schon okay …«, sagte sie und versuchte, sich ihre Enttäuschung nicht anmerken zu lassen.

»Kannst du mir bitte ein Taxi rufen?«

»Klar.«

»Danke.«

Er ging ins Badezimmer, und sie hörte gleich darauf Wasser rauschen. Marla überlegte kurz, ob sie zu ihm unter die Dusche gehen sollte, doch sie tat es nicht. Dafür war kaum Zeit, und sie wollte ihn nicht in Zeitdruck bringen, so sehr sie es auch bedauerte, dass er schon wieder weg musste. Sie rief in der Rezeption an und bestellte ein Taxi. Dann stand sie auf und holte aus dem Schrank Unterwäsche und ein Kleid, in das sie rasch hineinschlüpfte.

Als sie sich bückte und ihre Sachen vom Boden aufhob, spürte sie ein unangenehmes Ziehen im Bauch, so als ob sie ihre Periode bekommen würde. Doch das wäre einige Tage zu früh. Diesmal hatte sie keine Angst davor, schwanger zu werden, denn nach der Ungewissheit nach ihrer Begegnung in Venedig nahm sie inzwischen doch wieder die Pille.

Kaum hatte sie ihre Sachen in den Schrank geräumt, kam Daniel zurück aus der Dusche.

Er ging zu ihr und zog sie an sich.

»Danke für die schönen Stunden … Nina«, sagte er und gab ihr einen Kuss auf die Schläfe.

»Ich danke dir, dass du gekommen bist.«

Er löste sich von ihr.

»Es tut mir leid, aber ich muss jetzt los.«

»Ich komme mit dir nach unten.«

»Besser du bleibst hier.«

Doch sie schüttelte den Kopf.

»Nein. Diesmal möchte ich dabei sein, wenn du losfährst«, sagte sie entschlossen.

Er schien kurz zu überlegen, dann nickte er.

»Aber du machst mir keine Szene, wenn ich ins Taxi steige, ist das klar?« Er sagte es mit einem Augenzwinkern, doch sie spürte, dass er es ernst meinte.

»Ach, du willst also nicht die Abschiedsszene von ›Casablanca‹ nachspielen?«, fragte sie.

»Nicht heute«, antwortete er. Nicht heute. Wie versprochen würde also der Abschied – anders als bei Rick und Ilsa im Filmklassiker, den sie bestimmt schon zehn Mal gesehen hatte, heute noch nicht endgültig sein. Doch er hatte das Wort »heute« auf eine Weise betont, die ihrer Hoffnung, dass es für sie vielleicht doch eine gemeinsame Zukunft geben könnte, einen Dämpfer gab.

Zehn Minuten später öffnete Daniel die Beifahrertür des Taxis, das eben vorgefahren war. Bevor er einstieg, drehte er sich noch mal zu Marla um. Seine Augen glänzten ungewöhnlich stark, und er schien nach den richtigen Worten zu suchen.

»Du fliegst morgen zurück?«, fragte er schließlich.

»Ja. Am Mittag.«

»Okay … Einen guten Flug, Süße.« Er zog sie an sich und schloss die Arme um sie.

»Dir auch, Daniel.«

Sie kostete die letzten Sekunden aus, die sie zusammen waren, und Marla spürte, dass es auch ihm schwerfiel, sich von ihr zu lösen.

Plötzlich verspürte sie einen Anflug von Schwindel und hielt sich an ihm fest, um nicht umzukippen. Vermutlich lag es daran, dass sie seit dem Frühstück nichts gegessen hatte. Der Tag war anstrengend gewesen und sehr emotional.

»Alles gut?«, fragte Daniel leise.

Nein, hätte sie am liebsten gerufen. Gar nichts war gut, wenn er jetzt ging. Doch sie riss sich zusammen.

»Natürlich«, antwortete sie. Und tatsächlich – so schnell der Schwindel gekommen war, war er wieder verschwunden. Sie löste sich von ihm und trat einen kleinen Schritt zurück.

Daniel hob ihr Kinn an und gab ihr einen zärtlichen Abschiedskuss.

»Pass auf dich auf«, murmelte er. Dann stieg er ins

Taxi. Als es losfuhr, drehte Daniel sich kurz noch mal zu ihr um und hob die Hand zu einem Gruß.

Sie sah dem Wagen hinterher, bis er an einer Kreuzung abbog. Wieder einmal war Daniel aus ihrem Leben verschwunden, und wieder einmal wusste sie nicht, wann sie ihn wiedersehen würde. Und das tat weh. Wenigstens hatte er ihr dieses Mal versprochen, dass es ein Wiedersehen geben würde. Dadurch ein wenig getröstet, betrat sie das Hotel. Der Schwindel hatte zwar aufgehört, aber sie hatte ein flaues Gefühl im Magen.

Sie überlegte, ob sie sich etwas aufs Zimmer bestellen sollte. Doch sie wollte jetzt nicht allein sein. Nicht in dem Raum, in dem sie gerade erst mit Daniel geschlafen hatte und der noch immer den Duft ihrer Leidenschaft verströmen würde. Das könnte sie jetzt nicht ertragen. Marla schaute sich kurz um und steuerte dann auf die Hotelbar zu. Sie setzte sich auf einen Hocker an der Theke und griff nach der Karte, auf der neben einer Reihe von Getränken auch einige kleine Gerichte aufgeführt waren. Sie schwankte zwischen einer Gulaschsuppe und einem Palatschinken mit Erdbeermarmelade und heißer Schokoladensoße. Beim Gedanken daran lief ihr das Wasser im Mund zusammen.

»Ach, was soll's«, sagte sie schließlich und wandte sich an die junge Barkeeperin, »Ich hätte gerne die Gulaschsuppe und danach zwei Palatschinken des Hauses … und ein Mineralwasser mit frischer Minze und Eis, bitte.«

»Natürlich«, sagte die hübsche Rothaarige mit einem Pferdeschwanz, der ihr bis zur Hüfte reichte.

Während Marla auf das Essen wartete, trank sie kleine Schlucke Wasser und beobachtete die Leute, die durch die Hotellobby schritten. Sie versuchte, sich von den Gedanken an Daniel abzulenken, in dem sie sich kleine Geschichten ausdachte, woher die Leute kamen und was sie nach Budapest in dieses Hotel verschlagen hatte.

Schließlich wurde die Suppe serviert, die heiß und scharf gewürzt war. Genau nach Marlas Geschmack.

»Hey. Ist dein Casting schon vorbei?«

Marla drehte sich überrascht zur Seite. Hagen Meller stand neben ihr und lächelte sie an.

»Eigentlich war es kein Casting«, antwortete sie und spürte, wie sie rot wurde.

»Okay … das hab ich mir fast schon gedacht.«

Sie wusste nicht, was sie darauf sagen sollte, und nahm einen Löffel Suppe.

»Ist es in Ordnung, wenn ich mich zu dir setze? Oder wartest du hier auf deine Begleitung?«

Marla schüttelte den Kopf.

»Nein. Der ist schon wieder auf dem Weg zurück nach München«, sagte sie und versuchte, nicht traurig zu klingen. »Setz dich ruhig.«

»Danke.« Er nahm Platz.

»Wolltest du nicht eigentlich in ein Restaurant gehen?«

»Doch. Und wenn ich gewusst hätte, dass deine Besprechung, oder was immer es war, um diese Uhrzeit schon vorbei ist, dann hätte ich die Reservierung im ›Onyx‹ nicht stornieren müssen. Dann könnten wir jetzt marinierten Thunfisch genießen, der auf der Zunge zergeht, oder gegrillte Shrimps …«, er schaute auf den Teller »… und keine einfache Gulaschsuppe.«

Jetzt musste sie lächeln.

»An der Suppe gibt es echt nichts zu meckern. Ich kann sie nur wärmstens empfehlen.«

»Ach ja?«

»Ja … hier, versuch mal.«

Sie hielt ihm den Löffel hin, und er probierte.

»Hm. Stimmt. Schmeckt wirklich gut.«

»Hab ich doch gesagt.«

Er winkte der Barkeeperin.

»Ich hätte gerne auch so eine Gulaschsuppe und ein Pils, bitte.«

Marla löffelte weiter genussvoll und aß dunkles Brot dazu.

»Sag mal, ist dieser Daniel Lester dein Freund?«, fragte Hagen und schaute sie neugierig an.

Marla senkte den Löffel und räusperte sich. Sie hatte keine Ahnung, was sie darauf antworten sollte.

»Wir sind noch dabei, das herauszufinden«, sagte sie schließlich, weil ihr keine andere Antwort einfiel. Und sie hatte jetzt auch keine Lust, ihm diese komplizierte Geschichte zu erklären.

»Okay …«

Sie schwiegen, bis die Barkeeperin ihm das Bier hinstellte.

»Prost, Marla.«

»Prost«, sagte sie und stieß mit ihrem Wasser an.

Sie nahmen beide einen Schluck.

Er stellte sein Glas ab und schaute sie an.

»Falls du herausfinden solltest, dass er nicht dein Freund ist, kannst du mich gerne anrufen. Dann könnten wir mal ein Bier zusammen trinken gehen.«

Sie zögerte kurz. Dann sagte sie: »Okay.«

»Hey, ich meine es völlig ernst.«

Marla musste schmunzeln. Hagen Meller schien wirklich an ihr interessiert zu sein. Und auch sie fand ihn spannend. Lange nicht so spannend wie Daniel natürlich. Bei Daniel hatte sie schon in den ersten Minuten ihrer Begegnung gespürt, dass da etwas Besonderes zwischen ihnen war. Aber Hagen war doch so sympathisch, dass sie seine Gegenwart genoss. Jetzt waren ihre Gedanken jedoch noch viel zu sehr bei Daniel.

»Hagen, wir können uns gerne mal auf ein Bier in der Kneipe treffen, aber …«

»Die Gulaschsuppe«, unterbrach die Barkeeperin sie und stellte den dampfenden Teller vor ihn auf die Theke.

»Weißt du was? Wir belassen es einfach dabei, dass wir irgendwann mal gemeinsam was trinken gehen. Mehr müssen wir jetzt nicht planen«, sagte Hagen. Er schien zu spüren, dass sie für mehr im Moment nicht bereit war, und bedrängte sie nicht weiter. Wofür sie ihm sehr dankbar war.

»Danke«, sagte sie nur.

Er nahm den Löffel, tauchte ihn in die Suppe und schob ihn in den Mund.

Dann schaute er sie mit einem eigenartigen Blick an.

»Marla?«

»Ja?«

»Darf ich dir etwas sagen, ohne dass du böse auf mich wirst?«

Marla musterte ihn verwundert. Wollte er sie doch weiter über Daniel ausfragen?

»Kommt darauf an«, sagte sie vorsichtig.

Er beugte den Kopf zu ihr und flüsterte ihr ins Ohr.

»Deine Perücke … sieht seltsam aus. Sie ist verrutscht.«

Sie zuckte zurück und fasste sich reflexartig an den Kopf.

»Echt?«

Er nickte, und sie bemerkte, dass er sich ein Grinsen verkniff.

»Scheiße!«

Sie versuchte, die Perücke zurechtzurücken. Doch ohne Spiegel war das zwecklos. Sie hätte die falsche Haarpracht vorhin schon im Zimmer abnehmen sollen, aber sie wollte die Rolle als Nina für Daniel zumindest optisch noch bis zu seiner Abfahrt spielen.

»Fällt es sehr auf?«

»Nur wenn man dich aus der Nähe anschaut ... Warte.« Er griff nach ihrem Kopf und zog die Perücke etwas nach hinten. Dann schaute er sie kritisch von beiden Seiten an und schien mit dem Ergebnis zufrieden zu sein. Er zwinkerte ihr komplizenhaft zu.

»Ja ... Ich glaube, so geht es.«

»Danke.«

»Und Marla?«

»Ja?«

»Wieso trägst du eigentlich eine Perücke? Steht dieser Typ auf Blondinen?«

Marla sah ihn kurz an, sagte jedoch nichts.

»Entschuldige. Es geht mich gar nichts an.«

»Nein. Schon okay«, sagte Marla. Irgendwie hätte sie sich Hagen gern anvertraut. Es wäre interessant gewesen, wie er als Mann die Sache einschätzte. Aber wenn sie mit ihm darüber sprechen würde, hätte sie das Gefühl, Daniel zu verraten.

»Das ist ein Spiel zwischen uns«, sagte sie deswegen nur.

»Ein Spiel?« Er schaute sie interessiert an.

»Ja. Aber mehr sage ich nicht dazu«, sagte sie bestimmt und lächelte der Barkeeperin entgegen, die den Teller mit den Palatschinken brachte.

49

Während der Fahrt zum Flughafen bekam Daniel das Bild nicht mehr aus dem Kopf, wie Marla vor dem Hotel stand und ihm hinterherschaute. Am liebsten hätte er dem Taxifahrer gesagt, er solle anhalten und umkehren. Es war ihm diesmal noch schwerer gefallen als sonst zu gehen.

Um sich abzulenken, führte er ein Telefonat mit seiner Sekretärin, die ihm einige E-Mails weitergeleitet hatte, zu denen er noch Fragen hatte.

Inzwischen war er am Flughafen angekommen und auf dem Weg zu seinem Terminal. Da er bereits online eingecheckt hatte und kein Gepäck aufgeben musste, hatte er noch etwas Zeit, um in einer kleinen Bar einen Kaffee zu trinken. Er saß an einem kleinen runden Tisch und beobachtete ein Paar an einem der Nachbartische. Die beiden konnten kaum die Hände voneinander lassen und küssten und umarmten sich immer wieder, ohne sich um die Leute um sich herum zu scheren. Offenbar stand ein Abschied bevor, und die beiden wollten noch jede Minute ihres Zusammenseins genießen.

Daniel fragte sich plötzlich, warum er nicht die Nacht über bei ihr geblieben war. Natürlich hatte er viel um die Ohren, und die Besprechung morgen war sehr wichtig, doch es wäre kein Weltuntergang gewesen, wenn er seinem Onkel gesagt hätte, dass er etwas später dazukommen würde.

War es jetzt schon zu spät, es sich anders zu überlegen?

Mit einem Mal hatte er das Gefühl, dass er sie unbedingt wiedersehen musste. Und zwar nicht erst irgendwann, sondern sofort.

Wenn er jetzt zum Hotel zurückfuhr, dann konnten sie einige weitere kostbare Stunden miteinander verbringen. Sicher würde Marla sich freuen, wenn er so unerwartet zurückkam. Obwohl sie nichts gesagt hatte, hatte er deutlich spüren können, wie sehr sie sich bei ihrem Abschied an ihm festgehalten hatte, so als ob sie ihn nicht gehen lassen wollte.

Sie könnten sich das Abendessen aufs Zimmer bestellen. Und eine Flasche Champagner. Und vielleicht würde sie ja noch einmal für ihn tanzen.

Entschlossen holte Daniel sein Smartphone heraus und suchte online nach freien Plätzen bei den ersten Flügen am nächsten Tag. Und ohne noch weiter darüber nachzudenken, buchte er seinen Flug nach München auf 6.35 Uhr am nächsten Morgen um. Wenn er vom Flughafen aus gleich ins Büro fuhr und der Verkehr nicht zu dicht war, würde er vielleicht noch nicht einmal zu spät kommen.

Auf dem Weg zu den Taxis kam er an einem kleinen Blumenstand vorbei. Er kaufte einen Strauß lachsfarbener Rosen. Ob sie Rosen mochte? Daniel wurde klar, dass er viel zu wenig von ihr wusste. Gleichzeitig hatte er das Gefühl, sie so viel besser zu kennen, als man es nach den wenigen Tagen, die sie bisher miteinander verbracht hatten, hätte erwarten können.

Unterwegs zum Hotel spürte er eine prickelnde Aufregung.

Er malte sich ihre Überraschung aus, wenn er gleich an ihrer Zimmertür klopfte.

Es war ein absoluter Irrsinn, was er da tat. Doch heute war ihm das egal. Gedanken an Silvia und sein Versprechen wischte er diesmal einfach weg, und sein schlechtes Gewissen hielt sich in Grenzen. Lange würden sie dieses Spiel ohnehin nicht mehr machen können, und die wenigen Male, die er sie noch sehen würde, wollte er bis zur Neige auskosten.

Als er wenig später zum zweiten Mal an diesem Tag das Hotel betrat, war er voller Vorfreude, sie gleich wieder in die Arme schließen zu können. Er steuerte auf die Aufzüge zu und fuhr nach oben. Nachdem er zweimal an ihrer Zimmertür geklopft hatte und sie weder öffnete noch von drinnen ein Laut zu hören war, bekam seine Euphorie einen leichten Dämpfer. Ob sie ausgegangen war? Oder war sie unter der Dusche und konnte ihn nicht hören? Er holte sein Smartphone aus der Tasche und wählte ihre Nummer. Durch die Tür hindurch hörte er das Klingeln eines Handys. Also war sie doch im Zimmer? Aber warum ging sie nicht ans Telefon? Er wartete, bis die Mailbox ansprang, und legte dann auf.

Ob sie zum Essen gegangen war? Aber warum hatte sie dann ihr Handy nicht dabei?

Etwas ratlos ging Daniel zurück zu den Aufzügen. Er würde sich an der Rezeption erkundigen, ob man dort wusste, wo Marla war.

Er fuhr mit dem Fahrstuhl nach unten und ging auf die Rezeption zu. Dabei ließ er seinen Blick durch die Hotelbar schweifen. Er erstarrte und blieb stehen. Marla saß auf einem Barhocker, und ihr Kopf war an die Schulter eines Mannes gelehnt, der vor ihr stand und sie in den Armen hielt. Es war dieser Hagen Meller, dem sie am Nachmittag begegnet waren.

Daniel hatte das Gefühl, als ob sich eine kalte Hand um sein Herz schließen würde. Seine Ahnung, dass irgendetwas zwischen den beiden zu laufen schien, hatte ihn also nicht getäuscht. Dass sie jedoch so abgebrüht war, ihn zu belügen, und noch nicht einmal eine Stunde nachdem er weggefahren war, in den Armen eines anderen Mannes lag, hätte er ihr nicht zugetraut. Und obwohl es eigentlich keine Rolle spielte, setzte die Tatsache, dass sie immer noch die blonde Perücke trug, dem Ganzen die Krone auf. Spielte sie auch für ihn die Rolle der Nina? Und würde sie später ebenfalls einen Striptease hinlegen. Bei dem Gedanken daran wurde ihm schlecht. Dass er nicht nur wütend, sondern vor allem schrecklich verletzt war, wollte er sich nicht eingestehen. Er musste weg von hier. Und zwar sofort. Er stopfte die Blumen in einen Abfalleimer und humpelte fest auf seinen Stock gestützt hinaus.

50

»Willst du nicht doch lieber zu einem Arzt?«, fragte Hagen. Er hielt sie an beiden Oberarmen fest und schaute sie besorgt an. Doch Marla schüttelte den Kopf.

»Nein. Es geht schon wieder«, sagte sie. Doch ihre Stimme klang selbst in ihren Ohren noch immer etwas schwach.

»Hey. Du wärst gerade fast umgekippt«, gab er zu bedenken.

»Ach was. Mir war nur so schlecht.«

»Nur schlecht? Du bist jetzt noch schneeweiß im Gesicht.«

»Vielleicht hat sich der Palatschinken nicht mit der Suppe vertragen«, mutmaßte sie, und beim Gedanken daran zog sich ihr Magen wieder zusammen. Sie nahm einen Schluck Wasser und schloss die Augen, bis die Übelkeit wieder etwas nachließ.

»Du solltest dich hinlegen«, sagte er bestimmt.

»Ja … Ich werde nach oben gehen.«

Langsam stand sie vom Barhocker auf. Sicherheitshalber hielt Hagen sie noch immer am Arm fest.

»Geht's?«

»Ja.«

»Ich komme mit.«

Marla war vernünftig genug, sein Angebot nicht abzulehnen. Obwohl es ihr besser ging, fühlte sie sich immer noch etwas zittrig. Was war denn nur los mit ihr? Sie hatte auch schon wieder leichte Bauchschmerzen. Ob sie sich bei den Drehaufnahmen am Catering den Magen verdorben hatte? Aber demnach müsste es auch Hagen und den anderen schlecht gehen, die in den letzten Tagen alle dasselbe gegessen hatten. Vielleicht brütete sie ja eine Grippe aus? Erste Anzeichen dafür waren bei ihr gerne auch mal Übelkeit und Schwindel.

Egal was es war, sie wollte jetzt nur noch eines: Ins Bett gehen und schlafen.

Hagen begleitete sie nach oben und ging erst, als sie ihm versprach, ihn anzurufen, falls es ihr wieder schlechter ging.

Sobald sie allein war, zog sie als Erstes die Perücke und die Kappe herunter, unter der sie ihre geflochtenen Haare versteckt hatte. Sie öffnete den Zopf und zupfte ihre Haare auseinander.

Sofort fühlte sie sich wohler. Da die Übelkeit nun vorbei war, zog sie sich aus und nahm eine lange heiße Dusche. Danach ging es ihr fast wieder so gut, als ob gar nichts gewesen wäre.

Marla schlüpfte in ein Nachthemd, holte sich eine Flasche Wasser aus dem kleinen Kühlschrank und nahm sie mit ins Bett. Auf dem Nachttisch lag ihr Handy. Sie griff danach und sah, dass Daniel sie angerufen hatte. Er hatte sie angerufen? Das hatte er bisher noch nie getan. Das musste doch ein gutes Zeichen sein! Ihr Herz begann vor Aufregung schneller zu schlagen.

Marla wählte seine Nummer, doch sie landete sofort auf seiner Mailbox.

»Hallo, Daniel. Du hast mich angerufen. Ich war noch eine Kleinigkeit essen und hatte das Handy auf dem Zimmer vergessen. Schade … es wäre schön gewesen, mit dir zu plaudern. Also, wenn du mich noch anrufen willst, dann ruf mich doch einfach an …«, sie lachte kurz, »ähm, was red ich denn für einen Unsinn? Sorry. Ich meine, melde dich einfach, wenn du Lust hast. Ich würde mich wirklich sehr freuen … Also, Ciao.«

Sie legte auf und war ein wenig enttäuscht, dass er nicht ans Handy gegangen war. Bis ihr einfiel, dass er jetzt vermutlich gerade im Flugzeug saß und unterwegs nach München war. Vielleicht würde er sie zurückrufen, wenn er seine Mailbox später abhörte. Mit diesem hoffnungsvollen Gedanken zog Marla das Kissen an sich, dem noch der Duft von Daniels Rasierwasser anhaftete. Sie drückte es fest an sich und schloss die Augen.

Daniel hatte nicht mehr zurückgerufen und sich auch am nächsten Tag nicht bei ihr gemeldet. Obwohl es ihr schwerfiel, versuchte sie es kein weiteres Mal, ihn zu erreichen.

Sie fühlte sich wieder viel besser, auch wenn sie am Morgen erneut eine leichte Übelkeit verspürt hatte.

Während des Rückflugs saß Hagen neben ihr. Er umsorgte sie, als ob man sie eben nach langer Krankheit aus dem Krankenhaus entlassen hätte. Seine Fürsorge war zwar nett, ging ihr nach einer Weile aber ein wenig auf die Nerven.

Als sie in München angekommen waren, bot Hagen ihr an, sich ein Taxi zu teilen. Doch Marla lehnte dankend ab. Es wäre zwar bequem gewesen, aber sie hatte das Gefühl, dass er ihr inzwischen zu nahe kam. Ihn mehr an sich heranzulassen wäre weder für sie noch für ihn momentan richtig gewesen. Auch wenn sie nicht wusste, wie – oder besser gesagt wie lange noch – es mit Daniel weitergehen würde, so konnte sie ihre Gefühle für ihn nicht so ohne Weiteres abschalten, um sich ernsthaft auf einen anderen Mann einlassen zu können.

»Hast du Lust, die Woche mal mit mir essen zu gehen?«, fragte Hagen sie zum Abschied.

Sie mochte Hagen gern und hätte auch Lust, ab und zu etwas mit ihm zu unternehmen – als Freunde. Da sie aber das Gefühl hatte, dass er auf mehr aus war, würde sie das besser bleiben lassen.

»Hagen. Es tut mir leid, aber es ist besser, wenn wir uns erst mal nicht sehen.«

Nach kurzem Zögern nickte er und versuchte offensichtlich, sich seine Enttäuschung nicht anmerken zu lassen.

»Na gut. Aber du hast meine Nummer, und wenn du es dir anderes überlegst …«

»Dann werde ich dich anrufen«, unterbrach sie ihn lächelnd.

»Okay. Und ich soll dich wirklich nicht mit in die Stadt nehmen?«

»Nein. Wirklich nicht.«

51

Daniel lag auf dem Sofa in seinem Wohnzimmer und schaute auf seine Armbanduhr. Bald würde die Mittagspause vorbei sein, und er müsste wieder zurück in die Firma. Die anderen Teilnehmer der Besprechung waren gemeinsam zu einem Italiener in der Nähe von Lester SP gegangen. Daniel hatte sich entschuldigt und war währenddessen in seine Wohnung gefahren. Er hatte unbedingt etwas Zeit für sich allein gebraucht und sich umziehen wollen.

Da er gestern so spät keine Maschine mehr zurück nach München bekommen hatte, hatte er in einem Hotel am Flughafen übernachtet. Heute früh war er nach dem Rückflug direkt zur Besprechung in die Firma gekommen. Nach über drei Stunden intensiver Gespräche, hatte er es nicht mehr erwarten können, aus seinen Sachen zu kommen, die noch immer ein wenig nach Marla und ihrem Parfüm rochen und ihn ständig an sie erinnerten.

Obwohl er versucht hatte, sich nicht anmerken zu lassen, wie sehr ihn die Sache mit Marla beschäftigte, hatte Onkel Peter ihn während einer Kaffeepause zur Seite genommen.

»Ist alles okay mit dir, Junge?«, hatte er gefragt.

Da sein Onkel ihm offenbar ansah, dass nicht alles okay mit ihm war, suchte er nach einer glaubhaften Ausrede.

»Es ist… mein Bein. Ich bin gestern falsch aufgetreten, und seither habe ich Schmerzen.« Und das war noch nicht einmal gelogen. Er hatte sich gestern tatsächlich das Bein etwas verdreht, als er so schnell wie möglich aus dem Hotel wollte, in dem Marla ganz öffentlich mit einem anderen Mann herumgemacht hatte.

»Oje. Willst du zum Arzt und dich…?«

»Nein«, unterbrach Daniel ihn abrupt. »Ich habe Tabletten genommen. Das geht schon. Mach dir keine Sorgen.«

»Was ist denn mit Daniel?«, fragte Tante Maria besorgt, die auf die beiden zukam und die letzten Worte aufgeschnappt hatte.

»Nichts. Nur mein Bein. Das wird schon wieder.«

Er ließ die beiden stehen und setzte sich wieder an den Besprechungstisch.

Als Kathrin mitbekam, dass Daniel nicht zum Mittagessen mitkommen würde, war sie sichtlich enttäuscht gewesen. Sie hatte versucht, ihn zu überreden, es sich doch noch anders zu überlegen. Doch er hatte keinen Nerv dafür gehabt, sich ihren offenen Flirtversuchen mehr als unbedingt nötig auszusetzen. Ihm gingen ganz andere Dinge durch den Kopf. Marla, die mit diesem Typen in einer innigen Umarmung an der Bar gestanden hatte.

Wäre er nur nicht mehr zurückgekommen. Dann hätte er sich diesen Anblick ersparen können. Aber nein, er hatte sie ja unbedingt noch mal sehen und mit seiner Rückkehr überraschen wollen, um eine weitere unvergessliche Nacht mit ihr zu verbringen. Was für ein Narr war er doch!

Tja. Womöglich hatte sie eine unvergessliche Nacht verbracht. Allerdings nicht mit ihm, dachte er bitter. Aber was hatte er eigentlich von ihr erwartet? Dass sie sich für die wenigen Male, die sie sich sahen, von anderen Männern fernhalten würde? Was hatte er ihr denn im Gegenzug dafür geboten? Weder eine Beziehung noch irgendeine Aussicht auf mehr. Und trotzdem wollte er, dass sie nur für ihn allein da war? Selbst er musste zugeben, dass das lachhaft war. Doch zumindest hätte sie ehrlich zu ihm sein sollen, als er sie gefragt hatte. Und wenn dieser Meller ohnehin in Budapest war, warum hatte sie ihn dann überhaupt dorthin gebeten?, fragte er sich.

Und was war das wiederum für eine Nachricht, die sie ihm auf der Mailbox hinterlassen hatte? So als ob sie sich wirklich darüber freuen würde, wenn er sich meldete. Er wusste nicht, was er von alldem halten sollte. Dass er eigentlich nur eifersüchtig war, wollte er sich nicht eingestehen.

»Herr Lester! Was machen Sie denn hier?«, riss ihn plötzlich eine scharfe Stimme aus den Gedanken. Erschrocken fuhr er vom Sofa hoch. Hilda stand vor ihm. Er hatte völlig vergessen, dass heute Putztag war. Ihr missbilligender Blick sprach Bände, und mit dem Besen in der Hand und dem vorgeschobenen Kinn sah sie einer Hexe ähnlicher denn je. Obwohl er nichts anderes tat, als sich in seiner eigenen Wohnung ein wenig auszuruhen, fühlte er sich ertappt.

»Sie sollten nicht hier sein, wenn ich putze!« Ihre Stimme klang äußerst vorwurfsvoll.

»Tut mir leid. Ich bin in ein paar Minuten weg«, erklärte er entschuldigend und fragte sich gleichzeitig, wie es sein konnte, dass ihn eine Frau, die von ihm gut dafür bezahlt wurde, seine Wohnung in Schuss zu halten, so unglaublich einschüchtern konnte. Aber Hilda war eben Hilda. Und sie war absolut zuverlässig. Er war froh, dass er sie hatte, und deswegen legte er sich auch nicht mit ihr an.

»Und kommen Sie nicht zurück, bis ich hier mit allem fertig bin! Haben Sie das verstanden?«, rief sie ihm nach, als er in den Flur hinausgegangen war.

Er überlegte, seinen Wagen zu nehmen, doch dann rief er sich lieber ein Taxi. Nach der Besprechung würde es noch einen kleinen Umtrunk geben, um auf die neue Kollektion anzustoßen, mit der Lester SP sehr gute Zahlen machte. Und womöglich war ihm danach, sich bei dieser Gelegenheit zu betrinken.

»Warum weichst du mir die ganze Zeit aus, Daniel?«, fragte Kathrin Stunden später. Die Besprechung war längst vorbei. Nun waren alle zum gemütlichen Teil übergegangen. Er hatte sich gerade von Tante Maria und Ivonne abgewandt, mit denen er sich eine Weile unterhalten hatte, da war Kathrin mit zwei Gläsern Weißwein zu ihm gekommen.

»Ich weiche dir nicht aus.«

»Doch. Hier. Für dich.« Sie reichte ihm ein Glas.

»Danke.«

»Geht es dir schon besser?«

»Na ja. Nicht so richtig. Ich werde bald nach Hause fahren«, sagte er. Dabei konnte er sich im Moment nicht vorstellen, allein zu sein. Er würde nur wieder über Marla nachdenken. Und das würde ihm nicht guttun. Obwohl er tief in seinem Inneren wusste, dass es sowohl für Marla als auch für ihn besser war, wenn sie einen anderen Mann hatte. Einen Mann, der für sie da war und sie nicht nur alle paar Wochen aufforderte, sich mit ihm zu treffen. Doch er konnte diese Vorstellung jetzt einfach noch nicht ertragen. Gleichzeitig quälte ihn sein schlechtes Gewissen Silvia gegenüber mehr als sonst.

Niemals hätte er gedacht, dass es nach ihr noch einmal eine Frau geben könnte, für die er so starke Gefühle entwickelte. Er war überzeugt gewesen, seinen Vorsatz, jeweils nur eine Nacht mit einer Frau zu verbringen, um ja nicht Gefahr zu laufen, sich doch zu verlieben, problemlos einhalten zu können. Doch dann war Marla in sein Leben getreten, und seither hatte sich alles für ihn verändert. Mit der Trauer um Silvia und das Kind hatte er irgendwie umzugehen gelernt, doch nicht damit, sich neu zu verlieben und sein Versprechen zu brechen.

Insgeheim fragte er sich sogar, ob er Marla nicht noch mehr lieben würde, als er Silvia geliebt hatte. Aber konnte das sein? Durfte das sein? Wäre dann nicht alles eine Lüge gewesen, was ihn und seine verstorbene Frau verbunden hatte? Sie war doch die Liebe seines Lebens gewesen, oder etwa nicht? Sie hätte die Mutter seiner Kinder sein sollen.

»Daniel!« Kathrin hatte ihn am Arm genommen.

»Was?«, fragte er verwirrt. Er hatte völlig vergessen, dass sie noch neben ihm stand.

»Dir scheint es wirklich nicht gut zu gehen. Ich habe dich schon zwei Mal gefragt, ob ich dich nach Hause bringen soll.«

Daniel winkte ab.

»Nein. Mach dir keine Umstände. Ich rufe ein Taxi.«

»Deine Wohnung liegt auf dem Weg, das weißt du ganz genau. Es ist kein Umweg für mich.«

Er warf einen Blick auf ihr Weinglas.

»Das ist mein erstes Glas. Ich habe bis jetzt nur Wasser getrunken«, erklärte sie lächelnd.

Daniel fühlte sich plötzlich zu erschöpft, um noch weiter mit ihr zu diskutieren.

»Na gut«, sagte er und leerte sein Glas in einem Zug.

Daniel wusste nicht, was er davon halten sollte, aber Kathrin hatte darauf bestanden, mit nach oben in die Wohnung zu kommen. Er wollte nicht unhöflich sein und sie wegschicken, nachdem sie ihn nach Hause gebracht hatte. Und obwohl sie etwas anstrengend war, war er in diesem Moment sogar ein wenig froh über ihre Gesellschaft, die ihn daran hinderte, in trübe Gedanken zu verfallen.

Sie sah sich um, während er fest auf seinen Stock gestützt in die Küche ging und aus dem Kühlschrank eine Flasche Grauburgunder holte.

»Soll ich dir helfen?«, rief sie aus dem Wohnzimmer.

»Nein. Das schaffe ich gerade noch alleine.«

Sie lachte.

Er kam zurück und stellte die Flasche auf den Tisch, holte dann zwei Weingläser aus dem Schrank.

»Deine Wohnung ist wirklich sehr schön«, sagte Kathrin bewundernd.

»Danke.«

Er ließ sich erschöpft auf das Sofa sinken und schenkte ein.

Sie nahm neben ihm Platz und schlug ihre langen Beine übereinander. Daniel reichte ihr das Glas.

»Du hättest mich wirklich schon viel früher mal hierher einladen können.«

»Kathrin, bitte … Ich habe wirklich keine Lust auf unterschwellige Vorwürfe«, sagte er offen. »Wenn du mit mir freundschaftlich ein Glas Wein trinken möchtest, dann freue ich mich, dass du mein Gast bist. Wenn du dir mehr erhoffst, dann …« Er sprach nicht weiter und nahm einen Schluck Wein.

»Dann was?«

»Ich kann dir nicht mehr geben, Kathrin.«

Sie sagte nichts darauf, sondern nippte an ihrem Wein. Dann schaute sie ihn mit einem seltsamen Blick an.

»Du hast dich sehr verändert, Daniel.«

»Es hat sich alles verändert nach Silvias Tod«, sagte er und vermied es, sie anzuschauen.

»Das meine ich nicht. Du bist seit Peters Geburtstagsfeier anders.«

»Ich bitte dich …«

»Nein. Jetzt hörst du mir mal zu, ohne mich zu unterbrechen. Ja?«

»Warum kannst du mich nicht einfach in Ruhe lassen?«

Er wollte sich das nicht anhören und stand wieder auf. Aber Kathrin griff nach seinem Arm und hielt ihn zurück. Sie erhob sich ebenfalls und stand ihm gegenüber.

»Ich weiß nicht, was zwischen dir und dieser Lisa vorgefallen ist, und natürlich geht mich das auch nichts an … Ich merke, dass du nicht darüber reden willst, und okay … dann werde ich auch nichts mehr dazu sagen. Und ich will auch nicht über Silvia reden. Es geht mir um dich …«

Er zog seinen Arm weg, blieb jedoch stehen.

»Du brauchst dir keine Gedanken zu machen, es ist alles okay mit mir.« Selbst in seinen Ohren klang das nicht sehr überzeugend.

»Das kannst du dir vielleicht selbst vormachen, aber ich sehe doch, dass es dir nicht gut geht. Und ich mache mir Gedanken um dich. Die ganze Zeit.«

Daniel spürte, wie er sich von ihr in die Enge gedrängt fühlte. Natürlich hatte sie recht. Es ging ihm nicht gut. Aber daran würde sie nichts ändern können. Er wollte nicht, dass sie sich um ihn Sorgen machte.

»Daniel, lass dir doch helfen. Lass dir von mir helfen«,

bat sie fast flehend und sah ihn so eindringlich an, dass er sich wegdrehte.

»Du kannst mir nicht helfen«, sagte er.

»Weil du es nicht zulässt.«

Sie hielt ihn wieder am Arm fest und stellte sich so hin, dass er sie anschauen musste.

»Wir kennen uns schon so lange. Und uns verbindet mehr als nur Freundschaft … Ich liebe dich, Daniel. Und ich weiß, dass du mit mir glücklich sein könntest. Wenn du dich nur endlich auf mich einlassen würdest.«

Nun hatte er endgültig genug. Genau das konnte er jetzt überhaupt nicht brauchen.

»Ich habe es dir schon einmal gesagt, Kathrin«, sagte er, und seine Stimme klang kühl, »ich liebe dich nicht. Und ich werde mich nicht auf eine Beziehung mit dir einlassen. Ich will mich auf überhaupt keine Beziehung mehr einlassen! Versuch das bitte endlich zu akzeptieren.«

»Es ist mir scheißegal, dass du mich nicht liebst«, rief sie plötzlich, und Daniel erschrak über die Heftigkeit in ihrer Stimme und die Wortwahl, die überhaupt nicht zu ihr passte.

»Kathrin …«

Doch sie ließ ihn gar nicht erst zu Wort kommen.

»Ich habe genug Liebe für uns beide. Gib mir doch eine Chance, es dir zu zeigen. Lass mich doch einfach nur mit dir zusammen sein.«

Und bevor er wusste, was sie vorhatte, schlang sie die Arme um seinen Hals, presste ihre Lippen auf seinen Mund und begann, ihn zu küssen.

Daniel war überrumpelt. Er spürte die Verzweiflung, die in ihrem Kuss lag, und er hatte plötzlich Mitleid mit ihr. Sie liebte ihn offenbar wirklich, doch er konnte diese Liebe nicht erwidern. Genau so wenig, wie er seine Liebe zu Marla zulassen konnte. Letztlich war sein Gefühlsleben ein einziges Fiasko.

Vorsichtig löste er sich von Kathrin.

»Kathrin«, sagte er plötzlich sanft und schob sie von sich weg. »Es tut mir so leid. Aber es wäre nicht fair, mit dir zusammen zu sein, wenn ich dich nicht liebe.«

»Es würde mir reichen, wenn du einfach nur bei mir wärst und mich magst«, sagte sie mit erstickter Stimme.

»Vielleicht eine Zeitlang. Doch irgendwann würde es nicht mehr genug sein, wenn sich deine Liebe niemals in meinen Augen widerspiegelt. Und dann würdest du meinen Blick nicht mehr ertragen können und anfangen, mich zu hassen.«

Plötzlich begann ihr magerer Körper zu beben, und Tränen liefen über ihr Gesicht. Sie wusste, dass er recht hatte, auch wenn sie es nicht wahrhaben wollte.

»Du musst loslassen«, flüsterte er eindringlich und meinte damit auch sich selbst, was Marla betraf.

»Es tut so weh!«, schluchzte sie.

»Ich weiß.«

Er zog sie an sich und hielt sie eine ganze Weile einfach nur fest. Doch er konnte ihr keinen Trost geben. Als sie sich kurz darauf etwas beruhigt hatte, löste sie sich von ihm.

»Ich habe es verstanden«, sagte sie heiser. Sie griff nach ihrer Tasche, und ohne ihn noch einmal anzusehen, ging sie zur Tür.

Daniel schaute ihr traurig und hilflos hinterher. In diesem Moment zweifelte er zum ersten Mal ernsthaft daran, dass die Liebe für die Menschen tatsächlich ein Geschenk war. Brachte sie letztlich nicht viel mehr Kummer und Verzweiflung mit sich, als Glück und Freude?

Doch konnte man sich überhaupt vor der Liebe schützen?

Er hatte keine Energie mehr, darüber nachzudenken.

Müde und erschöpft trank er sein Glas leer und ging ins Bett.

52

Marla lag im Bett und starrte an die Decke. Sie konnte ihren Körper nicht wahrnehmen. Es war, als ob sie sich aufgelöst hätte und nur noch ihr Geist funktionieren würde. Sie versuchte vergeblich, an nichts zu denken. Doch immer wieder hörte sie die Stimme ihres Frauenarztes, der ihr wenige Stunden zuvor bei einer Ultraschalluntersuchung fröhlich erklärt hatte, dass sie schwanger sei.

Marla hatte es zunächst für einen Scherz gehalten. Doktor Haller neigte öfter zu kleinen Späßen, um seinen Patientinnen die Befangenheit vor der Untersuchung zu nehmen und sie aufzulockern.

»Haha. Sehr lustig. Und Sie sind der Vater?«

»Na, das schließen wir jetzt doch mal aus. Schließlich wollen Sie bestimmt nicht, dass Ihr Kind so große Ohren bekommt wie ich.« Er zwinkerte ihr zu.

Wider Willen musste sie lachen. Doch ihr wäre es lieber gewesen, er würde aufhören herumzualbern und herausfinden, was diese Bauschmerzen und ihre Schwindelanfälle zu bedeuten hatten, die sie jetzt schon seit über einer Woche plagten.

Er tippte auf die Tastatur des Monitors und schaute dabei konzentriert auf das Bild vor ihm.

»So, der Größe nach würde ich sagen, Sie sind in der neunten Woche.«

Sie starrte ihn an.

»In der neunten Woche?«

Langsam dämmerte Marla, dass er es ernst meinte. Doch er musste sich irren.

»Hören Sie, Herr Doktor, ich kann nicht schwanger sein, weil ich meine Periode hatte und wieder die Pille nehme. Zwar erst seit Kurzem, aber …«

Doktor Haller hatte sich zu Marla umgewandt und unterbrach sie.

»Gerade ganz am Anfang sind Blutungen in der Schwangerschaft nicht so ungewöhnlich. Sie werden oft für die Periodenblutung gehalten. Meist ist das völlig harmlos. War die Blutung denn stark?«

»Äh, nein, eher nicht.«

»Gut … Bei Ihnen scheint alles in bester Ordnung zu sein.«

Er nickte ihr aufmunternd zu. Marla wollte etwas sagen, bekam keinen Ton heraus.

»Wir könnten jetzt auch noch einen Schwangerschaftstest machen, damit Sie mir glauben, aber ich zeige Ihnen besser dies …«

Er drehte den Monitor in ihre Richtung und erläuterte Marla, was sie da zum ersten Mal erblickte: ihr Baby.

»Marla?«

Es klopfte. Gleich darauf ging die Tür auf, und Betty kam herein. Rafaela folgte ihr.

»Hey. Süße? Was ist denn los mit dir? … Rafaela hat mich angerufen, dass es dir nicht gut geht.«

Marla drehte sich zu ihren beiden Freundinnen, die neben ihrem Bett standen und sie besorgt anschauten.

Sie hatte bisher niemandem etwas von der Schwangerschaft erzählt, weil sie es trotz allem immer noch nicht glauben konnte. Oder vielleicht auch nicht glauben wollte. Sie bekam ein Baby. Von Daniel. Jedes Mal, wenn ihr das bewusst wurde, wurde ihr gleichzeitig heiß und kalt.

»Du bist doch nicht krank, oder?« Betty klang besorgt und setzte sich zu ihr ans Bett.

Marla schüttelte den Kopf.

»Ich bin schwanger«, sagte sie leise.

»Ach du heilige Scheiße!«, rutschte es Betty heraus, und Rafaela rief gleichzeitig: »Un bebê? Isso é maravilhoso!«

»Ja. Ich bin schwanger«, wiederholte Marla etwas lauter, als ob sie es sich selbst auch noch einmal eindringlich sagen musste, um es wirklich zu glauben.

Und da sie es nun endlich ausgesprochen hatte, begannen die Tränen, die sie bisher zurückgehalten hatte, ungehindert zu fließen.

»Ich, ich kann es selbst noch nicht glauben«, stammelte sie.

»Rutsch mal ein wenig«, sagte Betty und legte sich neben Marla ins Bett.

»Ich komme auch!« Rafaela stieg über die beiden hinweg auf die andere Seite des Bettes und griff nach Marlas Hand.

Die beiden Freundinnen hatten sie in die Mitte genommen, und Marla fühlte sich dadurch seltsam getröstet. Sie schniefte laut.

»Hier.« Rafaela reichte ihr eine Box mit Papiertaschentüchern, die neben dem Bett stand.

»Danke!« Marla putzte sich die Nase.

Danach lagen sie eine Weile einfach nur schweigend nebeneinander.

»Willst du das Baby denn?«, fragte Betty vorsichtig, als Marla schließlich aufgehört hatte zu weinen.

»Ich … ich, nein, ja … Ich weiß es nicht.«

»Weiß dieser Daniel es schon?«

Marla schüttelte heftig den Kopf.

»Natürlich nicht. Ich weiß es doch selbst erst seit ein paar Stunden und hab keine Ahnung, was ich machen soll.«

»Als meine Cousine Annamaria schwanger war von Rudolpho, dem Autohändler, der sie hat ständig betrogen, hat meine Oma Consuela zu ihr gesagt, Annamaria, die verdorbensten Männer können trotzdem beste Früchte geben.«

Offenbar griff Oma Consuela bei ihren Ratschlägen immer gern auf Vergleiche mit Obst zurück, ging es Marla durch den Kopf, und sie war drauf und dran, hysterisch loszukichern.

Betty hob den Kopf und schaute Rafaela verdutzt an.

»Und das soll Marla jetzt weiterhelfen?«

Rafaela zuckte mit den Schultern.

»Ich meine ja nur. Annamaria hat es geholfen. Für Oma sind die Kinder das, was zählt für eine Frau, auch wenn der Mann nichts wert ist«, erklärte Rafaela.

»Es ist nicht so, dass Daniel nichts wert ist«, warf Marla leise ein, doch die beiden schienen ihr gar nicht zuzuhören.

»Ja genau«, blaffte Betty Rafaela genervt an. »Und vielleicht sollen wir Frauen wieder nur den ganzen Tag am Herd stehen und putzen, mit sieben Kindern am Rockzipfel? Nichts gegen deine Oma, Rafaela, aber für so eine antiquierte Sicht auf die Rolle der Frau habe ich wirklich kein Verständnis.«

»Meine Oma beim Putzen?« Rafaela lachte auf. »Die hat nach ihrer ersten Scheidung keinen Lappen mehr angefasst. Das machen die Hausmädchen bei uns.«

»Ihr habt Hausmädchen?«, fragte Marla überrascht.

Rafaela nickte. »Wie sollte es sonst gehen? Oma hat

keine Zeit zu putzen. Sie produziert in Sao Paulo ein … wie sagt man gleich – politische Sendung?«

»Deine Oma Consuela ist beim Fernsehen?« Bettys Stimme klang völlig überrascht, und auch Marla war verblüfft über diese Neuigkeit.

»Zuerst war sie Sekretärin, dann entdeckte man sie als Moderatorin. Jetzt hat sie selbst eine Produktionsfirma.«

»Wie alt ist deine Oma denn?«, fragte Marla.

»63.«

»Wow«, sagte Betty.

»Habt ihr gedacht, Oma Consuela ist eine alte Oma mit Schürze?«

»Äh, so wie du von ihr erzählt hast, vielleicht«, gab Marla zu.

»Unter einer Oma stellt man sich nicht gerade eine Produzentin vor.« Betty schüttelte den Kopf.

»Ach ja? Und wer hat nun eine antiquierte Frauenansicht, hmm?«, fragte Rafaela.

Marla stand wieder kurz davor zu kichern. Antiquierte Frauenansicht? Auf jeden Fall sah Marla Oma Consuela nach dieser Neuigkeit jetzt in einem völlig anderen Licht. Vielleicht sollte sie doch noch einmal über ihre Ratschläge und wunderlichen Sprüche nachdenken. Immerhin hatte sie Marla auf indirektem Weg ein wenig von ihren Sorgen abgelenkt. Und obwohl die Lage immer noch völlig ungeklärt war, fühlte Marla sie nicht mehr ganz so verzweifelt.

»Es geht hier um Marla. Wieso reden wir dann eigentlich die ganze Zeit von deiner Großmutter?«, ereiferte sich Betty, die sich offenbar ertappt fühlte.

»Das liegt vielleicht an deiner antiquierten Frauenansicht«, rutschte es Marla heraus, und sie fing an zu kichern. Und nun konnte sich auch Betty nicht mehr zurückhalten. Sie prustete los. Rafaela schaute die beiden zuerst etwas pikiert an, doch dann begann sie ebenfalls zu lachen.

Zuerst heulen, dann lachen – ob das schon die Hormone waren?, fragte Marla sich plötzlich. Sie schaute ihre beiden Freundinnen an und legte die Arme um Rafaela und Betty.

»Ich bin so froh, dass es euch gibt«, sagte sie.

»Natürlich bist du das«, bestätigte Rafaela trocken.

Betty setzte sich auf und schaute Marla mit ernstem Blick an.

»Marla. Ich weiß, wie schwierig jetzt alles für dich sein muss. Aber du bist nicht allein. Wie auch immer du dich entscheiden wirst, ich werde dich in jedem Fall unterstützen und für dich da sein«, sagte Betty.

»Und ich natürlich auch«, versprach Rafaela und gab Marla einen Kuss auf die Wange.

Nun brannten schon wieder Tränen in Marlas Augen. Diesmal vor Rührung. Sie konnte sich glücklich schätzen, so gute Freundinnen zu haben.

53

Es war fast wie verhext und eigentlich kaum zu glauben. Seitdem Marla erfahren hatte, dass sie schwanger war, hatte sie mehrere Einladungen zu Castings bekommen. Darunter war auch eine Anfrage für eine kleine, aber spannende Nebenrolle in einer Serie. Dann gab es noch das Theaterstück von Jaro Kepp, das im Herbst uraufgeführt werden sollte. Sie hatte ihn gleich nach ihrer Rückkehr aus Budapest angerufen, als sie noch nichts von ihrer Schwangerschaft gewusst hatte, und er hatte ihr tatsächlich ernsthaft eine Rolle angeboten. Die Proben dafür sollten im September beginnen.

Außerdem hatte Hagen Meller sich bei ihr gemeldet. Obwohl sie eine weitere Einladung zum Essen abgelehnt hatte, teilte er ihr freudig mit, dass der Werbefilm toll geworden sei und alle so begeistert von Marla seien, dass man ernsthaft überlege, zukünftig weitere Werbekampagnen mit ihr zu machen.

Genau das, was sie sich so lange erträumt hatte, schien nun in Erfüllung zu gehen. Und es hätte keinen schlechteren Zeitpunkt dafür geben können. Wenn sie sich für das Kind entschied, wäre es unmöglich, diese Engagements anzunehmen, denn natürlich war keine der Rollen auf eine schwangere Frau ausgerichtet. Und man würde ganz sicher nicht warten, bis sie das Baby zur Welt gebracht hätte.

In ihrem momentanen Zustand konnte sie natürlich

auch nicht mehr die Stelle als Schwangerschaftsvertretung der Produktionsassistentin annehmen, die Emilio noch für sie offen gehalten hatte. Somit war auch Plan B hinfällig.

Richard, dem sie bisher noch nichts von der Schwangerschaft gesagt hatte, konnte nicht verstehen, warum sie ihn so hinhielt.

»Was ist mit dir los, Marla? Wartest du auf lohnendere Angebote? Denkst du, da kommt noch was Besseres? Oliver Stone, der aus Hollywood anruft und dich in einer Hauptrolle besetzen will? Das wird er nicht, Marla Schatz. Da kommt keine Anfrage aus Hollywood.«

»Das weiß ich doch, Richard«, hatte sie gesagt und ihm kaum in die Augen sehen können.

»Ah, ich verstehe. Du willst mich auch verlassen! Hast du eine neue Agentur, und willst du deshalb nicht zusagen? Willst du mich wirklich verlassen?«

»Nein. Das ist es nicht! Ehrlich nicht, Richard. Du bist mein Agent, und ich will keinen anderen. Nur … weißt du, meine Mutter. Es geht ihr nicht so gut im Moment …«

Es war ihr schwergefallen, ihre noch immer trauernde Mutter als Ausrede zu gebrauchen. Dabei ging es Paula besser, als Marla erwartet hätte. Nach den ersten schwierigen Wochen hatte sie in einer Aufnahmestelle für Flüchtlinge eine Aufgabe gefunden, die ihr Spaß machte. Doch diesmal ließ sie sich nicht völlig vereinnahmen. Sie genoss es zunehmend, auch Dinge zu tun, für die sie keine Zeit gehabt hatte, als sie Edgar noch fast rund um die Uhr hatte pflegen müssen.

»Weißt du, wie lange ich schon nicht mehr im Kino war?«, hatte sie Marla bei einem Telefonat vor ein paar Tagen gefragt.

»Nein. Keine Ahnung.«

»Seit wir beide uns ›Charlie und die Schokoladenfabrik‹ angeschaut haben.«

»Stimmt. Da waren wir gemeinsam drin«, erinnerte sich Marla. Sie musste damals fünfzehn oder sechzehn gewesen sein. Das war tatsächlich schon eine ganze Weile her.

»Ab jetzt werde ich regelmäßig ins Kino gehen. Und ins Theater. Und ich kann mir endlich jede Aufführung anschauen, bei der du mitspielst.«

Außerdem plante sie bereits ihre Sommerreise in den Norden.

Marla hatte auch ihrer Mutter noch nichts von der Schwangerschaft gesagt, weil sie wusste, dass Paula bestimmt versuchen würde, sie zu beeinflussen. Doch Marla musste diese Entscheidung ganz allein treffen.

Es war noch eine Woche bis Ostern. Vor drei Tagen hatte es noch einmal heftig geschneit, ohne dass der Schnee jedoch länger als ein paar Stunden liegen geblieben wäre. Gestern dann hatte das Wetter umgeschlagen, und die Sonne strahlte so warm vom Himmel, dass Marla nur eine leichte Jacke anzog, als sie am Morgen aus dem Haus ging. Sie fuhr mit der U-Bahn zum Olympiapark, um dort spazieren zu gehen und in Ruhe nachzudenken. Zu Hause konnte sie das nicht, weil Rafaela mit ihrem Freund Schluss gemacht hatte, der sexuell und offenbar auch als Typ doch nicht so der Bringer war. Und nun steckte sie ihre ganze Energie in Marla und deren Schwangerschaft, die sie inzwischen begeisterte. Das war zwar lieb gemeint von ihrer Mitbewohnerin, auf Dauer aber doch etwas anstrengend.

Betty hingegen tendierte eher dazu, dass Marla das Kind abtreiben sollte.

»Lass dir von diesem einen Fehler nicht dein ganzes Leben auf den Kopf stellen, Marla. Daniel hat klargestellt, dass er dich nicht will. Also, ich meine, keine echte Beziehung. Außer Unterhalt wirst du von ihm nichts bekommen. Willst du dir das wirklich antun?«

»Ich werde Daniel nicht sagen, dass ich schwanger bin, egal ob ich das Kind bekomme oder nicht. Und ich will ganz bestimmt kein Geld von ihm«, stellte Marla sofort klar. Zumindest würde sie noch gründlich darüber nachdenken müssen.

»Und wie willst du alleine mit einem Kind deinen Job weitermachen? Das kannst du vergessen. Du bist keine Angelina Jolie, die sich eine Armee von Nannys leisten kann.«

Marla wusste, dass Betty es nur gut meinte, doch im Moment war auch sie nicht sonderlich hilfreich.

Marla brauchte unbedingt einen klaren Kopf, um eine Entscheidung treffen zu können.

Das schöne Wetter hatte viele Leute in den Olympiapark gelockt, doch das störte Marla nicht. Sie schlenderte um den Olympiasee und genoss die frühlingswarmen Sonnenstrahlen auf der Haut. Endlich konnte sie in Ruhe ihren Gedanken freien Lauf lassen.

Wenn sie die Fakten gegeneinander abwog, dann spräche in ihrer Lage tatsächlich vieles dafür, das Kind abzutreiben. Es gab keinen Vater für das Kind, zumindest keinen, der mit ihr zusammen sein wollte. Und sich jeden Tag eine andere Perücke für ihn aufzusetzen war zwar eine amüsante Vorstellung, aber natürlich keine praktikable Lösung. Ihre Karriere, die gerade dabei war, einen kleinen, aber doch bedeutenden Schub zu bekommen, würde erst einmal für mindestens ein Jahr auf Eis liegen, und vermutlich war sie im schnelllebigen Filmgeschäft danach bereits wieder in der Versenkung verschwunden. Außerdem bräuchte sie das Zimmer von Rafaela für das Baby, doch allein könnte sie sich die Wohnung nicht leisten. Ganz zu schweigen davon, dass sie nicht wusste, wie sie sich und ein kleines Kind später anständig ernähren sollte. Sie hatte zwar noch das kleine Erbe von Edgar, aber das Geld würde mit den Anschaffungen, die sie für ein Kind machen müsste, bald aufgebraucht sein. Sicher, ihre Mutter würde ihr vermutlich voller Freude zur Seite stehen, doch Marla wollte nicht, dass Paula schon wieder für jemanden sorgen musste. Sie sollte endlich einmal ihr eigenes Leben führen dürfen, das sie gerade für sich entdeckte, ohne wieder eine emotionale Verpflichtung einzugehen, um ihrer Tochter beizustehen.

Es sprach also vieles dafür, sich gegen die Schwangerschaft zu entscheiden. Doch trotz aller Argumente war Marla sich inzwischen darüber klar geworden, dass sie es nicht übers Herz bringen würde, das Baby abtreiben zu lassen. Eigentlich hatte sie es schon beim ersten Blick auf das Ultraschallbild gewusst, es sich aber noch nicht eingestehen wollen. Sie konnte ein unschuldiges Kind nicht dafür mit dem Leben bezahlen lassen, dass sie unvorsichtig gewesen war und ohne zu verhüten mit Daniel geschlafen hatte. Und es dann auch noch verbummelt hatte, rechtzeitig die Pille danach zu nehmen. Dieses Kind, das in ihr heranwuchs, durfte nicht für ihre Fehler büßen müssen. Natürlich gäbe es auch die Option, das Kind zur Adoption freizugeben. Aber allein der Gedanke daran, es zur Welt zu bringen und dann wegzugeben, zerriss Marla das Herz.

Sie blieb stehen und schaute beiläufig einer Ente zu, die inmitten einer Gruppe ihrer schnatternden Artgenossen auf dem Wasser landete. Plötzlich überkam Marla eine eigentümliche Art von innerer Ruhe, und sie lächelte. Sie hatte ihre Entscheidung eigentlich schon längst getroffen – und jetzt ließ sie das auch zu. Sie würde das Kind behalten.

Wie sie das alles schaffen sollte, wusste sie noch nicht, aber sie würde einen Weg finden.

Marla spürte einen warmen Schauer der Freude in ihrem Körper und legte eine Hand auf ihren noch flachen Bauch.

»Hallo, Baby«, flüsterte sie. »Du bist bei mir willkommen. Wir beide werden das rocken. Du brauchst keine Angst zu haben.«

Sie würde das Baby tatsächlich bekommen! Daniels Baby.

Seit ihrem letzten Abschied in Budapest hatte sie nichts mehr von ihm gehört. Das war inzwischen knapp zwei Wochen her. Marla hatte gehofft, dass er noch einmal bei ihr anrufen würde, doch er hatte nicht auf ihre Nachricht auf seiner Mailbox reagiert. Vielleicht war es auch besser gewesen. Denn obwohl sie sich nach ihm sehnte, hatte sie erst einmal Zeit für sich gebraucht. Sie zweifelte jedoch keinen Moment daran, dass er sein Versprechen halten würde, und sie sich bald wiedersahen. Ein allerletztes Mal. Denn Marla hatte für sich entschieden, sich danach um ihr neues Leben als zukünftige Mutter zu kümmern, und dafür wollte sie mit der gefühlsmäßigen Achterbahn wegen Daniel abgeschlossen haben.

54

Daniel saß am Schreibtisch in seinem Büro und schaute immer wieder auf sein Smartphone. Vor einer Stunde hatte er Marla eine Nachricht geschickt und sie gebeten, sich in zwei Tagen mit ihm auf Mallorca zu treffen. Er wollte sie noch ein letztes Mal sehen und danach ihre seltsame Beziehung ein für alle Mal beenden. Er hatte gemerkt, wie ihn dieses emotionale Hin und Her aufrieb und sich inzwischen schon negativ auf seine Arbeit auswirkte. Vor ein paar Tagen hatte ihn seine Sekretärin höflich, aber mit Nachdruck darauf aufmerksam gemacht, dass er nicht nur unkonzentriert bei der Arbeit war, sondern auch ungeduldig mit den Mitarbeitern, von denen sich einige beschwert hatten. Das war der Punkt gewesen, an dem Daniel endgültig erkannte, dass es so nicht länger weitergehen durfte.

Natürlich wäre es vernünftiger für sie beide gewesen, wenn er Marla einfach mitteilen würde, dass es vorbei sei. Und die ersten Tage nach seiner Rückkehr aus Budapest hatte er auch genau das vorgehabt. Doch dann hatte er noch einmal die Nachricht abgehört, die sie so freudig auf die Mailbox gesprochen hatte, und es doch nicht übers Herz gebracht. Dabei versuchte er zu verdrängen, dass Marla womöglich bereits eine neue Beziehung mit diesem Meller haben könnte und ihn vielleicht inzwischen gar nicht mehr sehen wollte.

Nervös trommelte er mit den Fingern auf die Tischplatte. Warum meldete sie sich nicht? Hatte sie die Nachricht noch nicht gelesen? Oder wollte sie tatsächlich nichts mehr mit ihm zu tun haben?

Endlich klingelte das Handy. Doch auf dem Display erschien das Foto seiner Mutter. Enttäuscht ging er ran.

»Ja hallo?«

»Daniel, das Flugzeug landet am Samstag um 10.30 Uhr in München. Ich weiß, dass du es nicht vergessen wirst, deine Schwester abzuholen, aber … aber ich wollte es dir einfach noch mal gesagt haben.«

»Mutter«, Daniel verdrehte genervt die Augen. »Zum dritten Mal jetzt – ich werde am Samstag am Flughafen sein. Das werde ich bis dahin sicher nicht vergessen. Und du brauchst dir keine Sorgen zu machen. Ich passe auf sie auf.«

»Das weiß ich doch.«

»Dann ruf mich nicht ständig an deswegen.«

»Na gut … Und eine Woche ist wirklich nicht zu lang?«

»Doch. Das ist definitiv zu lang. Aber Kim und ich werden es schon irgendwie überstehen«, sagte er trocken.

»Maria und Peter haben angeboten, dass sie auch ein paar Tage bei ihnen verbringen kann.«

»Ach?«

Valerie lachte nervös. »Ich weiß. Das habe ich dir auch schon mal gesagt.«

»Genau. Und ich kann mir das durchaus merken.«

»Tut mir leid, Daniel. Aber es ist das erste Mal, dass sie nicht im Urlaub dabei ist.«

Daniel war erstaunt, wie überbesorgt die taffe Frau, die seine Mutter ansonsten war, sein konnte, wenn es um Kim ging.

»Du wirst es genießen, glaub mir.«

»Ich hoffe es.«

»Ach übrigens, falls du mich in den nächsten Tagen anrufen willst, ich bin für zwei Tage in Port Andratx … und keine Angst«, fügte er hinzu, als er sie überrascht nach Luft schnappen hörte, »ich bin am Freitagabend wieder zurück in München.«

»Du … du willst nach Mallorca?«, fragte Valerie perplex.

»Ja.«

Ein paar Sekunden lang herrschte Stille in der Leitung.

»Gut«, sagte seine Mutter schließlich. »Ich glaube, das ist wirklich gut für dich.«

Daniel wusste nicht so recht, ob es wirklich gut war, dass er sich mit Marla ausgerechnet auf Mallorca treffen wollte. Und dann auch noch in der Villa, die schon seit Jahrzehnten im Besitz seiner Familie war. Und in der er zum letzten Mal mit Silvia zusammen gewesen war.

Als Marla ihm in Budapest verraten hatte, dass sie gern ans Meer wollte, hatte er eigentlich vorgehabt, das nächste Treffen in einem Hotel auf Kreta vorzuschlagen. Doch als er vor wenigen Tagen beschlossen hatte, sie endgültig ein letztes Mal zu sehen, war ihm plötzlich die Idee gekommen, dass Port Andratx genau der richtige Ort für den Abschied sein würde.

»Hast du dem Hausmeister Bescheid gesagt?«

»Wie?«, fragte Daniel, der so in Gedanken war, dass er fast vergessen hätte, dass seine Mutter noch immer am Telefon war.

»Der Hausmeister? Weiß er, dass du kommst?«

»Ja, klar, Tomas bereitet alles vor … Und jetzt muss ich aber aufhören. Ich hab vor dem Flug noch viel zu tun.«

Daniel verabschiedete sich von seiner Mutter, die vermutlich im Laufe der Woche noch mehrmals anrufen würde.

Er hatte kaum aufgelegt, da kam eine Nachricht von Marla. Sie würde nach Mallorca kommen!

Sie hatte darauf bestanden, den Flug selbst zu buchen, und den Fahrer, den er zum Flughafen schicken wollte, um sie abzuholen, lehnte sie ebenfalls ab. Daniel hatte ein schlechtes Gewissen, weil er wusste, dass sie als Schauspielerin nicht so viel verdiente, dass sie sich solche Kurztrips einfach mal so leisten konnte. Doch er respektierte es natürlich, dass sie selbst bezahlen wollte.

Nachdem er nun wusste, dass sie kommen würde, hatte er sich kurzfristig entschlossen, selbst schon einen Tag früher zu fliegen. Er meldete sich bei seinem Onkel ab, der – genau wie seine Mutter – sehr überrascht darüber war, dass Daniel nach Mallorca flog.

»Du willst nach Port Andratx?«

»Es ist doch okay, wenn ich dort bin?«

Peter legte ihm eine Hand auf die Schulter.

»Aber natürlich! Ich hatte nur gedacht, dass du nie wieder dorthin gehen würdest, mein Junge. Aber ich glaube, das ist sehr wichtig für dich. Ich bin froh, dass du hinfährst.«

Daniel konnte nichts darauf sagen.

Die Villa der Familie Lester, die Daniels Großvater in den siebziger Jahren hatte bauen lassen, als es in der Gegend noch kaum Touristen gab, lag etwas erhöht direkt am Meer inmitten eines großen Grundstückes voller Palmen, blühender Jasminsträucher und Orangenbäume. Schon als kleiner Junge hatte Daniel hier mit seiner Familie einen Großteil seiner Ferien verbracht. Nach dem Tod der Großeltern und seines Vaters hatte Onkel Peter als neues Familienoberhaupt das in die Jahre gekommene

Anwesen von Grund auf sanieren und modernisieren lassen.

Daniel hatte das schönste Gästezimmer herrichten lassen. Er stellte sich vor, wie Marla und er im Bett lagen und den spektakulären Blick auf die Bucht und die Insel Dragonera genießen würden.

Als er an dem Zimmer vorbeikam, in dem er und Silvia früher geschlafen hatten, blieb er stehen. Er legte eine Hand an die Tür, öffnete sie jedoch nicht. Es war für ihn schwierig genug gewesen, das Haus überhaupt zu betreten, das er mit den letzten Erinnerungen an seine verstorbene Frau verband.

Daniel fragte sich, warum es ihm so wichtig gewesen war, Marla für ihr letztes Treffen ausgerechnet hierher einzuladen. Wollte er es sich selbst noch schwerer machen, als es ohnehin schon war, um sich dafür zu bestrafen, dass sie ihm inzwischen so viel bedeutete? Oder dachte er, dass die Erinnerung an Silvia es ihm leichter machen würde, mit Marla Schluss zu machen?

Er wusste nicht, ob das, was er tat, richtig oder falsch war. Er wusste nur, dass er es kaum mehr erwarten konnte, Marla endlich wiederzusehen. Und dass er sich gleichzeitig davor fürchtete, weil er wusste, es würde das letzte Mal sein.

Als er gegen Mitternacht ins Bett ging, dachte er darüber nach, wie er es Marla am besten sagen sollte. Doch noch bevor er eine Lösung gefunden hatte, war er eingeschlafen. Am nächsten Morgen wachte er erfrischt und ausgeruht auf, ohne einen dieser Albträume gehabt zu haben, die ihn regelmäßig aus dem Schlaf hochschrecken ließen. Er schaute auf die Uhr und war überrascht. Er hatte fast neun Stunden geschlafen. So lange wie schon ewig nicht mehr.

Während er auf der Terrasse Kaffee trank und aufs Meer hinausblickte, spürte er, dass das Haus ihm Kraft gab. Es war eine gute Idee gewesen, einen Tag früher hierherzufliegen. Nach der anstrengenden Zeit, die er seit Monaten sowohl privat als auch beruflich hinter sich hatte, tat ihm diese kleine Auszeit offensichtlich gut.

Er schwamm eine halbe Stunde im Pool und legte sich dann eine Weile in die Sonne, bevor er in einen kleinen Lebensmittelladen fuhr und für den Abend einkaufte.

Am frühen Nachmittag ging er in die Küche und bereitete kalte Tapas vor. Außerdem hatte er frisches Obst und Schokoladenkuchen besorgt, weil er wusste, wie gerne Marla Süßes aß. Champagner, Wein und Wodka waren gekühlt, und schließlich gab es für ihn nichts anderes zu tun, als auf ihre Ankunft zu warten.

Daniel saß in einem Liegestuhl im Schatten unter einer Markise, nippte an einem Glas Wodka und überlegte, in welche Frau sie sich verwandelt hatte? Von wem würde er heute Abschied nehmen? Er hatte immer noch keine Idee, wie er ihr morgen früh sagen sollte, dass es für immer zu Ende sein musste. Doch darüber wollte er jetzt nicht nachdenken, und er versuchte, sich nur auf diese letzte Nacht zu konzentrieren, die vor ihnen lag. Er freute sich unbändig darauf, sie endlich zu sehen.

55

Vor knapp einer Stunde war Marla in Palma de Mallorca gelandet. Jetzt saß sie in einem weißen Opel Adam und fuhr nach Anweisung des Navigationsgerätes in Richtung Port Andratx zu der Adresse, die Daniel ihr per SMS geschickt hatte. Sie hatte sich einen Mietwagen genommen, weil sie unabhängig sein wollte, und es machte ihr Spaß, an diesem traumhaft schönen Tag durch die herrliche Landschaft zu fahren. Es war inzwischen fast Mitte April, und nach dem langen Winter in Deutschland genoss sie das schöne Wetter auf Mallorca sehr, denn auch hier war es für diese Jahreszeit ungewöhnlich heiß. Sie schaltete die Klimaanlage aus und öffnete die Fenster. Der warme Fahrtwind strömte ins Innere des Wagens, löste einige Haarsträhnen aus ihrem Pferdeschwanz und peitschte sie ihr ins Gesicht. Sie hatte diesmal keine Perücke auf, hatte sich nicht verändert. Sie würde heute als Marla zu ihm kommen.

Aus dem Radio ertönte Musik, und sie verspürte ein Gefühl von Freiheit und Lebensfreude. Gleichzeitig konnte sie kaum glauben, dass sie tatsächlich hier war und Daniel bald wiedersehen würde.

Als sie vor zwei Tagen beim Spaziergang im Olympiapark die endgültige Entscheidung für das Baby getroffen hatte, hätte sie nicht damit gerechnet, dass Daniel sich noch am selben Tag bei ihr melden würde. Sein Vorschlag, sich auf Mallorca zu treffen, hatte sie überrascht, schließlich wusste sie ja, dass er dort seinen Bootsunfall gehabt hatte. Nach kurzem Zögern hatte sie zugesagt.

»Du musst es ihm sagen«, hatten Betty und Rafaela sie an diesem Abend gedrängt.

Doch Marla zweifelte daran, dass es richtig wäre, ihm von ihrer Schwangerschaft zu erzählen. Er wollte zwar keine Beziehung mit ihr, doch sie schätzte ihn durchaus so ein, dass er sich um das Kind kümmern und auf jeden Fall die Verantwortung dafür tragen wollte. Das allerdings würde bedeuten, dass sie durch die Elternschaft verbunden wären und Daniel eine feste Rolle in ihrem Leben spielen würde. Und Marla glaubte, es wäre viel zu schwer, ihm immer wieder zu begegnen, ohne ihn lieben zu dürfen. Da war es doch besser, wenn er endgültig aus ihrem Leben verschwinden würde, damit sie ihn irgendwann vergessen konnte.

Gleichzeitig verspürte sie ein schlechtes Gewissen dem Kind gegenüber, dem sie den Vater verschweigen wollte. Hatte sie wirklich das Recht dazu?

Sie brauchte mehr Zeit, um über alles nachzudenken. Sicher wäre es in ein paar Monaten einfacher für sie, eine klare Entscheidung zu treffen, was Daniels Vaterschaft betraf. Sie musste sich nicht jetzt festlegen.

Während sie so in ihren Gedanken versunken war, begann ein neues Stück im Radio. Marla zuckte zusammen. Lenny Kravitz sang sein Lied *The Chamber*. Der Song schien sie zu verfolgen. Doch diesmal wechselte sie den Sender nicht. Bald würde sie Daniel sehen. Die Musik von Lenny Kravitz gehörte für sie seit Damon Hall irgendwie zu dieser eigentümlichen Beziehung dazu. Sie wollte nicht melancholisch sein, und Daniel sollte nicht sofort merken, dass es das letzte Mal sein würde, dass sie ihn treffen würde. Was konnte sie besser auf ihre Begegnung einstimmen als dieses Lied? Und so drehte sie das Radio lauter und sang trotzig zuerst leise, dann laut mit.

Als das Navigationsgerät etwas später anzeigte, dass das Ziel nur noch dreihundert Meter entfernt war, schaute Marla sich verwundert um. Weit und breit war keine Hotelanlage zu sehen. Nur die Einfahrt zu einem Privatgrundstück. Sie fuhr an den Straßenrand und hielt den Wagen an. Wollte Daniel sich gar nicht in einem Hotel mit ihr treffen? Jetzt erst fiel ihr auf, dass er ihr tatsächlich nur eine Adresse ohne den Namen eines Hotels durchgegeben hatte. Sie ging zur Einfahrt des Grundstücks. Auf einem kleinen Schild stand nur die Hausnummer. Das Tor war offen. Hatte er extra für diese eine Nacht ein Haus gemietet? War das nicht ein wenig übertrieben?

Sie ging zurück zu ihrem Wagen, stieg ein und fuhr durch das offene Tor den Weg entlang durch einen riesigen Garten bis zu einem kleinen Kiesparkplatz vor einer traumhaft schönen Villa. Die Stufen zur Haustür waren mit riesigen Terrakottatöpfen gesäumt, in denen alle möglichen Pflanzen blühten.

Sie stieg aus und atmete den blumig süßen und gleichzeitig salzig nach Meer riechenden Duft ein. Mit klopfendem Herzen nahm Marla ihre kleine Reisetasche aus dem Kofferraum. Als sie sich wieder zur Eingangstür der Villa drehte, stand dort Daniel in einem weißen T-Shirt und einer lässigen kurzen Hose, der sie mit einem Lächeln im Gesicht zu erwarten schien. Bei seinem Anblick durchströmten sie gleichzeitig Liebe und das bedrückende Gefühl des bevorstehenden Verlustes. Doch keines davon wollte sie ihn spüren lassen, und so setzte sie ein Lächeln auf und ging zu ihm.

Sie hatte nur Augen für ihn. Eilig stieg sie die Stufen

nach oben, stellte ihre Tasche ab, und dann fielen sie sich in die Arme.

»Du bist hier«, murmelte er in ihr Haar und drückte sie fest an sich.

»Natürlich bin ich hier«, flüsterte sie und schmiegte den Kopf an seinen Hals. Es fühlte sich so gut an, bei ihm zu sein, seinen Duft einzuatmen und seine Hände zu spüren, die sanft durch ihr Haar streichelten.

Eine Weile standen sie einfach nur da und genossen es, den anderen zu spüren.

Schließlich löste Daniel sich von ihr und schaute sie aus seinen türkisfarbenen Augen an, die im warmen Sonnenlicht des späten Nachmittags geheimnisvoll funkelten.

»Du siehst wunderschön aus«, sagte er mit rauer Stimme und beugte sich zu ihr, um sie sanft zu küssen. Marla spürte seine weichen Lippen und seine Zungenspitze, die sich vorsichtig in ihren Mund schob und mit ihrer Zunge spielte. Ein warmes Kribbeln zog durch ihren Bauch. Schließlich löste er sich erneut von ihr und lächelte.

»Ich steh mit dir hier in der Hitze rum, anstatt dich reinzubitten. Ich bin vielleicht ein schlechter Gastgeber, entschuldige. Bitte komm doch …«

Er nahm ihre Reisetasche und überließ ihr den Vortritt. Bevor sie die Villa betrat, erhaschte sie einen Blick auf das Namensschild, das neben dem Klingelknopf befestigt war: Familie Lester, stand darauf. Familie Lester? Er hatte sie in das Haus seiner Familie eingeladen? Damit hatte sie nun wirklich nicht gerechnet.

Während sie die angenehm klimatisierte Diele betraten, schwirrten ihr tausend Dinge auf einmal durch den Kopf. Hatte das etwas Besonderes zu bedeuten, dass er sie hierher eingeladen hatte? Ihr Herz begann plötzlich vor Aufregung wild gegen ihren Brustkorb zu pochen. Und wenn er endlich mit seiner Vergangenheit abgeschlossen hatte und mit ihr … sie wagte kaum, den Gedanken weiterzudenken. Würde vielleicht doch noch alles gut für sie werden?

56

Daniel führte sie durch die Diele und das Wohnzimmer hinaus auf die Terrasse. Gleich als er die Tür geöffnet und sie aus dem Auto hatte steigen sehen, war ihm klar gewesen, dass auch Marla entschieden hatte, dass es die letzte Nacht für sie sein würde. Sie hatte sich diesmal in keine andere Frau verwandelt. Sie war als Marla gekommen, und noch nie hatte sie so zauberhaft ausgesehen wie heute. Würde sie ihm sagen, dass sie mit diesem Meller zusammen war? Doch hätte sie es dann zugelassen, dass er sie zur Begrüßung so innig küsste? Er traute ihr so ein Doppelspiel nicht zu.

Eigentlich sollte es ihm ja egal sein, was sie nach dieser Nacht machte. Er würde sie jedenfalls nicht darauf ansprechen, dass er sie in Budapest mit Meller in der Bar gesehen hatte, nachdem er wieder zu ihr hatte zurückkommen wollen. Das musste sie nicht wissen.

»Das ist atemberaubend«, sagte Marla, als sie neben dem nierenförmigen Pool auf der Terrasse standen und über die ganze Bucht und einen Teil des Gartens blickten.

»Es freut mich, dass es dir gefällt… Möchtest du Kaffee? Wasser oder Saft?«

»Am liebsten Wasser.«

Er bat sie an den Tisch unter der schattigen Markise, der bereits gedeckt war, und schenkte aus einer Karaffe Wasser ein.

Marla nahm Platz, und dabei rutschte ihr Kleid so weit nach oben, dass er ihre wohlgeformten Oberschenkel sehen konnte. Sofort spürte er wieder das vertraute erregte Kribbeln im Unterleib.

Marla nahm einen Schluck Wasser.

»Möchtest du was Süßes? Ich habe Schokoladenkuchen. Nachdem ich dich in Budapest um den Genuss gebracht habe, bin ich dir was schuldig.«

Sie lächelte.

»Mit Schokoladenkuchen kannst du mich jederzeit ködern.«

»Gut zu wissen… Oder willst du dich vielleicht vorher erst…?«

»Erst was?«

»Im Pool abkühlen?«

»So ein erfrischender Sprung ins Wasser wäre jetzt wirklich toll. Aber ich habe ehrlich gesagt auch schon etwas Appetit. Vor allem auf Süßes.«

Sie schaute ihn mit einem etwas verlegenen Schulterzucken an. Dabei mochte er ihre direkte Art sehr. Im Gegensatz zu den meisten Frauen, die wegen ihrer Figur schon beim Anblick von Schokoladenkuchen entsetzt die Flucht angetreten hätten, hatte sie noch nie ein Tamtam ums Essen gemacht.

»Ich habe eine Idee«, sagte er.

»Ja?«

»Wir machen beides.«

»Beides?«, Marla schaute ihn fragend an.

»Wir gehen jetzt in den Pool und kühlen uns ab. Und nebenbei futtern wir Schokoladenkuchen.«

Ihre Augen funkelten vergnügt.

»Für diesen Vorschlag könnte ich dich küssen!«

»Dann tu's doch.«

»Erst wenn ich den Kuchen probiert habe.«

Lachend griff er nach einem Messer.

»Wenn du meinst … Ein großes Stück?«

»Ja. Bitte … Aber nur, wenn du auch mitisst.«

»Ich werde mich opfern«, sagte er trocken und schnitt ein ordentliches Stück ab. »Reicht das?«

»Wenn du dich zurückhältst, dann vielleicht.«

»Schon gut …« Schmunzelnd schnitt er noch ein weiteres Stück ab und wollte sich eben den Finger ablecken, den er mit etwas Schokoladenglasur verschmiert hatte.

»Warte«, sagte Marla. Sie griff nach seiner Hand und zog sie an ihren Mund. Als er ihre Zunge spürte, mit der sie genüsslich die Schokolade von seinem Zeigefinger leckte, zog ein heißer Strom der Wollust durch seinen Körper.

»Schmeckt er dir?«, fragte er mit heiserer Stimme.

»Oh ja. Sehr«, murmelte sie. »Ich kann es kaum erwarten, mehr davon zu bekommen …«

Sie hob ihren Kopf und schaute ihm in die Augen.

»Du kannst so viel davon haben, wie du möchtest.«

»Wo kann ich mich denn umziehen?«, fragte sie.

»Umziehen?«

»Meinen Badeanzug.«

Daniel sah sie überrascht an.

»Wir sind hier ganz alleine, Marla. Kein Mensch kann uns sehen. Brauchst du jetzt wirklich einen Badeanzug?«

Er sah, wie sie schluckte und die kleinen grauen Sterne in ihren Augen funkelten.

»Nein … nein. Den brauche ich nicht unbedingt.«

Er beugte sich zu ihr nach vorn. »Jetzt hast du den Kuchen ja schon probiert«, sagte er leise und gab ihr einen kurzen, aber intensiven Kuss.

»Und ich helfe dir gerne dabei, dich auszuziehen«, schnurrte er.

»Oh ja … danke.«

Er stand auf, nahm ihren Arm und zog sie vom Stuhl hoch.

Mit der einen Hand auf seinen Stock gestützt, öffnete er langsam die kleinen Knöpfe vorn an ihrem geblümten Kleid. Obwohl er sicher war, dass sie ohne Weiteres auch so herausschlüpfen könnte. Sie ließ ihn jedoch ohne einen Kommentar weitermachen, bis er alle Knöpfe geöffnet hatte. Er schob das Kleid über ihre Schultern, so dass es nach unten rutschte. Nun stand sie in einer lachsfarbenen Spitzenunterwäsche vor ihm, unendlich verführerisch und sexy. Daniel erkannte mit einem Blick, dass der Verschluss des BHs vorn war, und öffnete geschickt das Häkchen. Langsam schob er die BH-Schalen zur Seite und umfasste dann eine ihrer herrlich vollen Brüste. Sie stöhnte leise auf, als er mit dem Daumen über ihre Spitze fuhr, die sich bei seiner Berührung sofort aufstellte. Dann widmete er sich der anderen Seite. Inzwischen drängte sich sein Glied bereits hart gegen den Stoff seiner kurzen Hose. Die Hitze, die er verspürte, kam nicht allein von der Sonne.

Er ließ sie los und schlüpfte rasch aus seinem T-Shirt. Nun standen sie sich gegenüber, beide mit nackten Oberkörpern.

»Du bist so wunderschön«, sagte er leise.

»Du auch«, flüsterte sie.

Langsam streifte er den zarten Slip an ihrer Hüfte nach unten, bis er von selbst zu Boden fiel. Bevor er seine Hose ausziehen konnte, hatte Marla schon Knopf und Reißverschluss geöffnet.

Und einige Sekunden später waren sie nackt. Er musste sich zurückhalten, um sie nicht sofort an sich zu ziehen und sie überall zu küssen und zu streicheln.

»Wollten wir nicht in den Pool, um uns abzukühlen?«, fragte sie mit einem Blick auf seine nicht zu übersehende Erregung.

Er nickte, obwohl er wusste, dass ihn das Wasser bestimmt nicht abkühlen konnte.

»Den dürfen wir nicht vergessen«, sagte sie und griff nach dem Teller mit dem Kuchen.

»Auf keinen Fall …«, sagte Daniel und lächelte.

Marla zog einen der Liegestühle ganz nah an den Rand des Pools und stellte den Teller darauf ab. Dabei hatte er einen wundervollen Blick auf ihr pralles Hinterteil. Doch nur für kurze Zeit, denn sie drehte sich um, hob die Arme nach oben und machte einen Kopfsprung ins Becken, ohne sich vorher abzukühlen. Er schaute ihr überrascht hinterher. Dann legte er seinen Stock zur Seite und ließ sich ebenfalls mit dem Kopf voran in den Pool fallen.

Dort war er in seinem Element, denn die Verletzung an seinem Bein machte ihm im Wasser viel weniger zu schaffen.

Prustend tauchte er neben ihr auf.

»Tut das gut!«, rief sie entzückt.

»Und wie!«, stimmte er ihr zu.

Sie tauchte noch mal unter und schwamm bis zur anderen Seite des Pools. Dort schnappte sie kurz nach Luft und tauchte wieder zu ihm zurück. Als sie hochkam, strich sie sich das Wasser aus dem Gesicht und strahlte glücklich. »Es ist herrlich!«, rief sie. Die Sonnenstrahlen spiegelten sich auf der Wasseroberfläche und tauchten Marlas Gesicht in ein glitzerndes Licht. Sie sah aus wie eine verlockende Wassergöttin.

Inzwischen war Daniels Verlangen nach ihr so groß, dass es fast körperlich schmerzte. Doch er wollte die Vorfreude noch ein wenig hinauszögern. Er griff nach dem

Teller und stach mit der Gabel ein großes Stück Kuchen ab.

»Mund auf«, sagte er in einem spielerisch befehlsmäßigen Ton.

Sie gehorchte sofort, und er fütterte sie mit dem Kuchen.

»Mhmmmm. Ist der guuuut«, sagte sie mit vollem Mund. Ihre Augen schlossen sich für einen Moment genussvoll. Dann nahm sie ihm die Gabel aus der Hand und fütterte ihn ebenfalls.

Daniel war normalerweise kein sonderlich großer Kuchenfan, doch in diesem Moment hatte er das Gefühl, noch nie etwas Köstlicheres gegessen zu haben. Er hatte kaum hinuntergeschluckt, da stellte Marla den Teller wieder auf die Liege.

»Hast du schon genug?«, fragte er.

»Der Kuchen ist zwar unglaublich lecker, aber jetzt ist mir noch mehr nach einer anderen Köstlichkeit.«

Bei diesen Worten gab es kein Halten mehr für ihn. Er zog sie an sich und küsste sie wild und leidenschaftlich. Sie legte die Arme um seinen Hals und erwiderte gierig seinen Kuss.

57

Die Leidenschaft, mit der Daniel ihr begegnete, ließ das Blut in ihren Adern rauschen. Sie schmiegte sich an ihn und spürte, wie seine Erregung fordernd gegen ihren Bauch drückte. Sie hielt sich an seinen Schultern fest und zog sich im Wasser etwas nach oben. Nun war er genau vor dem Eingang zu ihrer erwartungsvollen Höhle. Sie drückte sich an ihn und erschauerte vor Lust, als er an der Spalte zwischen ihren Schenkeln entlangstrich und dabei ihre Knospe reizte. Sie spürte, wie sein Körper bebte. Daniel löste sich ein wenig von ihr und schaute sie eindringlich an.

»Ich will dich so sehr, Marla!«, flüsterte er fast beschwörend.

Nichts hätte ihre Leidenschaft noch mehr anfachen können als diese Worte.

»Ich dich auch.«

Wieder küssten sie sich. Ausgiebig und aufreizend. Als er ihre Brust umfasste und die Nippel zwischen seinen Fingern rieb, stöhnte sie auf. Ihre Brüste waren seit einigen Tagen viel empfindlicher geworden. Der leichte Schmerz peitschte ihre Lust noch weiter in die Höhe. Doch gleichzeitig erinnerte er sie an ihre Schwangerschaft. Sie wollte mit Daniel schlafen, oh ja, und wie sie das wollte. Doch sie hatte wegen ihrer Schwangerschaft Bedenken, es im Wasser zu tun.

»Lass uns aus dem Wasser gehen«, bat sie ihn.

»Wir können doch auch hierbleiben«, murmelte er und knabberte spielerisch an ihrem Hals.

Es fiel ihr schwer, sich jetzt von ihm zu lösen. »Bitte … Draußen ist es doch viel bequemer für uns beide.«

»Na gut. Dein Wunsch ist mir Befehl, Madam«.

Daniel gab ihr noch einen Kuss, umfasste ihre Hüften und hob sie auf den Beckenrand. Sie stand auf, während er die wenigen Meter im Wasser zu den Stufen schwamm. Sie reichte ihm die Hand, als er herauskam, und ging mit ihm zu einer der Sonnenliegen.

»Möchtest du lieber ins Haus gehen?«, fragte er.

Sie schüttelte den Kopf. »Nein, hier ist es gut. Außerdem kann ich jetzt nicht mehr warten.«

Er lachte leise.

»Ich auch nicht.«

Ohne sich abzutrocknen, setzte sich Daniel auf das Handtuch auf der Liege und ließ sich zurücksinken. »Komm.«

Sie hockte sich rittlings auf ihn, und wenige Sekunden später hatte sie ihn tief in sich aufgenommen. Er füllte sie vollkommen aus, und es war, als hätte sie ihn noch nie so intensiv gespürt.

»Oh Marla …«, sagte er leise. Es war das erste Mal, dass sie ihn ihren echten Namen sagen hörte, während sie miteinander schliefen. Mit einem Mal stiegen ihr Tränen in die Augen, die sie wegzublinzeln versuchte. Damit er es nicht bemerkte, beugte sie sich nach vorn und küsste ihn. Es war ein Kuss, in den sie all ihre Sehnsucht und Leidenschaft legte, die sie in diesem Moment verspürte. Daniel erwiderte ihn, nicht weniger innig, und sie spürte, wie sie sich auf ganz besondere Weise vereinigten. Auch wenn sie es nicht mit Worten ausdrückten, so sagten sich ihre Körper, dass sie sich liebten. Sie schienen eine Ewigkeit so miteinander verschmolzen zu sein, und gleichzeitig nur für Sekunden, bis sie in einem bebenden Orgasmus explodierten, der sie für einige Momente alles um sie herum vergessen ließ.

Als die letzten Wellen der Lust verklungen waren, ließ sie sich atemlos in seine Arme gleiten. Er drückte sie fest an sich und küsste sie sanft auf die Stirn. Keiner sagte ein Wort.

So an ihn geschmiegt, beobachtete Marla, wie am Horizont langsam die Sonne unterging. War das sinnbildlich für ihre zu Ende gehende Beziehung?

Und wenn sie ihm doch sagen würde, dass sie schwanger von ihm war?, dachte sie plötzlich. Vielleicht würde das den Ausschlag geben, dass er sich doch zu ihr bekannte. Schließlich trug sie sein Kind unter dem Herzen. Es wäre zumindest eine Chance. Doch wenn er es erfuhr und sich tatsächlich entschloss, mit ihr zusammen zu sein, dann wäre es eigentlich eine moralische Erpressung, und das wolle sie nicht. Er hatte von Anfang an mit offenen Karten gespielt. Wenn er nicht bei ihr blieb, weil er es wirklich von sich aus wollte, würde ihre Beziehung keine Chance haben, egal wie groß ihre Liebe auch sein mochte. Vielleicht würde er sie irgendwann sogar dafür verachten, auf diese Weise von ihr in eine Beziehung gedrängt worden zu sein, die er eigentlich nicht gewollt hatte. Wahrscheinlicher aber war ohnehin, dass er sich zwar um das Kind kümmern, es aber eine Beziehung zwischen ihnen trotzdem nicht geben würde. Und diese Variante könnte Marla nicht ertragen. Nein. Sie würde ihm nichts von dem Kind erzählen. Zumindest jetzt noch nicht.

Doch es gab zwei Dinge in seinem Verhalten, die ihr noch einen winzigen Funken Hoffnung gaben, dass sie das Ende vorerst vielleicht abwenden konnte. Zum einen hatte er mit keinem Wort kommentiert, dass sie sich heute nicht in eine andere Frau verwandelt hatte, sondern als Marla gekommen war. Ihm musste klar sein, dass es damit eine Bewandtnis hatte. Und dann fragte sie sich immer noch, warum er sie ausgerechnet in das Haus seiner Familie gebracht hatte. Zeigte das nicht, dass er sie in seinem Leben haben wollte? Oder war es nur ein Wunschdenken, weil sie die Vorstellung, ihn bald für immer zu verlassen, einfach nicht wahrhaben wollte?

Ihre Gedanken wurden vom Knurren ihres Magens unterbrochen. Rasch legte sie sich eine Hand auf den Bauch.

»Ups.«

Daniel hob den Kopf und schaute sie amüsiert an.

»Das klingt ja gefährlich. Muss ich Angst haben?«

»Nur ein wenig … Tut mir leid.«

»Das braucht es nicht. Komm, lass uns was essen. Ich will ja schließlich nicht, dass du mir verhungerst.«

»Ja, aber wenn es dir nichts ausmacht, möchte ich mich vorher noch umziehen.«

»Natürlich.«

Daniel führte sie in das Zimmer, in dem sie gemeinsam schlafen würden.

»Mach dich in Ruhe fertig, ich kümmere mich inzwischen ums Essen.«

Marla mochte den Raum sofort, der mit seinen geschmackvollen Holzmöbeln, farbigen Teppichen und Vorhängen Behaglichkeit ausstrahlte. Der Blick auf die nächtliche Bucht war herrlich.

Da ihr vor Hunger fast schon ein wenig übel war, ließ sie im angrenzenden Bad nur kurz lauwarmes Wasser über ihren Körper laufen. Dann trocknete sie sich ab und schlüpfte in ein Kleid. Sie wollte an diesem letzten Abend besonders hübsch für ihn sein und doch die echte Marla, die nur sparsam Kajal und Wimperntusche auftrug. Sie bürstete ihr Haar, das noch immer ein wenig feucht war, und ließ es offen auf den Rücken fallen. Dann warf sie sich einen Mut machenden Blick im Spiegel zu und verließ das Zimmer.

Als Marla zurück auf die Terrasse kam, empfing sie ein traumhaftes Szenario mit leiser Musik und unzähligen Laternen und Kerzen, die auf dem Boden und dem gedeckten Tisch ihr warmes Licht verbreiteten. Der Pool schimmerte in geheimnisvollem Türkis, das fast wie die Farbe von Daniels Augen war. Daniel trug jetzt eine lange Hose und ein weißes Hemd.

»Bitte, nimm Platz.« Er schob den Stuhl für sie zurecht.

»Danke. Wie hast du das alles in der kurzen Zeit hier gezaubert?«, fragte sie verwundert.

»Das ist nur eines meiner vielen verborgenen Talente«, scherzte er.

»Was wohl noch so alles in dir schlummert?«

Daniel zuckte lächelnd mit den Schultern, sagte jedoch nichts dazu. Und wenn dies tatsächlich ihre letzten gemeinsamen Stunden waren, würde sie es auch nicht herausfinden.

Er schenkte Weißwein in zwei Gläser. Sie würde ihn nicht trinken, aber sie wollte jetzt nicht erklären, dass sie heute keinen Wein mochte.

Er hob sein Glas und prostete ihr zu.

»Auf diese Nacht.«

Sie erhob ihr Glas ebenfalls.

»Auf diese Nacht.« Sie nippte ganz wenig, so dass nur ihre Lippen befeuchtet waren, und stellte das Glas dann ab.

Aufgeschnittenes Weißbrot lag in einem Korb, und verschiedene kleine Köstlichkeiten und ein Teller voller Erdbeeren warteten darauf, verspeist zu werden. Marla lief das Wasser im Mund zusammen. Sie war inzwischen so hungrig, dass sie sich nicht zweimal bitten ließ, als Daniel sagte: «Greif zu. Ich hoffe, das ist nach deinem Geschmack.«

»Oh ja, und wie.«

Während des Essens unterhielten sie sich über das Haus und über Daniels Großeltern, die das Grundstück während einer Mallorca-Reise anlässlich ihrer silbernen Hochzeit entdeckt hatten. Genau an diesem herrlichen Flecken Erde hatten sie ein Urlaubsdomizil für die Familie errichten wollen.

»Hier hätte ich meine Ferien als Kind auch gerne verbracht«, sinnierte Marla. »Bei uns gab es nur Reisen in die Berge. Eigentlich waren es eher Erholungsurlaube für Edgar. Das war der zweite Mann meiner Mutter. Solange ich mich erinnern kann, war er immer etwas kränklich.«

Während sie sprach, griff sie nach einem Stück Weißbrot, das innen ganz locker war und außen eine Kruste hatte, die leise krachte, wenn man hineinbiss. Sie bestrich das Brot mit gesalzener Butter und belegte es mit einer Scheibe Ibéricoschinken und eingelegter roter Paprika.

»In den Bergen ist es doch auch schön«, warf Daniel ein und pickte sich eine grüne Olive aus einem Schälchen.

»Schon. Ich mochte es auch. Für ein paar Tage ist es toll dort. Aber das Meer … es ist einfach ganz anders. Wenn man am Ufer steht und bis zum Horizont schaut, scheint es keine Grenzen zu geben, nichts, was einen aufhalten könnte.«

Daniel griff nach ihrer Hand und drückte sie sanft.

»Grenzen existieren doch nur im Kopf.«

Marla nickte zögerlich.

»Ja, das stimmt schon. Nur im Kopf fällt es so unendlich schwer, diese Grenzenlosigkeit zu erkennen, weil Ängste und Unsicherheit ständig neue Mauern aufbauen und undurchdringlich erscheinende Wälder wachsen lassen. Dabei liegt es an uns selbst, diese Mauern und Wälder mit nur einem gedanklichen Fingerschnippen wieder zu entfernen, auch wenn das meist nicht einfach ist.«

Sie bemerkte, dass er bei ihren Worten seinen Blick kurz abwandte, dann lächelte er sie an.

»Du bist eine weise Frau, Marla Patry«, sagte er anerkennend und küsste sie auf den Handrücken. »Und ich freue mich sehr, dass es dir hier am Meer so gut gefällt.«

Bei seinen Worten begann ihr Herz schneller zu schlagen. Kam vielleicht noch ein Zusatz? *Wir können unseren Urlaub so oft du willst hier verbringen*, zum Beispiel, oder *Unseren Kindern wird es hier bestimmt auch gefallen.*

Doch natürlich sagte er nichts davon. Es würde keine Zukunft für sie beide geben. Es war einfach nur ein alberner Wunschtraum. Marla griff nach dem Wasser und trank.

»Schmeckt dir der Wein nicht?«

»Doch … warum?«

»Weil du nur daran genippt hast.«

»Äh doch, er ist ausgezeichnet … Ich möchte heute nur einfach nüchtern bleiben.«

58

… *weil es heute zu Ende gehen wird*, vollendete Daniel ihren Satz in Gedanken. Er versuchte, nicht mehr weiter darüber nachzudenken, sondern so zu tun, als ob sie ein ganz normales Liebespaar wären, das einen wunderschönen gemeinsamen Abend verbrachte. Der Schmerz nach dem Abschied würde noch früh genug kommen.

Du musst nicht mit ihr Schluss machen, flüsterte eine Stimme in seinem Kopf. Doch. Er musste es. Er konnte sein Versprechen und seine Liebe zu Silvia nicht weiter verraten. Außerdem schien er nicht der Einzige zu sein, der es beenden wollte. Marla hatte wohl ähnliche Absichten. Und er verstand es, denn er konnte ihr keine Zukunft bieten.

Sie schwiegen eine Weile, beide in ihren eigenen Gedanken versunken, und genossen das Essen.

»Was würdest du sagen, war unser bester Kuss?«, fragte sie ihn plötzlich.

Er schaute sie überrascht an.

»Unser bester Kuss?«

»Ja. Ich meine, mit wem hat dir das Küssen am meisten gefallen? Mit Lisa, Anna, Nina oder Ella? Oder mit … Marla?«

Sie beobachtete ihn neugierig aus funkelnden Augen.

Daniel musste nicht allzu lange überlegen.

»Es war der erste Kuss auf Damon Hall. Erinnerst du dich?«

»Du meinst den Kuss im Fitnessraum?« Ihre Stimme klang überrascht. »Aber der war doch nur ganz kurz.«

»Ja schon. Aber es war das erste Mal, dass ich deine Lippen gespürt habe. Von diesem Moment an wusste ich, dass es unglaublich aufregend ist, dich zu küssen. Und dass ich dich noch öfter küssen wollte.«

Marla lachte leise.

»Also hat Lisa das Rennen gewonnen?«

»Wenn es ums Küssen geht, ja ... Wobei, Anna und Ella waren auch nicht übel. Und Nina erst mit ihrem Striptease, das war ziemlich gut«, sagte er anerkennend.

»Und was ist mit Marla?«

Er beugte sich näher zu ihr.

»Hmmm ... also, so unter uns gesagt, ist sie bisher meine Favoritin.«

»Du bist echt ein ziemlicher Weiberheld«, witzelte sie frech.

»Es hat sich irgendwie so angeboten«, antwortete er schmunzelnd.

»Ach ja?«

»Ja ... Und welcher Kuss war dein bester?«

Marla legte den Kopf etwas zur Seite, als würde sie überlegen.

»Ich weiß nicht. Es gab so viele, die besonders waren. Bis jetzt kann ich mich noch nicht entscheiden, welcher definitiv der beste war.«

In diesem Moment ging ohne Vorwarnung der Gaul mit ihm durch, und er tat etwas, was er eigentlich hatte vermeiden wollen. Doch bevor er sich zurückhalten konnte, rutschte ihm heraus:

»Hast du diesen Meller auch geküsst?«

»Wie?«, fragte sie perplex.

»Oder vielleicht sogar mit ihm geschlafen?«

Gleich darauf, als er sah, wie das Lächeln aus ihrem Gesicht verschwand, hätte er sich dafür am liebsten einen Tritt gegeben.

»Wie kommst du denn darauf?«, fragte sie leise.

Er antwortete nicht.

Sie griff nach seinem Arm.

»Daniel. Warum fragst du mich das?«

»Hast du?«

Sie ließ sich mit der Antwort Zeit, und er hätte nicht gedacht, wie sehr diese Unwissenheit ihn quälte. Auch wenn sie sich zukünftig nicht mehr sehen würden, wünschte er sich doch so sehr, dass sie in der Zeit, in der sie ihre seltsame Beziehung gehabt hatten, nichts mit einem anderen Mann laufen hatte.

Schließlich erlöste sie ihn.

»Nein. Ich habe nicht mit Hagen Meller geschlafen. Und wir haben uns auch nicht geküsst.«

59

Marla wusste nicht, was sie von seinen Fragen halten sollte. Wie kam er überhaupt darauf? Er hatte Hagen doch nur ganz kurz gesehen, an dem Tag, als er in Budapest war. Doch schon damals hatte er sie gefragt, ob da etwas zwischen ihnen laufen würde.

»Warum hast du mich das gefragt, Daniel?« Sie ließ nicht locker, auch wenn sie spürte, dass er nicht darüber reden wollte.

»Tut mir leid, es geht mich ja eigentlich gar nichts an, mit wem du dich triffst.«

»Mit wem ich mich treffe?«

»Ich meine, wir haben uns ja nichts versprochen… ach, vergiss es einfach«, winkte er ab.

Doch sie wollte es nicht vergessen.

»Weder Ella noch Lisa noch Anna oder Nina und schon gar nicht Marla haben seit London mit einem anderen Mann als dir geschlafen. Meine Beziehung zu meinem Freund war zu Ende, als …«

»Du weißt, dass ich das auf keinen Fall wollte!«, unterbrach er sie.

»Das mit Mika und mir wäre über kurz oder lang auch vorbei gewesen, wenn wir beide uns nicht begegnet wären. Du hast die Sache nur irgendwie… beschleunigt. Und was Meller betrifft, er wollte mit mir ausgehen, ja, aber ich wollte nicht. Okay?«

»Marla, du brauchst dich nicht zu rechtfertigen.«

»Warum wolltest du dann wissen, ob ich mit ihm geschlafen habe?«

Sie schaute ihm fest in die Augen, denn sie wollte eine Antwort.

»Ich habe euch gesehen, in der Hotelbar«, sagte er schließlich.

»In der Hotelbar?«, fragte sie verwirrt. Wie hatte er sie dort sehen können? Zu diesem Zeitpunkt war er doch bereits unterwegs zum Flughafen.

»Ich bin zurückgekommen«, gestand er gerade in dem Moment, als hätte er ihre Gedanken lesen können. »Ich war schon am Flughafen. Doch dann … ich wollte noch einmal zu dir und erst am nächsten Tag zurückfliegen. Als ich ins Hotel kam, warst du nicht in deinem Zimmer. Und ans Handy bist du auch nicht gegangen. Ich wollte in der Hotellobby eine Nachricht für dich hinterlassen, da habe ich dich mit Meller in der Bar gesehen … er, er hatte die Arme um dich gelegt. Und ich dachte …«

Marla schaute ihn sprachlos an.

»Du bist zurückgekommen?«

»Ja. Aber da warst du ja mit einem anderen Mann beschäftigt, deswegen wollte ich euch nicht stören.« Er sagte es in einem unverbindlichen Tonfall, konnte sie dabei jedoch nicht anschauen.

Marla wusste zunächst nicht, was er meinte. Sie und Hagen hatten doch nur an der Bar gegessen. Doch dann fiel ihr ein, dass Hagen sie festgehalten hatte, als ihr schwindelig geworden war. Und Daniel war offenbar ausgerechnet in diesem Moment erschienen und hatte das völlig falsch interpretiert. Einerseits war das zum Lachen – gleichzeitig war sie aber auch enttäuscht von ihm.

»Dachtest du wirklich, dass ich sofort mit dem nächstbesten Mann ins Bett springe, kaum dass du weg bist?«, fragte sie.

»So sah es zumindest für mich aus.«

»Du bist doch nicht etwa eifersüchtig?« Sie konnte die Frage nicht zurückhalten.

»Natürlich nicht«, kam es etwas schnell von ihm.

Sie blickte ihn unentwegt an. Versuchte zu verstehen, was das alles bedeuten sollte. Er war noch einmal zurückgekommen, und es hatte ihn offensichtlich verletzt, dass er dachte, sie wäre mit einem anderen Mann zusammen. War das nur gekränkte Eitelkeit? Oder bedeutete sie ihm doch mehr, als er sich selbst eingestehen wollte?

»Wenn ich gewusst hätte, dass du wiederkommst… ich wäre unendlich glücklich gewesen, wenn du in dieser Nacht bei mir gewesen wärst, Daniel«, sagte sie leise.

Er legte seine Hand an ihre Wange und streichelte sie sanft.

»Es tut mir leid«, sagte er, beugte sich zu ihr und küsste sie zärtlich.

Dann löste er sich von ihr und schaute sie traurig an. Obwohl die Luft immer noch drückend schwül war, begann Marla zu frieren. Eifersucht hin oder her – Daniel würde ihr nicht das sagen, was sie sich so sehnlichst wünschte. Und seine nächsten Worte bestätigten das.

»Wir dürfen uns nach dieser Nacht nicht mehr sehen, Marla«, flüsterte er heiser.

»Ich weiß«, antwortete sie gedankenverloren, und ihre Stimme klang erstickt. Doch sie wollte jetzt auf keinen Fall weinen.

Er stand auf und griff nach ihrer Hand.

»Komm!«, sagte er, und sie gingen ins Schlafzimmer.

Die Kostbarkeit dieser wenigen gemeinsamen Stunden, die noch vor ihnen lagen, erlebte sie mit einer Intensität, die Marla alles um sich herum vergessen ließ. Sie bereiteten sich gegenseitig in allen möglichen Varianten unendliche Lust und zögerten den Höhepunkt hinaus, bis sie es kaum noch aushalten konnten. Nun lag Daniel seitlich hinter ihr und spielte mit ihren Brüsten, während er sich langsam in ihr bewegte. Schließlich bettelte Marla um Erfüllung, und Daniel gewährte sie ihr. Sie griff nach der Hand an ihrer Brust und hielt sich wie eine Ertrinkende an ihm fest, als sie gemeinsam in der Wucht des Orgasmus explodierten.

Keuchend rangen sie nach Atem. Als er sich aus ihr zurückziehen wollte, hielt sie ihn fest.

»Nein. Bitte noch nicht«, bat sie.

Also zog er sie noch fester an sich. Sie schloss die Augen und fühlte sich von seinem heißen Körper beschützt, der sie festhielt, so lagen sie eng umschlungen, aufs Innigste miteinander verbunden. Alles fühlte sich so richtig an, bei ihm zu sein, in seinen Armen, und es gab noch so unendlich viel, das sie gemeinsam erleben, entdecken konnten. Das Wissen, dass alles bald vorbei sein würde, schnürte ihr die Kehle zu.

»Es gab viele Küsse, an die ich mich erinnere«, begann sie leise, »aber der in Venedig, als wir im Nebel zurück zum Hotel gingen, dieser Kuss ist mir ganz besonders in Erinnerung geblieben. Er hatte so etwas … Magisches.«

Daniel sagte nichts, hielt sie einfach nur fest und küsste sie sanft auf die Schläfe.

Er konnte so wild und leidenschaftlich, aber auch so zärtlich und liebevoll sein. Sie wollte nicht, dass es vorbei war. Ihr Herz klopfte wie wild, als sie ihren ganzen Mut für die nächsten Worte zusammennahm.

60

»Ich liebe dich, Daniel. Ich liebe dich so sehr. Bitte lass es nicht zu Ende sein.«

Als er ihre leisen, aber eindringlichen Worte hörte, erstarrte er. Ausgerechnet das hatte er nicht hören wollen, auch wenn er schon längst wusste, dass sie ihn liebte. Genauso, wie er sie liebte, selbst wenn er sich das nur schwer eingestehen wollte. Weil es nicht sein durfte. Weil er etwas anderes versprochen hatte. Der Geist von Silvia und der des ungeborenen Kindes stünde immer zwischen ihnen und würde vermutlich irgendwann alles vergiften. Das durfte er Marla nicht antun, dafür war sie ihm zu kostbar. Er hatte Angst, dass er sie nicht glücklich machen konnte, und gleichzeitig auch Angst davor, selbst wieder glücklich zu sein. Er wollte, dass sie eine Beziehung hatte, die nicht von den Ereignissen der Vergangenheit überschattet war. Und das konnte sie nicht, wenn sie zusammenblieben.

Er musste es jetzt beenden. Sofort. Und zwar so, dass es kein Zurück mehr für sie beide gab. Er würde ihr wehtun müssen, aber nur, damit sie ihn überwinden und sich irgendwann auf einen anderen Mann einlassen konnte. Er musste dafür sorgen, dass sie ihn nicht mehr liebte, und dafür hasste er sich jetzt schon.

Es kostete ihn unendliche Kraft und Überwindung, sich aus ihr zurückzuziehen, ihr warmes behagliches Nest endgültig zu verlassen. Wie gern hätte er ihr noch einen letzten zärtlichen Kuss gegeben, sie liebevoll an sich gedrückt und ihr gesagt, dass er sie ebenfalls liebte. Doch damit würde er alles nur noch schlimmer machen, als es ohnehin bereits war, und sich und Marla unnötig quälen.

Er drehte sich zur Seite und setzte sich auf, ihr den Rücken zugekehrt.

»Daniel, bitte. Warum sagst du denn nichts? … Ich weiß, du hast Angst davor, aber gemeinsam können wir …«

Er spürte ihre Hand auf seiner Schulter.

»Nein!«, unterbrach er sie und schloss für wenige Sekunden die Augen. Dann drehte er sich zu ihr um und sah sie mit kühlem Blick an. »Es gibt kein *wir*, Marla.«

»Gibt es nicht? Und was denkst du, ist das hier mit uns beiden?«, fragte sie, und ihr Ton klang plötzlich trotzig. »Du hast mich hierher eingeladen. In das Haus deiner Familie. Wir liegen zusammen im Bett, berühren uns und …«

Er konnte ihr nicht weiter zuhören und unterbrach sie wieder.

»Das ist nur Sex für mich!«

»Nur Sex?«, sie lachte trocken.

»Ja. Nicht mehr. Ich genieße den Sex mit dir. Und diese Rollen, in die du für mich geschlüpft bist, haben mich ziemlich angetörnt – aber deswegen von Liebe sprechen? Nein.«

Er bemühte sich, seine Stimme fest klingen zu lassen.

»Ich habe dir von Anfang an gesagt, dass ich nur Sex mit dir möchte, Marla. Ich dachte, du kommst damit klar. Wir hätten es bei diesem einen Mal in England belassen sollen. Es war mein Fehler, dass ich mich auf dieses Spiel eingelassen habe, denn du hast Gefühle für mich entwickelt, die ich nicht erwidern kann und will. Das tut mir leid für dich. Ich mag dich, und es war geil mit dir, aber ich stehe nun mal für keine Beziehung zur Verfügung.«

Er bewunderte sie dafür, dass sie bei seinen Worten Haltung bewahrte. Sie griff nach seiner Hand.

»Weißt du was? Ich glaube dir nicht, dass du mich nicht liebst, Daniel. Ich spüre doch, dass zwischen uns beiden etwas Besonderes ist. Du hast nur Angst davor, zu diesen Gefühlen zu stehen.«

»Was Besonderes? Marla, ich bitte dich. Wie oft haben wir uns denn in den vergangenen Monaten gesehen? Im Grunde genommen weiß ich weder wer du bist, geschweige denn kennst du mich.«

»Ich kenne dich mehr, als du denkst, Daniel.«

»Ach ja? Das glaubst du also?«, fragte er und zog seine Hand weg, obwohl er sie am liebsten nicht losgelassen hätte. »Es tut mir leid für dich, aber du täuschst dich gewaltig. Ich dachte, es wäre dir bewusst, dass wir einfach nur ein erotisches Spiel gespielt haben. Ein äußerst erotisches, zugegeben, aber es war eben nur ein Spiel.«

»Es war nur ein Spiel für dich? Das alles war nur ein Spiel für dich? Das meinst du doch nicht ernst!«

»Ja denkst du denn, du warst die einzige Frau, mit der ich in den letzten Monaten geschlafen habe?«

Bei seinen Worten wurde sie blass. Damit schien er sie getroffen zu haben.

»Du hast …« Sie sprach nicht weiter. Er konnte kaum mehr mitansehen, wie das Leuchten ihrer Augen bei seinen Worten verblasste.

»Ja. Und zwar mit mehr als einer Frau«, log er. »Übrigens habe ich auch mit Kathrin eine Nacht verbracht.«

»Mit Kathrin?« Ihre Stimme war nur noch ein Flüstern. Er wusste, dass sie das am meisten verletzen würde. Und er setzte noch einen drauf.

»Ja. An dem Tag, als ich aus Budapest zurückkam. Tut mir leid, aber ich brauche eben Sex. Und wenn hübsche

Frauen wie du oder Kathrin ihn mir so bereitwillig anbieten, ja fast schon aufdrängen, dann nehme ich, was ich kriegen kann.«

Sie wich vor ihm zurück, und endlich sah er ein zorniges Funkeln in ihren Augen.

»Du nimmst dir, was du kriegen kannst, von … so hübschen Frauen wie mir? Du … du bist das Letzte.«

»Und du bist mir inzwischen langweilig geworden«, sagte er kalt.

Er griff nach seinem Stock, stand auf und humpelte ins Bad, ohne sich noch einmal nach ihr umzudrehen.

Im Badezimmer lehnte er sich mit dem Rücken an die Tür und schloss die Augen. Er zitterte am ganzen Körper. Es war vorbei. Er hatte mit ihr Schluss gemacht. Und es tat unendlich weh.

Als er etwas später frisch geduscht aus dem Bad kam, hoffte er für einen irrwitzig kurzen Moment, sie wäre noch da, und er könnte ihr sagen, dass er sie angelogen hatte. Aber das Schlafzimmer war leer, und alle ihre Sachen waren weg. Bis auf einen Ring, der auf dem Nachttisch lag. Daniel nahm ihn in die Hand. Es war der Verlobungsring, den er ihr für ihre Rolle in England gegeben und den er völlig vergessen hatte. Er hörte, wie die Haustür ins Schloss fiel. Sie war gegangen. Endgültig. Plötzlich hatte er das Gefühl, in dem heißen Zimmer zu ersticken. Er schleuderte den Ring in eine Ecke, riss die Tür auf und ging hinaus auf die Terrasse. Dort stand noch die Flasche Wodka in einem Kühler. Er schenkte sich großzügig ein und ging zur steinernen Brüstung der Terrasse, auf der er sich abstützte. Er nahm einen Schluck, stellte dann das Glas ab. Mit starrem Blick verfolgte er das Fahrzeug, das eben durch die kleine Auffahrt davonfuhr. So lange, bis es hinter einer Kurve verschwunden war. Er schloss für einen Moment die Augen und versuchte, den Sturm, der in ihm tobte und ihn umzuwerfen drohte, zu unterdrücken.

»Bitte …«, flüsterte er so leise, dass das einzige Wort gegen das sanfte Rauschen des Meeres nicht zu hören war. Dabei war ihm nicht einmal klar, worum er bat. Dass sie umdrehte und wieder zurückkam? Darauf konnte er lange warten. Dafür hatte er sie zu sehr verletzt. Sie würde nicht wiederkommen. Und genau das war es doch, was er wollte, oder?

Er drehte den Kopf zur Seite und starrte auf die sich sanft kräuselnden Wellen des Meeres, in denen sich das Licht des Mondes spiegelte.

Er hätte es nicht so weit kommen lassen dürfen. Dann wäre ihnen beiden die heutige Nacht erspart geblieben. Warum hatte er es nicht früher gestoppt?

Weil ich nicht konnte, gestand er sich ein.

Er nahm einen weiteren Schluck des französischen Wodkas, den er seit Kurzem für sich entdeckt hatte. Auch sie hatte ihn gemocht, mit gesüßtem Himbeermark und Eis. Verdammt! Er musste versuchen, nicht mehr an sie zu denken. Doch er bezweifelte, dass ihm das gelingen würde. Daniel starrte auf das Glas in seiner Hand. Dann holte er aus und warf es hinaus in die Nacht.

61

Marla war blind vor Tränen, die nun ungehindert über ihre Wangen flossen und ihr nur einen verschwommenen Blick auf die Straße erlaubten, die sie entlangfuhr. Sie wusste gar nicht, wohin sie nun mitten in der Nacht unterwegs war. Sie hatte einfach nur so schnell wie möglich von ihm wegkommen wollen.

Immer wieder hallten seine Worte durch ihren Kopf.

»Hast du denn nicht bemerkt, dass wir nur ein erotisches Spiel gespielt haben? … Denkst du, du warst die einzige Frau, mit der ich in den letzten Monaten geschlafen habe?«

Ja, genau das hatte sie gedacht. Wie hatte sie nur so unglaublich naiv sein können zu denken, sie wäre die Einzige für ihn gewesen? Er war attraktiv und trotz seiner Verletzungen und den Narben am Bein ungemein anziehend, er war charmant, und gewiss gab es genügend Frauen, die sich nur zu gerne auf ihn einließen, selbst wenn es nur für eine Nacht war.

Er hatte in den letzten Wochen auch mit anderen Frauen geschlafen, hatte ihnen vermutlich dieselben Komplimente gemacht wie ihr, sie genauso berührt und geküsst, wie er sie geküsst hatte. Es tat weh, sich das vorzustellen.

Übrigens habe ich auch mit Kathrin eine Nacht verbracht, hörte sie ihn in Gedanken sagen. Das verletzte sie am meisten. Warum hatte er sich auch noch auf diese Anwältin einlassen müssen? Dabei hatte er ihr mehr als einmal weisgemacht, dass er sich kein bisschen für sie interessierte. War diese Frau nicht sogar mit ein Grund gewesen, warum Daniel sie als Schauspielerin engagiert hatte, die sich als seine Verlobte ausgeben sollte? Und nun war er doch mit ihr im Bett gewesen? War denn wirklich alles nur gespielt, was sie mit ihm erlebt hatte? Sie musste sich eingestehen, dass sie Daniel eigentlich gar nicht kannte. In dieser Hinsicht hatte er recht gehabt, letztlich hatten sie insgesamt nur wenige Tage miteinander verbracht. Wie sollte man da einen Menschen auch kennenlernen?

Es war also ein Spiel für ihn gewesen. Ein erotisches Spiel … tja, er hatte es absolut überzeugend gespielt. Und sie war darauf hereingefallen. Natürlich hatte er ihr von Anfang an keine Hoffnungen gemacht, aber trotzdem war sie überzeugt gewesen, dass sie ihm mehr bedeuten würde, Spiel hin oder her.

»Verdammtes Arschloch!«, schrie sie auf und schlug mit der Faust gegen das Lenkrad. Durch diese ruckartige Bewegung brachte sie das Fahrzeug von der rechten Fahrspur ab und kam in einer Kurve zu weit nach links. Scheinwerferlicht blendete sie. Erschrocken schrie sie auf und konnte gerade noch rechtzeitig das Steuer herumreißen und dem entgegenkommenden Fahrzeug ausweichen.

»Oh Gott! Oh mein Gott!«

Keuchend wischte sie sich die Tränen aus dem Gesicht und fuhr bei nächster Gelegenheit an den Straßenrand und hielt an. Ihr Herz klopfte wie wild, und ihre Hände zitterten so sehr, dass sie den Zündschlüssel kaum umdrehen konnte. Fast hätte sie sich und ihr ungeborenes Kind umgebracht!

Sie legte eine Hand auf den Bauch.

»Es tut mir leid, mein Kleines. Es tut mir schrecklich leid.«

Sie schwor sich, weder das Kind noch sich jemals wieder in Gefahr zu bringen. Kein Mann auf dieser Welt, und schon gar nicht Daniel, war es wert, aus unerwiderter Liebe zu sterben. Sie musste sich jetzt mit aller Kraft auf sich und das Baby konzentrieren, das in ihr heranwuchs.

Langsam beruhigte sich ihr Atem, und auch ihre Tränen waren versiegt. Nachdem der Adrenalinstoß vorbei war, fühlte sie sich mit einem Mal unendlich müde und erschöpft. Sie legte die Arme auf das Lenkrad, ließ den Kopf darauf sinken und schloss die Augen, um ein wenig Ruhe zu finden.

Ein plötzliches Klopfen an der Fensterscheibe ließ sie erschrocken zusammenzucken.

»Do you need help?«

Sie hob den Kopf. Zwei Männer standen neben der Fahrertür und versuchten besorgt, einen Blick in das dunkle Fahrzeug zu werfen.

»No. I am okay!«, rief sie.

»Really?«

»Yes!« Sie ließ das Fenster herunter, in der Hoffnung, dass es sich wirklich nur um besorgte Mitmenschen und nicht um zwei grausame Frauenmörder handelte, die sie gleich ins Gebüsch ziehen würden. Damit sie etwas sehen konnte, schaltete sie die Standbeleuchtung ein.

»Ich glaub, der geht's gut, Markus«, sagte der kleinere der beiden mit sehr modischem Kurzhaarschnitt in einem unüberhörbaren Wiener Dialekt.

»Ihr kommt aus Österreich?«, fragte Marla überrascht.

Die beiden Männer, die sie nicht älter als Anfang zwanzig schätzte, nickten erfreut.

»Ja. Wo kommst du denn her?«

»Aus München.«

»Ach, da schau her … Ist was mit deinem Auto? Hast du eine Panne?«

»Nein. Es ist alles gut. Ich brauchte nur eine kleine Pause. Aber danke, dass ihr so aufmerksam seid«, sagte Marla. Vermutlich wären tatsächlich die meisten Leute um diese Zeit an ihr vorbeigefahren, ohne sich Gedanken zu machen – und sie nahm sich selbst dabei nicht aus.

»Ist doch selbstverständlich … Du, sag mal, hat dir schon mal jemand gesagt, dass du dieser einen Schauspielerin, die bei ›Gravity‹ gespielt hat, ziemlich ähnlich schaust?«, fragte der größere der beiden, den der andere mit Markus angesprochen hatte. Ein ziemlich hübscher Kerl mit pechschwarzen, schulterlangen Haaren und attraktivem Dreitagebart.

»Du meinst Sandra Bullock«, sagte der Kleinere. »Das stimmt echt.«

Marla musste sich ein müdes Lächeln verkneifen.

»Nein. Bisher hat mir das noch niemand gesagt … Aber ich muss jetzt wieder los. Danke noch mal.«

»Wo geht's denn hin?«, fragte Markus.

»Ich …«, Marla wusste nicht, was sie antworten sollte. Erst jetzt stellte sie sich selbst die Frage. Ihr Flug würde morgen Vormittag zurückgehen. Bis dahin brauchte sie eine Bleibe. Sie konnte die Nacht schließlich nicht im Auto verbringen.

»Ihr wisst nicht zufällig ein günstiges Hotel hier in der Nähe?«

»Für länger?«, fragte der Kleine.

»Nein. Nur für diese Nacht.«

Die beiden Männer schauten sich an und nickten sich kurz zu.

»Wir haben hier ganz in der Nähe eine Ferienwohnung und noch Platz auf dem Sofa im Wohnzimmer. Wenn du magst, kannst du bei uns übernachten«, bot Markus an.

Marla schaute sie verblüfft an.

»Das … das ist echt nett, aber das geht nicht. Ich kann doch nicht einfach bei euch schlafen. Ich kenn euch doch gar nicht«, warf sie ein.

»Also, das lässt sich ändern. Ich bin Markus, und das ist Berti. Und du bist?«

»Marla«, antwortete sie reflexartig.

»Freut mich, Marla. Damit haben wir uns zumindest schon mal vorgestellt. Wir verstehen natürlich, wenn du uns nicht traust und dir lieber ein Zimmer suchen willst, aber das Angebot ist ernst gemeint. Und keine Angst, dass wir dir was tun. Erstens lässt dein Auto nicht unbedingt darauf schließen, dass es sich lohnt, dich auszurauben, und außerdem …« Er stockte, und Berti beendete den Satz für ihn: »Wir stehen nicht auf Frauen.«

Sie fassten sich an den Händen und grinsten ihr zu.

Beim Anblick der beiden musste Marla ebenfalls schmunzeln.

Natürlich konnten sie ihr jetzt alles Mögliche erzählen, und es wäre schrecklich leichtsinnig, den beiden Fremden blindlings zu vertrauen. Aber Markus und Berti schienen wirklich einfach nur zwei höfliche junge Urlauber zu sein, die Marla ihre Hilfe anboten. Und sie nahm es ihnen auch ab, dass sie schwul waren und zusammengehörten. Nein, von den beiden ging keine Gefahr aus, das spürte sie.

Auf dein Urteilsvermögen solltest du dich derzeit nicht unbedingt verlassen. Du hast ja gesehen, wie weit dich das mit Daniel gebracht hat, flüsterte eine innere Stimme ihr zu. Doch das hier war etwas ganz anderes, und außerdem war sie inzwischen so erschöpft, dass die Vorstellung, erst noch ein Hotel suchen zu müssen, nicht wirklich erfreulich war. Zudem war ein frischer Wind aufgekommen, und in der Ferne konnte man leises Donnergrollen hören. Womöglich würde sie zudem in ein Unwetter kommen, wenn sie noch lange herumfuhr, um eine Unterkunft zu finden. Nein! Sie würde das Risiko eingehen und auf ihr Bauchgefühl vertrauen.

»Na gut. Dann nehme ich eure Einladung an.«

62

Schweißgebadet fuhr Daniel im Liegestuhl hoch, in dem er eingeschlafen war. Er wusste nicht, was ihn geweckt hatte, bis ein Windstoß ihm die Haare ins Gesicht wehte und er es leise donnern hörte. Ein Gewitter war im Anmarsch.

Sein Herz klopfte wie verrückt. Offenbar hatte er wieder einen Albtraum gehabt, konnte sich jedoch nicht mehr daran erinnern. Fahrig strich er sich die Haare aus dem Gesicht und setzte sich mühsam auf wie ein alter Mann. Nachdem Marla endgültig weg gewesen war, hatte er den Moment, ins Bett zu gehen, hinauszögern wollen und versucht, sich mit einem weiteren Glas Wodka zu betäuben. Irgendwann war er dann offensichtlich erschöpft eingeschlafen. Doch jetzt war er wieder hellwach. Das Glas lag umgekippt und leer neben ihm auf dem Boden – sinnbildlich für seinen momentanen Zustand.

Die Vorstellung, dass Marla mitten in der Nacht durch seine Schuld ganz allein und unglücklich auf der Insel unterwegs war, bereitete ihm ein schlechtes Gewissen. Er machte sich Sorgen um sie. Hoffentlich hatte sie inzwischen ein Hotel oder eine Pension gefunden.

Gleichzeitig versuchte er, die schmerzhaften Gedanken an Marla zu verdrängen, die immer wieder auf ihn einzustürzen drohten, und sich mit Erinnerungen an Silvia abzulenken. Silvia. Sie und das verstorbene Baby waren der Grund dafür gewesen, dass er Marla fortgeschickt hatte. Doch es gelang ihm nur schwer, sich auf die beiden zu konzentrieren. Und er erschrak, als er erkannte, dass er sich nicht mehr an Silvias Lachen, an ihre Stimme erinnern konnte. Konnte das möglich sein? Nie hätte er sich vorstellen können, dass er ihre Stimme jemals vergessen würde.

Daniel erhob sich aus dem Liegestuhl, griff nach seinem Stock und ging ins Haus. Diesmal blieb er nicht vor der Tür stehen, sondern öffnete sie und betrat sein früheres Schlafzimmer, das er mit Silvia geteilt hatte. Er zögerte kurz, bevor er das Licht einschaltete. Dann gab er sich einen Ruck und drückte den Schalter nach unten. Alle Möbel standen am selben Platz. Über dem Bett lag eine beigefarbene Tagesdecke, und ein dunkelblauer Keramikkrug stand neben einem Kerzenleuchter auf der Kommode. Im Zimmer hatte sich nichts verändert, und doch hatte sich alles verändert. War dieser Raum hier früher ein Ort gewesen, an dem er mit Silvia wunderschöne Stunden verbracht hatte, so wirkte er nun seltsam seelenlos. Wie ein anonymes Hotelzimmer, das nur darauf wartete, dass Menschen es für eine Weile mit Leben füllten.

Langsam ging er zum Schrank und öffnete die verspiegelte Tür. Bis auf zwei zusätzliche Kissen und Wolldecken waren die Regalfächer leer. Genauso leer wie die Kommodenschubladen, die er nun nach und nach öffnete.

Daniel kam es vor, als würde er sich selbst dabei beobachten, wie er sich im Zimmer umschaute. Er suchte nach irgendetwas, das ihm Silvia wieder näher brachte. Doch in diesem Raum gab es nichts. Nur seine Erinnerung, die immer mehr zu verblassen schien.

Er hatte zweimal geschworen, sie für immer zu lieben. Das erste Mal feierlich vor dem Altar und das nächste

Mal, nicht weniger ernsthaft, als sie schwanger war, kurz vor ihrem Tod. Diese Liebe war immer noch da, jedoch schien sie ihm in diesem Moment weniger aus dem Herzen zu kommen als aus dem Kopf. Hatte ihm die Liebe zu Marla, die er niemals gewollt, aber gegen die er sich vermutlich nicht genug gewehrt hatte, als Strafe die Erinnerungen an Silvia genommen? Er spürte, wie es in ihm eisig wurde. Es durfte nicht sein, dass er sie vergaß, er würde es nicht zulassen.

Er verließ das Schlafzimmer und holte aus dem Wohnzimmer sein iPad, auf dem er Fotos und Videos von Silvia gespeichert hatte. Seit ihrem Tod hatte er sie noch nie angesehen. Bisher war das auch nicht notwendig gewesen, weil er ihr Bild immer vor sich gehabt hatte. Doch jetzt brauchte er diese Aufnahmen, um wieder ganz bei ihr sein zu können. Aber er ahnte, dass das nicht reichen würde.

Er griff nach seinem Autoschlüssel und humpelte hinaus zu seinem Wagen. Bevor er ihn erreichte, rutschte er mit dem Fuß über einen kleinen Stein und kam ins Straucheln. Bei dem Versuch, das Gleichgewicht zu halten, zuckte ein glühender Schmerz durch sein lädiertes Bein, und er stöhnte laut auf.

»Verdammt noch mal!«, fluchte er laut. Er schloss die Augen und wartete darauf, dass der Schmerz ein wenig nachließ. Schließlich stieg er mit zusammengebissenen Zähnen in den Wagen und fuhr los.

Er kannte die Umgebung durch unzählige Ausflüge seit seiner Kindheit und wusste genau, wohin er wollte.

Während er in rasender Geschwindigkeit die Küste entlangfuhr, nahm der Wind immer mehr zu. Blitze zuckten am Himmel auf, und das Donnergrollen war auch im Wageninneren laut zu hören. Doch das war ihm im Moment egal. Er versuchte, an nichts anderes zu denken als an Silvia, und nicht zuzulassen, dass Marla sich in seine Gedanken schlich.

Er war etwa zwanzig Minuten unterwegs, da wurde er langsamer und bog schließlich in einen Seitenweg ein, der kurz vor einer kleinen Bucht endete.

Entschlossen und ohne auf den Schmerz in seinem Bein zu achten, nahm er seinen Stock und das iPad und stieg aus dem Wagen. Damit er sich in der finsteren Nacht zurechtfinden konnte, ließ er die Scheinwerfer des Autos an. Der Wind war inzwischen zu einem ausgewachsenen Sturm geworden und peitschte ihm die Haare ins Gesicht. Er humpelte einen kurzen steinernen Weg entlang bis zum Kieselstrand direkt am Wasser. Das Licht des Autos war von hier aus nur noch schwach zu erkennen. Doch hier brauchte er es nicht mehr. Er wusste, wo er war. Genau an dieser Stelle hatte man das Boot nach dem Unfall an Land gezogen, in dem er besinnungslos gelegen hatte. Es war ein Wunder gewesen, dass er in seinem Zustand nicht vorher ins Meer gefallen war. Hier war er in einen Rettungswagen verfrachtet und ins Krankenhaus gebracht worden, wo man um sein Leben gekämpft hatte. Und vermutlich war irgendwo hier in der Nähe seine Frau ertrunken. Und mit ihr das Baby.

Ein Blitz erhellte die Bucht und tauchte sie in ein gespenstisches Licht. Es war gefährlich, jetzt hier draußen zu sein, und er sollte besser wieder zurück zum Auto gehen. Doch er wusste instinktiv, dass ihm nichts passieren würde.

Mühevoll und mit schmerzverzerrtem Gesicht setzte er sich auf den Boden und schaltete das iPad an. Er suchte die Datei mit den Aufnahmen seiner Frau und öffnete das erste Foto. Ein Schnappschuss am Flughafen in München, als sie auf dem Weg nach Mallorca waren. Als ihm das schöne Gesicht seiner Frau auf dem Bild zulächelte, wurde er mit einem Schlag ruhig. Mit den Fotos, die er nach und nach öffnete, kamen die Erinnerungen zurück. Er hörte sie wieder lachen, wusste, wie ihre Stimme klang. Er schloss die Augen, und während um ihn herum das Gewitter tobte, war er wieder völlig bei ihr.

Sie ankerten nicht weit von der Küste. Er lag mit Silvia in den Armen auf einer Decke auf dem Segelboot, das sanft auf den Wellen schaukelte. Sie hatten miteinander geschlafen und schauten nun glücklich in den Sternenhimmel.

»Ach Gott, kitschiger geht es wohl nicht mehr«, sagte sie und lachte plötzlich.

Er hob den Kopf und schaute sie verwundert an.

»Was ist kitschig?«

»Na, die Sternschnuppe. Hast du sie nicht gesehen?«

Er schüttelte den Kopf.

»Nein.«

»Wir hatten eben herrlichen Sex und liegen verliebt und glücklich auf einem Segelboot an der Küste einer der schönsten Inseln der Welt. Und dann noch eine Sternschnuppe. Das ist doch kitschig, oder?«

»Ja. Ziemlich kitschig«, gab er zu und musste ebenfalls lachen. »Hast du dir etwas gewünscht?«

»Natürlich. So eine Gelegenheit lässt man sich doch nicht entgehen.«

»Und was?«, wollte er neugierig wissen.

»Man darf seine Wünsche nicht verraten, sonst gehen sie nicht in Erfüllung.«

»Ach komm … Jetzt sag schon.«

»Nein!«

»Na gut…«

Sie rückte ein Stück von ihm weg und schaute ihn amüsiert an.

»Du schmollst doch jetzt nicht deswegen?«

»Nein, natürlich nicht, aber…« Er machte eine Pause.

»Aber was?«

»Wenn du mir schon nicht diesen Wunsch verrätst, dann könntest du mir doch vom zweiten Wunsch erzählen.«

»Vom zweiten Wunsch? Wie meinst du das denn?«

»Na ja. Eine Sternschnuppe – ein Wunsch. Aber man hat doch nicht nur einen Wunsch, oder? Wenn du mir deinen zweiten Wunsch erzählst, hat das nichts mit der Sternschnuppe zu tun, und es kann nichts passieren.«

Sie lächelte.

»Na gut… Also, mein zweiter Wunsch ist, dass du immer weißt, wie sehr ich dich liebe.«

»Ach Silvia…« Er schaute sie gerührt an und zog sie fest an sich. »Wie sollte ich das je vergessen können? Du wirst mich immer daran erinnern, mein Liebling.«

»Ja,… aber wenn ich dich vielleicht einmal nicht daran erinnern kann, weil wir uns gestritten haben, oder weil ich gerade woanders bin, dann musst du daran denken, okay?«

»Okay…«

»Versprichst du mir das?«

»Ja. Ich verspreche es dir.«

Und dann küssten und streichelten sie sich wieder und vergaßen alles um sich herum.

In ihrer Verliebtheit bemerkten sie nicht, dass sich inzwischen ein Unwetter zusammengebraut hatte. Als ein gleißender Blitz den Himmel erhellte und gleich darauf ein gewaltiges Donnergrollen zu hören war, erschraken beide heftig.

»Daniel!«, rief Silvia voller Angst. »Ein Gewitter! Wir müssen schnell an Land.«

»Verdammt, wie konnte ich das nur übersehen?«, rief Daniel und sprang auf.

»Oh Gott!«, schrie sie, als es erneut blitzte.

Als er sah, wie ängstlich Silvia war, riss er sich zusammen.

»Keine Sorge, Liebling. Ich bring uns heil wieder zurück«, sagte er mit fester Stimme und versuchte, ihr Mut zu machen – und auch sich selbst.

Der plötzlich aufkommende Sturm peitschte die Wellen um das Boot herum auf und brachte es so weit in Schräglage, dass Daniel das Gleichgewicht verlor und stürzte. Silvia, die hektisch versucht hatte, in ein T-Shirt zu schlüpfen, wurde hart gegen die Bootswand geschleudert.

»Silvia!«

Er rappelte sich mühsam hoch und wollte zu seiner Frau, um ihr aufzuhelfen. In diesem Moment drehte der Wind die Richtung.

»Daniel!«, schrie sie mit weit aufgerissenen Augen. »Pass auf!«

Er drehte sich um, doch es war zu spät. Der Baum des Segels schlug mit voller Wucht gegen seine Schultern und fegte ihn zu Boden. Dabei stürzte er so unglücklich, dass er das Knacken seines Beines spüren konnte, bevor er mit dem Kopf aufschlug und bewusstlos wurde.

Erst im Krankenwagen war er für kurze Zeit zu sich gekommen. Sein Bein war mehrfach gebrochen, er hatte eine schwere Gehirnerschütterung und überall Hämatome und blutende Schürfwunden.

»Wo ist Silvia?«, hatte er gefragt.

»Bitte versuchen Sie, ruhig zu bleiben.«

»Wo ist meine Frau?«

Die Sanitäter hatten nicht antworten müssen. Ihre Blicke hatten ihm genug gesagt. Die Schmerzen wegen seiner Verletzungen waren nichts im Vergleich zu dem Gefühl des Verlustes um seine Frau, das er kaum hatte ertragen können. Schließlich war er wieder in eine gnädige Ohnmacht gefallen.

Sie war ins Meer gestürzt. Ihre Leiche wurde ans Ufer der kleinen Bucht gespült. Spaziergänger fanden sie dort einen Tag später.

Es hatte zu regnen begonnen, und dicke Tropfen prasselten auf seinen Kopf. Daniel saß immer noch auf dem Boden, und seine Schultern bebten. Er weinte. Es war das erste Mal, dass er die Erinnerung an diese Nacht, die so wundervoll begonnen und dann so schrecklich geendet hatte, ganz zuließ. Es war anders gewesen, als er es in den quälenden Albträumen erlebte, in denen er sie immer im Wasser um ihr Leben kämpfend sah, die Hände hilfesuchend nach ihm ausgestreckt. In Wahrheit hatte er gar nicht erst versuchen können, ihr zu helfen, weil er schon vorher bewusstlos gewesen war.

Er hatte versprochen, seine Frau immer zu lieben und zu beschützen. Doch als es darauf angekommen war, hatte er sie nicht retten können. Und das Schlimmste war, dass er niemals wissen würde, wie lange sie um ihr Leben und um das ihres Kindes gekämpft hatte.

Er war unachtsam gewesen und hatte sie deswegen verloren. Hätte er früher auf das Wetter geachtet, wäre ihnen nichts passiert. Er hatte versagt, und damit in gewisser Weise das Leben seiner Frau und des Kindes auf dem Gewissen. Alle konnten sagen, er hätte keine Schuld daran. Doch das stimmte nicht. Er hätte es verhindern können. Und genau aus diesem Grund hatte er auch kein Recht auf eine neue Liebe mit Marla.

63

Das Gewitter war in sintflutartige Regenfälle übergegangen. Marla lag auf dem gemütlichen Sofa in der Ferienwohnung ihrer beiden österreichischen Gastgeber. Sie war froh, dass sie ihrem Bauchgefühl vertraut hatte. Berti und Markus waren wirklich zwei feine Kerle. Und als Marla ein Glas Wein ablehnte mit dem Hinweis, dass sie schwanger sei, waren beide froh, dass sie die werdende Mutter mitgenommen hatten, und sie jetzt bei dem Unwetter nicht allein auf der Suche nach einem Hotel unterwegs war. Inzwischen hatten sie sich in ihr Schlafzimmer zurückgezogen, jedoch nicht bevor Marla versprochen hatte, sie am Morgen zu wecken, bevor sie zum Flughafen fahren würde.

Obwohl sie vorhin so erschöpft und müde gewesen war, konnte sie jetzt, da sie in Ruhe über die vergangenen Stunden nachdenken konnte, kein Auge zumachen.

Sie war zwar davon ausgegangen, dass es ihre letzte Nacht mit Daniel sein würde, aber niemals hätte sie gedacht, dass sie auf diese Weise enden würde. Warum hatte er das getan? Warum hatte er sie so sehr verletzen müssen? Sie fand keine Erklärung dafür. Wie hatte sie sich nur so in ihm täuschen können? Sie hatte offenbar einen völlig anderen Mann in ihm gesehen als den, der er tatsächlich war.

Als sie daran dachte, dass er mit Kathrin geschlafen hatte, kaum dass er aus Budapest zurückgekommen war, wurde ihr übel.

Sie schlug die hellblaue Wolldecke zur Seite, stand auf und ging zum Fenster, um es zu öffnen und ein wenig Luft in den stickigen Raum zu lassen. Sofort empfing sie das laute Prasseln der dicken Regentropfen, die auf das Dach des Hauses trommelten. Doch die Luft tat ihr gut, und langsam fühlte sie sich wieder besser. Sie musste Daniel vergessen, die Zeit mit ihm irgendwie abschreiben. Doch wie konnte sie das, wenn sie sein Kind unter dem Herzen trug, das sie immer an ihn erinnern würde?

»Kannst du nicht schlafen?«

Erschrocken drehte sie sich um. Markus stand im Raum, nur in knallgelben Boxershorts und weißem T-Shirt. »Entschuldige, ich wollte dich nicht erschrecken.«

Sie schüttelte den Kopf.

»Ich hab dich nur nicht gehört, weil der Regen so laut ist.« Sie deutete nach draußen, machte dann das Fenster zu.

»Und warum schläfst du nicht?« Obwohl er kaum jünger war als sie, fühlte sie sich ihm gegenüber in diesem Moment ziemlich alt.

»Berti … Er schnarcht so …«

Marla musste lächeln.

»Wenn du aufs Sofa willst, kannst du es gerne haben. Ich kann sowieso nicht schlafen.«

»Nein. Passt schon«, winkte er ab.

Er öffnete den Kühlschrank und holte ein Bier und eine Flasche Wasser heraus. »Dann schlafen wir eben gemeinsam nicht«, sagte er und reichte ihr das Wasser, während er lässig den Bierverschluss mit dem Griff einer Gabel öffnete.

Er ließ sich in einen Sessel fallen und nahm einen Schluck aus der Flasche.

Marla schlüpfte wieder unter die Decke auf dem Sofa.

»Hast du heute im Auto wegen dem Vater des Kindes geheult?«, fragte er und schaute sie interessiert an. Als sie nicht gleich antwortete, setzte er hinzu: »Sorry, aber es war nicht zu übersehen.«

Sie zuckte mit den Schultern.

»Ja … Er war der Grund dafür.«

»Wohl wieder so ein typischer Fall. Ein Kind fabrizieren und dann nichts davon wissen wollen.«

»Nein. Das ist es nicht. Er … er weiß es gar nicht.«

Markus schaute sie überrascht an.

»Willst du es ihm nicht sagen?«

»Nein.«

Er wartete offensichtlich auf eine Erklärung. Da Marla jedoch von selbst nicht weitersprach, hakte er nach.

»Warum? Ist er verheiratet?«

»Nein … Ach, es ist alles so kompliziert.«

»Ich liebe komplizierte Geschichten«, sagte er und grinste. »Und da wir beide sowieso nicht schlafen können, könntest du sie mir erzählen.«

In diesem Moment erinnerte er sie irgendwie an ihre Freundin Betty, und sie musste lächeln. Vielleicht täte es ihr gut, wenn sie mit jemandem darüber sprach. Jemandem, der unvoreingenommen war.

»Okay … aber sie ist wirklich schräg, die Geschichte.«

»Mit schräg kenne ich mich bestens aus, mach dir da mal keine Gedanken.«

Markus hörte ihr staunend und aufmerksam zu und unterbrach sie kein einziges Mal. Schließlich war sie bei der letzten Nacht angelangt und wie Daniel mit ihr Schluss gemacht hatte.

»Wow. Das ist echt eine irre Geschichte«, sagte der junge Österreicher.

»Irre ist das richtige Wort dafür … Und verstehst du, er hätte mir doch gar nicht sagen müssen, dass er auch mit anderen Frauen schläft. Und vor allem nicht mit dieser Kathrin! Er hätte doch wissen müssen, wie weh er mir damit tut. Das war doch überhaupt nicht nötig, und es macht auch gar keinen Sinn.«

»Hmm … das ist schon eigenartig«, sagte er und nahm den letzten Schluck aus seiner Flasche.

»Du bist ein Mann, Markus, kannst du mir vielleicht erklären, warum er so etwas macht? Warum er mir buchstäblich in der letzten Minute von den Frauen erzählte?«

»Das hat nichts damit zu tun, dass er ein Mann ist, Marla. Menschen generell machen doch die seltsamsten Dinge, aber das hat immer einen Grund.«

»Klar weiß ich zu wenig von ihm, obwohl ich dachte, ich würde ihn inzwischen viel besser kennen, aber ich hätte ihm das nie zugetraut. Echt nicht. Aber da habe ich mir wohl was vorgemacht.«

Markus legte den Kopf zur Seite und sah sie nachdenklich an.

»Also, ich weiß nicht …«, er zögerte weiterzusprechen.

»Was?«

»Na ja, überleg doch noch mal. Du hast gesagt, es hätte überhaupt keinen Sinn gemacht, dass er dich am Ende so verletzt hat.«

»Hat es auch nicht.«

»Hmm … Also, wenn er nicht gerade ein völlig durchgeknallter Psychopath ist, dem es Freude macht, anderen wehzutun, dann gibt es durchaus einen triftigen Grund für sein Verhalten, der Sinn macht.«

»Ach ja? Und welchen?«

Markus stand auf.

»Ich denke, du weißt es eigentlich selbst schon«, antwortete er und lächelte.

»Jetzt komm. Hilf mir doch auf die Sprünge.«

Doch er schüttelte den Kopf.

»Nein. Denn womöglich täusche ich mich doch, und dann setze ich dir nur unnötig Flausen in den Kopf. Das will ich nicht... Außerdem sollten wir jetzt vielleicht doch noch versuchen, ein wenig zu schlafen. Gute Nacht. Und weck mich bitte, bevor du gehst.«

Er beugte sich zu ihr, gab ihr einen harmlosen Gutenachtkuss auf die Wange und verschwand im Schlafzimmer. Marla schaute ihm verwundert hinterher. Es war eigenartig, aber sie hatte das Gefühl, diesen Markus schon viel länger zu kennen als erst einige Stunden.

Sie legte sich hin, und obwohl es nicht kalt war, kuschelte sie sich bis zum Hals in ihre Decke ein. Sie dachte darüber nach, was er gesagt hatte. Was hatte er nur damit gemeint, dass sie es schon wüsste, warum Daniel sich so verhalten hätte?

Noch einmal ging sie die letzten Minuten mit Daniel in Gedanken durch. Doch das schmerzte sie viel zu sehr, und sie fand dabei auch keine Antwort auf ihre Frage. Deshalb versuchte sie, sich an das Gespräch beim Abendessen davor zu erinnern. Er hatte unbedingt wissen wollen, ob sie mit Meller zusammen war. Warum war ihm das so wichtig gewesen, wenn er selbst mit anderen Frauen schlief? Das war doch seltsam, oder? Irgendetwas stimmte hier nicht.

Und dann später, als er gesagt hatte, dass es ihre letzte Nacht sein würde und sie sich nicht mehr sehen konnten. Nein, er hatte es anders ausgedrückt: nicht mehr sehen *durften*! Das hatte sich nicht so angehört, als ob es ihm nichts ausmachen würde, mit ihr Schluss zu machen.

Aber warum sollte es ihm schwerfallen, wenn er ohnehin mit anderen Frauen schlief und sie ihm angeblich langweilig geworden war? Plötzlich kam ihr ein Gedanke, und ihr stockte der Atem. Markus hatte recht! Natürlich ergab das alles einen Sinn. Und zwar ergab es dann Sinn, wenn Daniel unbedingt gewollt hatte, dass sie verletzt und wütend auf ihn war, so dass sie ihn nie wiedersehen wollte. Ja. Dann ergab natürlich alles einen Sinn!

Es fiel ihr wie Schuppen von den Augen. Er hatte sich nicht so verhalten, weil er sie nicht liebte, sondern weil er sie liebte! Welchen anderen Grund sollte oder könnte er sonst haben?

Sie wusste nicht, ob er wirklich mit Kathrin und anderen Frauen geschlafen hatte, doch ihr hatte er das nur deswegen gesagt, weil er eine endgültige Trennung erreichen wollte. Und zwar in dem Moment, in dem sie ihm ihre Liebe gestanden hatte, die er nicht annehmen konnte. Er hatte Marla verletzt, damit sie ihn nicht mehr liebte.

Plötzlich sah sie wieder seine Augen vor sich, die sie kurz vor dem Streit so intensiv und voller Wehmut angeschaut hatten. Sie erinnerte sich an seine Zärtlichkeit, seine Leidenschaft und seine Fürsorge. Ein Mann, der sie so anschaute und sich so verhielt, konnte nicht so kalt sein und sie grundlos so sehr verletzen. Sie hatte sich nicht in ihm getäuscht, und es stimmte nicht, dass er die ganze Zeit nur ein Spiel gespielt hatte. So gut konnte niemand auf Dauer schauspielern. Wer könnte das besser wissen als sie selbst?

Das einzige Mal, dass er wirklich gespielt hatte, war in den letzten Minuten gewesen, in denen sie zusammen gewesen waren. Und dabei hatte er ihr kaum in die Augen sehen können. Er hatte sie belogen. Belogen damit, dass er sie nicht liebte. Und Marla war jetzt auch überzeugt davon, dass er sie belogen hatte, was diese anderen Frauen und vor allem Kathrin betraf.

Sie war froh, dass sie eine Erklärung für sein Verhalten gefunden hatte. Und doch hatte eine Tatsache sich nicht geändert. Es war vorbei zwischen ihnen.

Doch mit diesem Wissen, dass sie ihm etwas bedeutete, tat es noch mehr weh als zuvor.

Leise kullerten Tränen über ihr Gesicht, die sie mit dem Arm wegwischte. Er war ihm offenbar unmöglich, seine Liebe zu ihr zuzulassen, und er hatte deswegen einen Weg gesucht, es so zu beenden, dass es kein Zurück mehr geben konnte. Sie wollte das respektieren. Doch sie wusste nicht, wann sie aufhören würde, ihn zu lieben. Auf jeden Fall durfte sie ihn nie wiedersehen, denn das würde sie nicht ertragen. Sie schob ihre Hand unter die Bettdecke und legte sie auf den Bauch.

»Tut mir leid, mein Süßes«, flüsterte sie, »aber du wirst deinen Papa leider niemals kennenlernen.«

Irgendwann im Morgengrauen war sie doch noch in einen unruhigen Schlaf gefallen, aus dem sie nun mit einem sanften Schütteln am Arm geweckt wurde.

»Marla … Marla … Musst du nicht zum Flughafen?«

Blinzelnd öffnete sie die Augen und musste sich erst einen Moment orientieren, weil sie nicht gleich wusste, wo sie war.

»Wie?«

»Dein Flug? Sagtest du nicht, er geht um halb elf?«, fragte Markus, der unerklärlicherweise am frühen Morgen noch besser aussah als in der vergangenen Nacht. War es überhaupt früher Morgen?

Sie setzte sich hoch. Ihr Kopf fühlte sich an, als ob er mit Watte gefüllt wäre.

»Wie spät ist es denn?«

»Halb acht… Du musst dich bald auf den Weg machen.«

»Oh. Ja. Danke!«

Er ging zur kleinen Kochnische.

»Möchtest du Kaffee oder Tee?«

»Nichts, danke.«

»Hey. Ohne Frühstück kommt ihr beide mir hier nicht raus.«

Er grinste in ihre Richtung.

»Na gut. Dann einen Tee«, sagte sie und verschwand ins Badezimmer, in dem sie sich kurz frisch machte.

Als sie zurückkam, hatte er ein kleines Frühstück vorbereitet.

»Schläft Berti noch?«, fragte Marla, als sie sich zu dem Österreicher an den kleinen Tisch auf der Terrasse setzte. Nach dem Unwetter in der Nacht war die Luft klar, und die Sonne schien bereits wieder vom wolkenlosen Himmel.

»Ja. Er schnarcht nicht nur, er ist auch ein ziemlicher Morgenmuffel, und wir wecken ihn besser nicht.«

»Okay.«

»Aber ansonsten hat er echt auch seine gute Seiten.«

Sie lachte. »Niemand kann perfekt sein.«

»Für mich ist er es.«

Marla nickte ihm zu.

»Sag ihm bitte danke von mir, wenn er wach ist. Und dir auch danke – für alles.«

»Hey, kein Thema. Und jetzt iss. Du hast nicht mehr viel Zeit.«

Obwohl sie sich nicht vorstellen konnte, irgendwas

hinunterzubekommen, verlangte ihr schwangerer Körper doch nach Nahrung. Lustlos griff sie nach einem süßen Hörnchen und biss hinein. Und mit dem Essen kam dann auch der Appetit.

Er schaute ihr amüsiert zu, wie sie nach einem zweiten Hörnchen griff.

»Du weißt inzwischen, warum es einen Sinn ergibt?« Es war eigentlich keine Frage.

Sie schluckte hinunter und nickte dann.

»Ja. Aber es macht das alles leider auch nicht einfacher für mich. Es … es ist vorbei, und ich muss nach vorne schauen. Für mich und das Baby. Wir werden das schon alleine schaffen.«

Er spielte mit einem Brösel auf dem Tisch.

»Weißt du, was meine Oma aus Graz immer gesagt hat?«, fragte er.

War dieser Markus etwa eine Mischung aus ihren beiden Freundinnen? Marla musste unwillkürlich an Rafaela und ihre Oma Consuela denken. Offenbar waren Großmütter im Leben anderer Menschen wichtige Ratgeberinnen, etwas, das sie persönlich nicht erlebt hatte. Leider waren die Eltern ihrer Mutter schon vor Marlas Geburt gestorben, und zu ihren Großeltern väterlicherseits in Hamburg hatte sie seit jeher nur wenig Kontakt.

»Was hat sie denn gesagt?«, fragte sie nun doch neugierig und versuchte, sich ein amüsiertes Schmunzeln zu verkneifen.

»Der Glaube versetzt Berge – aber nur die Magie der Liebe kann alles an den richtigen Platz rücken«, zitierte er seine Oma und hob dabei den Finger, den ein silberner Ring mit schwarzen Ornamenten zierte.

Sie dachte kurz darüber nach, was er gesagt hatte.

»Offenbar hat die Liebe noch nicht den richtigen Platz für mich gefunden«, sagte sie schließlich leise.

»Das bedeutet aber nicht, dass es ihn nicht gibt.«

Er lächelte aufmunternd.

»Ich … ich muss jetzt los«, sagte sie, obwohl sie eigentlich noch gern geblieben wäre. Markus und sein schlafender Freund Berti taten ihr irgendwie gut.

Sie nahm einen letzten Schluck Tee und holte ihre kleine Reisetasche.

»Ich bin sehr froh, dass ausgerechnet ihr beiden mich letzte Nacht aufgegabelt habt.«

»Obwohl es total unvorsichtig von dir war, mit uns mitzukommen. Mach so was in Zukunft ja nie wieder, hörst du? Wir hätten auch gefährlich sein können.«

»Dann hatte ich ja noch einmal Glück.«

Sie knuffte ihn spielerisch in die Seite, obwohl sie wusste, dass er absolut recht hatte. Im Nachhinein konnte sie es sich nur damit erklären, dass sie letzte Nacht ein wenig durch den Wind gewesen war.

Nachdem sie die Handynummern ausgetauscht und sich versprochen hatten, den Kontakt auf jeden Fall aufrechtzuerhalten, umarmten sie sich freundschaftlich zum Abschied.

»Pass auf dich auf, und wenn du in Wien bist, musst du uns unbedingt besuchen kommen.«

»Versprochen.«

»Und wenn das Baby da ist, meldest du dich auch.«

»Klar.«

Sie nickte ihm noch einmal zu, nahm ihre Sachen und ging mit dem Gefühl, ganz unerwartet neue Freunde gefunden zu haben.

Sie war schon ein wenig spät dran, als sie den Leihwagen am Flughafen abgab, und schaffte es gerade noch rechtzeitig, zu ihrem Abfluggate zu kommen.

Im Flugzeug hatte sie einen Gangplatz in einer der vorderen Sitzreihen. In der Mitte neben ihr saß ein etwa dreijähriger Junge, der sich trotzig weigerte, sich von seiner Mutter anschnallen zu lassen und mit seinem Geschrei bereits einigen Fluggästen auf die Nerven ging. Marla versuchte erfolgreich, ihn abzulenken, und die erschöpft wirkende Mutter warf ihr einen dankbaren Blick zu.

Nachdem sie in den letzten Wochen und Monaten so oft geflogen war, war ihre Flugangst inzwischen buchstäblich verflogen und einer nur noch leichten Nervosität gewichen.

Als sie die Reisehöhe fast erreicht hatten, schob eine Flugbegleiterin den Vorhang zur ersten Klasse zur Seite, um den Servierwagen durchzuschieben.

Ein Mann war aufgestanden und öffnete die Luke über ihm, um seine Jacke zu verstauen. Marla erstarrte, als sie ihn erkannte. Daniel! Er war hier in diesem Flugzeug und nur wenige Meter von ihr entfernt! Sie duckte sich und rutschte in ihrem Sitz nach unten. Ihr Herz begann, wild zu pochen. Die Mutter des Jungen sah sie verwundert an. Marla zuckte verlegen mit den Schultern. Sie wartete kurz und schaute dann vorsichtig wieder nach vorn. Der Vorhang war wieder geschlossen. Daniel hatte sie nicht gesehen. Das war auch gut so. Und damit das auch so blieb, musste sie jetzt vorsichtig sein. Am liebsten hätte sie mit der Mutter den Platz getauscht, doch der Kleine verhielt sich nun endlich still, und sie wollte nicht riskieren, dass er wieder unruhig wurde.

Aber vermutlich musste sie sich gar keine Sorgen machen. Sie hatte Daniel nicht gesagt, mit welchem Flugzeug sie nach München zurückfliegen würde. Er konnte also nicht wissen, dass sie hier in dieser Maschine war, und ging vermutlich davon aus, dass sie schon nach Hause geflogen war. Außerdem würde er vor ihr aussteigen und sie, wenn sie vorsichtig genug war, nicht entdecken.

Die Tatsache, dass er ganz in ihrer Nähe war, brachte sie jedoch ordentlich durcheinander. Sein Plan, sie so zu verletzen, dass sie ihn hassen musste, war nicht aufgegangen. Und doch hatte er erreicht, dass es endgültig vorbei war.

Während des restlichen Fluges war sie angespannt und konnte es kaum mehr erwarten, unentdeckt von ihm aus dem Flugzeug zu steigen und nach Hause in ihre Wohnung zu kommen. Und dann irgendwie zu versuchen, mit dem Kapitel Daniel endgültig abzuschließen.

Als sie knapp drei Stunden später erschöpft die Wohnungstür aufschloss, klingelte ihr Handy. Sie fischte es aus der Tasche und sah, dass ihr Agent sie erreichen wollte.

»Hallo, Richard«, meldete sie sich mit einem immens schlechten Gewissen. Sie hatte ihm noch immer nicht gesagt, dass sie schwanger war.

»Hallo, Marla. Geht es deiner Mutter schon wieder besser?«

»Meiner Mutter? Äh, ja.«

»Das ist gut. Denn ich habe hier eine weitere Anfrage …«

»Richard, hör mal, ich denke, wir müssen reden«, unterbrach sie ihn. Sie stellte ihre Tasche im Flur ab und ging in ihr Zimmer.

»Du willst aufhören bei mir, nicht wahr. Du hast einen anderen Agenten gefunden.«

»Nein. Ich will natürlich weiterhin bei dir bleiben. Es ist nur so, also ich ... ich kann diese Rollen momentan nicht annehmen, weil ich ... ich bin schwanger, Richard.«

»Aha. Du bist schwanger«, wiederholte er nach einigen Sekunden.

»Ja. Und in wenigen Monaten werde ich für eine Weile nicht spielen können. Deswegen kann ich die Rollen nicht annehmen.«

»Okay. Das verstehe ich. Ich kann das verstehen.«

Marla blieb vor Verblüffung der Mund offenstehen. Sie hatte mit einer ganz anderen Reaktion gerechnet.

»Und ... du bist nicht irgendwie sauer?«

»Mach dich nicht lächerlich. Warum sollte ich sauer sein, wenn du ein Kind bekommst?«

»Na ja. Gerade jetzt, wo endlich interessante Rollenangebote reinkommen. Ich dachte, du würdest mich für ein wenig verrückt halten.«

Sie setzte sich aufs Bett und streifte die Schuhe von den Füßen.

»Du bist ja wirklich nicht die erste Schauspielerin, die schwanger ist. Das ist einfach mal so. Kinder gehören zum Leben dazu. Und ich freue mich für dich, Marla. Also echt, ich freu mich.«

Mit einem Mal schossen ihr Tränen in die Augen. Er hatte vollstes Verständnis für sie. Irgendwie hatte sie völlig vergessen, dass Richard selbst Vater von drei Kindern war. Es tat ihr nun leid, sich ihm nicht gleich von Anfang an anvertraut zu haben.

»Richard?«

»Ja?«

»Du bist der beste Agent, den ich mir vorstellen kann.«

»Das will ich auch hoffen. Und dein Agent hat vielleicht sogar was für dich, das jetzt genau passen könnte.«

»Aber die Schwangerschaft…«

»… spielt in diesem Fall noch keine Rolle.«

»Nein?«

»Nein. Im Lustspielhaus gibt es ab nächsten Freitag weitere vier Aufführungen von ›Kussverbot‹. Didi inszeniert das Stück wieder.«

»›Kussverbot‹? Und er hat mich diesmal gar nicht angefragt?«, fragte Marla ein klein wenig enttäuscht. Es war das Theaterstück, in dem sie im vergangenen Sommer eine kleine Nebenrolle gespielt hatte. Didi war damals sehr zufrieden gewesen, umso weniger verstand sie es, warum er sich nicht bei ihr gemeldet hatte. Er hatte wohl keinen Wert darauf gelegt, sie wieder dabeizuhaben, dachte sie bitter.

»Glücklicherweise hat er das nicht, sonst könnte er dich jetzt nicht als Ersatz für die Hauptrolle wollen. Er will nämlich genau dich dafür.«

»Mich? Für die Hauptrolle? Was ist denn mit Gesine?«

»Die Gesine ist heute früh überraschend ins Krankenhaus gekommen. Blinddarmdurchbruch. Die schafft es sicher nicht bis zur Aufführung. Du kennst das Stück und auch die Rolle. Didi hat gemeint, wenn es jemand auf die Schnelle gut spielen kann, dann du. Das wäre jetzt genau richtig für dich. Wenn du mir dein Okay gibst, dann ruf ich Didi gleich an. Er braucht ganz schnell eine Rückmeldung von mir, sonst muss er sich nach einem anderen Ersatz umsehen.«

»Nein, das muss er nicht. Sag ihm bitte zu. Ich spiele die Rolle der Ricky gerne.«

»Toll. Das ist toll. Du kannst heute Abend bei den Proben schon mal dabei sein. Über die Feiertage kannst du den Text lernen, und dann kriegst du es schon hin bis Freitag in einer Woche. Du schaffst das schon. Ich rufe

Didi gleich an … Und wegen deiner Schwangerschaft, da setzen wir uns nach ›Kussverbot‹ zusammen und überlegen, wie es bei dir weitergehen soll. Das wird schon alles, Marla. Ciao …«

Bevor sie noch etwas sagen konnte, hatte er bereits aufgelegt.

Marla legte das Telefon zur Seite und ließ sich auf das Bett sinken.

Die Vorbereitung auf das Stück und die Aufführungen waren jetzt genau das Richtige, um sich von Daniel abzulenken. Zum ersten Mal seit ihrer Trennung letzte Nacht hatte sie das Gefühl, dass ihr Leben nicht ganz aus der Spur geraten war. Zumindest beruflich gab es für sie schon mal einen kleinen Hoffnungsschimmer. Sie fühlte sich erleichtert, dass Richard jetzt von ihrer Schwangerschaft wusste und hinter ihr stand. Und morgen würde sie zu ihrer Mutter fahren und sie darüber informieren, dass sie in ein paar Monaten Oma würde. Sie freute sich, dass ihr Kind im Gegensatz zu ihr selbst eine Oma haben würde, die ihm mit Rat und Tat zur Seite stand und ihm mehr oder weniger kluge Weisheiten mit auf den Weg geben konnte.

Für einen kurzen Moment sah sie Daniels Mutter Valerie vor sich. Auch sie wäre die Großmutter ihres Kindes, würde jedoch nie von ihm erfahren. Sie schob den Gedanken beiseite. Jetzt musste sie sich erst einmal ein wenig ausruhen. Sie deckte sich zu und schloss die Augen. Und war gleich darauf eingeschlafen.

64

Daniel hatte gedacht, dass die Erinnerungen an Silvia in der Gewitternacht auf dem Boot etwas in ihm zurechtrücken würden, so dass er sich auch leichter damit abfinden konnte, Marla nicht mehr zu sehen. Doch das Gegenteil war der Fall. Er vermisste sie und fühlte sich deswegen noch schlechter als vorher.

Seine kleine Halbschwester in den Osterferien bei sich zu haben war für Daniel zwar anstrengend, doch sie lenkte ihn davon ab, zu viel nachzudenken. Während der Feiertage färbten sie gemeinsam Eier, gingen ins Deutsche Museum und ins Kino und waren bei Tante Maria und Onkel Peter zum Osterbrunch eingeladen. Als sich am Ostermontag der Winter noch einmal mit einem heftigen Schneesturm zurückmeldete, hatten sie es sich schon zum Frühstück in Daniels Wohnzimmer auf dem Sofa gemütlich gemacht und schauten hintereinander die ersten drei Teile von Harry Potter auf DVD.

Am Nachmittag ließen sie sich vom Pizzaservice beliefern. Kim zog den Deckel der Aluverpackung herunter und kippte ihre Makkaroni mit Tomatensoße auf einen Teller, während Daniel sich ein Glas Rotwein einschenkte und einen Schluck trank.

»Scheiß Alubehälter! Warum machen die das Essen nicht in eine biologisch abbaubare Verpackung?«

Daniel hob kurz den Karton seiner Pizza hoch.

»Du hättest dir Pizza bestellen sollen… die gibt es bei denen auch vegan.«

»Mir war aber nach Nudeln.«

»Dann beschwer dich nicht über die Verpackung… Was machen wir denn jetzt? Willst du auch noch ›Harry Potter und der Feuerkelch‹ anschauen?«, fragte er, während er seine Pizza viertelte, damit er sie mit der Hand essen konnte.

Kim schüttelte den Kopf.

»Nein. Für heute hab ich genug. Schauen wir die nächsten Teile doch morgen noch in einem Rutsch an. Wir stehen ganz früh auf und verbringen den Tag wieder hier auf dem Sofa. Das ist echt cool, und Mama würde das zu Hause nie erlauben«, meinte sie und stach mit der Gabel in die Makkaroni.

»Morgen muss ich wieder ins Büro, kleine Hexe«, erinnerte Daniel sie und biss in ein Stück Salamipizza.

»Okay. Und ich komme mit.«

»Ich weiß nicht. Dir wird das bestimmt zu langweilig den ganzen Tag.«

»Wird es nicht. Das interessiert mich echt. Außerdem hast du es mir versprochen.«

»Na schön. Aber wehe, du beschwerst dich.«

»Tu ich nicht… Du hast mir übrigens noch was anderes versprochen.«

»Ich? Was denn?«

»Na, die Sache mit Lisa. Du wolltest mir erklären, warum ihr euch immer noch trefft.«

Daniel hörte für einen Moment auf zu kauen. Stimmt. Er hatte es ihr versprochen, als sie auf seinem Handy das Foto mit ihrer Nachricht aus Budapest gesehen hatte.

»Also?« Erwartungsvoll schaute sie ihn an.

»Das mit Lisa… das äh, das hat sich inzwischen erledigt. Wir werden uns nicht mehr sehen«, sagte er und versuchte, so locker wie möglich zu klingen. Er hatte die ganze Zeit versucht, sich irgendwie abzulenken. Dass Kim jetzt von ihr sprach, holte Marla mit aller Gewalt wieder zurück in seine Gedanken.

»Oh nein«, sie fuchtelte mit der Gabel, auf der zwei Makkaroni aufgespießt waren, vor seinem Gesicht herum. »Das hast du schon einmal gesagt, dass es vorbei ist. Aber ihr habt euch doch wiedergesehen. Jetzt will ich es wissen. Und ich sag's dir gleich, dass ich dich so lange nerven werde, bis du mir alles erzählt hast.«

Daniel seufzte und kämpfte mit sich. Einerseits wollte er nicht mehr an Marla denken. Doch die Vorstellung, mit jemandem über sie zu reden, war plötzlich sehr verlockend. Auch wenn dieser jemand seine inzwischen vierzehn Jahre alte kleine Schwester war. Und Kim kannte Marla, wenn auch nur unter dem Namen Lisa.

Außerdem musste er ohnehin irgendwann mit der Wahrheit herausrücken, bevor der Werbespot mit Marla im Fernsehen zu sehen war. Vielleicht war es ganz gut, wenn er heute mit Kim darüber sprach.

Er nahm noch mal einen Schluck Wein, dann schaute er sie an.

»Lisa heißt eigentlich gar nicht Lisa, sondern Marla. Sie ist eine Schauspielerin aus München, die ich engagiert habe, damit sie sich als meine Verlobte ausgibt.«

So. Jetzt war es raus. Endlich hatte er die Wahrheit über sie gesagt. Und es fühlte sich irgendwie befreiend an.

Kim schaute ihn aus ihren hellgrünen Augen an, als ob er ihr gerade erzählt hätte, dass man in Zukunft Weihnachten streichen würde.

»Was?«

»Sie hat die ganze Zeit nur eine Rolle gespielt, die ich ihr vorgegeben hatte.«

Offenbar glaubte sie ihm nicht.

»Du verarscht mich gerade, oder?«

»Nein. Das tue ich nicht.«

»Wieso eine Schauspielerin? Ich verstehe das nicht. Was hattest du denn damit vor?«

Daniel legte das angebissene Stück Pizza auf den Karton. Ihm war der Appetit inzwischen vergangen.

»Das klingt jetzt alles blöd, und ich kann es im Nachhinein auch nicht mehr verstehen, aber Mutter, Onkel Peter, Tante Maria, eigentlich alle außer dir haben mich so damit genervt, dass ich wieder eine Frau haben sollte, dass ich … na ja, ich wollte einfach meine Ruhe haben, und deswegen habe ich Marla engagiert und zur Geburtstagsfeier mitgenommen.«

»Du spinnst doch komplett, oder?« Kim hielt nicht mit ihrer Meinung hinter dem Berg.

»Ja. Ja, das könnte man so sagen. Ich spinne«, gab er zu.

»Also war das alles nur gespielt mit euch beiden?«

Daniel zögerte mit einer Antwort. Dann nickte er.

»Das meiste schon, ja.«

»Ha!« Kim lachte trocken. »Dann hat sie auch nur gespielt, mich so blöd anzumachen, oder?« Sie klang ein klein wenig hoffnungsvoll. Daniel hatte schon damals gespürt, dass Kim Lisa mochte, und war froh, dass er das nun endlich richtigstellen konnte.

»Ja. Das gehörte dazu, und ich kann dir sagen, dass ihr das sehr leidgetan hat. Sie mag dich nämlich.«

Kim verschränkte die Arme.

»Weißt du was? Ich komme mir grad total verarscht vor.«

»Tut mir leid.«

Sie schnaubte.

»Nein aber echt. Es war bescheuert, das zu machen.«

Kim schaute ihn mit zusammengezogenen Augenbrauen an, und er merkte, dass ihre Mundwinkel zuckten. Sie würde doch jetzt deswegen nicht zu heulen anfangen?

»Du spinnst echt!«, wiederholte sie, doch plötzlich begann sie zu grinsen. »Auf so was Blödes kannst auch nur du kommen … Oh Mann, wenn das die anderen erfahren. Vor allem Mama. Oh, oh. Erzähl es ihr lieber nicht. Die hat immer noch eine Stinkwut auf Lisa. Wenn Mama erfährt, dass das alles auf deinem Mist gewachsen ist, dreht sie dir den Hals um.«

»Ich weiß. Aber sie wird es erfahren müssen. Spätestens dann, wenn sie im Fernsehen einen TV-Spot mit ihr sieht.«

»Du tust mir jetzt schon leid.«

»Danke, aber ich hab schon anderes überlebt.«

Kim schob sich eine Gabel mit Nudeln in den Mund. Dann fragte sie mit vollem Mund: »Wie ist sie denn, wenn sie nicht deine Verlobte spielt?«

Daniel schluckte.

»Sie … sie ist toll. Marla ist eine tolle Frau.«

»Magst du sie?«

»Ja.«

»Und warum bist du dann nicht wirklich mit ihr zusammen?«

»Weil es nicht geht«, sagte er entschieden. Er hätte sich denken können, dass Kim mehr wissen wollte. Doch es fiel ihm schwer, über Marla zu reden. Es war noch alles zu frisch und tat immer noch weh. Deswegen sagte er barscher, als er eigentlich wollte: »Außerdem geht es dich nichts an. Und jetzt will ich nicht mehr über sie reden.«

»Aber …«

»Wir schauen uns doch noch den vierten Teil an!«, unterbrach er sie und griff nach der Fernbedienung, die er sicherheitshalber in seiner Nähe behielt.

Kim hielt es ganze zwanzig Minuten aus, nicht mehr über Marla zu sprechen. Dann stand sie auf und drückte die Stopptaste des DVD-Players.

»Was ist denn jetzt?«, fragte Daniel.

»Habt ihr euch zwischendurch öfter getroffen?«

Er schloss für einen kurzen Moment die Augen. Natürlich würde sie keine Ruhe geben, aber damit hatte er rechnen müssen.

»Mensch, Kim! Bitte… Warum willst du das denn unbedingt wissen?«

»Weil, wenn ich weiß, dass die das nur gespielt hat, dann finde ich sie eigentlich wieder ganz cool.«

»Hör mal«, er versuchte, vernünftig mit ihr zu reden. »Es spielt keine Rolle mehr, ob sie cool ist oder nicht. Marla und ich werden uns nicht mehr sehen.«

»Aber warum denn nicht? Sie könnte doch deine Freundin sein!«

»Kim… bitte. Lass das.«

»Willst du denn immer alleine bleiben? Seit Silvia tot ist, hattest du keine feste Freundin mehr!«

»Fang du jetzt nicht auch noch damit an. Genau deswegen bin ich doch überhaupt erst auf diesen Blödsinn gekommen!«

»Du hast doch gesagt, dass du diese Schauspielerin toll findest. Und ich finde, sie passt zu dir, obwohl sie ganz anders ist als Silvia.«

Jetzt wurde ihm alles zu viel. Er konnte nicht auch noch über Silvia reden. Er stand auf.

»Kim. Kümmere dich bitte um deinen eigenen Kram!«

»Du bist mein Bruder. Also gehörst du zu meinem Kram dazu. Ich will doch nur, dass du wieder glücklich bist«, plötzlich brach ihre Stimme, Tränen schossen ihr in die Augen und ließen sie funkeln.

»Kim … ich … es geht mir doch gut. «

»Das stimmt nicht. Dir geht's nicht gut. Weil Silvia gestorben ist. Und das Baby.« Sie schniefte. »Du warst früher anders. So locker. Vor dem Unfall. Es ist scheiße, dass sie gestorben sind und dass dein Bein kaputt ist, aber willst du deswegen immer alleine bleiben? Das ist einfach nicht richtig!«

Daniel spürte, dass Kim sich tatsächlich Sorgen um ihn machte, und genau das wollte er nicht. Dabei hatte sie recht. Es ging ihm wirklich nicht gut. Doch gerade seine kleine Schwester durfte das am wenigsten belasten.

»Ich komme wirklich klar, Kim«, versuchte er, sie zu beruhigen.

Sie wischte sich mit dem Ärmel ihres Pullovers die Tränen aus dem Gesicht, dann schaute sie ihn an.

»Mit Lisa … oder Marla, da warst du wieder ein wenig so wie früher. Und ich glaube, sie mochte dich auch. Was hält dich denn davon ab, mit ihr zusammen zu sein?«

Musste Kim genau das ansprechen, wovor er die Augen verschließen wollte. »Lass uns bitte von etwas anderem reden«, bat er leise.

»Willst du immer alleine bleiben? Silvia hätte das nie gewollt.«

»Ich habe ihr versprochen, keine andere Frau als sie zu lieben!«, fuhr er sie an, bevor er sich zurückhalten konnte.

Jetzt hatte er es laut gesagt. Und ausgerechnet zu seiner kleinen Schwester.

Kim tippte sich mit dem Zeigefinger gegen die Stirn.

»Wie kann man nur so was versprechen? Das gilt doch nur, wenn jemand noch am Leben ist. Man weiß doch nie, was so alles passiert. Meine Mama hat deinen Papa auch sehr geliebt. Dann ist er gestorben. Und jetzt liebt sie meinen Paps. Und wenn sie das nicht getan hätte, dann wäre ich gar nicht da! Und das wäre doch total schade.«

Daniel winkte erschöpft ab.

»Das ist doch ganz was anderes… Silvia… sie hat mich geliebt«, murmelte er hilflos.

»Eben. Und wenn man jemanden liebt, dann will man, dass er glücklich ist.«

Daniel konnte ihr nicht mehr länger zuhören. Er musste unbedingt an die frische Luft. Sofort. Er nahm seinen Stock, ging in den Flur und schlüpfte in seinen Mantel.

»Gehst du jetzt weg, oder was?«, rief Kim ihm nach.

»Ich bin bald zurück«, antwortete er und verließ die Wohnung.

Draußen schneite es noch immer heftig, doch Daniel nahm es gar nicht richtig wahr. Er wollte eigentlich nur ein paar Schritte gehen, damit er seinen Kopf wieder frei bekam, doch ohne es geplant zu haben, war er unterwegs in einen Stadtbus gestiegen und zum Waldfriedhof gefahren. Aufgestützt auf seinen Stock stapfte er durch den Schnee den Weg entlang bis zur Familiengrabstätte, in der auch Silvia ihre letzte Ruhe gefunden hatte.

Der Wind pfiff schneidend um seine Ohren, und Schneeflocken raubten ihm teilweise die Sicht auf den alten Grabstein, in den neben ihrem Namen das Datum ihres Geburts- und Sterbetages eingraviert war. Darunter hatte Daniel einen kleinen, aus Messing gefertigten Stern anbringen lassen, der an das ungeborene Baby erinnern sollte. Er starrte auf den Grabstein und spürte die Kälte um sich herum kaum.

Er hatte Silvia geliebt – und sie ihn. Sie hatte es ihm sogar noch auf eine ganz besondere Weise gesagt. Kurz bevor das Gewitter sie überrascht hatte, als sie über die Wünsche an Sternschnuppen gesprochen hatte. »Mein anderer Wunsch ist, dass du immer weißt, dass ich dich liebe«, hatte sie gesagt. Und es war in seiner Phantasie so deutlich, als ob sie neben ihm stehen würde.

»Ich weiß, dass du mich immer lieben wirst«, flüsterte er leise gegen den Wind. Und plötzlich hörte er wieder die Worte, die Kim gesagt hatte: »Wenn man jemanden liebt, dann will man, dass er glücklich ist.«

Plötzlich nahm er die Kälte wahr, und eine Gänsehaut überzog seinen Körper. »Wenn man jemanden liebt, dann will man, dass er glücklich ist«, wiederholte er leise.

Er stellte sich vor, was Silvia zu ihm sagen würde, wenn sie ihn so sehen würde. Sie würde ganz bestimmt nicht wollen, dass er so unglücklich war. Weil sie ihn geliebt hatte. Und sie hatte sich ausdrücklich gewünscht, dass er das niemals vergessen sollte. Niemals hätte sie ernsthaft gewollt, dass er keine Frau mehr lieben durfte, das wurde ihm jetzt mit einem Schlag klar. Als er ihr das damals versprochen hatte, war es ein Geplauder unter Liebenden gewesen, die nicht glauben konnten, dass ihr Glück jemals vorbei sein könnte. Doch es war anders gekommen. Silvia war gestorben. Und in diesem Moment wurde ihm bewusst, dass ihn die Schuldgefühle, die ihn wegen des Unfalls quälten, nicht richtig hatten trauern lassen.

»Ich will, dass du glücklich bist«, hörte er Silvia sagen. Und er wusste, dass es stimmte. Auch wenn er sie immer in seinem Herzen tragen würde, so musste er sie jetzt doch endlich loslassen. Sie und das Baby.

Ganz langsam überkam ihn ein innerer Frieden, wie er ihn seit dem Unfall nicht mehr gespürt hatte.

»Danke, Silvia«, flüsterte er, dann drehte er sich um und ging.

Als er eine halbe Stunde später die Wohnungstür aufsperrte und völlig durchnässt den Flur betrat, kam Kim mit besorgter Miene aus dem Wohnzimmer.

»Es tut mir leid«, sagte sie zerknirscht. »Ich wollte nicht …«

»Nein. Entschuldige dich nicht«, unterbrach er sie und zog seinen Mantel aus. »Du hattest völlig recht, und ich muss mich bei dir bedanken. Denn du hast mir etwas sehr Wichtiges klargemacht.«

»Wirklich?«

»Ja. Ich habe mich die ganze Zeit dafür bestraft, weil ich mich für den Unfall verantwortlich fühlte. Und ich werde mir vermutlich auch nie ganz verzeihen können, dass ich so unachtsam war … Aber dabei hatte ich völlig vergessen, wie sehr Silvia mich geliebt hat. Und … ich habe jetzt verstanden … also, sie würde wollen, dass ich glücklich bin.«

Kim griff nach seiner Hand.

»Klar. Das würde sie … Aber jetzt komm rein, du frierst ja voll.«

Sie gingen ins Wohnzimmer, und Daniel stellte sich zum Aufwärmen an den Kachelofen.

»Wenn ich das alles nur ein paar Tage früher erkannt hätte …«, murmelte er mehr zu sich selbst. Doch Kim hatte ihn gehört.

»Würde das denn was ändern?«, fragte sie.

Er nickte.

»Es würde alles ändern. Ich … ich habe mich in Marla verliebt. Aber ich habe mit ihr Schluss gemacht, weil ich dachte, dass ich …«

»… dass du nicht glücklich sein darfst. Ich weiß. Das haben wir jetzt schon durchgekaut«, sagte Kim ungeduldig. »Aber sag ihr doch, dass du noch mal nachgedacht hast und doch mit ihr zusammen sein willst.«

»Glaub mir, das möchte sie jetzt nicht mehr, nach dem, was ich zu ihr gesagt habe.«

»So schlimm?«

»Noch schlimmer.«

»Hmmm … blöd.«

Nachdenklich zog Kim die Brauen zusammen.

Wider Willen musste Daniel bei ihrem Anblick schmunzeln.

»Saublöd.«

»Und wenn du es doch versuchst?«

Daniel schüttelte den Kopf.

»Glaub mir, das würde keinen Sinn machen.«

»Bist du dir sicher?«

War er sich sicher?

»Ich hab sie angelogen und ihr damit ziemlich wehgetan.«

»Und sie würde dir das nie verzeihen?«

»Hör endlich mit deiner Fragerei auf! Du bist ja schlimmer als der Therapeut, bei dem ich nach dem Unfall war … der allerdings überhaupt nichts gebracht hat.«

Sie grinste.

»Vielleicht sollte ich das später beruflich machen.«

»Du wärst sicher ziemlich erfolgreich.«

»Meinst du?«

»Ich glaube schon.«

»Versuch's doch einfach bei Marla. Du kannst ja nichts mehr verlieren.«

Daniel schüttelte den Kopf.

»Nein. Das werde ich nicht. Es ist aus.«

65

Mit einem glücklichen Lächeln verbeugte Marla sich ein letztes Mal zusammen mit ihren Schauspielerkollegen und Regisseur Didi vor dem begeisterten Publikum im *Lustspielhaus*. Bis auf einen Versprecher, der jedoch für große Erheiterung und Zwischenapplaus bei den Zuschauern gesorgt hatte, war die Vorstellung von *Kussverbot* großartig gelaufen. Es war ihre erste Hauptrolle in einem Stück, und nach all den vielen Zweifeln, die sie in den vergangenen Monaten geplagt hatten, wusste sie, dass sie genau das tat, was sie liebte und weiterhin tun wollte. Und egal, was kommen würde, zusammen mit ihrer Mutter, ihrem Agenten Richard und ihren Freundinnen konnte sie es schaffen. Nach ihrer Rückkehr aus Mallorca hatte Marla Betty und Rafaela erzählt, dass es mit Daniel vorbei war. Und seither taten die beiden alles, um Marla von ihrem Liebeskummer abzulenken. Es war nach wie vor nicht einfach für sie zu wissen, dass Daniel endgültig aus ihrem Leben verschwunden war. Aber sie würde einen Weg finden, um darüber hinwegzukommen – irgendwie.

Sie warf einen Blick zu dem runden Tisch ganz vorn auf der linken Seite, an dem Paula, Richard, Rafaela und Betty mit Tim saßen und am lautesten von allen klatschten. Sie war so dankbar, dass diese besonderen Menschen heute gekommen und für sie da waren.

Ein paar Tische hinter ihnen saß Hagen Meller und

nickte ihr anerkennend zu. Er hatte sie vor wenigen Tagen wegen der Werbeaufnahmen angerufen, für die es nun schon konkrete Vorstellungen gab. Marla hatte nicht mehr gezögert und ihm von der Schwangerschaft erzählt. Er war für einige Sekunden sprachlos gewesen, dann hatte er ihr jedoch gratuliert.

»Solange man es noch nicht sieht, könnten wir ja schon mal drehen. Und je nach Kameraführung kann man die Aufnahmen vermutlich trotzdem machen, auch wenn die Schwangerschaft dann schon weiter fortgeschritten ist«, hatte er laut überlegt. »Ich werde das noch alles abklären, Marla, und dir Bescheid geben.« Er hatte ihre Beziehung wieder auf eine rein professionelle Ebene gebracht, und Marla war ihm sehr dankbar dafür, denn mehr konnte sie ihm – zumindest jetzt – nicht geben.

Und nun sah es tatsächlich so aus, also ob sie trotz ihrer Schwangerschaft diesen Werbe-Job weiterhin machen konnte. Marla hätte das nie zu hoffen gewagt und war unendlich erleichtert darüber, dadurch auch finanziell die nächste Zeit überbrücken zu können.

Eine Viertelstunde nachdem sie die Bühne verlassen hatte, um sich umzuziehen, kam sie wieder nach vorn. Ein Großteil der Zuschauer war bereits gegangen, doch an einigen Tischen saßen noch Leute zusammen, die sich leise unterhielten. Auch ihre Kollegen wollten den Abend noch bei einem Glas Wein ausklingen lassen. Meller hatte sich bereits von ihr verabschiedet.

Sie steuerte auf den Tisch zu, an dem ihre Mutter, ihr Agent und ihre Freunde auf sie warteten. Sie gratulierten ihr herzlich. Paula drückte ihre Tochter fest an sich.

»Du bist einfach wundervoll«, sagte sie, »und ich bin so stolz auf dich, das kannst du dir gar nicht vorstellen!«

»Danke, Mama«, sagte Marla gerührt und küsste ihre Mutter liebevoll auf die Wange.

Paula war völlig aus dem Häuschen gewesen, als Marla ihr von der Schwangerschaft erzählt hatte, und hatte ihr versprochen, sie so gut sie konnte zu unterstützen. Sie wollte vor lauter Begeisterung sogar ihre Norwegenreise absagen. Doch Marla hatte sie ausgebremst und ihr unmissverständlich klargemacht, dass sie zwar froh über ihre Unterstützung war, ihre Hilfe jedoch nur dann annehmen würde, wenn sie die Reise machen und auch in Zukunft ihr eigenes Leben genießen würde. Paula musste ihr das zwar hoch und heilig versprechen, doch Marla ahnte jetzt schon, dass sie ihre Mutter sicherlich noch öfter daran würde erinnern müssen.

»Jetzt setz dich doch her«, sagte Richard und schob einen Stuhl für sie zurecht. Gerade als sie Platz nehmen wollte, sah sie ganz hinten im Saal neben einer der Säulen einen Mann stehen, der sie eindringlich anschaute.

Sie blieb stehen und spürte, wie ihre Beine schlagartig zu zittern anfingen. Daniel! Er war hier!

»Marla? Was ist denn los?«, fragte Betty.

»Sie ist ja wie ein Schnee im Gesicht«, sagte Rafaela.

»Kind … Geht es dir nicht gut? Setz dich doch.« Ihre Mutter klang besorgt.

Doch Marla nahm das alles nur am Rande wahr.

Daniel war gekommen. Und dass er hier war, konnte ganz bestimmt kein Zufall sein. Doch was hatte das zu bedeuten?

»Wer ist denn dieser Mann?«, fragte Betty. »Ist das etwa …«

»Es ist Daniel«, unterbrach Marla sie leise.

»Der Typ, von dem sie schwanger ist?«, fragte Tim, und leichter Ärger war in seiner Stimme zu hören.

»Das ist der Vater deines Kindes?«, fragte Paula.

»Der sieht aber scharf aus«, meinte Rafaela.

»Entschuldigt mich …«

Es war, als ob sich ihre Beine ganz von selbst in Bewegung setzen würden. Langsam ging sie auf Daniel zu, der sie nicht aus den Augen ließ. Einen Meter vor ihm blieb sie stehen. Es tat weh, ihn zu sehen, nach alldem, was passiert war.

»Daniel?«

»Du warst großartig, Marla.«

»Was willst du hier?«

»Ich … ich möchte mit dir reden.«

Er wollte mit ihr reden? Sie konnte nicht verhindern, dass ein leiser Hauch von Hoffnung in ihr aufstieg und sie sich am liebsten in seine Arme geworfen hätte. Doch gleich darauf, als die Erinnerung an die unschöne Trennung sie erneut überkam, überwog die Wut. Was wollte er denn noch von ihr? Worüber wollte er reden? Sie musste versuchen, jetzt einen klaren Kopf zu bewahren, damit er sie nicht noch einmal mehr verletzten konnte.

»Ach ja? Hast du es dir anders überlegt und willst doch noch eine neue Runde mit mir spielen?«

»Marla, bitte …«

»Ich könnte ja beim nächsten Mal eine sexy Krankenschwester für dich sein. Darauf steht ihr Männer doch«, fuhr sie ihm dazwischen. »Oder wir spielen *Shades of Grey* nach.«

»Ich weiß, du bist böse auf mich …«

Wieder ließ sie ihn nicht ausreden.

»Oder sind dir noch ein paar weitere Frauen eingefallen, mit denen du was hattest? Zähl sie ruhig alle auf, dann fällt es mir noch leichter, dich zu vergessen.«

Bei ihren Worten schaute er sie betroffen an. Es fiel

ihr schwer, in seine unglaublichen Augen zu schauen und nicht sofort in Tränen auszubrechen.

»Ich ertrage es nicht noch einmal, mit dir zusammen zu sein und dann wieder auseinanderzugehen. Verstehst du das denn nicht? Bitte, Daniel, lass mich in Ruhe.«

Sie drehte sich von ihm weg und wollte wieder zurück zum Tisch gehen. Doch er hielt sie am Arm fest.

»Du hast jeden Grund, auf mich wütend zu sein. Das habe ich echt verdient. Aber bitte hör mir nur ganz kurz zu … Bitte, Marla.«

66

»Na gut… Fünf Minuten, Daniel. Ich gebe dir fünf Minuten. Dann gehe ich«, sagte sie nach einigem Zögern.

»Danke«, sagte er erleichtert. Sie nahmen an einem kleinen Tisch Platz.

Er hatte tagelang mit sich gerungen, noch einmal mit Marla zu sprechen und ihr alles zu erklären. Doch jedes Mal, wenn er sie anrufen wollte, hatte er das Telefon zur Hand genommen und dann doch wieder weggelegt.

»Hey, schau mal. Sie spielt am Freitag in einem Theaterstück«, hatte Kim hinter ihrem Laptop hervorgerufen.

»Woher weißt du das denn?«

»Steht auf ihrer Facebookseite.«

»Bist du denn mit ihr befreundet?«

»Nö. Das kann man auch so lesen.«

»Zeig mal.«

Und so hatte er erfahren, dass sie heute und in den nächsten Tagen hier spielen würde. Es war dasselbe Stück, in dem er sie vor knapp einem Jahr gesehen hatte. Damals in einer Nebenrolle. Er freute sich für sie, dass sie nun die Hauptfigur spielen durfte. Sie war wirklich richtig gut.

Während er die Aufführung von ganz hinten verfolgt hatte, war ihm plötzlich etwas Wichtiges klar geworden. Etwas, das sie unbedingt wissen musste, egal, ob sie nach diesem Gespräch mit ihm zusammen sein oder ihn nie wiedersehen wollte. Doch zuerst musste er klarstellen, dass er sie belogen hatte, auch wenn sie es womöglich für eine Ausrede halten und ihm nicht glauben würde.

»Deine Zeit läuft«, erinnerte Marla ihn.

»Das, was ich in Port Andratx zu dir gesagt habe – ich hab dich angelogen, Marla. Seit London hat es außer dir keine andere Frau mehr für mich gegeben. Und auch mit Kathrin hatte ich nichts.«

Sie blieb ganz ruhig bei seinen Worten, und er wusste nicht, ob es ein gutes oder schlechtes Zeichen war.

»Das weiß ich, Daniel«, sagte sie schließlich und schaute ihm direkt in die Augen.

»Du weißt das?«, fragte er verblüfft.

»Ja. Nachdem ich über dein merkwürdiges Verhalten nachgedacht habe, ist es mir klar geworden. Du wolltest, dass es zwischen uns zu Ende ist. Und damit du dir sicher sein konntest, wolltest du mich so verletzen, dass ich dich auf keinen Fall mehr sehen wollte. Und das ist dir gelungen.«

Er konnte darauf nichts erwidern.

»Ich habe das akzeptiert, Daniel. Umso weniger verstehe ich, warum du jetzt hier bist.« Ihre Stimme klang erschöpft.

»Ich bin hier, weil es ein Fehler war. Und es tut mir so leid, dass ich dir wehgetan habe …«

»Daniel!«, unterbrach sie ihn traurig.

Doch er fuhr fort.

»Bitte lass mich dir etwas erklären. Vielleicht verstehst du mich dann … Im letzten Sommer war ich schon mal hier und habe mir ›Kussverbot‹ angeschaut. Ich habe dich spielen sehen und mich gefragt, warum du nicht die Hauptrolle hattest, denn du warst viel besser als deine Kollegin.«

»Was hat das denn mit uns zu tun?«

»Sehr viel. Die letzten Wochen und Monate habe ich mich immer wieder gefragt, was mich dazu gebracht hatte, eine Schauspielerin als meine Verlobte auszugeben. Das war doch total schwachsinnig. Aber vorhin, als ich dich wieder spielen sah, wusste ich plötzlich, warum ich das getan habe.«

Er machte eine kurze Pause und stellte fest, dass Marla ihm jetzt sehr aufmerksam zuhörte.

»Warum?«, fragte sie leise.

»Entschuldige, wenn ich das jetzt so sage, aber du warst eigentlich gar nicht so sehr mein Typ. Und doch war da etwas an dir, das mich fasziniert hat. Ich weiß, es klingt verrückt, aber dich zu engagieren war ein Vorwand, um dich kennenzulernen.«

»Wie?«

»Du hast offenbar irgendwas in mir berührt, als du da oben auf der Bühne standst. Doch das wollte ich mir nicht eingestehen. Ich hatte mir ja verboten, mich noch einmal zu verlieben. Weil ich dachte, ich dürfe das nicht, nachdem ich meine Frau und das Baby verloren hatte.«

Er sah, wie ihre Augen zu glänzen begannen. Er griff nach ihrer Hand, und sie ließ es zu.

»Verstehst du? Du warst von Anfang an die, die ich kennenlernen wollte.«

»Daniel … aber du hast doch gesagt, dass du nur immer eine Nacht …«

Sie sprach nicht weiter.

»Damit wollte ich mich selbst davor schützen, Gefühle für eine andere Frau zu entwickeln, weil ich dachte, ich würde damit meine Liebe zu Silvia verraten. Es tut mir so unendlich leid, was du meinetwegen alles durchmachen musstest, Marla. Bitte, verzeih mir.«

»Aber wieso soll das jetzt anders sein?« Ihre Stimme klang kratzig.

Er konnte ihre Zweifel verstehen.

»Ich brauchte Zeit, um alles zu verstehen. Und sicher gibt es noch einiges, über das ich noch hinwegkommen muss. Aber ich bin auf einem guten Weg, denke ich. Und wenn du es zulässt, möchte ich diesen Weg mit dir gehen. Silvia wird immer meine Vergangenheit bleiben. Aber du bist meine Zukunft. Und ich wünsche mir nichts mehr, als mit dir zusammen zu sein.«

Über Marlas Gesicht kullerten nun Tränen. Er wollte sie so gerne in die Arme nehmen, aber er hatte Angst davor, dass sie ihn zurückweisen könnte.

»Jetzt haben Sie Marla schon wieder zum Weinen gebracht. Reicht es nicht, was Sie ihr bisher schon angetan haben?«, hörte er plötzlich eine wütende Stimme. Er drehte sich um und sah eine junge Frau neben sich, die vorhin an dem Tisch mit Marla war.

»Bitte, Betty … es ist schon gut!«, sagte Marla leise und wischte sich die Tränen aus dem Gesicht.

»Nein. Das ist es nicht.«

Betty wandte sich direkt an Daniel.

»Sie können sich wohl nicht entscheiden, ob Sie sie nun wollen oder nicht. Aber so können Sie nicht mit Marla umspringen. Nicht gerade jetzt, in ihrem Zu…«

»Betty!«, rief Marla, und ihre Freundin hörte mit einem Schlag auf zu reden.

»Daniel und ich haben etwas zu klären. Du brauchst dir keine Sorgen um mich zu machen, okay? Es geht mir gut!«

Daniel beobachtete ein wenig verwundert, wie eindringlich Marla mit ihrer Freundin sprach.

»Na schön«, sagte diese schließlich und ging zurück an den Tisch.

Marla wandte sich wieder an Daniel.

»Es tut mir leid, sie macht sich einfach Sorgen um mich. Sie hat mitbekommen, wie schlecht es mir ging.«

»Schon gut. Ich bin froh, dass du so eine gute Freundin hast. Und sie hat ja recht. Ich habe mich dir gegenüber völlig falsch verhalten.«

»Du hattest deine Gründe … und ich verstehe sie.«

»Wirklich?«

»Ja. Wirklich.«

Er schluckte. Durfte er hoffen, dass sie ihm verzeihen konnte?

»Gibst du mir noch eine Chance, Marla?«

67

Marla sah die Angst in seinen Augen, sie endgültig zu verlieren. Obwohl er ihr wehgetan hatte, konnte sie seine Gründe nachvollziehen. Seine schwangere Frau war gestorben, und er hatte um sie getrauert und Furcht davor gehabt, wieder jemanden in sein Leben zu lassen, der ihm etwas bedeutete. Offensichtlich hatte er sehr mit sich und seinen Gefühlen gekämpft. Doch genau das war es auch, was ihn so besonders für sie machte, weil er die Liebe und die Menschen, die ihm wichtig waren, ernst nahm.

Aber war er jetzt wirklich so weit, dass er seine Gefühle zu ihr zulassen konnte, und es nicht schon bald wieder bereute? Auch wenn sie sich nichts mehr wünschte, als mit ihm zusammen zu sein, so hatte sie doch ihre Zweifel, ob es wirklich gutgehen könnte. Außerdem durfte sie nicht nur an sich denken. Schließlich trug sie die Verantwortung für ihr ungeborenes Baby. Wenn sie sich jetzt auf ihn einließe, dann konnte sie ihm auch die Schwangerschaft nicht länger verheimlichen.

»Daniel, das kommt jetzt alles ziemlich unerwartet für mich. Gerade jetzt, wo ich dabei war, irgendwie über dich hinwegzukommen. Ich brauche ein wenig Zeit, um darüber nachzudenken.«

Sie sah ihm an, dass er sich zwar etwas anderes erhofft, aber wohl damit gerechnet hatte, dass sie ihm nicht sofort um den Hals fallen würde.

»Das verstehe ich«, sagte er gefasst und bemühte sich

offensichtlich zu lächeln. »Danke, dass du mir die Gelegenheit gegeben hast, dir zu erklären, warum ich mich so unendlich blöd benommen habe.«

Sie spürte einen Stich in ihrem Herzen, und mehr denn je sehnte sie sich danach, sich einfach in seine Arme zu schmiegen und zu vergessen, was gewesen war. Sie war schon kurz davor, ihre Bitte um Bedenkzeit über Bord zu werfen und ihm zu sagen, dass sie ihn liebte und dass alles gut werden würde. Doch dann kamen wieder die Zweifel. Sie brauchte einen klaren Kopf für ihre Entscheidung. Und den hatte sie in seiner Gegenwart nicht.

Bevor sie etwas sagen konnte, fasste er in die Tasche seiner Jacke und holte etwas heraus. Es war der Verlobungsring! Was hatte er damit vor? Fragend schaute sie ihn an.

»Es ist gut, dass du dir Zeit nimmst, um über alles in Ruhe nachzudenken. Denn es geht um sehr viel. Ich möchte aber, dass du weißt, wie ernst es mir ist. Inzwischen hatte ich viel Zeit, mir Gedanken zu machen. Über das, was passiert ist und was es aus uns gemacht hat. Und da ist mir etwas klargeworden. Egal was geschehen wird, das Wichtigste für mich ist, dass es dir gut geht, Marla, und ich dich nicht noch einmal so verletze.«

Es fiel ihm sichtlich schwer weiterzusprechen. Nach einem kurzen Räuspern fuhr er fort: »Du hast in den letzten Monaten wegen mir genug mitgemacht, und das hast du nicht verdient. Ich wäre heute nicht hierhergekommen, wenn ich noch Zweifel hätte. Bitte vergiss das nicht, wenn du über uns nachdenkst.«

Er griff nach ihrer Hand und legte den Ring hinein. Dann schloss er ihre Finger darum.

»Dieser Ring gehörte zwar ursprünglich nur zu einem Spiel, aber mir bedeutet er etwas. Er ist mein Versprechen an dich, dass du die Frau bist, mit der zusammen ich glücklich sein möchte.«

Marla versuchte, bei seinen Worten die Tränen zurückzuhalten, die in ihren Augen brannten. Sie schloss die Finger fest um den Ring, als ob sie sich daran festhalten wollte.

»Daniel …« Mehr konnte sie nicht sagen.

Er beugte sich zu ihr und gab ihr einen Kuss auf die Wange.

»Wenn du eine Entscheidung getroffen hast, lass es mich wissen. Ich werde morgen für eine Weile nach Port Andratx reisen, aber du kannst mich jederzeit anrufen.«

Und dann drehte er sich ohne ein weiteres Wort um und ging. Marla schaute ihm hinterher, bis er den Saal verlassen hatte.

»Alles in Ordnung?«, hörte sie ihre Mutter hinter sich besorgt fragen und spürte dann einen Arm, der sich um ihre Schulter legte. Betty stand neben ihr und drückte sie an sich.

»Wenn der Mistkerl dir schon wieder wehgetan hat, dann trete ich ihm in die …«, begann Betty, doch Marla unterbrach sie.

»Nein. Er hat mir nicht wehgetan. Nicht dieses Mal«, sagte sie und fing an zu weinen.

68

Noch am selben Tag, als Kim zurück zu ihren Eltern nach Berlin flog, nahm Daniel eine Maschine nach Mallorca.

Seit einer Woche war er nun schon auf der spanischen Insel, und er spürte von Tag zu Tag, wie er sich erholte, sowohl körperlich als auch seelisch. Die Auszeit, die er sich in Absprache mit seinem Onkel gönnte, war dringend notwendig. Es war sein erster längerer Urlaub, seit er nach dem Unfall wieder in der Firma zu arbeiten begonnen hatte. Wobei er es auch jetzt nicht gänzlich lassen konnte, zumindest einmal täglich E-Mails zu bearbeiten oder mit seiner Sekretärin zu telefonieren. Doch die meiste Zeit verbrachte er damit, im Pool zu schwimmen und unter der schattigen Markise auf der Liege zu lesen oder einfach nur mit Musik im Ohr vor sich hin zu dösen. Ab und zu machte er einen Abstecher in die Stadt, um einzukaufen, oder er fuhr ziellos mit dem Auto auf der Insel herum, meist bis er einen schönen Strand fand, um dort einfach aufs Meer zu schauen und seinen Gedanken nachzuhängen.

Von Marla hatte er bisher nichts gehört, und er hatte auch noch nicht damit gerechnet, obwohl er sehnsüchtig darauf wartete. Er wusste, dass sie noch an weiteren Abenden im Lustspielhaus aufgetreten war. Doch inzwischen waren die Aufführungen vorüber, und er schwankte zwischen Hoffen und Bangen, bald von ihr zu hören. Er wollte gar nicht daran denken, was er tun würde, wenn sie sich entschloss, ihn nicht mehr sehen zu wollen.

Er überlegte, was er tun könnte, um sich abzulenken. In der vergangenen Nacht hatte es geregnet, und der sonnig warme Frühling hatte sich damit laut Wettervorhersage für die nächsten Tage verabschiedet. Es war kühl geworden, und Daniel hatte wenig Lust zu Aktivitäten draußen, trotzdem zog er seine Runden im Pool. Danach stellte er sich lange unter die heiße Dusche, um sich aufzuwärmen. Als er aus dem Bad kam, sah er, dass es inzwischen wieder zu regnen begonnen hatte. Im Haus war es empfindlich kühl geworden, deswegen legte er ein paar Scheite Holz in den großen Kamin im Wohnzimmer und machte Feuer.

Nachdem er seit seiner Ankunft meist ausgiebig gefrühstückt und sonst vorwiegend kalte Sachen gegessen hatte, wenn er nicht gerade unterwegs in einem Restaurant eingekehrt war, verspürte er heute Lust auf ein deftiges warmes Mittagessen zu Hause. Da er ohnehin keinen Plan hatte, was er mit dem restlichen Tag anstellen sollte, beschloss er, jetzt erst einmal zu kochen. Dann würde er es sich im Wohnzimmer gemütlich machen und irgendeine DVD anschauen.

Noch immer im Bademantel und mit Musik aus seinem iPod im Ohr ging er in die Küche und schaute nach, was Kühlschrank und Vorratskammer hergaben. Er entschied sich, Bratkartoffeln mit Zwiebeln und Speck zu machen und dazu Spiegeleier.

Daniel hatte eben angefangen, die Kartoffeln zu schälen, als es an der Haustür klingelte. Das musste Tomas, der Hausmeister, sein. Er kam mehrmals in der Woche vorbei, um den Pool zu reinigen und sich um den Garten oder kleine Reparaturen am Haus zu kümmern. Eigentlich hatte er einen Schlüssel, den er jedoch nicht benutzte, wenn jemand aus der Familie Lester auf der Insel war.

Daniel legte das Messer zur Seite, griff nach seinem Stock und ging zur Haustür. Auf dem Weg dorthin schaltete er die Musik auf dem iPod weg, zog die Kopfhörer heraus und stopfte sie in die Tasche des Bademantels. Was Tomas bei dem Wetter hier wollte?

Als Daniel die Haustür öffnete, war jeglicher Gedanke an den Hausmeister verschwunden.

»Marla«, sagte er völlig überrascht. Er hatte die ganze Zeit gehofft, bald von ihr zu hören, jedoch nicht damit gerechnet, dass sie einfach hier auftauchen würde.

»Hallo, Daniel.«

Obwohl sie sich nicht in eine andere Frau verwandelt hatte, wirkte sie verändert. Sie trug einen beigen Sommermantel, der vom Regen an den Schultern etwas nass war, und hatte eine Handtasche umgehängt. Ihre Haare waren um ein gutes Stück kürzer und fielen stufig auf ihre Schultern, was sie jünger aussehen ließ. Und ihr Gesicht schien in den wenigen Tagen, die er sie nicht gesehen hatte, schmaler geworden zu sein.

Daniels Herz pochte aufgeregt gegen seine Brust. Sie war gekommen! Am liebsten hätte er sie in die Arme genommen und fest an sich gedrückt, doch er fühlte sich befangen. War sie hier, um ihm zu sagen, dass es vorbei war, oder würde sie ihnen eine Chance geben?

»Ich hoffe, ich störe dich nicht?«, sagte sie mit einem fragenden Blick auf seinen Bademantel.

»Oh nein! Überhaupt nicht. Ganz im Gegenteil. Ich war nur vorhin unter der Dusche… Komm doch bitte rein«, sagte er und spürte, wie nervös er war.

Sie betrat das Haus, und Daniel nahm ihr den Mantel ab. Darunter trug sie ein locker sitzendes flaschengrünes Kleid, das ihr bis zur Mitte der Schenkel reichte, und flache Ballerinas. Er hängte den Mantel an die Garderobe. Dabei warf er einen Blick auf ihre Hand. Kein Ring. Er verspürte einen kleinen Stich. War das bereits ein schlechtes Zeichen?

»Möchtest du Kaffee oder Tee?«, fragte er, während er sie ins Wohnzimmer führte. Er war froh, dass er vorhin Feuer gemacht hatte. Inzwischen war es hier schon angenehm warm.

»Gerne Tee«, sagte sie.

»Nimm doch bitte Platz. Ich zieh mir nur schnell was anderes an, und dann setzte ich Wasser auf.«

Doch sie blieb stehen.

»Für das, was ich dir zu sagen habe, brauchst du dich nicht extra umzuziehen, Daniel«, sagte sie ernst.

Daniel rutschte das Herz in die Hose. Er ahnte, was gleich kommen würde, und er wusste nicht, wie er damit klarkommen sollte.

69

Marla schaute Daniel an und konnte sich kaum sattsehen an seinem schönen Gesicht mit den verletzlich wirkenden Zügen um den Mund. Offenbar hatte er in den letzten Tagen viel Zeit in der Sonne verbracht, denn er war braun gebrannt, was seine Augen noch mehr leuchten ließ. Doch wie schon bei ihrer letzten Begegnung im Theater sah sie Angst darin. Es war Zeit, dass sie ihm die Unsicherheit endlich nahm.

Noch während er das *Lustspielhaus* verlassen hatte, war ihr klar gewesen, wie ihre Entscheidung ausfallen würde. Doch sie hatte sich einige Tage nehmen wollen, um noch einmal gründlich darüber nachzudenken. Weder ihre Mutter noch Rafaela oder Betty hatten versucht, sie irgendwie in die eine oder andere Richtung zu beeinflussen. Und Marla war ihnen sehr dankbar dafür, denn es war wichtig, dass sie diese Entscheidung ganz allein traf.

»Daniel?«

»Ja?«

»Bitte nimm mich in die Arme«, bat sie leise.

»Nichts lieber als das«, sagte er und zögerte keine Sekunde, ihrer Bitte nachzukommen.

Als sie sich mit geschlossenen Augen an ihn schmiegte und er seine Arme fest um ihren Körper schlang, wusste sie endgültig, dass sie richtig entschieden hatte. Es gab keinen Menschen, in dessen Nähe sie sich so wohl und geborgen fühlte. Daniel gehörte zu ihr und sie zu ihm.

Natürlich hatte er sie mit seinem Verhalten verletzt, aber nicht, weil sie ihm nichts bedeutete. Im Gegenteil.

Sie glaubte ihm, dass er nicht noch einmal zu ihr gekommen wäre, wenn er nicht bereit dazu gewesen wäre, endlich zu ihr und zu seinen Gefühlen zu stehen.

Als er zärtlich durch ihre Haare streichelte, atmete sie seinen Duft ein. Eine Mischung aus herbem Duschgel und vor allem aber Daniel. Sein Herz klopfte schnell, aufgeregt und voller Zweifel. Es war Zeit, ihn zu erlösen.

Sie öffnete die Augen, trat einen Schritt zurück und schaute in an.

»Ich finde, wir beide haben eine zweite Chance verdient«, sagte sie ruhig.

Sie sah, wie seine Augen vor Erleichterung zu strahlen begannen und sich ein Lächeln in sein Gesicht schlich.

»Oh, Marla … Puh, du hast mich ganz schön auf die Folter gespannt … Danke, dass du uns diese Chance gibst.«

»Ich möchte …«

Doch sie konnte nicht zu Ende sprechen, denn er zog sie wieder an sich und küsste sie auf eine Weise, wie er sie noch nie zuvor geküsst hatte. Zärtlich und doch leidenschaftlich und voll all der Gefühle, die sie sich so lange nicht hatten eingestehen können.

Als er sich von ihr löste, waren ihre Knie ganz weich. Es schaute sie liebevoll an.

»Diesmal werden wir es richtig machen – werde ich es vor allem richtig machen. Du kannst dich auf mich verlassen, Marla.«

»Ach, Daniel …«, murmelte sie und streichelte sanft über sein Gesicht.

Eigentlich wäre es nun an der Zeit gewesen, ihm zu sagen, dass sie schwanger war. Doch jetzt waren erst sie beide wichtig. Das mit dem Baby würde er noch früh genug erfahren.

»Ich habe mich in dich verliebt, Daniel Lester.«

Es war ein unglaubliches Gefühl, diese Worte zu sagen, ohne Angst haben zu müssen, dass er sich deswegen von ihr zurückziehen würde.

»Und ich liebe dich, Marla Patry.«

Endlich hatte er es ausgesprochen. Er zog sie an sich und küsste sie wieder.

Nach einer Weile löste er sich von ihr und lächelte sie schelmisch an. »Und ich mag auch Lisa sehr und Ella und Anna – und die strippende Nina.«

Bei seinen Worten musste sie plötzlich herzlich lachen, und ihr wurde bewusst, dass es das erste Mal seit längerer Zeit war. Und es tat unglaublich gut.

»Ach ja? Du willst also weiterspielen?«, fragte sie mit einem Zwinkern.

»Ab und zu, aber nur, wenn du das auch möchtest.«

Marla spürte ein wundervolles Kribbeln in ihrem Bauch.

»Wir können dieses Spiel gerne weiterspielen … ich komme ja ziemlich einfach an verschiedene Perücken und Kostüme.«

Daniels Augen begannen bei ihren Worten zu funkeln.

»Ich habe das wunderbare Gefühl, dass uns beiden nie langweilig werden wird.«

»Davon kannst du ausgehen«, schnurrte sie.

Er griff nach ihrer Hand und spielte mit ihren Fingern.

»Als du vorhin kamst und ich den Ring nicht an deiner Hand sah, dachte ich, dass du es beenden willst.«

»Ähm, der Ring«, begann sie kleinlaut, »den habe ich in der ganzen Aufregung zu Hause vergessen«, gab sie zu. »Er liegt neben meinem Bett auf dem Nachttisch.«

»Und mir wäre deswegen fast das Herz stehengeblieben.«

»Tut mir leid«, murmelte sie.

»Das war wohl meine Strafe. Vermutlich habe ich es nicht anders verdient«, winkte er ab. »Ich freue mich darauf, ihn dort zu finden, wenn du mich in deine Wohnung einlädst … Aber ich hoffe, dass du jetzt erst einmal für ein paar Tage hierbleiben wirst.«

»Dachtest du, ich gebe dir nur schnell Bescheid, dass wir zusammenbleiben, und verschwinde dann gleich wieder?«, fragte sie amüsiert.

»Das nicht, aber … nun, du hast kein Gepäck dabei«, warf er ein.

»Doch. Die Tasche ist im Auto.«

Sie griff nach dem Gürtel an seinem Bademantel und öffnete ihn. »Aber es eilt nicht, sie hereinzuholen«, sagte sie leise und lächelte verführerisch.

Zwei Stunden später lagen sie sich schwer atmend und glücklich in den Armen, während es draußen in Strömen regnete. Doch die beiden nahmen es gar nicht wahr. Sie waren völlig auf sich konzentriert. Daniel hielt ihre Hand und küsste jeden einzelnen Finger.

»Ich liebe dich so sehr«, murmelte er zärtlich.

Marla drückte sich noch enger an ihn und streichelte über seine Brust.

Nach all dem Gefühlschaos in den letzten Monaten hätte sie es nicht zu hoffen gewagt, dass am Ende doch noch alles gut werden und sie sich so glücklich fühlen würde. Und nun war auch der Zeitpunkt gekommen, ihm von dem Baby zu erzählen.

»Daniel?«

»Ja, meine Süße?«

»Es gibt da noch etwas, das ich dir sagen muss.«

Er hob den Kopf und schaute sie fragend an.

»Was denn?«

Sie lächelte ihn an, dann beugte sie sich zu ihm und flüsterte es ihm ins Ohr.

Danke…

…allen im Verlag, die zur Verwirklichung der Geschichte von Marla und Daniel beigetragen haben. Ganz besonders Andrea Vetterle und Alexandra Baisch für die großartige redaktionelle Arbeit und Johannes Wiebel für das traumhaft schöne Cover.

…meiner Familie und meinen Freunden – ohne euch wäre die Welt für mich ganz bestimmt nur halb so schön!